GILLY MACMILLAN

Die Vertraute

AF197086

Autorin

Gilly Macmillan wuchs in Swindon, Wiltshire auf und lebte in ihrer Jugend einige Jahre im Norden Kaliforniens. Sie arbeitete beim Burlington Magazine, für die Hayward Gallery und als Dozentin für Fotografie. Heute widmet sie sich ganz dem Schreiben. Gilly Macmillans Romane erfreuen sich besonders in Großbritannien großer Beliebtheit und sind allesamt Bestseller. Auch bei uns hat die SPIEGEL-Bestsellerautorin eine riesige Fangemeinde. Sie lebt mit ihrer Familie in Bristol, England.

Von Gilly Macmillan bereits erschienen

Die Nanny · Die Vertraute · Ein langes Wochenende · Die Witwe

Besuchen Sie uns auch auf www.blanvalet.de

Gilly Macmillan

Die Vertraute

Roman

Deutsch von Sabine Schilasky

blanvalet

Die Originalausgabe erschien 2020 unter dem Titel
»To tell you the truth« bei Century, London.

Penguin Random House Verlagsgruppe FSC® N001967

2. Auflage
Copyright der Originalausgabe © 2020 by Gilly Macmillan
Copyright der deutschsprachigen Ausgabe © 2022
by Blanvalet in der Penguin Random House Verlagsgruppe GmbH,
Neumarkter Straße 28, 81673 München
produktsicherheit@penguinrandomhouse.de
(Vorstehende Angaben sind zugleich Pflichtinformationen nach GPSR)

Umschlaggestaltung: Sandra Taufer, München
Umschlagmotive: Shutterstock.com (Konmac; Elymas; Evgeny_Popov;
InnaPoka; Dinga; ilolab; Kichigin; R3BV; Umberto Shtanzman;
Wirestock Creators; Yeryomina Anastassiya); iStock.com/DGLimages
JaB · Herstellung: DiMo
Satz, Druck und Bindung: GGP Media GmbH, Pößneck
Printed in Germany
ISBN 978-3-7645-0781-7

www.blanvalet.de

Für meine Familie

»Fiktion ist nicht nur das, was man in Büchern findet. Fiktion sind auch die Lügen, die wir uns selbst erzählen. Das können stabile Lügen sein, die wir als Gerüst nutzen, solche mit scharfer Kante, mit denen wir unser Gewissen rein schaben, oder solche, die sich, einer weißen Schneedecke gleich, über Dinge legen, die wir lieber nicht sehen wollen. Es gibt viele andere Erscheinungsformen, doch all das sind Lügen, und wir lieben und verachten sie.

Die einzige Möglichkeit, die Erschaffung einer eigenen Fiktion zu vermeiden, ist die, überhaupt nicht zu denken.«

Die Wahrheit
Lucy Harper

Prolog

Es gibt die Fakten, und dann gibt es die Wahrheit.

Dies sind die Fakten.

Es ist Sommersonnenwende, Juni 1991.

Du bist erst neun Jahre alt. Du bist klein für dein Alter. Die Schulschwester hat empfohlen, dass du abnimmst. Es fällt dir schwer, Freunde zu finden, und oft bist du einsam. Du wirst gehänselt. Die Lehrer und deine Eltern ermuntern dich häufig, mehr an Gruppenaktivitäten teilzunehmen, aber du bist lieber mit deiner imaginären Freundin zusammen.

Wir wissen, dass du in der Nacht in Stoke Woods warst, weil bei deiner Rückkehr Laub und Tannennadeln an deiner Kleidung und in deinem Haar haften, du Schmutz unter den Fingernägeln hast und nach Holzrauch stinkst.

Dein Zuhause ist Charlotte Close Nummer sieben, ein bescheidenes Haus, identisch mit allen anderen in einer kurzen Sackgasse und erbaut in den Sechzigern auf einem Stück Land, das ein Milchbauer verkauft hatte. Die Sackgasse ist nahe Stoke Woods und anderthalb Meilen von der berühmten Hängebrücke entfernt, die den halb ländlichen Bereich mit der Stadt Bristol verbindet.

Wir wissen, dass du um 01:37 Uhr zu Hause ankommst, drei Stunden und sechs Minuten vor Sonnenaufgang.

Was die restlichen Geschehnisse betrifft, beschreibst du sie in den darauffolgenden Tagen viele Male, und natürlich malst du ein außergewöhnlich lebendiges Bild, denn schon in dem Alter kannst du gut mit Worten umgehen.

Du erzählst es so:

Das Seitenstechen fühlt sich wie ein Messer an, aber du wagst nicht, stehen zu bleiben oder langsamer zu werden, als du durch den Wald nach Hause rennst. So weit dein Blick reicht, ragen Bäume wie eine stumme, drohende Armee auf. Mondlicht blinkt durch den Baldachin aus Baumkronen und wirft milchige Sprenkel auf den Unterwuchs und macht die Schatten mal kürzer, mal länger. Das Bild kippt.

Du rast durch das dichtere Unterholz, wo du sonst sehr vorsichtig gehen würdest, aber nicht heute Nacht. Brennnesseln zerkratzen dir die Schienbeine, und das vermoderte Laub auf dem Boden fühlt sich wie Treibsand unter deinen Schuhen an. Unter der knisternden oberen Schicht ist alles feucht und gierig.

Es wird ein wenig leichter, als du den Weg erreichst, obwohl er uneben ist und kleine Kiesel unter den Sohlen wenig Halt bieten. In der Nase brennt dir noch der Geruch vom Feuer.

Die Pforte zum Parkplatz ist leicht zu öffnen, wie schon viele Male zuvor, und von dort ist es nur ein kleines Stück nach Hause.

Jeder deiner Schritte knallt hart auf das Pflaster, und bis du in der Charlotte Close ankommst, tut dir alles weh. Deine

Brust hebt und senkt sich. Du ringst nach Luft. Am Ende der Einfahrt bleibst du stehen. Sämtliche Lichter in eurem Haus brennen.

Sie sind auf.

Deine Eltern sind für gewöhnlich ordentliche Silhouetten. Sie sind saubere, bescheidene Leute.

Noch ein Fakt: Mit dir und deinem kleinen Bruder steht ihr vier, auf dem Papier, für eine sehr durchschnittliche Familie.

Doch als die Haustür aufgeht, stürmt deine Mutter heraus, und im Licht aus der Diele wird ihr Nachthemd durchsichtig, sodass du den schrecklichen Eindruck hast, sie würde dir nackt auf dem Weg entgegenkommen. Und daran ist nichts normal. An dieser Nacht ist nichts normal.

Deine Mum schließt dich in die Arme. Es fühlt sich an, als würde sie die letzte Luft aus dir pressen. Und sie sagt » Gott sei Dank« in dein zerzaustes Haar. Du lehnst dich an sie, was sich wie ein Fallen anfühlt.

In ihrer festen Umarmung denkst du, bitte, kann dieser Moment für immer dauern? Kann die Zeit stehen bleiben? Aber natürlich kann sie das nicht. Genau genommen dauert der Moment nur eine oder zwei Sekunden, denn wie jede gute Mutter hebt deine den Kopf und blickt über deine Schulter zu dem Weg hinter dir, in die Dunkelheit, wo die Straßenbeleuchtung unzureichend ist und das Mondlicht hinter einem Wolkenfetzen verschwunden. Wo das einzige andere Licht das Garagentor von Nummer vier rahmt. Und deine Mutter sagt die Worte, vor denen du dich gefürchtet hast.

»Aber wo ist Teddy?«

Du kannst ihnen nichts von deinem Versteck erzählen.

Das darfst du nicht.

Eliza wäre böse.

Deine Mum hält dich so fest bei den Oberarmen, dass es wehtut. Du hast das Gefühl, dass sie dich womöglich gleich schüttelt. Es kostet dich alle Kraft, sie anzusehen, die Augen weit aufzureißen und alles Böse aus ihnen wegzubekommen, das sie darin an ihnen ablesen könnte, und zu sagen: »Ist er nicht hier?«

1

Ich tippte »Ende«, klickte auf »Speichern« und gleich noch einmal, um sicher zu sein. Es war eine riesige Erleichterung, meinen Roman fertig zu haben, und obendrein empfand ich eine berauschende Mischung aus Freude und Erschöpfung. Aber ich war auch furchtbar nervös, schlimmer als sonst, weil diese Worte zu schreiben bedeutete, mich den Konsequenzen einer heimlichen Entscheidung zu stellen, die ich vor Monaten getroffen hatte.

Jedes Jahr schrieb ich ein neues Buch, und der Entwurf, den ich gerade fertig hatte, war mein fünfter Roman, ein wertvolles Gut, mit Spannung von Verlagen in London, New York und anderen Städten auf der ganzen Welt erwartet. »Wertvolles Gut« waren die Worte meines Agenten, nicht meine, doch unrecht hatte er nicht. Jeden Tag stellte ich mir beim Schreiben vor, wie die Verleger auf das Manuskript warteten und dabei mit den Füßen im Staccato unter dem Schreibtisch auf den Boden tippten. Und diesmal war ich besonders nervös, weil ich wusste, dass ich ihnen etwas schicken würde, mit dem sie nicht rechneten.

»Mutig«, hatte Eliza gesagt, als sie begriff, was ich getan hatte.

»Tut mir leid«, sagte ich zu ihr und meinte es ernst. Ihre Stimme hatte eine neue und scheußlich raspelnde Note, aber alles hatte seinen Preis. Unter anderen Umständen wäre Eliza die Erste gewesen, die darauf hingewiesen hätte, denn mein Mädchen war pragmatisch.

Ich wusste, was ich als Nächstes tun musste, so beängstigend es auch sein mochte. Ich hatte eine Strategie, Mut zu sammeln, was immer schwer war, denn oft verlor er sich im Wirbel und Zweifel des Schreibens.

Bis dreißig zu zählen, dauerte länger, als es sollte, weil ich langsam machte – ich war eine Meisterin der Vermeidung –, doch als ich bei null war, fokussierte ich wie ein zielender Heckenschütze. Ein Fingertippen, und der Roman war fort, draußen, dreihundertfünfzig Seiten auf dem Weg zu meinem Agenten, per E-Mail, und es war zu spät, noch etwas zu ändern.

Ich wartete eine Minute, bevor ich in meinem Mail-Eingang nachsah, ob er den Empfang bestätigt hatte. Hatte er nicht. Ich löschte die E-Mails verschiedener Mode-Websites, die mir neue »Sales« anboten, weil ich es hinterhältig von ihnen fand, mich in einem Moment an meine Internet-Einkaufsgewohnheiten zu erinnern, in dem etwas Bedeutsameres geschah; allerdings sah ich einen Overall, den ich mir später vielleicht doch genauer anschauen würde. Er hatte eine buttrige Farbe, angeblich »der Renner in diesem Frühjahr« und »perfekt kombinierbar«. Verlockend und eindeutig noch einen zweiten Blick wert, aber nicht jetzt.

Ich trommelte mit den Fingern auf den Schreibtisch. Aktualisierte das Postfach. Nichts. Ich klickte zurück und sah nach, ob sie den Overall in meiner Größe hatten. Hatten sie. Und es gab auch keine Warnung à la »Nur noch wenige vorrätig«. Schön. Trotzdem legte ich einen direkt in den Einkaufskorb. Für alle Fälle. Und kehrte zur E-Mail zurück. Aktualisierte wieder. Immer noch nichts. Checkte den Spam-Ordner. Dort war nichts von Max, aber es war gut zu wissen, dass heute Nacht heiße Frauen in meiner Stadt für Sex zu haben waren. Ich löschte alle Spams, aktualisierte mein Eingangsfach erneut. Keine Veränderung.

Ich griff nach dem Telefon und rief an. Er ging sofort ran. Er hatte eine schöne Stimme.

»Lucy! Sekunde bitte, ich bin auf der anderen Leitung«, sagte er. »Ich muss nur noch kurz jemanden loswerden.« Damit stellte er mich in die Warteschleife. Dass er aufgekratzt klang, machte mich ein bisschen unruhig. Nicht etwa, weil ich mich zu ihm hingezogen fühlen würde, bitte nicht auf falsche Gedanken kommen, sondern weil er derjenige war, mit dem ich an meiner Karriere bastelte, der Vermittler zwischen mir und meinen Verlagen, der die Verträge aushandelte, der Retter, wenn Dinge schiefgingen, und der Empfänger eines Prozentanteils meiner Honorare.

Max und ich brauchten einander, und ich war seine mit Abstand erfolgreichste Klientin, weshalb es kein Wunder war, dass er seine Ungeduld zu überspielen versuchte, als mein Abgabetermin für den ersten Entwurf nahte, und mich via Telefon und E-Mail anfeuerte. Wenn ich ihn persönlich traf, fiel mir stets auf, dass seine Fingernägel bis zum Nagelbett runtergenagt waren.

Einen Moment später war er wieder dran. »Jetzt gehöre ich ganz dir.«

»Es ist fertig.«

»Du verdammtes Wunderkind!« Ich hörte die Tastatur, als er in seinen Mail-Eingang sah. »Hab's«, sagte er. Es folgte ein Doppelklick, mit dem er den Anhang öffnete. Ich stellte mir seinen Blick vor, als er die erste Seite sah. Sekunden verstrichen, die sich wie ein Jahrtausend anfühlten.

»Max?«

Las er? War er von den allerersten Zeilen meiner Geschichte gefesselt, oder überflog er den Anfang und war bereits entsetzt oder maßlos enttäuscht? Meine Nerven lagen blank, und ich machte aus einer Drei-Sekunden-Pause eine Katastrophe.

»Ich lese es sofort«, sagte er. »Jetzt gleich. Und du musst auflegen und feiern. Rücke vor bis auf Los. Gönn dir was. Nimm ein Bad, mach eine Flasche mit irgendwas Leckerem auf, sag deinem Mann, er soll dich verwöhnen. Ich melde mich, sobald ich alles gelesen habe.«

Zu Beginn meiner Karriere, bevor ich zum ersten Mal in Max' Büro gewesen war, hatte ich versucht, es mir vorzustellen. Ich dachte, er wäre der Typ, der in einem Lederstuhl sitzt, weich genug gepolstert, damit sein Hintern bequem darin versank, und an einem großen Schreibtisch mit einer blankpolierten Oberfläche, in der sich das Licht aus dem Fenster gegenüber spiegelte. Letzteres war wahrscheinlich kunstvoll gestaltet, mit Bleiverglasung vielleicht oder von Stuck umrahmt. So kam Max mir trotz seiner abgekauten Fingernägel vor: wie ein Drahtzieher. Nur der hätte solch einen Schreibtisch. Einmal hatte ich ihm davon erzählt – wir müssen schon einige Cocktails intus gehabt haben, sonst hätte ich nie gewagt, es laut auszusprechen. Er hatte träge gelächelt, was zu seinen asymmetrischen Zügen passt.

»Aber du bist die, die über Leben und Tod entscheidet«, antwortete er. »Fiktiv gesprochen«, ergänzte er einen Tick später.

Es stimmte.

Abgesehen von dem Stuhl, dem Schreibtisch und den architektonischen Feinheiten, stellte ich mir Max' Büro auch chaotisch vor. Eine schön gerahmte Unordnung, deren Bild in meinem Kopf mir sehr gut gefiel.

Ich konnte in den abwegigsten Dingen Schönheit entdecken. Das muss man, wenn sich Gewalt durch die eigene Arbeit zieht. Ich schätze, jeder Thriller-Autor hat seine eigene Art, damit umzugehen.

Und übrigens, als ich endlich mal Max' Büro aufsuchte, war es kein bisschen so, wie ich erwartet hatte.

2

Nach Max war immer Daniel, mein Ehemann, die zweite Person, die erfuhr, wenn ich ein Buch abgeschlossen hatte. Aber ich wollte einige Momente für mich, bevor ich es ihm sagte. Momente, in denen ich mich nicht beobachtet fühlte, denn ich hatte ständig das Gefühl, Leute würden mich beobachten.

Mein erster Roman war vor vier Jahren erschienen und explodierte in der Krimiszene (die Worte meines Verlags, nicht meine). Monatelang hielt er sich weit oben auf der Bestsellerliste. Und man stellte mir das Konzept von einem Buch pro Jahr vor – von dem Max und meine Verleger beteuerten, dass es unglaublich wichtig sei. Seitdem wurde mir eine extreme Aufmerksamkeit zuteil. Die Leute beobachteten, was ich als Nächstes schrieb, und lernten einzuschätzen, wie schnell ich war. Sie beobachteten mich bei Veranstaltungen und online. Mit Argusaugen. Sie bombardierten mich über Social Media mit Nachrichten. Ich hatte sogar einen bisher nicht identifizierten Fan, der herausfand, in welchem Haus Dans und meine Wohnung war – in einem schlichten Viertel von Bristol voller Graffiti und Coffee-Shops –, und Geschenke vor die Tür legte.

Allerdings waren die nicht im eigentlichen Sinne für mich. Die Heldin meiner Romane war Detective Sergeant Eliza Grey. Ihre Figur basierte auf der imaginären Freundin aus meiner Kindheit. (*Schreib über das, was du kennst*, heißt es, und das tat ich.) Leute waren verrückt nach Eliza, und jene Geschenke waren für sie. Darunter waren ihr Favorit (Moltebeerenmarmelade, die sie entdeckte, als sie im zweiten Band für einen Fall nach Oslo »ausgeliehen« wurde) und ihr Lieblingsgetränk (ein koffeinhaltiger Energy-Drink). Mich beunruhigten sie, gestehe ich freimütig, ganz gleich wie gut sie gemeint waren. Ich bat Dan, sie zu entsorgen, denn es fühlte sich wie ein Eindringen in meine Privatsphäre an.

Es hatte mich schockiert, wie plötzlich und umfassend ich nach Erscheinen meines ersten Eliza-Buches zu öffentlichem Eigentum wurde. Damit hatte ich nicht gerechnet, und hätte ich gewusst, dass es so weit kommen würde, hätte ich meinen Roman wohl gar nicht erst an Literaturagenten geschickt. Sobald ich die Rechte an jenem Buch verkauft hatte, scherte niemanden mehr meine natürliche Neigung, mich ganz in mein Privatleben zurückzuziehen.

Mein Moment des Alleinseins im Arbeitszimmer war enttäuschend. Anstatt ein Gefühl friedlicher Ruhe zu empfinden (im Gegensatz zu angespannter Einsamkeit, wie ich sie gewöhnlich beim Schreiben erlebte), konnte ich nur die Unordnung sehen.

Wochenlang hatte ich mich in diesem Raum eingesperrt, um mein Buch fertigzustellen, und einen irrsinnigen Arbeitsrhythmus eingehalten, bis spätabends geschrieben und bei Morgengrauen wieder angefangen, einzig unterbrochen von wenigen Stunden Schlaf. Es war eher eine Tarantella als ein Walzer gewesen, und das sah man. Sogar mein Drucker wirkte müde; die Ausgabefächer hingen schief heraus, Papier lag auf dem Boden darunter, wie eine Kurtisane, deren Kunde soeben gegangen war. Und sie träumte davon, ihn zu heiraten. (Aber ich darf meinen Drucker nicht vermenschlichen. Was würde man von mir denken?) Unter all den Stapeln ausgedruckter Entwürfe und Recherchematerialien, die eine Art Skyline bildeten, waren Fußboden und Couchtisch kaum noch auszumachen.

»Musst du wirklich deinen Kram auf einem echten Perserteppich ausbreiten?«, hatte Dan vor einigen Wochen von der Tür aus gefragt, als sämtliche Oberflächen voll waren und das Chaos auf den Boden überzugehen begann. So hatte ich darüber noch gar nicht nachgedacht. Ich oder eigentlich wir beide waren eher an billige IKEA-Einrichtung gewöhnt, anders kannten wir es nicht. Doch nun waren wir an einem Punkt angelangt, an dem Dan sich für die edleren Dinge im Leben zu begeistern begann, die mit dem neuen Reichtum dank meiner Bücher einhergingen. Und er passte sich schneller an als ich. Er hatte Zeit, sich dem Luxus hinzugeben und zu überlegen, wie wir das Geld ausgaben; ich, angesichts meiner Arbeitsbelastung, nicht. Ich konnte es mir nicht leisten, von der Arbeit aufzublicken und die Veränderung in unserem Leben zu genießen. Vielmehr nahm ich sie gar nicht recht wahr.

Es war nicht bloß der schicke Teppich, der noch einiger Gewöhnung bedurfte. Unser Cottage selbst spiegelte bereits, was wir uns neuerdings erlauben konnten. Die Wochenmiete hatte mir beinahe die Tränen in die Augen getrieben und beleidigte meinen Hang zu Sparsamkeit und Einfachheit. Aber Dan hatte darauf bestanden, dass wir hier wohnen müssten.

»In der Wohnung hältst du die letzte Phase bei diesem Buch nicht durch«, hatte er mit einer enervierenden Autorität behauptet, die er in Jahren zu den Themen Schreiben und Kreativität entwickelt hatte, in jüngster Zeit allerdings immer häufiger auf unseren Haushalt übertrug. »Sie ist zu eng. Da treten wir uns auf die Füße.«

Er hatte recht, und ich wusste es, aber ich liebte das Schreiben in unserer gemütlichen Zweizimmerwohnung mit Blick auf die kleine Ladenzeile gegenüber und dem Duft aus der Bäckerei, der jeden Morgen zu uns herüberwehte. Und ich war abergläubisch. Bisher hatte ich alle meine Bücher in der Wohnung geschrieben. Was, wenn sich ein veränderter Alltag auf mein Schreiben auswirkte? Wenn er signalisierte, dass ich mich überschätzte? Jeder wusste, dass die höchsten Mohnblumen als erste geköpft wurden.

Doch während diese Befürchtungen wie Schmetterlinge in meinem Bauch aufstoben, war mir klar, dass ich Dans Wünsche sorgfältig überdenken musste, denn er arbeitete jetzt Vollzeit für mich, und es machte das Problem, wer bei uns das Sagen hatte, überaus heikel. Ich überlegte, wie ich meine Einwände gegen das Cottage so formulieren könnte, dass ich ihn nicht vor den Kopf stieß, nur fehlten mir die passenden Worte. Beim Schreiben flossen sie immer, steckten mir jedoch wie ein Haarball in der Kehle, sobald ich für mich selbst eintreten musste.

Seinen Siegersatz brachte Dan in einem sanfteren Ton vor: »Wir können es uns leicht leisten. Ich habe mir die Zahlen angesehen. Und stell dir vor, auf dem Land zu sein ... noch dazu am Meer! Das würde uns so guttun.«

Für emotionale Erpressung war ich ebenso empfänglich wie für potenzielle Romantik. Schreiben ist ein einsamer Beruf. Und was das Geld betraf, musste ich ihm vertrauen, weil er die Finanzen für mich regelte. Steuerformulare und Zahlentabellen lösten Panik bei mir aus.

Ich willigte ein, das Haus zu mieten, und beobachtete, wie er »Jetzt buchen« klickte, wobei ich das befremdliche Gefühl hatte, mein Leben wäre mir soeben ein wenig entglitten.

Und ich sollte noch etwas anderes erwähnen, um ganz offen zu sein.

Auf dem Papier war unser Arrangement nett, zum Nutzen beider Seiten und privilegiert. Ich würde jedes Jahr einen Thriller schreiben, weiter Geld scheffeln und Dan mir all die Unterstützung bieten, die ich brauchte. Doch in dieser Suppe schwamm ein ziemlich langes, ekliges Haar.

Und das war Folgendes: Mein Assistent zu sein, war nicht die Existenz, die Dan sich erträumt hatte. Er hatte vorgehabt, selbst ein Bestsellerautor zu werden.

I

In der Nacht, in der Teddy verschwindet, wartest du bis Mitternacht, ehe du versuchst, das Haus zu verlassen. Du willst unbedingt los, denn in wenigen Stunden geht die Sonne auf, und nur bis dahin sind die Geister draußen, bewegen sich unter echten Menschen, treiben Unfug, spielen Streiche.

Du weißt, was in der Mittsommernacht passiert, weil du es in der Bücherei nachgeschlagen hast. Du bist eine sehr kluge Neunjährige. »Außergewöhnlich klug«, hat deine Lehrerin in dein Zeugnis geschrieben. »Liest und schreibt auf einem Niveau deutlich über ihrer Altersgruppe.«

Deine Zimmertür quietscht und du verharrst. Du zählst bis zehn, als nichts geschieht, wiegst du dich in Sicherheit und trittst auf den Flur. Aber da geht Teddys Tür auf.

»Was machst du?«, fragt er.

Du bedeutest ihm, still zu sein, scheuchst ihn zurück in sein Zimmer, hilfst ihm ins Bett und drückst ihm seine Kuscheldecke so neben den Kopf, wie er es mag.

»Schlaf weiter«, flüsterst du, streichelst sein Haar. Er steckt den Daumen in den Mund. Die Lider fallen ihm zu. Du zwingst dich zu bleiben, bis er wieder eingeschlafen ist.

Du bist gerade wieder zur Tür geschlichen, als er sagt: »Lucy, du sollst hierbleiben.«

Du ballst die Fäuste. Du willst sehr gern in den Wald gehen. Seit Wochen hast du das geplant. Du drehst dich um. Er sieht niedlich aus, wie er so daliegt.

»Kannst du richtig leise sein?«, fragst du.

»Teddy kann leise sein.« Er spricht meistens in der dritten Person von sich. Später wird jemand sagen, dass es ist, als hätte er immer gewusst, dass er nicht lange unter uns sein würde.

»Nimm ihn nicht mit«, sagt Eliza in deinem Kopf. Deine imaginäre Freundin hat zu allem eine Meinung.

»Aber er wird weinen, wenn ich es nicht mache«, antwortest du stumm, »und Mum und Dad wecken.«

»Dann kannst du nicht gehen.«

Das kommt für dich nicht infrage. Du streckst die Hand aus, und Teddys Augen leuchten.

»Willst du mit auf ein Abenteuer kommen?«, fragst du ihn.

3

Allein in meinem Arbeitszimmer zu sitzen fühlte sich nicht einfach nur enttäuschend an. Ich hatte noch dazu auch ein schlechtes Gewissen, weil das Ende des Buches eine gute Neuigkeit war und Dan verdiente, sie gleich mit mir zu teilen. Mein Zeitplan war für uns beide stressig, und er brauchte diesen Moment des Feierns genauso sehr wie ich.

Ich erhob mich vom Stuhl und verließ meine Höhle mit dem Gefühl, durch ein Portal zu schreiten. Dan war in der Küche und rührte in einem Eintopf. Einen Moment beobachtete ich ihn, bevor er mich bemerkte. Er schien irgendwie in Gedanken, denn der Holzlöffel kräuselte gerade mal die Oberfläche des Topfinhalts.

»Hi«, sagte ich von der Tür aus. Er drehte sich um, lächelte verhalten und versuchte offensichtlich, meine Verfassung einzuschätzen. Sein erster Impuls war ganz klar, dass er in dieser Phase des Buches vorsichtig mit mir sein musste. Hier stand ich, sein ganz eigener Gollum, dessen kostbarer Besitz ein Roman war. War ich fertig? Endlich? Oder hatten sich meine glasigen, blutunterlaufenen Augen nur auf den blinkenden Cursor oben auf einer leeren Seite gerichtet, während sich ein gutes Stück hinter dem Sehnerv mein Verstand vor Zweifeln zerfleischte?

All diese Fragen sah ich in seinen Augen und hatte die blöde Idee, dass es witzig sein könnte, die Anspannung zu lösen, indem ich ihm meine gute Nachricht in Form eines kleinen Siegestanzes überbrachte. Ich setzte eine Faust auf die andere, dann noch einmal, wechselte die Position und schwang die Hüften ein wenig. Alles ganz unbeschwert. Doch es kostete mich einiges an Konzentration, erschöpft, wie ich war. Vielleicht habe ich also die Stirn gerunzelt, aber ich wollte es versuchen, weil es etwas war, das er und ich dauernd taten, eine spaßige Ausdrucksweise, die wir teilten, die uns zum Kichern brachte.

Doch Dan machte nur große Augen. Es war, als wüsste er nicht mehr, wie man sich albern ausdrückte – oder wollte es nicht. Verlegen hielt ich inne. Er warf sich das Geschirrtuch, das er gerade in der Hand hielt, über die Schulter. »Wie läuft es?«, fragte er. Er hatte sich die neue Schürze umgebunden, die ich ihm gekauft hatte und auf der stand: »Ich kann so gut kochen, wie ich aussehe.«

Und er sah gut aus, geschmeidig, beherrscht und sehr gepflegt. Der Dan, den ich vor sieben Jahren kennengelernt hatte, der leicht zottelige, pummelige Mann, der sich von kreativer Leidenschaft und Discounter-Lebensmitteln ernährte, war vom Geld verwandelt worden. Heute achtete er nicht nur auf sein Äußeres, sondern hatte auch in anderer Hinsicht daran gearbeitet, sich zu verbessern. Er kannte sich jetzt mit Wein aus, hatte in ein schickes Auto investiert. Er hatte mich sogar ermuntert, mir eine Stylistin zuzulegen, aber dafür hatte ich keine Zeit. Auch bei anderem fehlte mir die Zeit, mit ihm mitzuhalten. Die einzige Anstrengung, die ich unternahm, mein Äußeres aufzupeppen, waren meine gelegentlichen Online-Einkäufe, und selbst bei denen war ich mir nie ganz sicher, ob ich das Richtige kaufte.

Ich wusste nicht genau, wann Dans Verwandlung begonnen hatte. Während ich mein zweites Buch schrieb? Das dritte? Nach dem großen Tantiemenscheck? Der Ein-Buch-pro-Jahr-Plan bedeutete, dass mich die Zeit manchmal verwirrte; sie war so linear wie ein Kartenspiel, das jederzeit neu gemischt werden konnte. Fiktion zu schaffen, ließ keinen mentalen Raum für geordnete Erinnerungen an die Realität. Meine kamen mir wie hohe Gräser vor, die mal in diese, mal in jene Richtung geweht werden konnten.

»So waren deine Erinnerungen schon, bevor du mit dem Schreiben angefangen hast«, murmelte Eliza. Ich konnte es nicht leugnen. Eliza und ich waren immer ehrlich zueinander.

»Erde an Lucy«, sagte Dan. »Hallo?« Er klang gereizt, denn er hasste es, wenn ich abschaltete.

»Ich habe das Buch fertig. Es ist eben an Max gegangen.«

»Wirklich?«

Ich nickte und lächelte ihm zu, und mir wurde bewusst, dass es wahrscheinlich mein erstes Lächeln seit Längerem war. Die nötigen Wangenmuskeln waren erschlafft, doch sie wieder zu nutzen, fühlte sich herrlich an. Dan umarmte mich, und ich merkte, wie das Adrenalin in einem Schwall aus meinem Körper wich, als würde Dan es aus mir herausquetschen. Er roch nach Holzrauch und dem *Ragù*, das er kochte. Das Aroma von Normalität. Ich landete wieder auf der Erde, kehrte ins Leben zurück und blinzelte im Tageslicht.

»Gratuliere«, sagte er in mein Haar. Es hatte etwas entzückend Intimes. »Verdammt gut gemacht. Was kann ich tun? Möchtest du einen Tee?«

Ich setzte mich mit der Grazie eines Mehlsacks, der aus großer Höhe fiel, an den Tisch. Mir war, als wäre ich nach Monaten aus dem Krankenhaus entlassen worden. Nun war alles möglich. Normalität war möglich. Ich könnte Dan für alles entschädigen, was er für mich getan hat. Wir könnten ein bisschen Spaß haben. Vorausgesetzt, ihnen gefiel das Buch.

»Wenn du mir einen Tee machst, muss ich dich töten«, sagte ich, »oder mich zumindest scheiden lassen. Lass uns eine Flasche von etwas sehr Kaltem und sehr Gutem entkorken.«

Dan ging den Champagner holen. Wir hatten welchen mitgebracht, echten, keinen billigen Sekt. Noch ein Upgrade. Ich wagte nicht zu gestehen, dass ich die metallische Note nicht mochte, mit der mir der Champagner in der Nase kribbelte, und dass ich nach einem zweiten Glas manchmal weinen musste. Ich konnte ihm nicht sagen, dass ich im Geheimen den billigen Alkohol vermisste, den wir früher gern getrunken hatten.

Meine Stimmung trübte sich ein wenig ein, als Dan aus dem Raum war, weil ich unmöglich das Geheimnis vergessen konnte, das ich um das neue Buch gemacht hatte, und ich spürte, wie meine Mundwinkel nach unten gingen. Als ich ihn zurückkommen hörte, bemühte ich mich, wieder zu lächeln. Dies war nicht der geeignete Zeitpunkt, es ihm zu sagen. Vorher brauchten wir unsere Feier.

Ich sah zu, wie er die Gläser füllte. Der Champagner schimmerte leicht golden. Eines der Fenster war gekippt, und ich konnte das Meer hören und die Sonne hinter dem Scheunen-first verschwinden sehen: eine wässrige gelbe Lichtkugel. Dan stellte eine Schale geröstete Nüsse auf den Tisch, hausge-machte, die ich am liebsten mochte. Er küsste mich mit trocke-nen Lippen und hob sein Glas.

»Gratuliere«, sagte er wieder. Ich bemerkte das hübsche Funkeln in seinen Augen, das ich seit einer Weile nicht mehr wahrgenommen hatte, und schmolz ein wenig dahin. Dann neigte er sein Glas sanft zu meinem, doch ich musste meine Nervosität hinunterschlucken, denn er gab mir einen Wink, und ich wusste, was ich sagen sollte. Ich sollte auf Detective Sergeant Eliza Grey anstoßen.

Einmal hatte ich für eine Sonntagszeitung über den Trink-spruch auf Eliza Grey geschrieben und geschildert, dass Dan und ich stets auf sie anstießen, wenn der erste Entwurf eines neuen Eliza-Buches fertig war. Fans lasen den Artikel und übernahmen unser kleines Ritual, schickten mir Fotos von sich, wie sie anstießen, nachdem sie den neuesten Eliza-Grey-Roman gelesen hatten. Es wurde zu einem Hit auf den Leser-seiten im Internet und hatte sogar ein eigenes Hashtag: #Cheers-Eliza.

Ich brachte die Worte nicht heraus, die Dan erwartete, denn es käme einer Lüge gleich, nachdem ich Eliza in diesem Buch außer Gefecht gesetzt und quasi rausgestrichen hatte. Ich er-spare allen die Einzelheiten. Kein Spoiler. Es war mein Ge-heimnis, der Grund, weshalb ich sogar noch nervös war, als ich feiern sollte.

»Warum hast du das getan?«, flüsterte Eliza, als es geschah. Es war schwer, sich an ihre durch die Verletzungen veränderte

Stimme zu gewöhnen. Sie machte mir ein furchtbar schlechtes Gewissen.

Keiner will seine Kindheitsfreundin verletzen. Das Problem war, dass sie zu einer Art Störfaktor geworden war. Als ich beschloss, mich bei der Figur von Detective Sergeant Eliza Grey an ihr zu orientieren, war sie eine Stimme in meinem Kopf gewesen, meine Freundin, Vertraute und Beschützerin. Es war fantastisch, sie auf dem Papier lebendig werden zu lassen. Doch sie hatte sich weiterentwickelt, war irgendwie mehr geworden als Worte. Als wäre sie aus Ton geformt und ihr wäre Leben eingehaucht worden. Beim Schreiben des dritten Romans trat sie aus den Seiten hervor und in mein Leben.

»Ich sehe dich überall«, sagte ich ihr. »Damit kann ich nicht umgehen.«

Anfangs war es beherrschbar, doch es passierte immer häufiger, bis Dan auffiel, dass ich von ihr abgelenkt wurde. Er hatte komische Fragen gestellt, mir vorgeworfen, ich würde mich seltsam benehmen. Ich wusste nicht, wie ich es erklären sollte.

»Ich verschwinde, wann immer du willst«, hatte Eliza gefleht. »Du musst es bloß sagen.« Wir hatten beide gewusst, dass das nicht stimmte. Sie war viel zu eigensinnig, und ich hatte sie schon zu lange nicht mehr unter Kontrolle. »Ich will nicht aus den Büchern fliegen. Bitte, tu das nicht.«

Ich hatte ihr Flehen ignoriert. Es war nicht leicht, aber es musste sein. Seit ich die Szene geschrieben hatte, mit der sie rausflog, war sie mir nicht mehr erschienen, also hatte es funktioniert, obwohl es mich schmerzte, ihr wehzutun. Ihre Stimme hörte ich nach wie vor, was in Ordnung war, denn an die war ich gewöhnt. Ich erinnere mich an keine Zeit, in der es nicht so gewesen war.

Dan hielt sein Glas immer noch hin, runzelte verwirrt die Stirn und beschloss, für mich zu sprechen. Es kam ihm eigentlich nicht zu, doch er tat es trotzdem: »Cheers, Eliza!«

Er stieß sein Glas gegen meines, und ich lächelte. Mein Unbehagen spülte ich mit dem Champagner hinunter. Wie sollte ich ihm erklären, was ich getan hatte, wenn ich ihm nie die Wahrheit über sie sagen könnte, weil er sie nicht verstünde?

Was für ein Mensch erschafft denn eine Figur, die aus seinem Buch heraus in sein Leben spaziert?

Er würde denken, dass ich den Verstand verloren hatte.

4

Dan bemerkte mein Unbehagen nicht. In dem Bestreben, mir schnell noch einmal Champagner nachzuschenken, warf er die Nussschale um, die ich allerdings schon fast geleert hatte. Er war aufgedreht.

Ein fertiger erster Entwurf bedeutete nicht nur ein gewisses Maß an Freiheit für uns beide, sondern auch Zahlungen. Nicht sofort – das Buch musste erst das Lektorat durchlaufen und richtig fertig sein –, aber bald. Dan führte Buch über meine Einkünfte. Regelmäßig starrte er auf den blinkenden Cursor in der Excel-Tabelle, in die er mein Honorar eintrug, sobald es eingegangen war. Das liebte er.

Wir nahmen unsere Gläser mit nach draußen und gingen ans Ende des Gartens, um zu sehen, wie die Sonne im Meer versank. Wellen krachten erbarmungslos gegen die Felsen. Die Wasseroberfläche war ein Spiel aus abertausenden Grau- und Silbertönen, die Gischt schaumig an den ölig schwarzen Klippen, deren Silhouetten nach jeder Woge neu aufragten.

Fröstelnd lehnte ich mich an Dans warmen Körper. Es war Balsam für meine schmerzenden Muskeln, meinen müden Verstand und meine Nerven. Nach Monaten in der Gesellschaft fiktiver Personen fühlte sich der Moment unglaublich vertraut an.

Eine Weile sprach keiner von uns. Der salzige Wind hätte unsere Worte ohnehin gleich wieder fortgeweht. Wir tranken unseren Champagner, und schließlich weinte ich. Darauf war nach dem zweiten Glas Verlass, ebenso auf das schleichende Gefühl von Angst.

Die ganze Zeit musste ich daran denken, wie es Max ging oder gehen würde, wenn er die Szene in meinem neuen Manuskript las, in der Eliza aus dem Verkehr gezogen wurde. Wie schockiert wäre er? Würde er hektisch durch die Seiten scrollen und sich vorstellen, wie Geld ihm zwischen den Fingern zerrann, während er vergeblich hoffte, ich hätte eine Art Taschenspielertrick angewandt und ließe Eliza wenige Seiten später wieder auftauchen?

Ich wusste, dass er zunächst verzweifelt wäre, da machte ich mir nichts vor. Die Frage war, ob sich das legen würde, wenn er den Rest des Buches las. Mein Magen krampfte sich zusammen. *Beruhige dich*, befahl ich mir. *Dieses Buch ist viel besser als alle deine anderen. Es ist ein Neuanfang für dich.* Doch meine Courage verflüchtigte sich.

Dan bemerkte nicht, dass ich aufgewühlt war. Er blickte auch hinaus aufs Meer. Meine Tränen würde er sowieso als Erschöpfung deuten. Es war nicht das erste Mal, dass ich nach Abschluss eines Buches weinte. Jedes hatte seine eigene Art, mich auszulaugen.

Der Wind trocknete meine Wangen, und nach einer Weile lachte ich leise und dachte, was sollte das überhaupt? Was geschehen war, war geschehen. Ich sollte zuversichtlich sein.

Als wir wieder im Haus waren, nahm ich ein Bad, und Dan kehrte in die Küche zurück, um das Abendessen zu machen. Er war immer noch aufgedreht, vibrierte beinahe vor Energie. Ich dachte, dass er einfach froh war, dass das Buch abgeschlossen war und wir endlich ein wenig Zeit gemeinsam verbringen konnten. Oben stieg ich in die Wanne mit den Klauenfüßen und sank unter den dichten Schaum, der meinen weißen Wabbelkörper so hübsch verbarg. Und ich räumte den Kopf frei, indem ich darüber nachdachte, wie viel diese Schaumtabs gekostet hatten.

Hinterher ging ich im Bademantel nach unten und rechnete damit, dass wir auf dem Sofa essen und einen Film sehen würden, wie es unser Ritual nach Abschluss eines Buches war. Aber Dan hatte den Küchentisch aufwendig gedeckt. Er hatte frische Blumen hingestellt, und eine weitere Champagnerflasche lehnte in einem eisgefüllten Kühler. Die Schürze war fort. Dan grinste.

»Was ist das denn?«, fragte ich.

»Freust du dich, morgen nach Bristol zurückzufahren?«

»Sicher. Wenn du das willst.« Ich hätte es vorgezogen, noch einige Tage hierzubleiben und richtig runterzukommen. Doch ich musste die Balance in unserer Ehe wahren und war bereit, mich zu fügen.

»Wenn wir da sind, muss ich dir etwas zeigen.«

»Was?«

»Eine Überraschung.«

Er entkorkte die Flasche, und ich zuckte zusammen, als der Korken quer durch den Raum flog. Champagner schäumte am Flaschenhals hinunter, und Dan leckte ihn ab.

»Was für eine Überraschung?«, fragte ich.

»Ich verrate nichts«, antwortete er. »Ich könnte, aber dann müsste ich dich umbringen.«

»Sag schon!«

»Nein, du musst warten.«

»Ist es eine gute Überraschung?«

»Oh ja!«

Das war aufregend. So etwas hatte Dan noch nie getan. Und ich war froh, dass ich die Stimmung nicht mit den Neuigkeiten zu Eliza verwürzt hatte.

Ich beugte mich vor, um ihn richtig zu küssen, doch er zog sich zurück und schenkte ein. Als ich es wieder versuchte, wich er abermals aus. Es war schwer, nicht gekränkt zu sein. Wir waren schon lange nicht mehr intim gewesen.

»Willst du nicht zuerst essen?«, fragte er. »Es ist alles fertig.« Vermutlich war ich hungrig. Dan schob mir ein Stück Parmesan und die Reibe hin. »Dein Job«, sagte er. »Und schürf dir nicht wieder die Fingerknöchel auf.«

Hätte er das nicht gesagt, wäre es gewiss gut gegangen. So aber machten mich seine Worte unsicher; außerdem waren meine Finger aufs Tippen trainiert, nicht aufs Reiben, und ich war müde, das Missgeschick mithin unvermeidlich. Meine Fingerknöchel bluteten nicht allzu lange.

Es war ein gutes Essen. Wir aßen Spaghetti mit spitzen Hügeln pudrigem Parmesan, und unsere Lippen röteten sich von der Soße. Dan schenkte immer wieder Champagner nach. Hinterher bestand er darauf, alles aufzuräumen, und ich legte mich aufs Sofa. Innerhalb von Sekunden übermannte mich der Schlaf wie eine schöne Droge, die mir sämtliche Sorgen nahm.

Jetzt frage ich mich, wie ich nicht ahnen konnte, was kommen würde. Wie ich, die sich aus dem Stegreif Böses vorstellen und es auf eine Weise zu Papier bringen konnte, dass meinen Lesern das Blut in den Adern gefror, so ahnungslos einschlafen konnte, die Wangenmuskeln schmerzend vom Lächeln. Es ist ein bisschen peinlich. Immerhin muss man kein Raketenforscher sein, um zu begreifen, dass nicht alle Überraschungen gut sind. Vor allem nicht, wenn man selbst ein Geheimnis hat.

II

Teddy besteht darauf, seine Kuscheldecke mitzunehmen, sitzt aber still, während du ihm die Schuhe anziehst, und ist sehr leise, als ihr durch die Charlotte Close geht. Deine Aufregung steckt ihn an. Du fühlst es an der Art, wie er deine Hand festhält, an dem Schweiß zwischen euren Handflächen, und als er zu dir aufsieht, grinst er breit. Teddy liebt es, Sachen mit dir zu unternehmen. Und er vertraut dir vollkommen.

Die Nacht ist klamm, der Himmel klar und von Sternen erhellt. Ein abnehmender Dreiviertelmond leuchtet, und du hast eine kleine Taschenlampe bei dir. Kribbelnde Vorfreude erfüllt dich.

Als du auf der Hauptstraße bist, lässt du ihn reden, hältst dich aber im Schatten, damit ihr nicht von vorbeifahrenden Autos aus zu sehen seid. Es kommt nur eines, das neben euch langsamer wird, und ihr duckt euch in eine Einfahrt, wartet dort. Du atmest schnell; das Gesicht nahe an Teddys, legst du den Finger an die Lippen. Er macht es dir nach. »Schhh«, sagt er. Der Wagen fährt weiter.

Du biegst auf den Weg ab, der zum Waldparkplatz führt, und sofort fühlst du es: Die Geister sind in den Bäumen.

»Kannst du sie fühlen?«, fragst du Teddy. Eine Brise lässt irgendetwas in der Nähe rascheln. »Teddy kann sie fühlen«, sagt er.

»Komm«, sagst du. Du hebst ihn über den Zaunübertritt. Es ist nicht einfach, weil er schwer ist, aber du schaffst es, und du führst ihn in den Wald.

»Was fühlt Teddy?«, fragt er, als ihr ein Stück in die Dunkelheit gegangen seid.

»Keine Angst«, sagst du. Dein Herz fühlt sich an, als würde es mehr als sonst pumpen. Dein Verstand tanzt.

»Keine Angst«, wiederholt er.

»So ist es richtig, Teddy«, sagst du.

5

Am nächsten Morgen fuhren Dan und ich zurück zu unserer Wohnung in Bristol. Bis wir aufbrachen, hatte ich immer noch nichts von Max gehört. Ich hatte ihm gemailt, dass wir wieder nach Bristol zurückkehrten, aber er hatte nicht geantwortet. Sein Schweigen nagte an mir, ebenso wie ein fieser kleiner Kater.

Die Heimreise fühlte sich wie der Beginn eines neuen Kapitels an. Ansichten von glitzerndem Wasser und sturmgebeugten Bäumen verschwanden im Rückspiegel, als wir schrittweise in die Zivilisation zurückkehrten und bald die Autobahn erreichten. Drei Spuren mit dichtem Verkehr zwischen Städten. Wir fuhren nach Norden. Dan beschleunigte und drehte die Musik lauter, und ich blickte aus dem Fenster und freute mich auf mein Zuhause. Ich hatte erwogen, ihm auf der Fahrt von Eliza zu erzählen, aber zuerst wollte ich wissen, was seine Überraschung war.

Einen ersten Hinweis bekam ich, als Dan nicht unsere übliche Abfahrt nahm. Ich sah zu ihm, und er blickte zu mir, die Augenbrauen hochgezogen. Er lächelte. Ich konnte das Lächeln nicht erwidern, weil ich diese Strecke kannte. Wir fuhren auf meine Kindheit zu, die Straße, in der ich aufgewachsen war. Charlotte Close.

Ich fixierte die Fahrbahnmarkierung und schaute nicht auf. In dieser Gegend kannte ich jede Wegmarke, und ich wusste, dass es hier nichts gab, was ich sehen wollte. Als wir uns der Kreuzung mit der Charlotte Close näherten, bekam ich ein Engegefühl in der Brust. Hier hatten Reporter kampiert, als ich Kind war, unaufhörlich meinen Namen gerufen, weil sie dringend mit mir reden wollten, selbst nachdem mein Dad sie angefleht hatte, uns in Ruhe zu lassen.

Als wir beinahe da waren, sagte Dan: »Es ist okay. Alles gut. Keine Panik.«

»Ja«, sagte ich. Mehr brachte ich nicht heraus.

»Atme«, flüsterte Eliza. Ich hörte auf sie und zwang mich, ruhig in ihrem Rhythmus zu atmen, bis wir das Ende der Charlotte Close hinter uns gelassen hatten und Dan weitergefahren war, vorbei an Stoke Woods, dem Wald direkt hinter den Gärten auf der einen Straßenseite.

Diesen Wald hatte ich von meinem Kinderzimmerfenster aus gesehen. Die alten Eichen gaben den Sauerstoff in die Luft ab, den ich atmete, und bezauberten mich.

Ich fühlte, wie sich meine Anspannung löste, als wir den Wald hinter uns ließen, doch die Erleichterung kam zu früh. Dan blinkte und drosselte den Motor, um in einen Weg auf der Rückseite des Waldes einzubiegen. An der Abzweigung stand ein Schild mit der Aufschrift »Privatweg«.

Als Kind war ich durch diesen Wald gestreift, aber nie so weit. Ich erinnerte mich vage, dass meine Eltern mit uns einmal hergefahren waren, um sich neugierig die großen Häuser anzusehen; ansonsten war diese Gegend bedeutungslos für uns. Ein anderes Land. Bis zu den Ermittlungen zu Teddys Verschwinden, als die Polizei die Anwohner befragt hatte. Es war nichts dabei herausgekommen, und wir hatten es wieder vergessen.

»Warum sind wir hier?«, fragte ich.

»Vertrau mir, ja?«, sagte Dan. »Entspann dich. Hab noch ein paar Sekunden Geduld.«

Nur auf einer Seite des Weges standen Häuser, auf der zum Wald hin. Auf der anderen Seite befand sich ein Grasstreifen mit einer imposanten Reihe von Blutbuchen, die gepflanzt worden sein musste, kurz nachdem die Häuser fertig waren. Dahinter war Ackerland.

Ich schaute die erste Einfahrt hinunter, die wir passierten, und sah ein eindrucksvolles viktorianisches Herrenhaus. Das Grundstück musste sehr groß sein, dennoch wirkte es, als stünde das Haus im Wald. Ich erschauderte.

Am Ende der nächsten Einfahrt standen zwei Häuser. Das eine war so prächtig wie das vorherige, wenn nicht noch prächtiger. Es teilte sich die Zufahrt mit einem moderneren, sichtlich von einem Architekten entworfenen Haus, das nicht älter als zehn Jahre sein konnte. Wie es aussah, war das moderne Haus auf einem Stück Land gebaut worden, das die Besitzer des größeren verkauft hatten. Und obwohl sie sich die Einfahrt teilten, standen die Häuser weit genug auseinander, um den Bewohnern Privatsphäre zu bieten. Auch diese Bauten waren von Wald umgeben.

»Mir gefällt es hier nicht«, sagte ich. Klaustrophobie packte mich. Meine Hände zitterten, und meine Handflächen waren feucht.

»Es ist okay«, entgegnete Dan. »Du wirst schon sehen.«

»Dreh bitte um«, sagte ich, doch er fuhr weiter, als hätte ich nichts gesagt.

Der Weg machte eine Biegung, hinter der er abrupt endete. Pfosten, zwischen denen Stacheldraht gespannt war, signalisierten, dass man nicht weiterkam. Hinter der Absperrung ging das Waldgebiet weiter. Links von uns gab es noch eine letzte Einfahrt, flankiert von verzierten Steinsäulen. Auf der einen stand ein Name: Cossley House. Dan bog in die Einfahrt. Sie war voller Schlaglöcher und von Unkraut überwuchert.

»Bitte«, sagte ich. »Ich möchte einfach nach Hause.«

Auf halber Strecke hielt Dan an. »Du musst mir vertrauen.« Sein Lächeln war verschwunden, und er legte mir die Hände an die Wangen. »Sieh mich an. Reiß dich zusammen, für mich.«

Ich nickte, und er ließ mich los. Seine Beharrlichkeit verstörte mich, und ich fühlte mich um nichts besser.

Das letzte Stück schwiegen wir. Am Ende der Zufahrt tauchte das eleganteste Haus von allen auf, ein echtes Herrenhaus, das jedoch seit Längerem vernachlässigt worden war. In der Einfahrt stand schon ein Wagen, und als wir uns näherten, ging die Haustür auf, und ein Mann kam heraus. Er war ungefähr in unserem Alter, hatte aber bereits schütteres Haar, und seine geröteten Wangen deuteten auf viele üppige Mahlzeiten hin. Ein Makler, wurde mir klar. So musste es sein, auch wenn an der Einfahrt kein »Zu verkaufen«- oder »Zu vermieten«-Schild gewesen war.

Eliza gelangte zu demselben Schluss. »Das ist ein Hinterhalt«, sagte sie. »Dan will dieses Haus kaufen.«

Dan stieg wortlos aus, und ehe ich erfasste, was vor sich

ging, war er schon die Eingangsstufen hinauf und schüttelte dem Makler die Hand. Langsam folgte ich ihm.

»Sie müssen Mrs. Harper sein«, sagte der Makler, kam die Stufen herunter und reichte mir die Hand. »Willkommen! Ich bin Henry. Wie schön, Sie kennenzulernen!«

Ich ertrug Henrys prankengleichen Händedruck und wusste, dass ich diese Besichtigung über mich ergehen lassen musste, weil es beschämend für Dan wäre, würde ich mich weigern. Ich musste dies hier so schnell wie möglich hinter mich bringen und verschwinden, denn nicht in einer Million Jahre würde ich dem Kauf dieses Hauses zustimmen. Henry hielt uns die große Haustür auf. Ich wollte nicht mal hineingehen, doch Dan schob mich, nicht sonderlich sanft, nach drinnen. Ich betrat eine Diele mit hellen, von kleinen schwarzen Rauten unterbrochenen Sandsteinfliesen. Dominiert wurde die Diele von der Treppe, die zwar verstaubt, aber eleganter als jede war, die ich bisher gesehen hatte. Filigrane Spindeln und dunkle Holzstufen bildeten einen gewundenen Aufstieg bis zu einem Oberlicht drei Stockwerke über uns. Ich trat in den matten Sonnenlichtkreis auf dem Boden, blickte nach oben und sah mich um. Ein oder zwei Zimmer waren renoviert worden, der Rest aber offensichtlich nicht.

Das ist viel zu groß für uns, dachte ich. *Und viel zu protzig. Ganz falsch. Wir würden uns hier verlaufen. Außerdem ist es total heruntergekommen. Ein Groschengrab. Ich hasse es. Und ich kann niemals nahe Stoke Woods oder der Charlotte Close leben. Nie.*

Das Geräusch einer Tür, die ins Schloss fiel, erschreckte mich, und ich drehte mich um. Der Makler war gegangen.

Dan legte die Arme um mich. »Es ist eines der edelsten Herrenhäuser von Bristol und eines der geschichtsträchtigsten. Häuser wie dieses kommen nur einmal im Leben auf den Markt.«

»Ich kann hier nicht wohnen«, antwortete ich. »Und du weißt, warum.«

»Gib dem Ganzen eine Chance, für mich, bitte. Stell dir vor, wie schön wir es haben, wenn die Renovierung fertig ist. Ich könnte das Projekt managen, vielleicht sogar einige Arbeiten übernehmen, wenn wir dir eine richtige Assistentin besorgen. Wir könnten ihm unsere Note verleihen.«

»Er liebt es wirklich«, sagte Eliza. Sie klang entsetzt, aber auch fasziniert, und ich wusste, dass sie recht hatte. Es würde uns schaden, sollte ich darauf bestehen, dass wir sofort gingen.

Und ich musste noch etwas einsehen: Die Lücke, die Dans gescheiterte Autorenkarriere in sein Leben gerissen hatte, war eindeutig nicht gefüllt, indem er mein Assistent wurde, und ebenso wenig von seinen neuen Vorhaben. Ich hatte es bereits vermutet, wollte mich dem aber nicht stellen. Wenn ich schrieb, war für nichts anderes Platz in meinem Kopf. Wie auch immer, dies war der Beweis.

Allerdings müsste Dan sich ein anderes Projekt suchen, wenn er dringend eines wollte.

»Sieh dich wenigstens um«, sagte Eliza. »Vermittle ihm das Gefühl, dass du der Sache eine Chance gibst.«

»Dann lass mich mal sehen«, sagte ich zu Dan und bemühte mich, Interesse zu heucheln. Dan strahlte. Er nahm meine Hand und führte mich in eine renovierte Küche, in der ein Großteil der Außenwand herausgebrochen und durch Glas ersetzt war. Der Blick ging zum seitlichen Garten, der aus verwildertem Gras und dichten Hecken bestand. Blitzblanke Geräte und Utensilien waren in sämtliche Winkel eingebaut oder gestellt, und die Kochinsel war so groß wie die Küche in unserer Wohnung. Diese Küche hatte überhaupt keinen Charme, nichts Anheimelndes.

»Wir könnten das ganze Haus so klasse wie das hier machen«, sagte Dan. Er schnurrte beinahe.

»Ja, es hat was.«

»Komm«, sagte Dan und zog mich zurück durch die Diele zu einer Tür. »Bereit für die große Enthüllung?«

Ich bejahte stumm, und er warf die Tür mit einer übertriebenen Geste auf, ähnlich der eines Zauberers, der ein Kaninchen aus dem Hut zieht.

Der Raum war gigantisch, ein Traum für jeden mit einem Faible für Pomp. Er hatte eine stuckverzierte Decke, und die Wände waren an die vier Meter hoch, zwei davon akzentuiert von Schiebefenstern mit Blick auf die lang gestreckte Rasenfläche hinter dem Haus, an deren Ende ein niedriger Drahtzaun die Grenze zum Wald markierte. Drum herum standen Eichen, Wachmännern gleich, die schon so lange dort stillstanden, dass sie eine Borke gebildet hatten. Ich hatte ein Gefühl, als wäre meine Vergangenheit bis an die Grundstücksgrenze herangekommen und wartete dort auf mich. Um mich an Teddy zu erinnern. Und mich zu bestrafen.

Ich konnte Dan nicht länger etwas vorspielen. Also drehte ich mich um und wollte ihm sagen, dass ich nicht eine Sekunde erwägen konnte, hier zu wohnen, weil ich unmöglich an diesen Ort zurückkonnte. Doch sein Anblick bremste mich.

Er stand mitten im Raum, in den Trümmern einer herabgefallenen Deckenrosette auf dem Parkett. Sonnenlicht fiel durch die Fenster, das blässlich sein Gesicht beschien, die schmalen Schultern rahmte und sich in seinen Brillengläsern spiegelte. Sein Grinsen wurde breiter, als er etwas aus seiner Tasche zog und es in den staubigen Lichtkegel hielt. Es war ein Schlüsselbund.

»Das Haus gehört uns«, sagte er. »Ich habe es für dich gekauft.«

Eliza fluchte, und mir wurde speiübel, bevor meine Knie nachgaben.

6

Putzbrösel bohrten sich mir in den Rücken. Ich konnte feinen Staub schmecken. Dan hielt mich, und vorsichtig setzte ich mich auf.

»Alles in Ordnung?«, fragte er. »Nichts passiert. Ich habe dich abgefangen, bevor du mit dem Kopf aufgeschlagen bist.«

Ich blickte zur hohen Decke, auf den herausgebrochenen Stuck, die verfallene Pracht, und malte mir aus, wie all das auf uns stürzt und wir in der abgestandenen Staubluft ersticken.

»Wie kannst du es wagen, dieses Haus zu kaufen, ohne mir etwas zu sagen?«, fragte ich. »Hast du es von meinem Geld gekauft?«

»Lucy, ich …«, begann er, klang allerdings wie ein Lehrer, der es mit einer besonders langsamen Schülerin zu tun hatte, und ich wollte es nicht hören.

»Du hast mein Vertrauen missbraucht.«

»Ich …«, fing er wieder an.

»Ich will nach Hause. Bring mich bitte nach Hause.«

Schweigend fuhren wir über die Hängebrücke in die Stadt. Als wir bei unserer Wohnung waren, luden wir wortlos den

Wagen aus und hielten so viel Abstand zueinander, wie es in den kleinen Räumen möglich war.

Ich legte mich aufs Bett, konnte immer noch nicht fassen, was Dan getan hatte. Es war schockierend, vollkommen unerwartet und beängstigend. Wir mussten es schnellstens rückgängig machen, das Haus verkaufen, selbst wenn wir damit einen Verlust machten. Anders ging es nicht, und ich musste den Mut aufbringen, es ihm zu sagen.

Ich sah in mein E-Mail-Postfach, hoffte auf gute Neuigkeiten, die mich ablenkten. Mein Herz schlug schneller, als ich eine Nachricht von Max sah, aber sie war brutal kurz: Fast fertig mit Lesen. Ich rufe dich dann an.

Mehrmals las ich den kurzen Text, aber es war verflucht schwer, etwas zwischen den Zeilen zu erkennen. Darin war Max gut. Ich tippte eine bettelnde Antwort und löschte sie wieder. Dann tippte ich noch eine und schickte sie an mich. Beim Lesen war ich froh, dass ich sie nicht an Max geschickt hatte. Auch die löschte ich.

Ich blickte mich in unserem Schlafzimmer um. Es war zu klein, wie die gesamte Wohnung, aber ich liebte jeden Zentimeter. Ich konnte die Argumente dafür, mein Geld sinnvoll anzulegen, nachvollziehen, und mir war klar, dass wir irgendwann etwas kaufen würden. Doch das sollte eine gemeinsame Entscheidung sein, ein Prozess, wenn wir beide bereit waren.

Eliza sagte: »Früher oder später musst du mit ihm reden und herausfinden, was genau er getan hat.«

Ich war nervös. Irgendwie fühlte ich mich dieser Sache nicht gewachsen. Schon damals spürte ich es, obwohl nicht mal ich mir hätte vorstellen können, wohin uns das führen würde.

Dan saß am Küchentisch und machte irgendetwas auf seinem Laptop. Er klappte ihn zu, als er mich sah, und hatte schon wieder diesen misstrauischen Ausdruck.

»Warum *das* Haus?«, fragte ich. »Was hast du dir dabei gedacht?«

»Ich dachte, du würdest dich genauso verlieben wie ich«, antwortete er, so schlicht und süß, dass meine Wut ein wenig abflaute. Er stand auf, kam zu mir, umfing wieder mein Gesicht wie vorhin, doch diesmal küsste er mich, und mein Körper entspannte sich so, wie er es nur bei der richtigen Berührung konnte.

»Hast du Hunger?«, fragte er.

»Und wie!«

»Gehen wir etwas essen, dann können wir reden. Ich möchte, dass das gelingt.«

Zum Restaurant gingen wir nicht wie gewöhnlich Hand in Hand. Alles fühlte sich komisch an. Nicht unangenehm, aber merkwürdig. Dan war übertrieben aufmerksam, schwenkte hinter mir ein, wenn uns andere Leute entgegenkamen und der Gehweg zu eng wurde; schaute dreimal in beide Richtungen, bevor er die Straße überquerte. Er wirkte hyperwachsam.

Eliza sagte: »Überleg mal, falls er das Haus tatsächlich gekauft hat, und ich denke, das hat er, musst du dich auf ein langfristiges Unternehmen einstellen. Du kannst da rauskommen, aber wahrscheinlich nicht gleich, also sei klug und nicht wütend. Wähle deine Schlachten mit ihm mit Bedacht. Falls er den Kauf hinter deinem Rücken abgeschlossen und dein Geld dafür verwendet hat, wovon ich ausgehe, musst du dich vergewissern, dass dein Name in den Verträgen steht. Falls nicht, ist es seine Entscheidung, ob er es verkauft oder nicht.«

Sie hatte recht, und ich hörte ihr zu. Dennoch konnte sie sich nicht verkneifen zu ergänzen: »Ich hatte dir gesagt, dass du ihm keinen Zugriff auf deine Konten geben sollst.«

Ich hatte ihm aber vertraut und mich nicht selbst um das Geld kümmern wollen. Es schien die simpelste Lösung. Jetzt kam ich mir blöd vor.

Dan hielt mir die Restauranttür auf. Es war eine neue Pizzeria, die er ausprobieren wollte. Bei *Mozzarella in Carrozza*, einem Dirty Martini für mich, einem Lager für Dan – obwohl die Säufersonne noch nicht ganz aufgegangen war – sagte ich, so ruhig ich konnte: »Du hättest mit mir reden müssen, bevor du das Haus gekauft hast. Geldangelegenheiten sollten wir gemeinsam entscheiden.«

»Aber du hättest nie und nimmer zugestimmt, es zu kaufen«, erwiderte er. Ein Käsefaden hing ihm aus dem Mund, und er sog ihn ein.

»Ich hätte allein wegen der Lage niemals zugestimmt.«

»Es war eine einmalige Chance. Ich wollte nicht, dass deine Vergangenheit unsere Zukunft blockiert. Und keiner wird wissen, wer du bist. Das letzte Mal, dass sie dich gesehen haben, warst du wie alt? Zehn?«

»Ich war dreizehn.«

Damals sind meine Eltern von der Charlotte Close weggezogen. So lange haben sie gebraucht, bis sie endlich glaubten, dass Teddy nicht nach Hause kommen würde. Aber im Nachhinein hatte es meine Mutter verfolgt, dass wir nicht geblieben waren. Sie bereute den Umzug, weil sie immer wieder träumte, dass Teddy zur Nummer sieben kam und dachte, wir hätten ihn verlassen.

Sie ertrug es nicht, in der Charlotte Close zu bleiben, aber auch nicht, irgendwo anders zu sein. Mit diesem Schmerz lebte sie bis zum Schluss.

»Und du hast deinen Namen geändert«, sagte Dan.

Ich hatte ihn zweimal geändert. Einmal offiziell, sobald ich volljährig war. Lucy Bewley war zu bekannt, und ich wollte nicht, dass meine Vergangenheit für jeden offenkundig wurde, der mich vielleicht im Internet suchte. Diese Sorge hatte ich schon, bevor ich ein Jemand wurde. Ich hatte mir Lucy Brown ausgesucht, weil der Name perfekt war, schön, schlicht und extrem häufig. Als ich heiratete, wurde ich von Lucy Brown zu Lucy Harper. Niemand, der meine Heiratsurkunde ausgrub, würde mich mit dem Verschwinden von Teddy Bewley in Verbindung bringen können.

Ich genoss die wunderbare Anonymität meines Ehenamens bis zu dem Punkt, an dem ich ein öffentliches Profil bekam. Danach erkannte ich, dass ich mich niemals richtig vor der Vergangenheit geschützt fühlen würde. Deshalb wunderte es mich, dass Dan hier im Restaurant sitzen und sich benehmen konnte, als wüsste er nicht ganz genau, dass das eine meiner größten Ängste war.

Ich wollte dringend streiten, fürchtete jedoch, dass ich in Tränen ausbrechen könnte. Dann würde er mir vorwerfen, überspannt oder irrational zu sein, eine Szene zu machen. Also schluckte ich meinen Frust.

»Wie viel hat das Haus gekostet?«, fragte ich.

Er zögerte. »Ich habe einen guten Preis ausgehandelt.«

»Wie viel, Dan?«

»Etwas unter zwei Millionen.«

Ich stieß einen leisen Pfiff aus. »Du hättest mich fragen müssen.«

»Dann hätten wir das Haus aber nicht, oder?« Dan trank einen Schluck Bier, und ich war verwirrt, als hätte er mein Argument gegen mich ins Feld geführt. Jeder zusammenhängende Gedanke in meinem Kopf war verpufft.

»Genau!«, sagte ich, war aber immer noch unsicher, ob ich ihm gerade zustimmte oder widersprach. Ich leerte mein Glas.

»Ich glaube einfach nicht, dass irgendwer hierbei verliert«, sagte er, klappte ein Pizzastück zusammen und schob sich den größten Teil davon in den Mund. Ich beobachtete, wie er kaute und schluckte.

»Lass uns noch ein Eis bestellen«, fügte er hinzu, und ich konnte den zerkauten Teig und die Peperoni in seinem Mund sehen, was mich entsetzlich anwiderte. Mir war danach zu sagen, dass ich gehen wollte, und ihm das Eis zu verweigern. Andererseits hätte ich selbst sehr gern ein Eis, also stimmte ich ihm zu, und das Gespräch über Geld schien vorerst beendet.

Er nahm Salzkaramell und Heidelbeere, ich Schokolade und Zitronensorbet.

Als das Eis kam, stachelte Eliza mich an zu fragen: »Steht mein Name im Kaufvertrag für das Haus?«

»Nein. Dazu hätte ich dich irgendwie überlisten müssen, ihn zu unterschreiben, weil es eine Überraschung sein sollte, und dabei wäre mir nicht wohl gewesen.«

Mir war nicht klar, wie das schlimmer sein sollte, als ein Haus zu kaufen, ohne mir ein Wort zu sagen. Dan schien den

Moralkodex komplett umgeschrieben zu haben, um zu rechtfertigen, dass er tat, was immer er wollte. Er griff über den Tisch nach meiner Hand, drehte sie um und strich mir mit dem Finger über die Handfläche. Ich versteifte mich ein wenig, weil ich fürchtete, dass meine Nervenschmerzen aufflammen könnten. Taten sie nicht.

»Die Unterlagen, mit denen dein Name in den Vertrag aufgenommen wird, liegen zur Unterschrift bereit«, sagte er. »Wir gehen nächste Woche zum Anwalt und machen es offiziell.«

Er ging zur Toilette, während ich bezahlte. Ich fragte mich, ob er meinte, dass das Haus dann auf unser beider Namen liefe oder nur auf meinen. Von dem Schock war ich ausgelaugt, hundemüde und unfähig, einen klaren Gedanken zu fassen, solange ich nicht ausgeruhter war.

Auf dem Nachhauseweg nahm Dan wieder meine Hand und fragte: »Kommst du morgen früh wieder mit mir zum Haus? Gibst ihm eine faire Chance? Versuch, dir uns darin vorzustellen. Mehr verlange ich nicht.«

Bei dem Gedanken regte sich meine Angst wieder, doch Eliza sagte: »Ich glaube nicht, dass du eine Wahl hast.« Also bejahte ich.

Und sie hatte noch eine Frage: »Frag ihn, woher er von dem Haus gewusst hat. Da war kein ›Zu verkaufen‹-Schild draußen, folglich war es wohl nicht auf dem freien Markt.«

Ich stellte die Frage.

»Sasha hat es mir erzählt«, antwortete er.

Sasha Morell. Sie hatte mit Dan zusammen Kreatives Schreiben studiert. Und damals hatte er viel von ihr gesprochen. Ich erinnerte mich, dass er sie mochte, weil er das Gefühl hatte, dass sie seine »Vision« verstand. Ich hatte sie gegoogelt. Sie hatte eine Website für ihre Schriften. Die Kurzgeschichten dort würde kein Verleger anrühren. Das Foto zeigte eine außergewöhnlich attraktive Frau. Ich erinnerte mich auch, dass sie mit ihrem Mann auf der anderen Seite der Brücke lebte.

»Sasha hat das Haus mir gegenüber zufällig erwähnt; sie erzählte nämlich, wie froh sie und James waren, dass es zum Verkauf stand, denn das hieß, es würde nicht komplett verfallen. Und ich wusste einfach, dass es perfekt für uns ist.«

Ich hatte nicht mal gewusst, dass sie noch Kontakt hatten.

»Dann wird sie unsere Nachbarin?«, fragte ich.

»Oh ja, was fantastisch ist. Anscheinend sind sie dort eine eingeschworene kleine Gemeinschaft, weil es ein Privatweg ist, der von den Hausbesitzern instand gehalten wird. Es ist bestimmt nett, gleich zu einer Gruppe zu gehören. Da draußen werden wir nicht isoliert sein.«

Ich war anderer Ansicht. Das Haus mochte eine oder zwei Meilen von der Brücke entfernt sein, aber es war ländlich; wir hätten keine Läden und kein Stadtleben mehr vor der Tür. Dan sagte noch mehr, aber ich hörte nicht richtig zu, weil ich nur versuchte, die Stadtbilder und Geräusche in mich aufzusaugen, die ich bald verlieren würde. Das Einzige, was ich überhaupt noch hörte, war ihr Name, der sich im Takt der Blinklichter aus dem Herrenfriseur gegenüber wiederholte: Sasha, Sasha, Sasha.

III

Du hattest die Ankündigung der Sommersonnenwendfeiern gesehen, weil euer wütender Nachbar sie mit spitzen Fingern vor deinem Dad in die Höhe gehalten hatte, als wäre sie schmutzig, und gesagt: »Wir müssen dem ein Ende machen!«

Für dich klang es faszinierend. Sommersonnenwende. Ein Feuer. Feuerwerk. Die ganze Nacht aufbleiben. Es war eine Chance, Dinge zu tun, die Kinder normalerweise nicht durften, und eine Chance, vielleicht die Geister zu sehen und Teil von realer, echter Magie zu werden.

Du riechst das Feuer, bevor ihr die Lichtung erreicht, auf der in der Eisenzeit eine Festung gestanden hat. Sie ist tief im Wald, nahe dem Rand der Schlucht. Der Rauch ist beißend und verlockend zugleich.

Teddy rümpft die Nase. »Ich mag das nicht«, sagt er. Jetzt wird er langsamer, gerade als du schneller laufen willst. Als du so schnell wie möglich dort sein willst, trödelt er.

»Warte, bis du es siehst, Ted.«

Inzwischen seid ihr so nahe, dass du das Knacken und Zischen hörst und die Hitze fühlst.

Als du das Feuer zum ersten Mal zwischen den Baumstämmen erblickst, ringst du nach Luft, und Teddy steht der Mund offen. Noch ein paar Schritte, und ihr seid beide bezaubert. Es ist eine Verlockung, von der ihr die Augen nicht abwenden könnt. Das Feuer taucht eure Gesichter in goldenes Licht. Es ist riesig.

Sofort stellst du dir vor, wie sich die Geister darum versammeln, unsichtbar, Akrobaten und Tänzer, die sich durch die Baumkronen schwingen, wild vor Freiheit, trunken von den Möglichkeiten dieser Nacht. Deine Fantasie ist in Höchstform.

Trotzdem näherst du dich allem vorsichtig. Es werden Erwachsene dort sein. »Verfluchte Heiden«, hatte dein Nachbar sie geschimpft, und sein Ton hatte darauf schließen lassen, dass etwas mit ihnen nicht stimmte. Deshalb hattest du das Wort nachgeschlagen, warst aber der Meinung, dass es nicht so schlimm klang. Doch sie sollen dich lieber nicht sehen. Immerhin sind sie Erwachsene, und alle Erwachsenen, die du kennst, bestehen auf festen Schlafenszeiten und Regeln.

Es ist leicht, versteckt zu bleiben. Teddy und du, ihr schleicht euch auf die andere Seite des riesigen Feuers, weg vom Hauptlager. Hier verdecken euch die hoch auflodernden Flammen. Mitten in dem Feuer erkennt ihr die glühenden Reste von Möbeln. Häuslichkeit wird verbrannt.

Du starrst hin, und Teddy tut es dir nach. Die Flammen züngeln immer höher in die Dunkelheit. Rauch steigt in sich kräuselnden, wirbelnden Säulen auf. Er scheint ein eigenes Leben zu haben. Der Anblick und das Gefühl, aus deinem normalen Leben in eine wilde Nacht eingetaucht zu sein, machen dich ganz aufgeregt.

Auf der anderen Seite des Feuers sind ziemlich viele Leute, aber keine anderen Kinder; ihr seid die Einzigen hier. Die Leute scheinen in einer eigenen Parallelwelt zu leben. Der Feuerschein enthüllt dir ihre Gesichter in Fragmenten. Ein Mann mit nacktem Oberkörper wedelt mit erhobenen Armen vor dem Feuer. Eine Frau trägt eine Laubkrone und hat sich Efeu in den Zopf geflochten, der so dick wie dein Arm ist. Sie singt. Andere hocken in Kreisen auf dem Boden zusammen.

Am aufmerksamsten beobachtest du die Leute, die mit einer ebenso erschreckenden wie ansteckenden Wildheit tanzen. Du packst Teddys Arme und beginnst, sie ähnlich wie die Erwachsenen zu bewegen. Er strahlt, seine Kuscheldecke fällt herunter, und zusammen stampft und dreht ihr euch, bis ihr beide außer Atem seid. So steht ihr nebeneinander, und du glaubst, durch die Flammen ein angemaltes Gesicht mit Zeichnungen auf den Wangen und wirrem Haar zu erkennen. Das Gesicht wendet sich euch beiden zu, ist aber gleich wieder fort, und du sagst staunend zu Teddy: »Hast du den Feenkönig gesehen?«, denn das muss er gewesen sein.

7

»Lucy«, flüsterte Dan. Wir waren im Bett, und trotz meiner Erschöpfung konnte ich nicht schlafen, weil meine Gedanken ratterten. Durch die dünnen Vorhänge drang das Licht der Straßenlaterne herein.

»Ja?«

»Wenn wir wieder zu dem Haus fahren, muss ich dir etwas Besonderes dort zeigen. Ich glaube, das wird dich überzeugen.«

»Okay«, flüsterte ich.

Die Fahrt war für mich genauso schlimm wie beim ersten Mal. Mit zusammengebissenen Zähnen und feuchten Händen saß ich neben Dan. Als er die Tür aufschloss, war die Luft im Haus so stickig wie zuvor.

»Stell dir das Haus woanders vor«, sagte er. »Vergiss den Wald und Charlotte Close. Sieh einfach nur, was du wirklich sehen kannst.«

Ich versuchte es, und es funktionierte ein bisschen. Mir fielen mehr der charakteristischen Merkmale auf, und ich nahm die Schönheit der Proportionen wahr, die Anmut der Details. Ich rang mir sogar ein kleines Lächeln ab.

»Bist du bereit, das richtig Schöne zu sehen?«, fragte er.

Er führte mich die Treppe hinauf. Der Flur im ersten Stock war so breit wie ein Zimmer, einige der Dielenbretter waren schadhaft, bogen sich an den Rändern nach oben, dort wo sich Nägel gelöst hatten. Mindestens sechs Türen gingen zu den Seiten ab, allesamt geschlossen. Dan öffnete eine davon einen Spaltbreit und sagte: »Darf ich dir die Augen zuhalten?«

»Muss das sein?«

»Es lohnt sich.«

Er stand hinter mir und legte mir die Hände über die Augen. Gemeinsam betraten wir mit tastenden Schritten den Raum, was sich linkisch anfühlte. Meine Klaustrophobie holte mich wieder ein. Wenn es eines gibt, was schlimmer ist, als offen beobachtet zu werden, ist es, wenn man selbst dabei nicht sehen kann.

Gerade als ich dachte, ich müsste mich von ihm losmachen, zog er die Hände weg – »Jetzt darfst du hinsehen!« –, und ich fand mich in einem fast identischen Raum mit dem wieder, in dem ich gestern ohnmächtig geworden war.

Auch dieser hatte zu zwei Seiten Fenster mit Blick auf den Wald, doch wegen der Höhe konnte man von hier aus auch den Himmel sehen und oben in den Baumkronen die kahlen Äste, die den langen Winter hindurch ausgeharrt hatten und sich jetzt, Anfang April, nach warmem Wetter sehnten, bei dem ihre Knospen zu Laub austreiben konnten. Zur anderen Seite hätte man eigentlich auch auf den Wald blicken können, nur war die Aussicht hier von einer majestätischen Zeder versperrt, die auf unserem Grundstück stand.

»Lucy?«, fragte Dan.

Ich drehte mich zu ihm, und langsam nahm ich den Raum um ihn herum wahr. Wie in der Küche war auch hier alles renoviert. Es roch nach frischer Farbe, und die Decken- und Fußleisten waren so weiß wie Baiser auf einer Torte. Ich sah die polierte Holzvertäfelung, einen geäderten Marmorkamin mit einem eleganten Funkenschirm und den schimmernden Eichenboden. Und ich erkannte den Kronleuchter wieder, den ich vor Monaten in einem Antiquitätenladen bewundert hatte, so edel, dass ich ihn nicht mal zu betreten wagte.

»Du hast den Kronleuchter gekauft?«, fragte ich, weil ich das Gefühl hatte, ich müsste etwas sagen.

»Ich weiß, dass du ihn liebst. Was hältst du von dem Schreibtisch?«

»Er ist riesig.«

»Und ganz dein. Ich habe diesen Raum für dich hergerichtet, damit du schreiben kannst. Alles, während wir im Cottage waren.«

Er sah so stolz aus. Ich fuhr mit den Fingern über die Oberfläche und empfand nichts dabei. Er hatte nichts von dem entzückenden Charme des Schreibtisches im Cottage. Dieser Raum schien mir wie ein goldener Käfig. Er war überwältigend und irrwitzig prachtvoll. *Er will eindeutig, dass ich arbeite*, dachte ich. *Und warum steckt er mich dann hierher, wo er weiß, dass die Aussicht mich quält?*

»Willst *du* nicht dieses Zimmer?«, fragte ich. »Du solltest es haben. Du verdienst es.«

»Nein, das ist für dich. Du brauchst es. Du hast Abgabetermine einzuhalten.« Wie bedeutungsschwanger das Wort geworden war, seit ich sie hatte und er, der sie sich gewünscht hatte, nicht.

»Okay«, sagte ich kleinlaut.

Unerwartet zog er mich in die Arme und glitt mit den Fingern direkt unterhalb meiner Taille über meinen Rücken. Ich hielt den Atem an. Und ich war verwirrt. Es war so lange her, seit wir intim gewesen waren. Mein Körper wollte ihn, aber ich wollte dies hier nicht. Physische Einwilligung fühlte sich wie ein Akzeptieren der Situation an, als würde ich dem nachgeben, was er wollte. Dazu war ich nicht bereit, und ich fand nicht, dass er es so leicht haben sollte, nicht nach dem, was er getan hatte. Doch er war so beharrlich, und ich konnte nicht umhin zu reagieren, denn ich war ausgehungert nach körperlicher Zuneigung.

Als er mich wieder küsste, intensiver, dachte ich, ich müsste vielleicht dankbar sein, denn dieses Haus und diese schöne Renovierung waren vielleicht das Beste, was jemals jemand für mich gemacht hatte. Und dann dachte ich gar nicht mehr.

Wir liebten uns in dem hübsch renovierten Arbeitszimmer, und es fühlte sich wie zu Beginn unserer Beziehung an. Nicht wie das erste Mal, weil wir da eher wie zwei Blinde waren, die sich gegenseitig führten, sondern ein bisschen später, als wir besser wurden und immer noch verzückt voneinander waren. Für jene kostbaren Minuten vergaß ich mich, und hinterher, als ich zuschaute, wie Dan sich anzog, sagte ich: »Ich liebe dich. Danke hierfür.« Und ich glaubte, dass ich es ernst meinte.

»Ich liebe dich auch«, antwortete er, obwohl der Moment nicht ganz so war, wie er hätte sein sollen, weil Dan gleichzeitig damit kämpfte, das Bein in die Hose zu bekommen. Er ging nach unten, wollte irgendetwas nachsehen. Was, wusste ich nicht, weil ich nicht richtig zuhörte. Dan war immer noch so aufgeregt wie ein Kind in einem Süßwarenladen.

Ich richtete meine Kleidung wieder und stand in der Zimmermitte. Von dort zog es mich zurück zum Fenster, gebannt von dem Blick auf den Wald.

Ich stellte mir vor, wie sich die Bäume einer nach dem anderen auflösten, bis nichts als das Unterholz blieb, das sich ebenfalls auflöste, sodass ich nur noch Erde sah. Und daraus ragte kaum merklich das leicht gewölbte Dach eines versunkenen Gebäudes hervor.

Der Ort, an dem ich seit Teddys Verschwinden nicht mehr gewesen war.

Der Bunker.

8

Die Einschläge kamen einer nach dem anderen, und mir blieb keine andere Wahl, als sie hinzunehmen.

Dan verkündete, dass er den Mietvertrag für unsere Wohnung gekündigt hatte, während wir in Devon waren, und eine Ladung Umzugskartons wurde geliefert.

»Eine Bedingung für den Hauskauf war, dass wir schnell zuschlagen. Es hieß zugreifen oder aus dem Spiel zu sein. Und du willst doch nicht hierbleiben, wenn wir dort sein können, oder?«

Ich wollte hierbleiben. Mehr als alles andere. Dies war mein Zuhause. Noch nie hatte ich so klar das Gefühl gehabt, irgendwo hinzugehören, wie hier. In meiner Fantasie hatte ich die Risse in den Wänden und den Decken in Bilder verwandelt, die in meine Arbeit einflossen. Jede Oberfläche kannte meine Fingerabdrücke so gut wie ich ihre Textur. Der tägliche Geräuschmix – die tickenden Rohre, knallende Autotüren draußen, das Knarren der Dielenbretter unter dem Teppich und all die anderen – war der Soundtrack, der den Rhythmus des Klackerns auf meiner Laptoptastatur vorgab, ja sogar den meines Herzschlags. Das leise Klicken des Türschlosses klang für mich wie ein süßer, sicherer Willkommensgruß, wann immer ich nach Hause kam. Ich war nicht bereit, all dies zu verlassen.

Doch uns blieben nur vier Tage für den Umzug, und während Dan auf dem Boden hockte und die Umzugskartons aufbaute, kam unsere Vermieterin Patricia, die im Erdgeschoss wohnte, mit einer Dose selbst gemachtem Shortbread und weinte. Mascara rann über ihre dick gepuderten Wangen.

»Als du berühmt geworden bist, habe ich geahnt, dass ihr wegzieht«, sagte sie. »Du vergisst Patricia nicht, oder?«

Sie neigte zu Übertreibungen, aber ich war empfänglich für ihr Schmollen, weil ich sie mochte. Ich umarmte sie und roch eine schwache Fahne. Wir hielten uns so lange in den Armen, dass sich ihre knochige Schulter in mein Kinn bohrte und sich Haarsträhnen aus ihrer Perlmuttspange lösten, die sich in meinem Ohrring verfingen.

Dan fragte, ob er ein paar kleine Kartons in ihrer Wohnung abstellen dürfe, damit sie beim Umzug nicht verloren gingen.

»Es sind nur Papiere, und ich hole sie in wenigen Tagen ab«, sagte er.

»Natürlich, Schätzchen«, antwortete Patricia. »Ich helfe gern.« Sie sah immer noch traurig aus.

»Lass dich nicht täuschen«, sagte Dan, als sie gegangen war. »Sie hat schon neue Mieter in der Warteschleife.«

»Was ist in den Kartons?«, fragte ich.

»Nur Kram, den ich im Blick behalten will.«

»Warum beschriftest du sie nicht und nimmst sie im Wagen mit?«

»Vorsicht ist die Mutter der Porzellankiste.«

Es kam mir seltsam vor, aber letztlich war es nur ein weiteres Beispiel für seine Neigung zur Pedanterie, seit er unsere Buchführung übernommen hatte, und ich musste aufpassen, mich nicht wegen Kleinigkeiten mit ihm zu streiten.

Es war entsetzlich schmerzhaft, Dan unsere Sachen so nüchtern packen zu sehen, als bedeutete die Zeit nichts, die wir hier verbracht hatten. Jedes Mal, wenn er wieder einen Karton verschloss, war das Ratschen des Klebebands für mich wie die pure Verachtung aller Erinnerungen, die ich mit dieser Wohnung verband. Ich ertrug es nicht, ihm zu helfen oder es auch bloß mitanzusehen. Dann könnte ich die gewaltige Trauer, die sich in mir aufstaute, nicht mehr verbergen.

Ich erzählte ihm, dass ich noch etwas im Manuskript überprüfen wollte. »Und ich will dir nicht im Weg sein«, sagte ich. »Ich kann in ein Café gehen.«

»Hast du schon von Max gehört?«, fragte er, klang jedoch unbesorgt. Bisher hatte ich nie anderes als prompte, begeisterte Rückmeldungen auf meine erste Manuskriptversion bekommen.

»Noch nicht. ich glaube, er musste vorher noch ein anderes Manuskript lesen«, antwortete ich möglichst unbeschwert.

Dan runzelte die Stirn. Ich wusste, dass er fragen wollte, welches Manuskript wichtiger sein könnte als meines. Schließlich brachte ich Max das meiste Geld ein, und ich hielt den Atem an, weil ich fürchtete, dass er mich drängen würde, Max Druck zu machen. In dem Fall liefe die Unterhaltung darauf hinaus, dass ich ihm alles sagen müsste. Aber er hakte nicht weiter nach.

Ich ging in mein Lieblingscafé und loggte mich ins dortige WLAN ein, um mir die Fan-Fiction-Seite von Eliza Grey anzusehen. Dem konnte ich einfach nicht widerstehen. Es war eine Art Masochismus angesichts dessen, was geschah, dennoch faszinierte es mich, wie die Leute sich meine Schöpfung zu eigen machten. Und stets begegnete ich ihnen mit gemischten Gefühlen: Einerseits fühlte ich mich geschmeichelt, andererseits war mir unwohl dabei. Doch manchmal ist gerade diese Mischung am verlockendsten. Sie kann uns das Gefühl geben, lebendig zu sein.

Ganz oben auf der Seite war ein Banner:

DIES IST DIE FAN-FICTION-HOMEPAGE FÜR DETECTIVE SERGEANT ELIZA GREY, SERIENHELDIN VON LUCY HARPER. BISHER ÜBER 10 MILLIONEN MAL VERKAUFT! MACHT MIT!

Ich las einige neue Geschichten und schüttelte den Kopf, wenn sie Einzelheiten zu Eliza durcheinanderbrachten, aber sie waren witzig zu lesen und eine gute Ablenkung. Obwohl ich hier nie Kommentare schrieb, war ich oft genug auf der Seite, dass mir die Leute vertraut geworden waren und sich ein bisschen wie eine Gemeinschaft anfühlten. Ich freute mich, einen neuen Post von jemandem zu sehen, der mir schon seit einer Weile auffiel: MrElizaGrey. Seine Geschichten über Eliza hatten mir immer gefallen. Von allen, die hier Sachen einstellten, schien er die Figur richtig zu verstehen, ihren Charakter zu durchschauen. Manchmal auf beinahe unheimliche Art. Ich klickte seinen Beitrag an.

Bin heute vor Eliza aufgewacht. Sie schlief nackt, bereit für mich.

»Oh!«, sagte ich und blinzelte zum Bildschirm. Was er geschrieben hatte, war teils wahr. Eliza schlief nackt. Das stand in den Büchern. Aber sie ließ nie jemanden über Nacht bleiben. Sie hatte eine Beziehungsphobie, war mit ihrem Beruf verheiratet und bestimmte allein über ihr Leben. Ihre Affären waren leidenschaftlich, dennoch hielt sie ihre Partner auf Abstand. Ich las weiter, presste die Finger auf den Mund, der sich dahinter zu einem »O« formte.

Ich streckte die Hand nach ihr aus, weckte sie auf die Weise, wie sie es am liebsten hatte. Sie drückte sich gegen mich und spreizte …

»Iiih!«, sagte ich laut. Das war ein Eliza-Porno und besonders schockierend, weil MrElizaGrey noch nie zuvor etwas Explizites geschrieben hatte. Ich schloss die Website und merkte, wie ich rot wurde. Unsicher blickte ich mich im Café um, in der Sorge, dass ich so schmutzig aussah, wie ich mich fühlte. Doch die anderen Gäste hatten nichts bemerkt, denn sie waren selbst alle eingeloggt. Für mich war dieser Post wie eine Vergewaltigung. Wie lange würde es dauern, bis der Admin der Website ihn entfernte?

Eliza lachte. »Ich habe schon Schlimmeres von meinen Kollegen einstecken müssen«, sagte sie, und es stimmte. Kam ihr beim CID jemand blöd, wusste sie sich sehr gut zu wehren. Mein Mädchen war mutiger, als ich es jemals sein würde, schlagfertiger und eine Meisterin im treffsicheren Kontern.

»Oh«, sagte sie. »Max ruft an.«

Ich sah auf mein Handy, das ich lautlos gestellt hatte. Max'

Name erschien auf dem Display, und ich griff hastig nach dem Telefon.

»Wie geht es dir?«, fragte er. Sein Ton behagte mir nicht, klang zu schwer.

»Was ist los? Magst du das Buch nicht?«

»Wir haben ein Problem.«

»Warum?«

»Ein großes Problem. Und wir machen uns große Sorgen.«

»Wir?« Gewöhnlich sprachen Max und ich über das Buch, bevor meine Lektorin ins Spiel kam. »Hast du schon mit Angela gesprochen, ehe du mit mir redest?«

Eine hallende Stille trat ein, bevor er sagte: »Dein abgeliefertes Manuskript ist ein Vertragsbruch.«

»Ist es nicht!« Warum war er gleich so negativ? Hatte ihn das Buch überhaupt nicht beeindruckt?

»Sie haben dich für einen Eliza-Grey-Roman bezahlt, und sie wird am Ende des ersten Kapitels grausam außer Gefecht gesetzt. Es ist ein Schock.«

»Nein, im Vertrag steht ›ein Buch mit dem vorläufigen Titel *Die Wahrheit*‹. Es ist keine Rede von einem Eliza-Grey-Roman.«

Ich hörte ihn lange ausatmen. Max hatte diesen Tick, die Brille abzunehmen, sich die Stirn zu massieren und die Brille wieder aufzusetzen. Ich vermutete, das tat er jetzt.

Er hatte eindeutig nicht im Vertrag nachgesehen, und Angela anscheinend auch nicht. Es war eine schwammige Formulierung, und irgendwo im Verlag würde jemand geköpft werden und der abgetrennte Körperteil sodann mit einem mächtigen »Rumms« auf dem Boden landen.

»Hat dir das Buch denn gefallen?«, fragte ich, weil es für mich die eigentlich wichtige Frage war. Wenn der Roman so gut war, wie ich hoffte und im Grunde meines Herzens wusste, war eine Diskussion über Vertragsformulierungen müßig, und Angela würde es nicht erwarten können, ihn herauszubringen.

»Warum hast du mir nicht gesagt, dass du Eliza aus dem Buch streichst?« Die Frage mochte angemessen sein, doch Max' Tonfall nicht so richtig. »Du weißt doch, dass du mit mir über alles reden kannst.« Nein, konnte ich nicht. Keiner wusste alles über mich, ausgenommen Eliza.

»Aber hat es dir gefallen?«, wiederholte ich. Ich hätte nicht laut werden sollen, war noch nie Max gegenüber laut geworden, aber jetzt war es so weit. *Bitte, sag Ja, bitte, sag Ja*, kreiste es mir durch den Kopf, während wieder Stille eintrat.

»Okay, ich glaube, wir haben dieses Gespräch falsch angefangen«, antwortete Max schließlich. »Ich mag dieses Buch, das du geschrieben hast, es ist sehr gut. Das Problem ist, dass unsere Leser eine Eliza Grey wollen.«

Mir wurde schlecht. In der Verlagswelt, wo Superlative die übliche Währung sind, war – ist – »mag« ein extrem gefährliches Wort. Schwaches Lob kam einer Verdammung gleich.

»Lucy.« Er sprach meinen Namen sehr langsam und deutlich aus, damit ich begriff, dass ich von ihm abhing, und wieder einmal war meine Karriere wie ein Korsett, das nach und nach fester geschnürt wurde. »Sie wollen das Buch nicht. Tut mir leid.«

»Was ist mit den Amerikanern?«

»Dasselbe.«

»Aber der Vertrag …«

»Du hast recht, was den Vertrag angeht, und *möglicherweise* können wir darauf bestehen, dass sie dieses Buch abnehmen und bezahlen, aber das wird sich gruselig auf alle künftigen Verhandlungen auswirken, sprich: Es wird keine geben. So sieht es aus.«

Ich kämpfte mit den Tränen. »Aber hast du es gemocht?« Jetzt hörte ich mich klein und schwach an.

»Die Verleger sind der Meinung, wie ich auch, dass es sich nicht gut genug vermarkten lässt.«

Noch deutlicher als »mögen« hieß »nicht gut genug vermarkten« totale Verdammnis. Diese Worte wollte keine Autorin hören, sofern sie kein anderes Einkommen hatte.

»Also bezahlen sie nicht?«

»Nicht für den Roman in dieser Form, nein. Tut mir leid.«

Ich hatte die Risiken bedacht, was die Einnahmen betraf, zumindest glaubte ich das, aber ich hatte meinen Marktwert überschätzt, denn mir war nicht klar gewesen, dass er so vollkommen von Eliza abhängig war.

»Das Haus«, sagte ich.

»Welches Haus?«

»Wir ziehen um.«

»Das wusste ich nicht.«

»Ich bis zu dieser Woche auch nicht. Dan hat ein Haus gekauft, ohne mir was zu sagen. Und das ist renovierungsbedürftig.«

»Was?«

Ich wusste nicht, was ich sagen sollte. Es war so peinlich. Max atmete hörbar aus.

»Also braucht ihr Geld?«

»Ja.«

»Der Ausweg wäre, Eliza zurück ins Buch zu bringen. Ich halte es für machbar. Du bist eine sehr gute Autorin, Lucy. Was meinst du?«

»Ich denke drüber nach«, sagte ich und drückte das Gespräch weg. Hätte ich mehr gesagt, wäre ich zusammengebrochen, und so sollte Max mich nicht hören. Er versuchte, mich wieder anzurufen, aber ich ging nicht ran.

Stattdessen packte ich meinen Kram und trat hinaus in den kalten Nachmittag. Auf den Straßen wimmelte es von Leuten. Ich wollte nicht nach Hause gehen. Abrupt blieb ich stehen, und eine Frau stieß mit mir zusammen, sodass wir beide das Gleichgewicht verloren. »Hey!«, sagte sie.

Sie bückte sich, um ihre Tasche aufzuheben. Ihre Kleidung sah aus wie das, was Eliza außer Dienst tragen würde: Jeans, Stiefel, eine Khakijacke. Sie hatte dieselbe sportliche Figur, die langen roten Haare, und ich hielt den Atem an, als sie sich zu mir drehte, weil ich damit rechnete, Elizas leicht schläfrige dunkle Augen zu sehen, so wie ich sie beschrieben hatte, mit dem langsamen Blinzeln, das einem das Gefühl gab, sie hätte alle Zeit der Welt, um einen psychologisch auseinanderzunehmen. Unter diesem Blick hatten sich in meinen Büchern manche Figuren gewunden. Ich wappnete mich, eine von ihnen zu sein, denn ich fürchtete mich vor den Verletzungen, die ich ihr zugefügt hatte.

Aber das war nicht Eliza. Diese Frau war älter, ihr Gesicht völlig anders, und vor lauter Erleichterung lachte ich. Sie sah mich an, als wäre ich wahnsinnig. »Passen Sie doch auf, wo Sie hingehen«, sagte sie. Ich entschuldigte mich, und als ich weiterging, ohne zu wissen, wohin, konnte ich nur daran denken, dass ich, würde ich Eliza zurück in die Bücher holen, sie wieder überall sehen würde – in Menschenmengen, neben mir im Bus, im Bett. All das war schon vorgekommen.

»Wirst du nicht tun«, sagte Eliza. »Versprochen.«

Ich wanderte weiter, überall Leute, doch es war, als wäre die Welt um mich herum in eine leichte Schieflage geraten, und ich überlegte, wie ich Dan erzählen sollte, was Max gesagt hatte. Ich hatte keine Ahnung.

Sehr viel später schloss ich die Wohnungstür auf, und Dan rief: »Wo bist du gewesen? Ich habe eben erfahren, dass die Umzugswagen morgen um neun hier sind. Wir müssen dein Zeugs packen.« Mir war bewusst, dass dies der Moment war, in dem ich die Wahrheit sagen musste. Doch alles, was ich zustande brachte, war »Okay«, denn ich hatte keinen Schimmer, wie ich anfangen sollte, ihm zu erklären, dass ich in all diesen Veränderungen ertrank.

Am nächsten Tag zogen wir wie geplant um. Die Nacht zuvor hatte ich nicht geschlafen. Wir beide nicht. Dan deutete meine Unruhe fälschlicherweise als Vorfreude, und ich ließ es geschehen.

Ich hatte das Gefühl, als wäre ich noch gar nicht richtig da, während unsere Kartons in den Möbelwagen geladen wurden. Und als die Wohnungstür zum letzten Mal mit brutaler Schärfe hinter uns zufiel, war es ein endgültiges Verstummen all der sanften Nebelschwaden und des Säuselns in unserem Zuhause, die ich genossen hatte. Die Stadt zu verlassen, war furchtbar. Auf der Fahrt über die Brücke bildete sich ein Knoten tief in meinem Bauch, der strammer wurde, je näher wir dem neuen Haus kamen.

Dan stellte den Motor ab, legte mir eine Hand auf das Knie und drückte es. »Willkommen zu Hause«, sagte er. »Und willkommen am Anfang unseres weiteren Lebens.«

»Mach gute Miene zum bösen Spiel«, wies Eliza mich an. »Was anderes bleibt dir jetzt nicht mehr übrig.«

»Auch dir willkommen zu Hause«, sagte ich.

Ich wusste nicht, wen ich in diesem Moment mehr hasste: mich selbst oder ihn, weil er mich hierher zurückbrachte.

Unendlich lange blieb ich neben dem Wagen stehen, ehe ich ins Haus ging. Ich konnte die Baumkronen von Stoke Woods sehen und malte mir aus, wie die Stämme Erinnerungen harzähnlich ausbluteten und das raschelnde Laub Vorwürfe wisperte. Würde ich nur aufmerksam hinhören, könnte ich die Stimmen der Suchtrupps ausmachen, die den Namen meines Bruders riefen, bevor der Wind sie davontrug.

IV

Es dauert nicht lange, bis Teddy müde wird und es dir wehtut, ihn auf dem Schoß zu halten. Die Absätze seiner Schuhe bohren sich in deine Waden, und er wird so schwer, dass sich deine Knöchel wie zerquetscht anfühlen. Eben hat er es zum ersten Mal gesagt: »Ich will nach Hause.« Alles in dir will, dass er es nicht wieder sagt, aber seine Augen sind glasig vor Müdigkeit, und du weißt, dass dir die Zeit davonläuft.

Du weißt auch, dass du nicht weggehen kannst, weil es in dir brennt und du dringend bleiben willst. Es zieht dich so sehr her. Du denkst, wenn du jetzt weggehst, zurück in den Wald, wird alles um dich herum wieder grau, und du musst dich wieder in deinen Kopf zurückziehen, um Farbe zu finden.

Dort ist immer welche, Technicolor, Kaleidoskope, so voller Gedanken und Gefühle, dass du manchmal zu explodieren fürchtest.

9

An unserem ersten Morgen im neuen Haus schlich ich mich leise aus dem Bett, um Dan nicht zu wecken. Er war lange aufgeblieben, hatte Kartons ausgepackt und Sachen herumgeräumt, war die Zimmer abgeschritten. Ich hörte ihn Möbel rücken, und seine Schritte auf den kahlen Dielen schienen stundenlang zu hallen, während ich zu schlafen versuchte.

Kurz vor Morgengrauen, als die Dunkelheit schon bläulich-brüchig wurde, ging ich vorsichtig nach unten. Ich traute mich nicht, Licht zu machen, weil es das Haus realer wirken ließe, was aber leider auch hieß, dass mich alles erschreckte, was fremd aus der Dunkelheit ragte.

Dann saß ich am Küchentisch, gegenüber der breiten Fensterfront. Es war sehr viel ruhiger als in unserer vorherigen Wohnung. Ich war an Verkehrslärm gewöhnt, an das Hintergrundgeräusch von Sirenen, das Rumpeln von Zügen. Hier dagegen gab es Vogelgezwitscher, und mir war klar, dass ich es schön finden sollte, doch ich stellte mir kahle Küken in ihrem Nest vor, hilflos und hungrig, den Schnabel weit aufgerissen, sodass der tiefe rote Schlund zu sehen war.

Ich wollte das Bild aus meinem Kopf vertreiben und starrte zu dem Streifen Himmel, den ich über den Hecken sehen konnte. Er verwandelte sich nicht so schnell, wie ich gedacht hatte, und mir kam der Gedanke, dass dies ein guter Zeitpunkt wäre, meine Freundin, die Kaffeekanne, zu suchen.

»Warum sitzt du im Dunkeln?«

Dans Stimme erschreckte mich, denn ich hatte ihn nicht kommen gehört.

»Ich lausche dem Morgenchor«, sagte ich. Mit dieser Antwort wäre er einverstanden, das wusste ich. Ich hatte normalerweise mehrere solcher Sätze parat, weil er es mochte, wenn ich seiner Vorstellung von einem kreativen Menschen entsprach.

Das Licht ging an, und die Halogenstrahler fluteten den Raum, dass es mich blendete. Dan befüllte den Wasserkocher.

»Kaffee?«, fragte er.

»Ich mache ihn.« Zwischen zwei Büchern lag mir daran zu zeigen, dass ich gewillt war, Dinge selbst zu machen. Dan sollte nicht das Gefühl haben, für selbstverständlich genommen zu werden.

Ich stand auf und übernahm das Kaffeekochen. Er lehnte sich an die blanke Arbeitsfläche, um sich zu dehnen. Seine Laufsachen sahen brandneu aus. »Läufst du mit mir?«, fragte er.

»Auf keinen Fall!« Ich lachte, und er lachte mit, weil er wusste, dass ich so antworten würde. Ich hasste Sport.

Sobald er weg war, schaltete ich das Licht wieder aus, hielt den Becher mit beiden Händen und dachte: *Wann hat er sich die Sachen gekauft, und warum ist er auf einmal so verrückt nach Laufen, dass er am Wochenende derart früh aufsteht?*

Hat er das schon in Devon gemacht, während ich in meinem Arbeitszimmer verbarrikadiert war?

Mir dämmerte, dass Dan in der Zeit, in der ich schrieb, sehr viel mehr tat, als ich mir vorgestellt hatte.

Er schickte mir ein Foto von der Hängebrücke. Über Bristol ging die Sonne auf. Ihr grelloranger Schein teilte den Himmel am Horizont und rahmte die Silhouetten der Baumkronen und Dächer. Er schrieb:

Ist das nicht herrlich? Übrigens habe ich Sasha getroffen. Sie und James sagen WILLKOMMEN (die Versalien sind Sashas Anordnung) und organisieren einen Umtrunk, damit wir die anderen Nachbarn kennenlernen. xxx

Das torpedierte meine Stimmung. Partys konnte ich nicht ausstehen. Alles an ihnen verursachte mir psychische Pein. Ich war furchtbar schlecht in Small Talk und eingeschüchtert von großen Menschengruppen. Die »Versalien« fand ich entsetzlich und betrachtete sie als Beweis, dass Sasha nicht mehr Substanz hatte als eine Social-Media-Hysterikerin. Ich fragte mich, wo Dan sie getroffen hatte. Am Ende ihrer Einfahrt, vermutete ich. Mittlerweile wusste ich, dass sie mit ihrem Mann das erste Haus in unserer Privatstraße bewohnten. Vielleicht machte sie auch Sport. Wahrscheinlich.

Ich befühlte meinen Bauch. Die kleine Muffin-Wampe aus der Endphase des Buches würde nicht so bald verschwinden, das stand fest, und meine Erschöpfung genauso wenig. Ich kam mir schwer und träge vor. Auf Dans Textnachricht antwortete ich nicht, sondern legte das Handy mit dem Display nach unten auf den Tisch. Manchmal kam mir das Tippen auf dem Ding so stupide vor wie das Picken eines Huhns im Sand, und der Gewinn war kaum größer.

Die Sonne hatte unseren Garten noch nicht erreicht, obwohl es endlich heller war. Ich ließ den Blick über die Schatten wandern und bemerkte etwas Ungewöhnliches. Hinten an der Grenze, wo der Rasen an den Wald stieß, glaubte ich, die Umrisse eines Mannes zu sehen, der dort stand und direkt zu mir schaute. Ich erstarrte. Blinzelte. Sah erneut hin. Er war noch da. Er sah groß und kräftig aus, und er blickte mich an, die Arme lose an den Seiten hängend. Es war die Haltung von jemandem, der sich nicht bedroht fühlte, aber bedrohlich sein konnte. Mehr Einzelheiten konnte ich nicht ausmachen, und eine Sekunde später war ich mir nicht einmal mehr sicher, dass es ein Mann war und kein Schatten. Dennoch empfand ich die Bedrohung wie einen Schauer, eine Vorahnung von Gewalt, und ich konnte den Blick nicht abwenden.

Er rührte sich nicht, und ich bewegte mich über eine gefühlt sehr lange Zeit auch nicht, ehe ich mich dazu aufraffte aufzustehen. Ich machte zwei Schritte zur Seite, den Blick weiterhin auf den Schatten fixiert, auf den Mann, und als ich den Schalter für die Außenbeleuchtung erreichte, fühlte sich mein ganzer Körper angespannt und sehr hilflos an, als würde ich mit dem Stoß eines Messers rechnen. Ein strahlendes Leuchten erhellte die Terrasse draußen, und mir wurde klar, dass ich einen Fehler gemacht hatte, denn jetzt konnte ich nicht mehr nach draußen sehen, und das war noch beängstigender. Ich schaltete die Beleuchtung wieder aus, und er war fort. Das Licht hatte sich verändert, sodass die Schatten verschoben waren.

Ich blieb stocksteif stehen. Meine Atmung ging schwer. Ich ermahnte mich, sagte mir, dass ich mir das am Waldrand eingebildet haben musste. Dass mir meine Vergangenheit einen Streich spielte. Trotzdem hielt mich die Furcht noch minutenlang fest, bis Garten und Waldrand in hellem Licht lagen. Dann schien es mir sicher, mich wieder zu bewegen.

Nach diesem Drama war ich innerlich hohl.

»Denkst du, da war jemand?«, fragte ich Eliza.

»Weiß ich nicht«, antwortete sie. »Es war schwer zu sagen.«

Als Dan nach Hause kam, erzählte ich ihm davon.

»Wo hat er gestanden?« Dan schaute zu der Stelle, auf die ich zeigte. Eine Schweißperle rann ihm über die Stirn. »Es muss ein Schatten gewesen sein.«

»Wie ein Schatten sah es nicht aus. Es war irgendwie klarer.«

»Wer sollte morgens um die Zeit da rumschleichen?«

»Weiß ich nicht.«

»Ich denke, du hast es dir vielleicht eingebildet. Du weißt doch, wie du bist.«

Und ob ich es wusste. Und ich brauchte Hilfe.

Ich sagte: »Wir müssen reden.«

10

»Sie haben das Buch abgelehnt«, erzählte ich Dan. Der eben noch besorgte Ausdruck fiel von seinem Gesicht ab, und es war, als zerspränge Porzellan auf dem Boden. Ich starrte nach unten. Ihn anzusehen, wagte ich nicht. Während ich ihm erklärte, was ich getan hatte, heftete ich den Blick weiter auf den Fußboden.

»Du hast neun Monate an einem ganz neuen Buch ohne Eliza geschrieben und es keinem gesagt? Nicht mal *mir*?«

Dan schrie selten. Seine Stimme veränderte sich subtiler, als hätte er sie über Nacht in Verachtung eingelegt.

Ich konterte: »Du hast mir nichts von dem Haus gesagt!«

»Das hätte ich nicht gekauft, hättest du mir verraten, was du gemacht hast. Was hast du dir dabei gedacht?«

»Vielleicht hätte ich es nicht getan, wenn ich geahnt hätte, was du vorhast.«

»Wie kommst du darauf, dass du so was einfach machen kannst?«

»Weil ich die verdammte Autorin bin!«

»Du hast keinen Schimmer.« Er schüttelte den Kopf, als wäre ich unrettbar blöd. »Keinen Schimmer, wie sehr ich dich unterstütze.«

Ich wollte schreien, wie unfair das war, sagte aber stattdessen: »Vergessen wir nicht, dass alle Unterstützung deinerseits von mir finanziert ist.«

Dann verließ ich den Raum, doch er holte mich leicht ein, packte mich grob am Ellbogen, als ich die Diele erreichte. Ich war gezwungen, stehen zu bleiben, und wir waren zu dicht beieinander, atmeten uns gegenseitig unsere Wut ins Gesicht. Es war zu viel.

Ich riss mich los, doch Dan überraschte mich mit einer plötzlichen Geste: Kapitulierend hob er beide Hände.

»Hey, es tut mir so leid«, sagte er. »Ich wollte dich nicht packen. Du hast mir Angst eingejagt. Es ist ein Schock. Entschuldige.«

Er streckte abermals die Hand nach mir aus, zog sie jedoch zurück, als ich zusammenzuckte. Schmerz blitzte in seinen Augen auf. Ich wollte immer noch weg, zwang mich aber, seine Worte, seinen zerknirschten Tonfall und seinen sichtlich erschrockenen Blick zu verarbeiten. Meine Wut schrumpfte ein wenig, und der Angstschauder verebbte. Ich durfte ihn nicht vor den Kopf stoßen. Ich liebte ihn, und ohne ihn wäre ich vollkommen allein.

»Es ist nur …«, sagte er und suchte stirnrunzelnd nach den richtigen Worten. »Was ist mit deinem Honorar?«

»Es wird keines geben.«

»Scheiße.«

»Ja, stimmt.«

»Und was machen wir jetzt? Kannst du Eliza zurück ins Buch schreiben?«

»Nein.«

»Unmöglich ist es doch sicher nicht. Was hast du geschrieben? Könntest du sie wieder einarbeiten oder noch mal von vorn anfangen? Das Manuskript zu Buch drei hattest du in wenigen Monaten fertig.«

»Was ist, wenn ich das Buch geschrieben habe, das ich schreiben wollte?«

Wut blitzte in Dans Augen auf. Da war kein Funken von Zerknirschung mehr, auch kein Mitgefühl. »Hast du nicht mal gesagt, dass du nie eine Diva werden willst?«, fragte er.

Nach all der Arbeit, den vielen Momenten, in denen ich mich an den Rand der Erschöpfung und weiter getrieben hatte, war es wie ein Schlag ins Gesicht. Ich lief nach oben ins Bad, knallte die Tür zu und schloss ab, bevor er mir hinein folgen konnte. Drinnen drehte ich die Wasserhähne auf, um ihn zu übertönen. Zunächst rief er, dann entschuldigte er sich, und dann bat er, dass wir alles wie Erwachsene besprechen.

Nach einer Weile hörte er auf. Ich klappte den Toilettendeckel zu, setzte mich und dachte, wie naiv ich gewesen war, als mein erstes Buch veröffentlicht wurde. Mir war nicht bewusst gewesen, in was für ein Hamsterrad ich mich begab. Wie das reine Tempo und die Erschöpfung am Selbstvertrauen nagten, ehe sie die geistige Gesundheit angriffen, einen verwundbar machten, weil die Bücher jeden Winkel des Verstands ausfüllten, weil die eigene Hauptfigur aus dem Buch stieg und die Wirklichkeit übernahm, dass man das Gefühl hatte, wahnsinnig zu werden. Und wie der eigene Mann zu viel Kontrolle an sich riss, während man selbst in seiner fiktiven Welt vergraben war.

Wie er den Respekt vor einem verlor.

Einen wie einen Gebrauchsgegenstand behandelte.

Liebte er mich überhaupt noch? Und, falls nicht, was wollte er?

Ich stand auf und blickte in den Spiegel. Als ich die Haut an den Wangen nach hinten zog, sah ich um Jahre jünger aus. Und ich fragte mich, ob Dan nicht mehr als nur ein Renovierungsprojekt suchte. Aus irgendeinem Grund hatte er uns hier, nahe Stoke Woods, haben wollen. Ich wusste bloß nicht, aus welchem.

Mein Handy klingelte. Es war Max, aber ich ging nicht ran. Dem konnte ich mich nicht stellen. Eine Textnachricht folgte.

Wir kommen zu dir, morgen, Angela und ich. Sie möchte persönlich mit dir darüber reden, wie wir die Situation lösen. Ich habe einen Tisch in einem netten Restaurant reserviert.

»Oh Gott, nein«, sagte ich.

Das war noch nie vorgekommen. Gewöhnlich fuhr ich mit dem Zug zu ihnen nach London, was jeweils ein Tagesausflug war. Dass sie zu mir kamen, gab mir ein vages Gefühl von Macht, auch wenn es schwer einzuordnen war. Sie wollten ein Eliza-Buch. Sie hatten die Peitsche benutzt, indem sie drohten, mich nicht zu bezahlen, und jetzt war das Zuckerbrot dran, denn wenn sie Eliza wollten, brauchten sie mich.

Ich würde hingehen, beschloss ich, und mir anhören, was sie zu sagen hatten. Im Geheimen hoffte ich immer noch, dass ich Angela bewegen könnte, sich doch noch einmal den Roman anzusehen, den ich geschrieben hatte. Ich war immer noch stolz darauf.

»Vielleicht sprichst du nur mit ihnen darüber, mich zurück ins Buch zu holen«, sagte Eliza.

»Kann ich nicht.«

»Doch, könntest du. Vertrau mir.«

Ich kniff die Augen zu, hielt mir die Hände über die Ohren und summte ein Lied, das Teddy früher geliebt hatte.

Wie konnte ich irgendwem vertrauen, wenn ich nicht einmal mir selbst traute?

V

Teddy liegt immer noch schwer auf deinem Schoß. Er ist nicht wieder munter geworden und sagt, er ist zu müde zum Tanzen, obwohl du so gern weitermachen willst. Du willst dieses Feuer so anbeten wie die wirbelnden Derwische. Aber wenigstens ist es jetzt bequemer. Du hast ihn in eine bessere Position gebracht, und der Boden, auf dem du sitzt, fühlt sich weich und trocken an.

»Bring ihn nach Hause«, flüstert Eliza.

»Ihm geht es gut«, antwortest du ihr, schlingst die Arme um ihn und vergräbst die Nase in seinem Haar.

Die Szene hinter dem Feuer ist faszinierender denn je. Die Leute haben einen Kreis gebildet, halten sich bei den Händen, die Gesichter zur Dunkelheit über ihnen gewandt. Gesang hebt an, anfangs leise, unmöglich zu verstehen, aber er wird lauter, und über dem Zischen und Knistern des Feuers werden einzelne Wörter immer wieder wiederholt. Du hast das Gefühl, als würden sie dich mit einem Zauber belegen. Es zieht dich an, als geschähe etwas, das wichtiger ist als ihr alle, und es schließt dich, Teddy und Eliza mit ein. Du siehst ebenfalls hinauf zum Himmel und verstehst, dass sie alle mit den Geistern kommunizieren, weil das in einer Nacht wie dieser geht. Alles Reale schmilzt weg, und das Unwirkliche kommt zum Spielen heraus. Seit du darüber gelesen hast, bist du von dieser Idee besessen. In der Nacht der Sonnenwende musst du die Augen nicht schließen oder ein Buch aufschlagen, damit eine verzauberte Welt lebendig wird.

»Kannst du das fühlen, Teddy?«, flüsterst du in sein Haar.

»Ja, kann Teddy«, sagt er, obwohl ihm die Lider zufallen und er sich die Kuscheldecke ans Gesicht drückt.

11

In jener Nacht schliefen Dan und ich in getrennten Zimmern, und am nächsten Morgen bedeutete er mir mit vielen lauten Seufzern, dass er immer noch sauer war.

Als ich ihm erzählte – das musste ich, weil er es hasste, wenn ich ihm irgendwelche Verlagsneuigkeiten vorenthielt, aber ich tat es absichtlich erst am späten Vormittag –, dass ich mich mit Max und Angela zum Mittagessen treffen würde, taute er prompt auf und hielt sich wieder mehr in meiner Nähe. Er hatte Fragen und wollte Einzelheiten. Ich bot ihm lediglich ein Minimum.

Er half mir in den Mantel und zupfte ein Haar vom Kragen. »Man merkt, wie viel du allen bedeutest und wie wichtig Eliza ihnen ist, wenn sie spontan angereist kommen, um dich zum Essen einzuladen«, sagte er. »Das würden sie nicht für jede Autorin machen.«

Ich fuhr nach Bristol rein, um Angela und Max vom Bahnhof abzuholen. Es war nicht nötig, doch ich wollte ihnen zeigen, dass ich mich bemühte. Was vielleicht keine tolle Idee war. Schon nach wenigen Minuten Fahrt hatte sich meine Nervosität wegen des Essens hochgeschaukelt; ich umfing das Lenkrad zu fest und war so durcheinander, dass ich dachte, ich sollte lieber nicht am Steuer sitzen.

Unterwegs kam ich an eine Ampel vor dem Kino, in dem Dan und ich uns kennengelernt hatten. In den letzten Jahren war so viel passiert, dass ich manchmal vergaß, wie es mit uns angefangen hatte. Er hatte in diesem Kino gearbeitet. Eine gemeinsame Bekannte stellte uns vor, und wir waren wie füreinander geschaffen. Die Kennenlernphase war simpel gewesen: Eingebildeter, ehrgeiziger Junge trifft schüchternes, ehrgeiziges Mädchen, beide sind mit Anfang zwanzig noch Jungfrau, beide sozial ungeschickt, emotional ein wenig bedürftig, doch die Leidenschaft fürs Schreiben, Filme, Kunst, Musik, alles Kreative verbindet sie. Sie reden ohne Ende. Sie verlieben sich, ziehen zusammen, sind glücklich und voller Träume.

Und die meiste Zeit waren wir glücklich. Dan ging neben seinem Teilzeitjob dem Schreiben nach, hatte große Ziele, und ich arbeitete Vollzeit und schrieb ebenfalls nebenher, aber mehr als Hobby. Ich spielte es herunter, um ihm nicht seinen Elan zu nehmen.

Ich liebte unser damaliges Leben. Hatte man als Kind ein Trauma erlebt, wollte man als Erwachsener vor allem in einem ruhigen See baden, wo man die Ränder sah und die Wasseroberfläche spiegelglatt war. Welche Ironie, dass mein Schreiben die Ruhe erschüttert hatte; dass ich innerhalb weniger Monate einen Agenten und einen Verlag fand, nachdem Dan jahrelang jemanden gesucht hatte, der seine Arbeit vertrat. Seither ging alles rasant für uns.

Wo wären wir heute, fragte ich mich, hätte ich nie ein Buch veröffentlicht. Wären wir glücklicher? Getrennt? Und was, wenn Dans Träume wahr geworden wären und er an meiner Stelle stünde? Es war unmöglich einzuschätzen.

Angela, meine Lektorin, sah umwerfend aus, als sie aus dem Bahnhof kam. Alles an ihr wirkte, als hätte sie ein wenig London mitgebracht. Sie stand auf dem Bahnhofsplatz und schaute sich nach mir um. Max, der einige Schritte hinter ihr herauskam, trug eine Cabanjacke, enge Jeans und Budapester. Bei seiner Brille mit dem dicken Rahmen musste ich an skandinavische Architekten denken.

Wir fuhren zu dem Restaurant.

»Ich war noch nie in Bristol«, sagte Angela. »Es ist sehr hübsch.« Ich blickte im Rückspiegel zu ihr. Sie saß hinten und sah aus dem Seitenfenster auf ein schäbiges Billighotel, das hoch über dem dichten Verkehr aufragte; ein Teil des Namenszugs an der Fassade fehlte. Wie es aussah, war ich nicht die Einzige hier, die nervös war.

Das Restaurant befand sich im ersten Stock eines georgianischen Gebäudes mit Blick auf den Binnenhafen. Es war sehr elegant.

»Ich habe etwas für dich«, sagte Angela. »Du sollst wissen, wie viel du uns bedeutest.«

Sie holte einen großen Umschlag aus der Tasche und gab ihn mir. Vorn drauf stand mein Name in hübscher, kursiver Schrift. Ich öffnete ihn, wobei ich ungeschickt einige Papierfetzen abriss, die sich auf dem Tisch verteilten, ehe ich an den Inhalt gelangte. Ich zog eine Karte heraus. Die Vorderseite war eine Montage der Cover all meiner Eliza-Bücher, und innen waren Dutzende handgeschriebene Sätze von den Mitgliedern meines Verlagsteams. Jeder begann mit »Ich liebe Eliza, weil ...«

Ich las sie alle und spürte, dass Eliza es gleichfalls tat. Die Karte war ein Meisterstück emotionaler Erpressung, wie mir bewusst war, doch sie rührte mich auch. Ich liebte Eliza genauso sehr wie sie, sogar mehr, denn sie war ein Teil von mir, solange ich denken konnte. Zwar musste ich ihren Einfluss auf mein Leben jetzt dringend zurückfahren, aber es war auch schmerzlich gewesen. Die Karte traf einen wunden Punkt.

Ich sah zu Max und fragte mich, ob er hiervon gewusst und mich absichtlich nicht gewarnt hatte. Er studierte aufmerksam die Speisekarte, also ja.

»Deine Bücher sind etwas sehr Rares«, sagte Angela. »Oft kaufe ich ein Buch ein, weil ich es liebe, und ich finde vielleicht *ein paar* Kollegen, die meine Begeisterung teilen, aber es kommt äußerst selten vor, dass ich einen Autor oder eine Autorin entdecke, mit deren Bücher *jeder* im Verlag etwas anfangen kann. Und so ist es bei dir, Lucy. Ich frage mich seit Jahren, was dein Geheimnis ist, dass du solche Bücher schreiben kannst. Warum sprichst du so viele von uns an? Es gibt natürlich sehr viel, was an den Büchern zu loben wäre, so viel, was wir bewundern, aber ich denke, die letzten Tage haben mir ein für alle Mal bewiesen, dass Eliza Grey an die Herzen der Leute rührt.«

»Wow«, sagte ich. Es war eine ziemlich eindrucksvolle Ansprache. Angela war normalerweise sachlich, sprach von Verkaufszahlen und anderem Messbarem.

Ich strich Butter auf ein Stück Brot, weil ich nichts mit Komplimenten anfangen konnte, erst recht nicht von ihr. Doch meine Hände zitterten ein wenig, und ich verschmierte Butter auf den Fingern. Um sie abzuwischen, faltete ich die gestärkte

Serviette vor mir auseinander, die zu einem Schwan geformt war.

»Dies ist es, was dein Werk uns allen bedeutet«, fuhr Angela fort. »Das hier! Du hast das gemacht! Du bewegst Menschen.« Immer wieder zeigte sie zu der Karte. Es war klar, dass sie mehr Reaktion von mir wollte.

»Danke«, sagte ich.

»Mir geht es genauso«, pflichtete Max ihr bei und beugte sich vor. »Angela und ich haben eine Idee. Wir glauben, dass du diesen Roman zu einem Eliza-Buch machen kannst, das so ein Knaller wird wie die anderen.«

»Wir glauben nicht, dass es allzu viel Arbeit erfordert«, ergänzte Angela. »Ich habe mit Della einige detaillierte Notizen zusammengestellt. Wir denken sogar, dass Elizas Figur eine aufregende neue Ausrichtung bekommen könnte.«

»Della?«, fragte ich. Sie war meine New Yorker Lektorin. Dass sie involviert war, bescherte mir das Gefühl, in einem Netz gefangen zu sein, das sich bereits zuzog.

»Della ist entzückt von der Idee, dass wir es hindrehen können«, antwortete Max.

»Sie ist richtig begeistert«, fügte Angela hinzu. »Denkst du, du kannst das?«

Ich wich aus. »Dafür müsste ich mir die Notizen ansehen.«

»Die sind nichts, womit du nicht klarkämst. Du bist so eine gute Autorin.«

»Wir wissen, dass du es kannst«, sagte Max.

Ich schluckte. Die Kellnerin ging an unserem Tisch vorbei, und ich wünschte, ich könnte ihr in die Küche und zur Hintertür hinaus folgen.

»Kann ich«, sagte ich, weil es nervenaufreibend war, nichts zu sagen, »aber sollte ich?«

Es war eine derart schwache und ausweichende Antwort, dass ich mich dafür hasste, auch wenn ich etwas sagen musste.

»Selbstverständlich solltest du!«, antwortete Angela. »Die Leute lieben deine Arbeit. Sie lieben Eliza.« Wieder hob sie die Karte an. »Diese Botschaften sind nur von uns, deinem Verlag, aber stell dir vor, wie viele es wären, hätten all die Leser da draußen, die deine Arbeit und Eliza lieben, auch etwas geschrieben.«

Ich dachte an die Fan-Fiction. »Ich schätze, ja, vielleicht könnte ich.«

»Ist das ein Ja?«, fragte Angela. Sie war lauter geworden, und die Menschen an dem Tisch nebenan spitzten die Ohren, als würden sie einen Heiratsantrag bezeugen. Max sagte nichts, ebenso wenig Eliza.

»Ich schätze, ich könnte darüber nachdenken«, antwortete ich.

Angela legte sich eine Hand auf die Brust. »Du hast mir den Tag gerettet! Genau genommen die Woche. Ich finde, das muss gefeiert werden.«

Bevor ich mir überlegen konnte, wie ich ihnen klarmachte, dass ich ihren Vorschlag lediglich überdenken wollte, ihm aber noch nicht zugestimmt hatte, hatte sie bereits eine Flasche Champagner bei der Kellnerin bestellt. Max und sie strahlten. Eine gekühlte Flasche kam, wurde präsentiert und geöffnet, und drei Sektflöten wurden mit dem gleichen flüssigen Gold gefüllt, das Dan und ich erst kürzlich gemeinsam getrunken hatten. Jener Moment kam mir vor, als hätte er in einer anderen Welt gespielt.

Stumm, entsetzt und mit dem Gefühl, ich würde das Leben einer anderen beobachten, schaute ich zu, wie Angela ihr Glas erhob. »Auf dich, liebe Lucy, unsere Erfolgsautorin. Auf Eliza, unsere Erfolgsfigur. Auf uns alle, die wir gemeinsam arbeiten und gemeinsam vorankommen. Vielen Dank, dass du dem zustimmst. Ich kann dir gar nicht sagen, wie dankbar wir sind, dass du so verständnisvoll bist. Das sind nicht alle Autoren.«

Wir tranken. Max und ich nippten an unserem Glas, während Angela ihres in einem Zug leerte. Ich bewunderte, wie ungeniert sie ihren Appetit zur Schau stellte. Sie kam mir viel größer als ich oder sonst jemand in diesem Raum vor. Max verweigerte mir nach wie vor alles, was über sehr flüchtigen Blickkontakt hinausging.

Nachdem ich den Champagner geschluckt hatte, sah ich in die Speisekarte. Trotz der Lesebrille verschwamm die zarte Kursivschrift vor meinen Augen. Angela dachte laut darüber nach, was sie bestellen wollte, als wäre das Geschäftliche unseres Treffens abgeschlossen. Wieder schaute ich zu Max, versuchte einzuschätzen, wie er gestimmt war und wie weit seine Kollaboration mit ihr ging. Inzwischen betrachtete ich das Ganze als einen ausgemachten Verrat.

»Ich denke, ich nehme das *Boeuf bourguignon*«, sagte er, »mit Spinat und Dauphinoise-Kartoffeln.«

Wieder sah ich in die Karte. Endlich schwammen die Buchstaben in eine Ordnung, die ich halbwegs lesen konnte, aber die Worte drangen nicht bis in meinen Verstand vor, denn mir pochte das Herz in den Ohren.

»Du solltest den Hecht nehmen«, sagte Eliza. »Den verträgst du am ehesten, wenn du nervös bist.« Und ich erwiderte

schnippisch »Nein!«, weil es mich wütend machte, dass sie sogar in diesem Moment bestimmen wollte, was ich aß.

Angela und Max sahen mich verwundert an, und mir wurde
klar, dass ich es laut gesagt hatte.

»Meinst du, ich sollte das *Boeuf bourguignon* nicht nehmen?«, fragte Max.

»Ich denke, der Hecht würde dir besser gefallen«, antwortete ich, um den Ausbruch zu überspielen. Meine Wangen
glühten.

»Oh«, sagte er. »Den hatte ich gar nicht gesehen.«

Wieder blickten wir in die Speisekarten. An einem Tisch
weiter weg wurde gelacht. Max räusperte sich, und ich merkte,
dass er mich ansah – endlich. Doch ich starrte weiter auf die
Liste der Vorspeisen.

Als die Kellnerin kam, bestellte Max das *Boeuf bourguignon*, und ich fühlte mich genötigt, den Hecht zu wählen. Jeder Bissen schmeckte wie Papier, und während Angela und
Max über Leute tratschten, die ich nicht kannte, malte ich mir
aus, ich äße die Seiten sämtlicher Eliza-Romane, und dachte:
*Die können alle zur Hölle fahren, jeder, der Eliza wieder in den
Büchern haben will.*

Es war ein erbärmlicher Versuch, mir selbst Mut vorzugau-
keln. Und unmittelbar darauf folgte auch gleich die Angst,
denn mir wurde bewusst, wenn sie tatsächlich weg wären, einschließlich Dan, hätte ich niemanden mehr außer Eliza.

Ich griff nach meinem Glas und leerte es in einem Zug, wie
Angela es gemacht hatte.

12

Wahrscheinlich sollte ich nicht nach Hause fahren. Ich war nicht sicher, wie viel Champagner ich getrunken hatte, weil Angela uns immerfort nachschenkte. Sie und Max dachten offensichtlich, ich hätte genug gehabt, denn sie lehnten mein Angebot, sie zum Bahnhof zu bringen, dankend ab, und so stand ich unter der Markise des Restaurants und blickte ihnen nach, als sie zusammen weggingen. Ich wollte ihnen nachlaufen, obwohl ich keine Ahnung hatte, was ich ihnen sagen würde.

Ich fühlte mich ausgelaugt und innerlich zerrissen, denn ich war verdammt, wenn ich Eliza zurück in die Bücher brachte, und verdammt, wenn ich es nicht tat.

In dem mehrstöckigen Parkhaus steckte ich das Ticket in den Automaten, zahlte die Gebühr und stieg die Betontreppe hinauf zum dritten Parkdeck. Jeder Schritt hallte über und unter mir durch das Treppenhaus. Als ich auf der richtigen Ebene ankam, keuchte ich und blieb stehen, nachdem ich auf das Parkdeck getreten war, um zu Atem zu kommen. Abgesehen von den Autos schien alles leer, doch ich hörte Schritte, und mir stellten sich die Nackenhaare auf.

»Wer ist da?«, rief ich, und wieder hallte es. Die Akustik war merkwürdig. Ich erkannte, dass die Schritte wahrscheinlich aus einem anderen Stock kamen, doch ich wurde das Gefühl nicht los, dass Eliza irgendwo hier war, als hätten mein Agent und meine Verlegerin ein Loch in die Mauer gerissen, die ich um sie errichtet hatte – gerade groß genug, dass sie hindurchkriechen und mir wieder erscheinen konnte.

Ich fuhr herum. War sie hinter mir? Ich drehte mich zurück. Lehnte sie da an dem Wagen? Doch es war nur eine Täuschung, erzeugt von den Scheinwerfern eines Wagens, der die Rampe herunterkam. Das Licht huschte über den Pfeiler, neben dem ich sie zu sehen geglaubt hatte.

»Hey!«, sagte sie. »Entspann dich. Ich bin nicht da draußen. Siehst du das Auto? Geh hin und steig ein.«

Ich tat, was sie sagte, und lehnte mich mit der Stirn auf das Lenkrad.

»Ich weiß nicht, ob ich fahren sollte«, sagte ich.

»Alles gut. Du hast nur etwas über ein Glas gehabt. Ich habe alles gesehen«, sagte Eliza. »Ganz ruhig.«

»Bist du sicher?« Zittrig ließ ich den Motor an.

»Geh es einfach ruhig an.«

Ich wollte dringend zu meiner alten Wohnung und wurde zunehmend deprimierter, als ich in Richtung Brücke fuhr. Dort brauchte ich mehrere Anläufe, bis ich die Mautgebühr gezahlt hatte. Jemand hinter mir hupte. Im Schneckentempo kroch ich hinüber. Auf der anderen Seite konnte ich Stoke Woods sehen.

Am Ende der Brücke hing ich hinter einer Radfahrerin fest, sodass ich nicht beschleunigen konnte, und der Wagen hinter mir fuhr dicht auf. Es war ein SUV, dessen Fahrer ich nicht sehen konnte, weil er zu hoch saß. So oder so konnte ich nichts tun. Die Radfahrerin vor mir war zu weit in der Fahrbahnmitte, und der stete Gegenverkehr machte ein Überholen unmöglich. Ich wurde nervös.

Der SUV fiel ein wenig zurück, dann fuhr er abermals dicht auf. Ich tippe auf die Bremse, damit ihn die roten Lichter warnten, was jedoch keinerlei Wirkung zeigte. Wenn überhaupt, kam er nur noch näher. Die Radfahrerin streckte den Arm zur Seite, und ich wartete, dass sie abbog. Dabei sah ich unentwegt in den Rückspiegel. Meine Straße kam bald, und kaum war die Radfahrerin weg, beschleunigte ich und schaltete den Blinker ein, um dem anderen Fahrer anzuzeigen, dass ich abbiegen wollte. Ich hoffte, jetzt würde er das Drängeln lassen, doch als sich kurz eine Lücke im Gegenverkehr auftat, schoss er plötzlich nach vorn und zu dicht, zu schnell an mir vorbei.

Instinktiv wich ich zur Seite aus, geriet auf den Randstreifen an der Abbiegung zu meiner Straße und auf die schmale, von struppigem Gras bewachsene Erhebung. Ich trat so fest auf die Bremse, dass ich nach vorn und wieder zurück geschleudert wurde. Mein Schrei wurde von Stille geschluckt. Der SUV war fort. Es waren keine anderen Wagen zu sehen. Niemand sonst hatte mitbekommen, was passiert war. Das Nummernschild hatte ich nicht erkennen können, und ich war nicht mal sicher, um was für ein Auto es sich gehandelt oder welche Farbe es gehabt hatte. Und ich könnte nicht mit Sicherheit sagen, ob der Fahrer absichtlich aggressiv gewesen war.

Ich war versucht, auszusteigen und zu Fuß nach Hause zu gehen, aber es waren nur noch ein paar hundert Meter. Also sagte ich mir mehrmals »Reiß dich zusammen«, bis ich das

Gefühl hatte, dass ich wieder so weit war, den Rückwärtsgang einlegte und vorsichtig zurück zu der Abbiegung fuhr. Jetzt konnte ich das unebene Gras sehen, auf das ich geraten war, und die hohen Bäume direkt dahinter, und mir wurde klar, wie viel schlimmer es hätte ausgehen können, hätte ich nicht so schnell gebremst. Das Seltsame war, dass keinerlei Spuren von meinen Reifen zu sehen waren.

Ich merkte, wie mir eine Träne über die Wange lief, und wischte sie weg. Ein Schleudertrauma hatte ich vermutlich nicht, dennoch kam es mir vor, als wäre mein Körper einmal durchgerüttelt und falsch wieder zusammengefügt worden.

Sehr vorsichtig fuhr ich unsere Straße entlang und wich den Schlaglöchern aus. Ich fürchtete, dass ich in lauter kleine Teile zerbrechen könnte, sollte ich durch eines von ihnen hindurchrumpeln. Die Blutbuchen rechts warfen in regelmäßigen Abständen Schatten auf die Straße, sodass es war, wie durch verlangsamtes Stroboskoplicht zu gleiten. Hell. Dunkel. Hell. Dunkel. Ich hatte das Gefühl, in einem Buch über eine Fahrt in den Wald zu sein und zu einer Darstellerin in einem Märchen zu werden, das nicht gut ausgehen würde. Auf der anderen Seite wirkten die Häuser der neuen Nachbarn unerschütterlich.

Als ich in unsere Einfahrt bog, hatte ich das verstörende Gefühl, dass ich mir nicht sicher war, was oder ob überhaupt etwas geschehen war.

VI

Teddy wird unruhig und windet sich auf deinem Schoß. Seine Ellbogen bohren sich in dich hinein, und sein Gesichtsausdruck wechselt von schläfrigem Staunen zu Verdruss. Er jammert: Er ist müde, er muss mal, er will nach Hause. Du versuchst alles, um ihn umzustimmen, aber es hat keinen Zweck.

»Na gut!«, sagst du, stehst auf und gehst los, zu schnell für ihn, weil du enttäuscht bist; du zerrst ihn nicht direkt hinter dir her, bewegst dich aber doch in einem Tempo, mit dem er nicht Schritt halten kann. Auch wenn du es nicht zugeben willst, bist du selbst ein bisschen müde. Was dich nicht davon abhält, diese Nacht zu genießen, von der du geträumt hast.

Du denkst an die Szene, die du hinter dir lässt. Es fühlt sich an, als würdest du etwas Besonderem den Rücken kehren. Etwas Magischem. Es ist typisch Teddy. Er verdirbt dir so vieles, was du tun möchtest. Du bist es leid, auf ihn aufzupassen, wenn deine Mum es dir sagt, was immerzu vorkommt, bist es leid, wie sie stets dir die Schuld an jedem Geschwisterstreit geben. Du bist Teddys Klammern leid. Diese Nacht wolltest du so gern für dich, und jetzt macht er sie kaputt.

»Du bist zu schnell«, jammert er. Du denkst, dass er absichtlich langsam geht. »Komm schon!«, sagst du gereizt. Noch
hoffst du, dass du ihn nach Hause bringen und dich wieder
rausschleichen kannst, aber diese Idee verblasst mit jedem seiner Schritte in Gletschergeschwindigkeit mehr. Er hängt jetzt
an deinem Arm und fühlt sich doppelt so schwer wie vorher
an. »Teddy!«, sagst du. Du zerrst an ihm, sodass er stolpert,
fällt und sich das Knie auf dem steinigen Weg aufschürft. Du
hilfst ihm auf, und für einen Moment ist er stumm vor Schreck.
Dann zittert sein Kinn, und er heult vor Müdigkeit und
Schmerz los. Du tröstest ihn, beruhigst ihn. Er will die Taschenlampe halten, dann wieder nicht. Du ermunterst ihn, bist
streng und ermunterst ihn wieder. Er sagt, dass er versucht,
brav zu sein, aber sein Bein tut zu weh, und er kann nicht weitergehen. Stattdessen hinkt er und heult wieder. Du hebst ihn
hoch. Sein Kopf sackt auf deine Schulter. Er ist sehr schwer,
und du weißt, dass du ihn nicht den ganzen Weg nach Hause
tragen kannst.

Da fällt dir ein, dass du ihn zu deinem Versteck bringen
könntest.

»Nein«, flüstert Eliza. »Es ist unser besonderer Ort. Er wird
jemandem davon erzählen.«

»Was soll ich denn sonst machen?«, fragst du.

13

Dan war nicht zu Hause, als ich von dem Treffen mit Max und Angela zurückkam. Unser abgewetztes, gemütliches Sofa aus der Wohnung stand in einem der unrenovierten Zimmer unten, das nicht zum Garten ging. In dem riesigen Raum wirkte es wie ein Puppenstubenmöbel. Ich legte mich darauf und zog eine Wolldecke über mich.

Nach wie vor war ich wütend auf Dan, aber auch so erschöpft, verwirrt und ängstlich, dass ich ihn brauchte. Es ärgerte mich, dass er keine Nachricht hinterlassen hatte, wo er war. Ich sagte mir, dass er wohl noch böse auf mich war, musste aber unweigerlich an das eine Mal vorher denken, als er verschwunden war.

Ich grübelte, was ich wegen Eliza tun sollte. Ich hatte keine Ahnung, wie ich es hinbekommen sollte, sie in den Büchern zu behalten, aber aus meinem Leben auszusperren.

Welche Ironie war es, wie fantastisch es sich beim ersten Mal angefühlt hatte, als Eliza mir »persönlich« erschienen war. Zu der Zeit schrieb ich an meinem dritten Roman und glaubte tatsächlich, ich hätte den Gipfel meines schriftstellerischen Erfolgs erreicht. Ich konnte mir meine Protagonistin dreidimensional vorstellen! Richtig mit ihr sprechen, nicht bloß im Kopf! Es war ziemlich berauschend. Und, ja, naiv von mir.

Fakt war, dass ich unter Schlafmangel und enormem Abgabedruck litt, als ich erstmals meine Eliza-Erscheinung hatte. Es war ungesund. Ich wachte japsend aus Träumen auf, in denen ich nach Luft rang, isolierte mich von der Welt, aß zu viel, trank zu viel Kaffee und Alkohol. Ich hatte einen mentalen Kollaps, während ich mich zum Ende des Buches durchkämpfte und mich schon damals, zwei Bücher zuvor, meine Zeitplanung einholte.

Mir war nicht bewusst gewesen, dass Elizas Erscheinen eine gefährliche Verschmelzung von Realität und Fiktion signalisierte. Sie war ein geschenkter Gaul meiner Fantasie, aber ich hätte ihr wirklich ins Maul schauen sollen.

Ich lag so lange unter der Decke, dass mich meine eigene Trägheit lähmte. Das Gewicht meiner Glieder, die Ungewissheit, was als Nächstes passieren könnte. Während meine Gedanken von einer Angst zur nächsten sprangen und sie unsinnig umkreisten, krochen Schatten aus den Ritzen und Ecken, und das Haus um mich herum wurde dunkel. Ich hatte die Zeit aus dem Blick verloren und wünschte, ich hätte daran gedacht, einige Lichter einzuschalten. Jetzt konnte ich mich nicht überwinden aufzustehen.

Das Knallen der Haustür weckte mich aus einem Halbschlaf. Autoschlüssel fielen auf den Dielentisch, und ich blinzelte, als das Licht in der Diele anging. Immer noch war alles an mir bleischwer.

Ich sah Dan in der Diele, hätte nach ihm rufen sollen, tat es aber nicht. Stattdessen beobachtete ich ihn. Er trug eine Plastiktüte, und seine Miene war grimmig. Er rief auch nicht nach mir, sah nur kurz nach oben, als nähme er an, dass ich im Bett oder in meinem Arbeitszimmer war. Dann ging er in die Küche. Nach einer Weile kam er zurück. Als er das Licht in dem Raum einschaltete, in dem ich lag, sagte ich: »Nicht!«, und er sagte: »Scheiße! Hast du mich erschreckt! Bist du schon die ganze Zeit hier? Warum liegst du im Dunkeln?«

»Wo warst du?« Meine Stimme war heiser. Ich fürchtete mich vor dem, was er sagen würde, denn ich wusste nicht, ob unser Streit von heute Morgen noch das Hauptthema für ihn war.

»Essen einkaufen. Wir hatten nichts für heute Abend. Vergiss nicht, dass wir um acht zum Umtrunk bei Sasha erwartet werden.«

Ich war froh, dass er nicht wieder mit dem Streit anfangen wollte, deshalb provozierte ich ihn nicht. Und ich schätzte, dass es Stunden her sein musste, seit ich vom Mittagessen zurück war, wenn jetzt Abendessenszeit war. Die Party hatte ich vergessen, was zumindest bedeutete, dass ich keine Zeit damit verbracht hatte, mich vor ihr zu gruseln. Jetzt allerdings flatterten meine Nerven.

Dan hielt ein Päckchen in die Höhe, das mir bekannt vorkam. »Moltebeerenmarmelade«, sagte er.

»Hierher geliefert?«

»Ja.«

»Woher wissen sie, dass wir umgezogen sind? Das ist unheimlich.«

»Ehrlich, ich glaube nicht, dass es eine Drohung ist. Sieh es als ein Einweihungsgeschenk. Ich habe uns Steaks besorgt. Soll ich dir ein Glas Wein bringen, bevor ich zu kochen anfange?« Mein Herz verfiel in seinen Erleichterungsmodus. Wein gefolgt von Steak entsprach in unserer Beziehung der Friedenspfeife. Dan konnte eine beachtliche Bilanz an Streitschlichtungen vorweisen, indem er eine Häuslichkeit an den Tag legte, die ich nie zustande brächte.

»Das wäre sehr nett«, antwortete ich. »Danke.«

»Rück mal.«

Ich zog die Beine an, um ihm Platz auf dem Sofa zu machen. Er legte die Decke über uns beide, strich sie glatt und nahm meine Hand, um seine Finger mit meinen zu verweben.

»Was für ein Buch hast du geschrieben?«, fragte er. »Wenn es kein Eliza-Buch ist.«

»Spielt keine Rolle.«

»Ich würde es gern wissen.«

»Sie werden es nicht veröffentlichen. Mehr brauchst du nicht zu erfahren.«

»Sie sind nach Bristol gekommen, um dir das zu sagen?«

»Nein. Sie haben sich einen Plan ausgedacht, wie ich Eliza zurück ins Buch hole.«

»Oh, wow. Das sind großartige Neuigkeiten. Ist es rechtzeitig für ein Erscheinen in diesem Jahr machbar?«

»Solltest du nicht fragen, ob ich es überhaupt will?«

»Wir brauchen das Geld.«

»*Du* brauchst das Geld. Ich hatte nicht um dieses Haus gebeten.«

Er sah mich nachdenklich an, und ein Muskel in seiner Wange zuckte. »Ich gehe kochen«, sagte er. »Du siehst aus, als könntest du etwas zu essen vertragen.«

Womit er recht hatte. Im Restaurant hatte ich kaum etwas hinunterbekommen. Dan verließ das Zimmer. Ich streckte die

Finger; er hatte sie ziemlich fest gedrückt. Als er mich rief, hatte ich einen Bärenhunger.

Ich setzte mich auf meinen Platz, und er servierte mir mein Steak blutig, wie ich es mochte, und schenkte mir ein Glas Rotwein ein. Ich liebte es, wie die dunkelrote Flüssigkeit ins Glas glitt. Dan erzählte mir, welche Rebsorte es war und von welchem Weingut, aber das sagte mir nichts. Ich bewunderte die sattgrünen Salatblätter.

»Weißt du, was ich denke?«, fragte Dan. Er hielt das Steakmesser in der Schwebe über dem Teller, und die gezackte Klinge funkelte im Licht.

»Was?«

Er stützte die Unterarme auf, und jetzt war das Messer auf mich gerichtet, obwohl Dan lächelte. »Gott sei Dank, dass du keine literarische Autorin bist. Das macht es so viel leichter, Eliza zurück ins Buch zu holen. Du brauchst dir nicht das Hirn über große thematische Aspekte oder Sprache oder so zu zermartern, nicht?«

»Wie bitte?«

»Na, ehrlich gesagt glaube ich nicht, dass du für deine Bücher irgendwelche Preise bekommen wirst, glaubst du das? Keine wichtigen jedenfalls. Und sie werden wohl kaum die Zeit überdauern, oder? Es sind nur Krimis!« Er lachte.

Ich war erstaunt. »Was ist daran falsch? Leser mögen meine Bücher.«

»Falsch daran ist, dass deine Arbeit kompromittiert, weil sie kommerziell ist. Du hast jede Integrität, die dein Schreiben gehabt haben mag, drangegeben, als du entschieden hast, für den Markt zu schreiben. Es ist so enttäuschend. Und lass mich gar nicht erst von Detective Sergeant Eliza Grey anfangen! Sie ist der Inbegriff eines Klischees.«

»Bist du fertig?«, fragte ich.

»Siehst du es denn nicht? Wie kannst du das nicht erkennen? Verzweifelst du nie, weil du dich verkauft hast? Tja, vielleicht kannst du es nicht sehen. Manchmal frage ich mich das.«

Ich starrte ihn an, hoffte, dass es einen Weg gab, dass diese Worte wieder in seinem Mund und tief in seinem Magen verschwanden, wo die Säure sie zerfraß. Ich war entsetzt, dass er hier, in diesem Haus, sitzen konnte, das er von meinem Geld gekauft hatte, und andeutete, dass Krimis zu schreiben leichter wäre als jede andere Form und ich deshalb eine minderwertige Autorin sei. Dass ich weniger wert war als er. Dass Eliza weniger wert war. Und meine Leser auch.

Ich stand auf und griff nach meinem Teller. Es bereitete mir eine süße Freude, ihn an die Wand zu schleudern. Dan duckte sich übertrieben zur Seite, als der Teller an ihm vorbeiflog, obwohl er ihn nie getroffen hätte. Dessen war ich mir sicher.

Meine Wut flog mit dem Teller durch die Luft, wirbelte neben ihm her und half, eine tiefe Delle im Putz zu erzeugen, bevor der Teller auf dem Boden in unzählige winzige Scherben wie harte Reiskörner zersprang. Das Steak landete mit einem dumpfen Klatscher auf der Arbeitsplatte, und Pfeffersoße tropfte an den handgemachten Fliesen herunter. Ich sah alles zufrieden an und dachte, geschähe dies hier in einem Buch, könnte ich, je nach Szene, die »klebrigen Rinnsale« beschreiben, und es wäre für meine Leser und mich okay.

In diesem Moment hasste ich Dan so sehr.

14

Mir war klar, dass ich zum Umtrunk der Morells musste, auch wenn Dan und ich kein zivilisiertes Wort wechseln konnten, denn er fand uns zu Ehren statt. Ich suchte mir ein Outfit aus, an dem noch die Preisschilder hingen. Dan hatte es bisher nicht gesehen. Es war ein Spontankauf gewesen, furchtbar teuer, getätigt in den frühen Morgenstunden, nachdem ich die Nacht durchgearbeitet hatte. Das schöne, stufige Chiffon-Minikleid war von einem bekannten Designer. Lange Ärmel verbargen die Arme, an den Schultern saß es eng, doch dann fiel es weich ab, sodass es den Bauch kaschierte, und es hatte hübsche Kräuselakzente sowie ein umwerfendes Blumenmuster auf schwarzem Grund. Dazu passend hatte ich ein Paar sehr zarte Sandalen mit Absatz und Knöchelriemen gekauft, wie sie auf der Website vorgeschlagen worden waren. Ich wollte damit Selbstvertrauen und Zugänglichkeit vermitteln. Die Leute sollten mein Outfit und mich mögen. Und mein Mann sollte alles bereuen, was er vorhin gesagt hatte.

Dan beäugte mich kritisch, als ich die Treppe hinunterkam. »So willst du gehen?«

»Was stimmt damit nicht? Soll ich mich umziehen?«

»Dafür ist keine Zeit mehr. Wir sind schon spät dran.«

Er warf mir meinen Mantel zu.

Vor lauter Unsicherheit spürte ich am ganzen Körper ein unangenehmes Kribbeln, als ich einige Schritte hinter Dan die Privatstraße entlangging, vorbei an zwei anderen Grundstücken, bis wir Sashas Haus erreichten, das letzte vor der Kreuzung mit der Hauptstraße. Als wir vor der Tür standen, fühlte ich mich erhitzt und verlegen und hoffte, es war nicht allzu offensichtlich, dass wir gestritten hatten.

Insgesamt hatten sich acht Gäste in Sashas prächtigem Wohnzimmer versammelt, und es wurde sofort klar, warum Dan mein Outfit infrage gestellt hatte. Ich war entsetzlich overdressed. Sasha trug Jeans, flache Schuhe, eine weiße Bluse und eine goldene Halskette. An ihr sah es unglaublich aus, passte perfekt zu ihrem Teint, Typ englische Rose, wie ich ihn einer Figur in einem meiner Romane geben würde, wenn ich wollte, dass alle anderen weiblichen Figuren eifersüchtig auf sie waren. Sie begrüßte mich herzlich, umfing meine Hand mit ihren beiden, und ich fühlte mich, als hätte ich mich zu sehr bemüht, mich jünger zu machen.

Das Haus war so umwerfend wie sie. Dan und ich würden unseres nicht in einer Million Jahre so hinbekommen. Wir wüssten gar nicht, wo wir anfangen sollten. Hier hatte man sich um jedes Detail gekümmert und eine magische Atmosphäre kreiert, nur um Drinks mit den Nachbarn zu nehmen. Üppige Blumenarrangements schienen nachgerade die Vasen auf den polierten Oberflächen zu sprengen. Ich hielt mich weit auf Abstand von den vielen Kerzen, weil ich fürchtete, meine weiten Ärmel könnten Feuer fangen.

Und ich war eingeschüchtert. Noch nie war ich mir meiner Wurzeln in der Charlotte Close bewusster gewesen, empfand mit so schmerzlicher Klarheit, wie nahe sie war, und hatte solch einen starken Drang verspürt, zurück in meine kleine Wohnung in der Stadt zu fliehen und dort allein mit meinem Schreiben und Dan als meinem Wächter zu sein. Ich kann indes nicht leugnen, dass ich auch ein bisschen fasziniert war und mehr über die Morells und meine anderen neuen Nachbarn erfahren wollte. Leute mochten mich beobachten, aber ich tat es andersherum auch gern.

»Du musst Lucy sein. Hallo, ich bin James Morell, Sashas Mann.« Er war groß und auf eine Art gut aussehend, wie sie zu Führungskräften passte. Genau der Typ Mann, von dem ich erwartet hatte, dass Sasha ihn heiratete. Zugleich hatte er etwas Süßes, das mich überraschte. Beim Lächeln hatte er Grübchen.

»Ich möchte dir Ben Delaney vorstellen. Ben, das ist Lucy Harper, unsere neue Nachbarin und eine berühmte Autorin. Lucy, dies ist Ben, der in The Lodge wohnt. Ben ist Anwalt.«

Ben Delaney wirkte freundlich. Er lächelte viel, hatte einen sehr runden Kopf mit schütterem blondem Haar, das um seine hübsch geformten Ohren sauber gestutzt war. Beachtliche blonde Augenbrauen rahmten die blassblauen Augen, und sein Bauch wölbte sich über dem Gürtel.

»Sasha hat all deine Bücher gelesen«, sagte James.

Kate Delaney erschien neben ihrem Mann, wurde vorgestellt und holte kaum Luft, ehe sie eine schwindelerregende Zahl von nahezu unüberwindlichen Hürden aufzählte, die sie hatte nehmen müssen, um heute Abend hier sein zu können.

Jede von ihnen hatte mit einem ihrer Kinder und deren endlosen Verpflichtungen oder mit ihrem Geschäft zu tun, das sie anscheinend von zu Hause aus betrieb und das irgendetwas mit Babysachen-Versand war.

Doch ich mochte sie. Sie war offen, warmherzig und machte kein Aufheben um die Bücher, sodass ich ihr nichts vorspielen musste. Sie war ungefähr in meinem Alter, von mittlerer Statur und trug das lange dunkle Haar offen. Ich fragte mich, ob wir uns anfreunden könnten, und dieser Gedanke rief mir unangenehm ins Bewusstsein, wie lange es her war, seit ich eine meiner alten Freundinnen gesehen hatte.

Sasha kam zu uns. »Daniel sagt, dass du auch Lesekreise machst, also sie besuchst und über dein Buch redest.«

»Das habe ich ein oder zwei Mal.« Und es gehasst. Ich kam mir vor wie das Opferlamm in einem Ritual.

»Würdest du zu unserem kommen? Es wäre solch eine Ehre! Es gibt auch Wein! Und leckeres Essen! Wir sind eine kleine Gruppe – nur Kate, Vi und ich und ein paar Freundinnen! Wir haben eines deiner Bücher gelesen, als wir erfahren haben, dass du herziehst!« Alles, was Sasha sagte, klang, als endete es mit einem Ausrufezeichen. Ihre Art zu sprechen in einem Manuskript zu beschreiben, wäre schon deshalb schwierig, weil jeder Redakteur die vielen Ausrufezeichen würde streichen wollen.

Ich merkte, wie ich wütend wurde. Dan wusste, was ich von Besuchen bei solchen Lesekreisen hielt, und es ärgerte mich, dass er mich für den hier anbot. Trotzdem antwortete ich lächelnd: »Ja, natürlich!«

Ein altes Paar gesellte sich zur Gruppe, beide ein breites Kristallglas mit einer bernsteinfarbenen Flüssigkeit und sehr viel Eis in der Hand. Sie sahen wie die Sorte Leute aus, die schon so lange zusammen waren, dass sie sich zu ähneln begannen. Ihre Gesichter zeigten die gleichen Konturen von Glück und Kummer. Dan folgte ihnen. Seine Wangen waren gerötet, und er genoss eindeutig jede Minute der Aufmerksamkeit, die ihm als dem Neuen hier gewidmet wurde.

»Veronica Kaplan und ihr Mann Barry sind quasi das Kaiserpaar der Straße«, sagte Kate. »Sie wohnen schon viel länger hier als wir anderen.«

Veronicas Händedruck war fest. Sie trug kein Make-up, und ihr einziger Schmuck waren schlichte Perlenohrstecker. Trotz ihrer altbackenen Kleidung – Weste, olivgrüner Faltenrock und feste Schuhe – strahlte sie eine dunkle Eleganz aus, als hätte sie vor diesem ein glamouröseres Leben geführt. Sie hatte hohe, markante Wangenknochen und etwas Erfahrenes an sich, das mich interessierte. Sie schien eine vielschichtige Persönlichkeit zu sein.

»Willkommen in der Nachbarschaft«, sagte sie. »Bitte, sag Vi.«

»Freut mich, Vi«, antwortete ich.

»Wie ich höre, hast du eben deinen neuesten Roman beendet«, sagte Barry. Er war ein etwas zotteliger, aber attraktiver alter Herr, groß und anscheinend gut in Form, wenn auch mit einer leicht zerstreuten Art.

»Habe ich«, bestätigte ich.

»Gratuliere! Was stellt dein Detective diesmal an?«

Dan, der etwas seitlich hinter Barry stand, zog die Augenbrauen hoch, sodass nur ich es sehen konnte, als wolle er fragen: *Und? Was willst du antworten?*

Plötzlich wurde mir heiß. Normalerweise fühlte ich mich am sichersten, wenn ich über meine Bücher redete. In solchen Momenten wusste ich genau, wer ich war. Aber jetzt war es anders. »Irgendwie ist das schwer zu sagen. Ich bin noch ein bisschen zu nahe dran.«

»Aber du bist fertig mit dem Buch?«

»Ja.«

»Dann musst du doch wissen, worum es geht.«

Dan trat vor und antwortete für mich. »Es ist normal, dass Autoren sich so fühlen«, erklärte er. »Sie sind abergläubisch und denken, wenn sie über ihre Ideen sprechen, verschwinden sie. Sie verrät es nicht mal mir.«

»Auch nicht, wenn das Buch fertig ist?« Barry zog eine Augenbraue hoch.

»Nein, gar nicht«, antwortete Dan. »Die Ideen haben sich noch nicht gesetzt. Es ist Teil des kreativen Prozesses.« Er trank einen Schluck Wein, als hätte er das letzte Wort zu dem Thema gesprochen und mich nicht erst heute Abend wegen meines Schreibens niedergemacht. Er dachte sich grundsätzlich nichts dabei, in meinem Namen irgendwelche platten und oft falschen Aussagen über Schriftsteller und ihre Gewohnheiten zum Besten zu geben.

»Ich finde es wunderbar, wie du Lucys Arbeit unterstützt«, sagte Sasha. »Das ist so süß!«

Sie fuhr mit ihrem Loblied auf Dan fort, und ich hätte mir am liebsten den Finger in den Hals gesteckt. Stattdessen entschuldigte ich mich und ging ins Bad, wo ich mir Zeit ließ, mir die Hände zu waschen und mit Sashas edlen Sachen einzucremen. Dann sah ich noch in den Medizinschrank und trank meinen Wein aus, um die Rückkehr aufzuschieben.

Der Reiz des Neuen bei diesem Treffen mit meinen Nachbarn war verblasst, und es war nur noch mühsam, vor ihnen allen zu funktionieren.

Als ich zurückging, hatten sich Dan und Sasha von der Gruppe abgesetzt und standen zusammen ein Stück entfernt. Sie sahen mich nicht. Ich beobachtete, wie er etwas zu ihr sagte und sie ihm die Hand auf den Unterarm legte. Er wurde unnatürlich still, als fürchtete er, dass sie zerbrechen könnte, sollte er sich bewegen. Ich stellte mir das Knistern vor, das sich an der Stelle der Berührung von einem zum anderen übertrug. Soweit ich es erkennen konnte, bekam keiner von den anderen etwas davon mit, weil sie zu sehr aufeinander konzentriert waren.

Ich ging auf Dan und Sasha zu, und sie zog ihre Hand weg. Die Energie veränderte sich, als müssten sie sich anstrengen, mich einzubeziehen. Sasha begann, über einen Innenarchitekten zu reden, den sie engagiert hatte, und Dan reagierte, als wäre bereits beschlossen, dass wir dieselbe Person für unser Haus beauftragen würden.

Von meiner Warte aus konnte ich die Wölbung ihrer einen Brust sehen und war ziemlich sicher, jeder sonst konnte es auch. Ich hasste mich wegen meiner viel zu förmlichen Aufmachung, meiner Unfähigkeit, irgendeine Situation zu bewältigen oder so mühelos elegant auszusehen wie sie. Ich hasste mich, weil ich hässlich war, langweilig, übergewichtig, gierig, peinlich und kein bisschen eloquent, es sei denn beim Schreiben. Und ich hasste mich dafür, dass ich meinen Ehemann vertrieb.

Ich flüsterte Dan zu, dass ich gehen wollte.

»Macht es dir etwas aus, wenn ich noch ein bisschen bleibe?«, fragte er.

Tat es, denn ich wollte ihn nicht hier bei ihr lassen, aber auch keine Szene machen. »Ist gut«, antwortete ich.

Sowie ich zur Tür hinaus war, zog ich meine schrecklichen hohen Schuhe aus und ging barfuß. Es war eine Wohltat, auch wenn der Kies pikte. Ich wechselte auf den Rasen. Das Gras war feucht und durchnässte meine Strumpfhose.

»Darf ich mich dir anschließen?«

Vi war mir gefolgt. Ich wartete, bis sie mich eingeholt hatte.

»Barry will bei diesen Sachen immer länger bleiben als ich«, sagte sie. »Aber ich finde sie so ermüdend. Ich bin froh, dass du diese Schuhe da ausgezogen hast. Die sehen wie Folterinstrumente aus. Sonst hast du nicht solche an, stimmt's?«

»Nur, wenn ich mich besonders masochistisch fühle.«

»Wenn ich eines gelernt habe, dann, dass man man selbst sein muss, meine Liebe, falls du mir die Bemerkung erlaubst. Das Leben ist zu kurz, um sich die Kostüme anderer überzustülpen. Hat es dir Spaß gemacht, die Nachbarn kennenzulernen?«

»Ja.«

»Ein Wort im Vertrauen: Ben Delaney ist ein aalglatter Typ, mehr, als du vielleicht denkst. Er kann sogar ein bisschen hinterhältig sein. Das solltest du wissen, weil euer Grundstück direkt an seines grenzt. Er hatte versucht, einige Dinge am Planungsausschuss vorbeizuschmuggeln, nachdem sie uns das Grundstück abgekauft hatten. Aber eventuell hast du seine wahre Natur schon erahnt. Schriftstellerintuition.«

Hatte ich nicht, und ich würde nicht lügen. »Nein, die scheine ich nicht zu besitzen.«

Einen Moment lang sah sie mich stumm an. »Verkauf dich mir gegenüber nie unter Wert, meine Liebe«, sagte sie schließlich. »Ich kenne deine Bücher. Sie sind düster und brillant, und du verdienst alles Lob, das du bekommen hast.«

Sie drückte meine Hand und bog in ihre Einfahrt ein.

Ich ging um die Biegung, blieb jedoch am Ende unserer Auffahrt stehen. Ich hätte schwören können, dass ich das Licht über der Haustür angelassen hatte, doch jetzt war alles stockdunkel, und die Lorbeerhecken zu beiden Seiten wirkten wie ein Tunnel. Ein kalter Schauer lief mir über den Rücken. Überall könnte sich hier jemand verstecken, und auf keinen Fall würde ich allein weitergehen.

Also kehrte ich um, zurück zu Sashas Haus, ein Kribbeln im Nacken. Es begann zu regnen. Ich würde behaupten, dass ich meine Schlüssel vergessen hatte, und könnte Dan hoffentlich überreden, diesmal mit mir zu kommen.

Als ich abermals die Einfahrt von James und Sasha hinaufging, sprang ein Sicherheitsstrahler auf der seitlichen Terrasse an. Dan trat gemeinsam mit Sasha heraus, und sie zündete sich eine Zigarette an.

Unwillkürlich duckte ich mich neben einen Busch und beobachtete, wie sie sich die Zigarette teilten – wie Teenager. Sie redeten leise, und ich konnte wegen des Regens, der bald zu einem Guss wurde, nichts verstehen. Rinnsale liefen an den Rändern der Auffahrt entlang, und das Haar klebte mir an der Stirn. Aber ich konnte nicht wegsehen. Dan neigte den Kopf zu ihr, und ich fragte mich, ob er sie küssen würde, wartete entsetzt darauf.

Eine Tür knallte, und abrupt wichen sie ein wenig auseinander. Ein Mann hatte sie unterbrochen. Wer es war, konnte ich nicht sehen, aber ich hörte das Timbre seiner Stimme, ruhig und gemessen. Kurz darauf lachte Sasha unbekümmert, warf die Zigarette auf den Boden, trat sie aus, und alle gingen wieder hinein.

Zu gern würde ich beide zur Rede stellen, denn was ich eben beobachtet hatte, war eindeutig sehr intim gewesen. Ich stapfte über den Rasen. Mein Kleid war durchnässt und schwer, und der Regen tat dem Chiffon gar nicht gut.

»Halt!«, sagte Eliza. Ich ignorierte sie.

»Halt!«, wiederholte sie, und nun war ihre Stimme nicht in meinem Kopf. Ich drehte mich um.

Genauso klatschnass wie ich stand sie hinter mir auf dem Rasen, jedoch nur schwach auszumachen. Eine Schulter war unnatürlich hochgezogen, wie um einen Schmerz zu lindern, und einige Stellen an ihrem Hals waren dunkler als andere. Blutergüsse. Regenschleier gingen zwischen uns nieder.

»Du hast zu viel getrunken«, sagte sie. »Komm nach Hause, trockne dich ab, werde nüchtern. Iss etwas. Die anderen dürfen dich nicht so hysterisch sehen. Geh nicht rein. Du weißt nicht, was du gesehen hast.«

Ich wusste nicht einmal, ob sie wirklich da war oder ich sie nur sah, weil ich betrunken war. Ebenso wenig wusste ich, ob ich wollte, dass sie verschwand oder mir half, nach Hause zu kommen, und mir dort sagte, was ich tun sollte.

»Du bibberst. Dein Make-up ist verlaufen. Komm mit mir.«

Wir liefen den ganzen Weg Hand in Hand, und bei jedem Schritt dachte ich, *ich verliere den Verstand.*

VII

Zu deinem Versteck zu kommen ist nicht leicht, weil du Teddy durch den Unterwuchs tragen musst. Seine Schuhe schlagen hart gegen deine Oberschenkel, und sein ganzer Körper ist ein totes Gewicht. Seine Kuscheldecke ist zwischen euch eingeklemmt. Aber das Versteck ist so viel näher als das Haus. Du schiebst das Gestrüpp zur Seite und öffnest die Tür. Ein paar Stufen führen nach unten in den Bunker. Die Decke ist sanft gewölbt und der Boden aus hartem Zement, aber du hattest einen Läufer hergeschafft, den deine Mum für die Müllabfuhr rausgelegt hatte, und auf den setzt du Teddy, ehe du die Campinglampe holst, die du aus eurer Garage hast. Dad ist nie aufgefallen, dass sie weg ist.

»Jetzt sehen wir uns mal dein Knie an«, sagst du. Teddy streckt das Bein aus, und du untersuchst es. »Das ist bestimmt wieder gut, wenn du dich ein bisschen ausgeruht hast, Ted«, erzählst du ihm, obwohl der Kratzer von der Sorte ist, die deine Mum »eine gemeine Abschürfung« nennen würde. Du streichst ihm das Haar aus der verschwitzten Stirn, und er entspannt sich.

»Magst du mein Versteck?«, fragst du, weil du willst, dass er beeindruckt ist. Du bist stolz auf diesen Ort, auf das, was du

117

daraus gemacht hast. Es hat ewig gedauert, den ganzen Müll in eine Ecke zu schaffen und das Beste aus dem zu machen, was übrig blieb. Auf dem alten Schreibtisch sind deine Schätze ausgestellt, und hier hast du einige der Leihbücher, von denen deine Mum nicht wollen würde, dass du sie liest. Du kannst nicht an dem Schreibtisch sitzen, weil der Stuhl nur noch ein Metallrahmen mit einigen Segeltuchfetzen ist, aber das ist okay.

Auf dem kleinen Läufer richtest du Teddy aus allen weichen Sachen, die du heimlich hergebracht hattest, ein Nest her – ein Kissen, eine alte Decke, ein Gartenstuhlpolster. »Leg dich hin, Ted«, sagst du.

»Ist das Camping?«, fragt er.

»Ja, aber nur kurz, und dann gehen wir nach Hause.« Sorgsam drapierst du eine Tischdecke über ihm und hockst dich neben ihn auf den Beton.

»Erzähl mir eine Geschichte«, sagt er.

»Es war einmal«, beginnst du, »ein kleiner Junge namens Teddy.«

»Ich?«, fragt er.

»Ja, du. Teddy ging mit seiner Schwester in den Wald.«

»Haben sie ein Feuer gesehen?«

»Haben sie, aber es war ihr Geheimnis. Teddy und Lucy durften ihrer Mum und ihrem Dad nichts von dem Feuer erzählen, weil sie dann böse wären.«

Die Lider fallen ihm zu. Er zieht sich die Kuscheldecke über das Gesicht. Du redest weiter, beschreibst die Geister und deren Familien in den Bäumen. Du passt auf, dass es nicht unheimlich, sondern aufregend klingt, weil Teddy nur kurz *schlafen und später keine Angst haben soll, nach Hause zugehen.*

Er schläft schnell ein und wacht nicht auf, als der erste Feuerwerkskörper kracht. Du öffnest die Tür und schaust hinaus in die Nacht. Eine weitere Rakete explodiert, die du aber nicht sehen kannst. Du blickst dich zu Teddy um. Er schläft tief und fest, und obwohl die goldene Regel deiner Mum »Lass deinen Bruder nie allein« ist, kommt dir ein sehr verlockender Gedanke.

»Nein«, sagt Eliza.

»Ich laufe nur schnell hin und komme gleich wieder zurück«, sagst du. »Er wacht nicht auf.«

Du rennst durch den Wald zum Feuer. Ohne Teddy brauchst du nur wenige Minuten. Du schleichst dich an die Stelle, an der ihr zuvor wart, und wirst sofort belohnt. Alle paar Sekunden gehen kleine und große Raketen hoch. Die Feier ist wilder geworden. Einige Leute halten brennende Fackeln, und jetzt mischt sich der Geruch von Grillfleisch in den des Brandes. Eine kleine Gruppe tanzt noch, ausgelassener als zuvor.

Du siehst, wie ein Mann mit wirrem Blick mehr Holz aufs Feuer wirft, das sogleich höher und heißer auflodert und Funken sprüht, sodass er zurückspringen muss, um ihnen auszuweichen. Eine Gruppe von drei schattenhaften Gestalten zündet so helle Wunderkerzen an, dass du kaum hinsehen kannst. Wilde Umrisse werden in die Dunkelheit gemalt, die gleich wieder erlöschen, aber als Nachbilder in deinen Augen bleiben, während schon die nächsten entstehen. Du bist gebannt.

Verzaubert bleibst du stehen, bis sich das letzte Feuerwerk am Himmel aufgelöst hat, die Wunderkerzen abgebrannt sind

und ihre Schatten verblasst. Erst da fällt dir mit einem Schrecken Teddy wieder ein, und du bekommst ein furchtbar
schlechtes Gewissen, weil du ihn völlig vergessen hattest. Wie
lange, weißt du nicht mal.

15

Ich stellte mich ungeschickt mit den Schlüsseln an, bekam die Tür am Ende aber auf. Mir war so kalt, dass ich als Erstes heiß duschen wollte, weil ich nicht aufhören konnte zu zittern.

Ich ging nach unten, um mir einen Tee zu machen und etwas zu essen, war allerdings nur halb die Treppe hinunter, als ich einen Wagen hörte, gefolgt von Schritten in der Auffahrt. Ich blickte durchs Fenster. Die Buntglasscheiben machten es schwer, richtig zu sehen, doch ein einzelnes schmales Rechteck enthüllte mir zumindest einen Ausschnitt. Die Einfahrt war leer bis auf einen Schatten gleich an der Seite. Es war unmöglich, nicht hinzusehen. Das war ein kleines Kind.

»Teddy«, sagte ich. Er schaute zu mir, hatte seine Kuscheldecke bei sich. Er war klatschnass, ebenso wie seine Decke, und er hatte dasselbe an wie in der Nacht, in der er verschwand.

Ich konnte kaum atmen. Die Luft schien sich in meinem Brustkorb zu fangen, und ich schloss die Augen. Es klingelte. Ein halber Schrei entfuhr mir, bevor ich mir die Hand vor den Mund schlug. Dann riss ich die Augen weit auf, rang nach Luft. Ich konnte mich nicht bewegen, und mein Telefon lag unten. Wieder spähte ich nach draußen. Ein Mann trat vom Eingang zurück und schaute nach oben, als wüsste er, dass ich da war. Ich trat vom Fenster zurück. Mir war sein weißblondes Haar aufgefallen, und ich wartete ein paar Sekunden, ehe ich wieder nachsah. Jetzt war der Mann außer Sicht, und Teddy war verschwunden.

»Nein«, sagte ich. »Teddy. Nein, nein.«

Ich rieb die beschlagene Scheibe frei, presste das Gesicht fester daran und erkannte, dass es nicht Teddy gewesen war. Ein dickes Aststück war auf den Rasen gefallen, im Sturm und Regen abgebrochen.

Das Läuten wurde hartnäckiger. Jetzt kam jemand die Einfahrt hinaufgelaufen, der zunächst nur ein Schemen im Regen war. »Hey!«, rief er, und ich sackte ein wenig zusammen vor Erleichterung. Es war Dan.

Er verschwand aus meinem Sichtfeld, als er das Haus erreichte. Dann hörte ich Stimmen und schlich einige Stufen weiter nach unten, um zu lauschen, aber ich konnte weder verstehen, wer der Besucher war, noch, worüber sie sprachen. Sie klangen jedenfalls leise, ernst und, sofern ich mich nicht täuschte, angespannt.

Dan öffnete die Tür, als ich einen Motor anspringen hörte. Der Wagen musste seitlich vom Haus geparkt haben. Da Dan mich nicht gleich bemerkt hatte, erschrak er bei meinem Anblick. »Wieso bist du schon wieder im Dunkeln?«, fragte er. »Was ist los mit dir?«

Anders als sonst nach einer Party, waren seine Wangen diesmal nicht gerötet.

»Ich war oben, komme aus der Dusche. Wer war das?«

»Ein Statiker. Wir versuchen schon seit Tagen, einen Termin zu finden. Jetzt war er in der Gegend, deshalb ist er vorbeigekommen.«

»Um zehn Uhr abends? Und wofür brauchen wir einen Statiker?«

»Um Wände im Keller durchzubrechen. Ich will den offener haben.«

»Wofür?«

»Ein Kino«, sagte er, und um ein Haar hätte ich geprustet.

»Wann wolltest du mir das erzählen?«

»Wenn du aufhörst, wegen allem und jedem auszuflippen.«

»Und was kostet das? Es wird teuer, oder? Wie wollen wir das bezahlen?«

»Damit kommen wir klar, wenn du Eliza ins Buch zurückholst.«

Ich dachte daran, wie Eliza mit mir von Sashas Haus hierhergerannt war. Und an Teddy in der Einfahrt. »Ich will hier nicht leben, Dan. Ich kann hier nicht leben.«

»Ich dachte, wir wären uns einig, dass du schreibst und mir den Rest überlässt, also warum machst du dich nicht an die Arbeit? Schreib das verdammte Buch, dann ist Geld kein Problem.«

»Ich kann das nicht.«

»Jetzt mach schon! Fang an, in der echten Welt zu leben, und sei nicht so beschissen affektiert. Ich gebe dieses Haus nicht auf, nur weil du ein kreatives Problem mit deiner Arbeit hast. Hör dich mal reden!«

Sein Blick war pures Gift, aber irgendwie auch verzweifelt. Und es traf mich mitten ins Herz. Er ließ mich stehen, und ich hörte ihn in dem Raum, den er als provisorisches Arbeitszimmer nutzte, Sachen zusammenpacken. Jedes Geräusch erzeugte ein wütendes Echo. Dann kehrte er mit seiner Tasche über der Schulter zurück. »Dan«, sagte ich, doch er schüttelte den Kopf, ging aus dem Haus und knallte die Tür hinter sich zu. Die Wände schienen zu erbeben, als wären sie Zeuge eines endgültigen Lebewohls geworden, des Auseinanderbrechens von allem.

Ich berührte die Tür, lauschte dem Starten unseres Wagens und dem Quietschen der Reifen, als er aus der Einfahrt fuhr. In der darauffolgenden Stille hielt ich den Atem an, denn mir war, als würden sämtliche Bäume des Waldes näher auf mich zurücken.

16

Ich wachte in der Nacht auf. Meine Träume waren furchtbar, von der Art, die einen lockt, quält, jedes bisschen Verstand aus einem wringt, und bei denen man die Laken mit Schweiß tränkt.

Dan war nicht ins Bett gekommen. Ich wusste nicht einmal, ob er nach Hause gekommen war.

Auf mein Rufen hin antwortete er nicht. Der Wind rüttelte am Haus. Durch die vorhanglosen Fenster konnte ich den dunkelorange glühenden Himmel über der Stadt sehen und davor die Silhouetten der sich biegenden Baumkronen. Es stürmte. Die Fensterscheiben klapperten, und von irgendwo hörte ich das stete Tropfen von Regen, der ins Haus lief.

Ich stand auf. Aus dem Badezimmerfenster sah ich, dass unser Auto nicht zurück war.

Dann folgte ich dem Tropfgeräusch; es kam von unten, was seltsam war.

In der Diele schaltete ich das Licht ein. Oben an der Treppe, die in den Keller führte, war eine kleine Blutlache auf den Sandsteinfliesen. Sie hatte ungefähr den Umfang eines Tennisballs, mit asymmetrischem Umriss, breitete sich über zwei

Fliesen und die Fuge dazwischen aus und tropfte auf die oberste Stufe. Nur einen Schritt entfernt war der Teilabdruck eines Schuhs zu sehen. Ich würgte und schluckte krampfartig, stellte mir den Blutgeruch hinten im Rachen vor, obwohl ich gar nichts roch außer der abgestandenen Luft, die dieses alte Gemäuer erfüllte, und der Modernote in der Zugluft, die mich frösteln machte.

Was ich als Nächstes tat, geschah im Reflex. Meine Erinnerungen daran sollten später eher Sinneseindrücke als Gedanken sein.

Das laute Rauschen des Wassers, das Brennen des scharfen Reinigungsmittels in den Augen. Der Holzgriff der Bürste, der meine Handflächen aufraute, die beim Schrubben vom Sandstein aufgeschürften Finger- und Daumenknöchel.

Ganz bekam ich das Blut nicht weg. Der Stein war zu porös, bei der bleichen Fuge war es sogar noch schlimmer, obwohl ich sie mit einem Messer abschabte, bis sie sauber aussah. Meine Bemühungen hinterließen eine Rinne in der Fuge, die jedoch nur aus einem bestimmten Winkel zu erkennen war. Man müsste schon gezielt nach ihr suchen.

Dann sah ich den zweiten Blutflecken, auf einer der Stufen, und fing wieder von vorn an. Danach bemerkte ich noch mehr, bis ganz nach unten in den Keller und dort überall auf dem Fußboden. Stundenlang scheuerte ich, bis die Fingerknöchel der rechten Hand bluteten.

Ich umwickelte die Hand, bis es aufhörte.

Stunden später, vielleicht waren es auch Minuten – es war immer noch dunkel –, sagte Eliza: »Ich glaube nicht, dass Dan zurückkommt.«

Ich sah auf mein Handy. 04:18 Uhr.

Meine Fingerknöchel waren wund und voll getrockneten Blutes.

Und immer noch hörte ich das Tropfen. Es kam vom Wasserhahn im Bad. Ich drehte ihn ab, wobei meine Hand schmerzte.

»Nein, kommt er nicht«, sagte ich. Ich sah mein Spiegelbild an und hatte das Gefühl, dass ich es schon seit einer ganzen Weile wusste.

VIII

Du läufst zurück zum Versteck, nicht flink, weil du nie flink bist, nicht mal in dem Alter, sondern angetrieben von der Sorge, dass Teddy allein aufgewacht sein könnte und Angst hat.

Eliza ist stumm, aber du kannst ihre Furcht spüren, genauso wie das Gewicht ihres Vorwurfs. Es ist ärgerlich, weil sie Teddy ja nicht mal mag. Sie hasst es, dass er deine Aufmerksamkeit so sehr beansprucht.

Die Tür zum Versteck steht weiter offen als vorhin, als du wieder aufgebrochen bist. Du gehst hinein. Die Lampe brennt noch, und alles ist so, wie du es erwartet hast, nur Teddys Nest ist verlassen. Du fängst an zu zittern, nimmst die Lampe mit nach draußen und suchst nach ihm, ignorierst die scharfen Dornen und die Brennnesseln, aber er ist nirgends zu sehen. Als hätte die Nacht ihn verschluckt. Das Nächste, was du wahrnimmst, ist, dass du durch den Wald nach Hause rennst und betest, dass Teddy schon da ist. Währenddessen hast du Elizas Stimme in Endlosschleife im Ohr: »Erzähl ihnen nichts von dem Versteck. Erzähl ihnen nicht, dass du ihn allein gelassen hast.«

Hast du nicht getan.

17

Ich wurde morgens in einem leeren Haus wach.

Der Dielenboden war makellos sauber, als hätte es die letzte Nacht nie gegeben. Ich kniete mich hin und versuchte, mich zu erinnern, wo genau das Blut gewesen war, strich mit den Fingern über die Fuge, ob ich eine Vertiefung fühlen konnte, wo ich geschrubbt hatte. Doch es war nichts zu sehen oder zu ertasten.

»Meinst du, es ist dasselbe wie bei seinem letzten Verschwinden?«, fragte ich Eliza. »Bestraft er mich?«

Sie antwortete nicht.

»Eliza?«

Nichts. Stille im Kopf. Es war erschreckender als alles, was sie hätte sagen können. Noch nie hatte sie mir nicht geantwortet.

Ich rief Dan an, doch er ging nicht ran. Also hinterließ ich ihm eine Nachricht, er möge mich zurückrufen. Dabei gab ich mir Mühe, ruhig zu klingen.

Ich sah nach seinen Sachen. Was er mitgenommen hatte, wusste ich nicht genau. Wie ich feststellte, war neben seinem Handy auch der Laptop weg. Und seine Jacke. Doch ansonsten schien nichts zu fehlen.

Er wollte mich wieder bestrafen, wie schon einmal. Es war ein paar Jahre her, dass Dan erstmals ohne Vorwarnung verschwunden war.

Es war nach einem schlimmen Abend, der mit einem Buch-Event angefangen hatte.

Und es war das erste Mal gewesen, dass Eliza an meiner Stelle öffentlich gesprochen hatte.

Die Lesung fand in einer Buchhandlung statt, zur Feier eines neuen Eliza-Buches. Es war gerappelt voll. Leute standen Schlange, um hereinzukommen. Beim Signieren wurde ich angerempelt. Es hatte zu viele Selfie-Bitten gegeben. Mein Fluchtinstinkt baute sich schon seit einer Weile auf, noch bevor sie mich baten, beim Lesen und dem Interview auf einem hohen Barhocker vorn im Raum zu sitzen. Es war eine Herausforderung. Die Sitzfläche war gerade groß genug für eine meiner Pobacken. Ich las einen Auszug und hielt ein kurzes Interview mit der Buchhändlerin durch, während Schweiß den Rücken meiner Bluse tränkte und Halbmonde unter meine Achseln malte. Die Fragen zogen sich und begannen, sich sehr persönlich anzufühlen. Mir wurde zunehmend unwohler, emotional wie körperlich. Ich versuchte, Blickkontakt zu meiner Presseagentin herzustellen, aber sie machte Fotos von dem Raum.

Dan saß mit übergeschlagenen Beinen und einem Weinglas in der Hand in der ersten Reihe. Ich sah zu ihm, hoffte, dass er meine Verzweiflung erkannte und etwas unternahm, doch er prostete mir mit einem Augenzwinkern zu. Selbst in der Hitze behielt er das neue Jackett an, das er sich für den Anlass gekauft hatte. Den ganzen Abend suhlte er sich in der Aufmerksamkeit.

Ein Mann übernahm das Mikrofon. Ich versuchte, mich auf ihn zu konzentrieren, aber mir wurde schwindlig. Das Haar an meinen Schläfen war feucht.

Der Mann hatte eine Rede vorbereitet. Sie handelte von Eliza. Ich nickte, während er sprach, bekam aber kaum mit, was er sagte. Immer wieder drifteten meine Gedanken ab, bis er zu seiner Frage kam: »Können Sie uns verraten, was für Eliza als Nächstes kommt?«

Ich hatte nichts zu sagen. In meinem Kopf herrschte Leere. Drückende Stille breitete sich aus. Ich fühlte mich losgelöst. Dan sah besorgt aus, machte Anstalten aufzustehen, doch bevor er es tat, beantwortete Eliza die Frage für mich.

»Eliza Grey kommt mit Wucht zurück. Sie wird verwundbarer denn je sein, aber auch stärker. Sie steigert sich auf eine Weise, wie Sie es nie zuvor gesehen haben. Es ist unglaublich spannend.«

Applaus brach los. Dan drehte sich überrascht zu den Leuten um und klatschte ebenfalls, die Hände hoch und in meine Richtung gereckt. »Respekt«, sagte die Geste, und ich lächelte. Hinter dem Lächeln drehte ich durch, denn ich war es nicht, die das gesagt hatte.

Wir blieben, bis die meisten Leute gegangen waren. Manche schienen gar nicht gehen zu wollen. Weitere Bücher mussten signiert werden. Dan plauderte mit meiner Presseagentin und trank Wein.

Schließlich gingen wir zum Auto. Auf dem Parkplatz streckte Dan die Hand nach den Autoschlüsseln aus, die ich den Abend über in meiner Tasche aufbewahren sollte.

»Er ist über der Promillegrenze«, sagte Eliza.

»Kommt nicht infrage«, sagte ich. »Du hast zu viel getrunken.« Ich ging weiter.

»Nein, alles gut.« Er rührte sich nicht, stand mit ausgestreckter Hand da, als wäre ich unvernünftig. Ich merkte, wie ich schwach wurde, doch abermals sprach Eliza für mich.

»Du bist besoffen.«

»Aber du kannst sie nicht fahren.« »Sie« war das Auto. Der neue Jaguar, gegen den wir meinen alten Flitzer eingetauscht hatten. Eines unserer ersten Upgrades, und bisher hatte Dan mich den Wagen nicht fahren lassen.

»Du kannst mir sagen, was ich machen soll«, erwiderte ich.

»Auf keinen Fall.« Kopfschüttelnd kam er auf mich zu, doch ich hatte einen Vorsprung, lief zum Auto und schwang mich auf den Fahrersitz.

»Hey!«, sagte er.

Ich schloss die Tür. Er tauchte neben mir auf, klopfte ans Fahrerfenster und bedeutete mir auszusteigen. Doch ich schüttelte den Kopf. Während ich wartete, dass er einstieg, versuchte ich zu ergründen, wie man den Motor anließ. Ich stellte einen Fuß auf die Bremse und drückte einen Knopf. Der Wagen sprang an. Ich blickte nach vorn. Wir standen auf einem günstigen Platz, denn ich konnte einfach vorwärts rausfahren. Ich legte den Gang ein und trat auf das Gaspedal. Nichts geschah. Im Rückspiegel konnte ich Dan sehen, der hinten um den Wagen herumging. Ich versuchte es wieder, trat diesmal fester aufs Gaspedal, und der Wagen preschte unerwartet nach hinten, worauf es einen ekligen Rumms gab.

Die Zeit verlangsamte sich, als ich die Fahrertür öffnete. Ich konnte Dan nicht sehen. Ich ging die paar Schritte zum Wagenheck und entdeckte ihn ein kleines Stück entfernt auf dem Pflaster sitzend. »Was sollte das denn?«, rief er. »Du hast mich fast umgebracht!« Der Jaguar stand, hinten eingedellt, an einem Poller.

Danach fuhr er nach Hause, bleich vor Wut. »Ich bin nicht betrunken!«, sagte er. »Wie kannst du es wagen?« Und es stimmte. Er wirkte nicht betrunken. Ich lehnte mich mit dem Kopf zurück und spürte erste Anfänge der Angst, dass Eliza zu etwas geworden war, womit ich nicht umgehen konnte.

Etwa eine Stunde nach unserer Rückkehr in die Wohnung verschwand Dan. Ich hörte die Tür knallen und den Wagen unten auf der Straße anspringen. Er antwortete nicht auf meine Textnachrichten oder Anrufe. Ich glaubte, vor Sorge den Verstand zu verlieren.

Vierundzwanzig Stunden später kam er zur Tür hereingeschlendert und ließ seine Tasche lässig auf den Tisch fallen, als hätte ich ihm nicht zig Nachrichten geschickt und panisch auf seine Mailbox gesprochen.

»Zieh so was nie wieder ab«, sagte er.

»Es war ein Versehen!« Ich erwähnte nicht, dass ich mich in den dunkelsten Stunden des Wartens gefragt hatte, ob es das wirklich gewesen war. Dass mir der Gedanke gekommen war, Eliza könnte mich vielleicht auch auf andere Weise kontrollieren, nicht bloß für mich sprechen. Hatte ich ihr zu viel Macht gegeben, indem ich sie aus meinem Kopf in meine Bücher ließ? War sie jetzt bereit, sich noch mehr zu nehmen?

Oder war mein Fuß abgerutscht?

»Ich will nicht darüber reden«, sagte Dan. »Lassen wir das hinter uns.«

»Du hast mir gefehlt.« Ich legte die Arme um ihn. Damals fing er an, Sport zu treiben, und sein Oberkörper war härter als sonst, weniger einladend.

Er umarmte mich. »Du mir auch.«

»Wo warst du?«, fragte ich.

»Nur in einem ranzigen Hotel.«

Er begann, das schmutzige Geschirr und Besteck von den Küchenarbeitsflächen zu räumen und abzuwaschen. Verblüffend schnell kehrte wieder Normalität ein. Eigentlich hatten wir nie richtig darüber gesprochen. Eliza benahm sich, und ich versuchte, mich zu bessern.

Doch als er damals verschwand, war kein Blut aufgetaucht.

Und seitdem war anderes vorgefallen. Es hatte Situationen gegeben, in denen ich nicht sicher war, ob Eliza oder ich das Sagen hatte.

»Was ist hier los, Eliza?«, fragte ich sie. Immer noch antwortete sie nicht. Ich war allein hier mit dem Haus und dem Wald. »Bist du jetzt zufrieden? Er ist wieder weg.«

Ihr Schweigen empfand ich als Bedrohung. Es war genauso schlimm wie das Gefühl, dass sie die Kontrolle übernahm.

18

Ich legte mich wieder ins Bett, wo ich eine ganze Zeit meinem Atem lauschte, als müsste ich mich daran erinnern, dass ich eine reale Person war, die weder Eliza noch Dan brauchte, um zu existieren. Es war schwierig, mir dessen gewiss zu sein.

Nach einer Weile wurde ich sehr hungrig und zugleich wütend. Ich dachte, ich könnte probieren, zumindest zu funktionieren. So würde ich Eliza beweisen, dass ich sie nicht brauchte, und Dan bei seiner Rückkehr zeigen, dass ich sein Verschwinden kaum bemerkt hätte.

Ich zog mich an und suchte nach Essbarem, aber wir hatten fast nichts. Der nächste Laden war einige Meilen weit weg, in der Stadt. Ich dachte an meine neuen Nachbarn und beschloss, dass Kate die am wenigsten Angsteinflößende war. Also ging ich zu ihrem Haus und klingelte. Sie erschien mit einem kleinen Jungen auf dem Arm an der Tür, und es war ein entsetzlicher Moment. Ihr Sohn war blond, wie Teddy, und in der Art, wie er sich an seine Mutter klammerte, erkannte ich meinen kleinen Bruder wieder. Er lächelte mich auf die herzzerreißende Weise an, wie es kleine Jungen bisweilen tun, wenn sie zeigen wollen, dass sie bereit sind, zu lieben und geliebt zu werden.

»Hi«, sagte ich zu ihm und winkte verhalten. Sein Lächeln wurde breiter, und er machte das Winken nach.

»Hey«, sagte Eliza leise. »Nicht. Es bringt dich zurück.«

Sie hatte recht. Erinnerungen regten sich, und die durfte ich nicht zulassen.

Stattdessen konzentrierte ich mich auf Kate, die ein bisschen geschockt schien, mich zu sehen. Ich vermutete, dass ich unmöglich aussah. Exakt so reagierten auch Lieferanten, die zu uns kamen, während ich schrieb. Ich hatte die Angewohnheit, mehrere Schichten übereinander zu tragen, wenn ich zu lange am Computer saß und die Kälte in mich hineinkroch. Dabei achtete ich nicht darauf, was ich mir überzog. Nun wurde mir bewusst, dass ich einen von Dans Hoodies über einer Jogging-hose und einem weiten alten Pullover trug – nicht zu verglei-chen mit dem Chiffon vom Abend zuvor. Ich entschuldigte mich für die Störung und strich mir vorsichtshalber über das Haar, falls es abstand.

»Kannst du mich vielleicht mit in die Stadt nehmen?«, fragte ich. »Dan hat heute den Wagen, und wir haben vergessen, Lebensmittel zu bestellen.« Ich fand, dass es recht normal klang. Ich wollte nicht zugeben, dass er mich ohne Auto und ohne Essen im Haus zurückgelassen hatte. Es war zu beschä-mend.

Sie entspannte sich merklich. »Natürlich! Es ist schön, zur Abwechslung mal mit einer Erwachsenen zu reden.«

Ihr Wagen war schmutzig. All die Nebenprodukte eines Fa-milienlebens flogen darin herum. Ihr Junge trat regelmäßig gegen meine Rückenlehne. Er wollte mehr Beachtung von mir, und es war schwer, sie ihm nicht zu schenken.

»Wie fandest du die Party?«, fragte sie.

»Die war sehr nett. Tut mir leid, dass ich nicht länger bleiben konnte.«

»Viel hast du nicht verpasst. Barry hat sich wie üblich betrunken.«

Ihr Lächeln war fort. Ich dachte an das, was Vi mir über Kates Mann erzählt hatte, dass er hinterhältig sei, und an meinen Eindruck, dass sich die beiden Familien nicht besonders mochten.

»Verstehst du dich mit Barry und Vi?«, fragte ich.

»Ach, na ja. Oberflächlich verhalten wir uns alle zivil, aber ich habe dauernd Angst, dass die Kinder zu laut sind oder zu viel Spielzeug im Garten herumliegt. Sie geben mir manchmal das Gefühl, dass wir die Wohngegend in Verruf bringen. Ich hoffe, du denkst nicht genauso über uns.«

»Natürlich nicht. Ich liebe Kinder.« Ich zwang mich, das zu sagen, obwohl mir davor graute, das Kreischen ihrer Kleinen zu hören. Es wäre eine weitere schmerzliche Erinnerung an meine Vergangenheit, die mir das neue Haus zumutete.

»Oh, gut. Es ist nicht witzig, die arme Verwandtschaft in dem kleinen Haus zu sein. Ben meint, dass ich überempfindlich bin, aber ich sitze hier ja die ganze Zeit mit den Kindern und meinem Geschäft fest, weil ich von zu Hause arbeite, deshalb bin ich dem vielmehr ausgesetzt. Aber soll ich dir was verraten? Jeder hier weiß, dass Barry uns das Grundstück nur verkauft hat, weil sie das Geld brauchten, und es wundert mich nicht. Soweit ich es mitbekommen habe, hat Vi nie gearbeitet, und welcher Professor kann sich den Unterhalt von so einem Haus leisten? Sie haben gar kein Recht, sich für was Besseres zu halten.«

»Stimmt«, sagte ich. Ihre Minderwertigkeitsgefühle fand ich sehr nachvollziehbar. Als wir in der Charlotte Close wohnten, ging es meinen Eltern nicht anders, was die Leute in den großen Häusern hier betraf.

Sie sah mich an. »Freust du dich über dein neues Zuhause?«

Etwas an der Art, wie sie fragte, machte mich paranoid, als ahnte sie, wie ich empfand. Doch wie sollte sie?

»Ja«, antwortete ich. »Allerdings fühlt es sich noch nicht wie ein Zuhause an.« Mehr wagte ich nicht zu sagen, weil ich fürchtete, dass mein Tonfall zu matt wäre und meine wahren Gefühle verriete.

Sie bog in eine Parklücke vor dem Laden.

»An dem Haus gibt es bestimmt eine Menge zu tun«, sagte sie.

»Dan kümmert sich um die Renovierung.«

»Vertraust du ihm?«

»Was?« Auf gruselige Art fühlte es sich an, als könnte sie in meine Ehe hineinsehen. Was wusste sie?

»Ich meine nur, traust du ihm zu, das hinzubekommen? Ben ist furchtbar in solchen Sachen. Er überlässt alles mir. Entschuldige, wenn das unhöflich klang. Ich bin manchmal eine echte Idiotin. Das liegt daran, dass ich mich die meiste Zeit mit Menschen unter zehn Jahren unterhalte.«

»Doch, ich traue es ihm zu. Natürlich.« Ich wollte aus dem Wagen steigen. »Danke fürs Mitnehmen.«

»Soll ich warten und dich wieder mit nach Hause nehmen?«

»Nein, danke«, sagte ich. »Ich habe hinterher noch anderes zu erledigen und nehme mir ein Taxi zurück.« Es stimmte nicht, aber ich hatte mein Small-Talk-Limit erreicht, und mir wurde unwohl.

»Kommst du bald mal auf einen Kaffee vorbei?«

»Sehr gern«, antwortete ich.

Sie verengte die Augen. »Geht es dir gut?« Ich hatte keine Ahnung, was sie an mir sah, dass sie diese Frage stellte, und ich wollte es auch gar nicht wissen. Nach Teddys Verschwinden hatte ich sehr lange gebraucht, bis ich begriff, dass es besser war, für mich zu bleiben, und so sollte es auch weiterhin sein.

»Mir geht es gut.« Ich schlug die Autotür zu und zwang mich, ihr nachzuwinken.

Im Laden packte ich Milch, Brot und Kekse in meinen Korb, aber mir fiel nicht mehr ein, was ich noch kaufen könnte. Ich starrte auf die Regale, als ich meinen Namen hörte.

»Lucy, bist du das?«

Ich wusste beim besten Willen nicht, wer sie war, und das musste mir anzusehen sein, denn sie sagte: »Ich bin Melanie. Ich habe früher mit Dan in dem Kino gearbeitet.«

»Natürlich, entschuldige! Wie geht es dir?«

»Bestens. Gut. Ich sitze noch an meiner Promotion. Ist fast fertig. Du weißt ja, wie das ist.«

»Oh ja.« Ich nickte, auch wenn ich mir wünschte, dass dieses Gespräch endete, damit ich wegkonnte.

»Hat Dan eigentlich den Kontakt zum Thema Zweiter Weltkrieg bekommen, den ich ihm geschickt habe?«

»Welcher Kontakt?«

»Er hat mir vor Kurzem gemailt und gefragt, ob ich ihm helfen kann, Zeitungsarchivmaterial zum Thema englischer Widerstand und sein Bunkernetzwerk zu beschaffen.«

»Bunker?«, wiederholte ich. Das Wort löste ein Summen in meinem Kopf aus, und ich wagte nicht, nach Einzelheiten zu fragen.

»Ich habe ihm einen Bekannten genannt, aber nichts mehr gehört. Hat er bekommen, was er brauchte?«

»Ja«, log ich. »Hat er. War schön, dich zu sehen, Melanie.«

»Klar, hat mich auch gefreut. Ich liebe deine Bücher. Und wie stolz Dan auf dich ist!«

»Danke«, sagte ich.

Als sie wegging, stellte ich den Korb ab und verließ den Laden, ohne irgendetwas zu kaufen. Mir war nicht mal bewusst, in welche Richtung ich ging, denn ich konnte nur denken: *Warum wühlt Dan in dem schrecklichsten, empfindlichsten Kapitel meiner Vergangenheit herum, ohne es mir zu sagen?*

Das und unser Umzug an den Rand von Stoke Woods, so nahe der Charlotte Close, konnten kein Zufall sein.

Ich bekam das furchtbare Gefühl, dass ich ein Bauer in einer Schachpartie war, die Dan spielte. Doch noch während ich das dachte, schämte ich mich, weil ich wusste, was er sagen würde, falls ich es aussprach.

Du bist paranoid.

IX

Du hattest den Bunker in dem Herbst vor Teddys Verschwinden gefunden. Es war ein spektakuläres Jahr, was die Laubfär-
bung anging. An einem wunderschönen sonnigen Nachmittag,
nachdem du dich von den anderen Kindern weggeschlichen hattest, die in der Charlotte Close spielten, und in den Wald mar-
schiert warst. Du hattest von deinem Zimmer aus beobachtet,
wie das Laub orange und gelb aufflammte. Es war besser als
jeder Sonnenuntergang, den du je gesehen hattest. Unter diesem
Laubbaldachin zu stehen, fühlte sich für dich an, als hättest du
ein Kaleidoskop betreten. Du hast dich in den Farben verloren.
Dein Verstand tanzte vor Geschichten, und die Zeit verschwand.

Als du zu der Senke im Gelände kamst, wo die Bäume ein
bisschen weniger dicht standen und es heller war, weil der Boden bedeckt war mit grellgelben Blättern, warst du weiter weg
von zu Hause als jemals zuvor.

Du wolltest dich auf dem Hang hinsetzen, bist aber wegge-
rutscht und hart auf dem Po gelandet. Neben dir hing ein
Efeuschleier. Du hast eine Handvoll davon gegriffen, um Halt
zu finden, und hättest du das nicht getan, wäre dir nie die Tür
dahinter aufgefallen.

Sie stand einen Spaltbreit offen, weit genug, dass du hinein-sehen konntest. Und was du sahst, war ein dunkler Tunnel. Es war schwer zu sagen, wo er endete, trotzdem machte es dir keine Angst, weil ein wundervoller Sonnenkegel durch das Laubdach brach und den Raum darunter beleuchtete. Im gol-denen Licht erblicktest du die sonnenglühenden Umrisse ver-trauter Dinge: ein Schreibtisch, ein Stuhl, Bettgestelle, Bücher.

Du gingst hinein. Die Luft hier fühlte sich enger an, als würde sie sich um dich legen. Deine Augen passten sich an, und du sahst, dass der Raum nicht sehr lang war. Am hinteren Ende war eine verrostete Metallwand mit einer weiteren Tür. Die Decke war gewölbt, und das hat dich bezaubert, weil es dich an das Bild von einem altmodischen Zug erinnerte.

»Was meinst du?«, fragtest du Eliza.

»Ich liebe es.«

»Ich auch.«

»Weißt du, was das hier ist?«, fragte Eliza. Und sie beant-wortete ihre Frage selbst: »Es ist ein Maulwurfhaus aus Der Wind in den Weiden.«

»Ja!«, sagtest du. Ihr beide habt das Buch geliebt. »Dulce domum.«

»Süßes Heim«, übersetzte Eliza, als hättest du es nicht schon nachgeschlagen.

»Und sogar unterirdisch«, sagtest du.

»Dies könnte unseres sein. Keiner sonst wird je davon erfah-ren.«

Als du das zweite Mal hingingst, gleich am nächsten Tag, hattest du ein Poster mit den Worten »Dulce domum« gemalt und mit Bildern von Herbstlaub, einem Maulwurf, einer Ratte

und einer Kröte verziert. Das brachtest du innen an der Bun-
kerwand neben der Tür an. Danach putztest du die Schreib-
tischplatte und legtest deine Ausgabe von Der Wind in den
Weiden *drauf.*

19

Außer Eliza war Dan die einzige andere Person, die von dem Bunker wusste, auch wenn ich ihm nie erzählt hatte, wo genau er war. Das wussten nur Eliza und ich. Wir hatten keinerlei Geheimnisse voreinander.

Ich ging zu Fuß vom Laden nach Hause, bereute bereits, die wenigen Sachen in meinem Korb nicht gekauft zu haben, und hielt mich hinter der Brücke ganz am äußeren Rand des Gehweges, dicht an den Hecken und Sträuchern. Bei jedem Wagen, der vorbeifuhr, zuckte ich zusammen vor Angst, er würde mich überfahren.

Zu Hause nahm ich meinen Laptop und versuchte, mich in Dans E-Mail einzuloggen. Ich musste unbedingt in Erfahrung bringen, was er über Bunker suchte und warum. Ich glaubte, sein Passwort zu kennen, doch es funktionierte nicht. Er musste es geändert haben. Ich versuchte zu erraten, was das neue sein könnte, hatte jedoch keinen Erfolg.

Dann fiel mir etwas ein: Unser Kontakt zu Melanie lag so lange zurück, dass Dan womöglich einen alten Mail-Account von uns nutzen musste, um ihre Adresse zu finden. Vor meinen Buchverträgen hatten wir einen gemeinsamen Account namens »DanandLucy« gehabt, bis ich Dinge professioneller handhaben musste. An jenes Passwort erinnerte ich mich.

Ich loggte mich ein und stieß rasch auf ihre Mails. In seiner ersten Anfrage hatte Dan nicht viel geschrieben, nur, ob sie wisse, wo er Informationen über hiesige Bunker der Widerstandstruppen finden könne, so wie Melanie es mir erzählt hatte. Ihre Antwort war simpel.

Er solle sich an Rupert Bailey wenden, Archivar der *Bristol Post* und ein richtiger Geschichtsfreak.

Sie hatte Dan die Telefonnummer geschrieben, und ich rief an. Das Gespräch wurde sofort wirr, denn Dan hatte Rupert anscheinend schon kontaktiert, nachdem er ihn auf anderem Weg aufgespürt hatte.

»Rufen Sie an, um mein Treffen mit Daniel abzusagen?«, fragte Bailey. »Denn ich kann ihm einiges zeigen. Ich habe viel gearbeitet, um das Material zusammenzusuchen.«

»Nein, nein, wir waren uns nur nicht mehr sicher, was die Zeit angeht. Können Sie mir die noch mal bestätigen?«

Sie waren am nächsten Vormittag verabredet.

Beim Auflegen zitterte ich und sagte mir, es könnte daran liegen, dass ich nichts gegessen hatte. Und weil ich die Einkäufe nicht mitgebracht hatte, holte ich mir eine Dose Ananasringe aus dem Küchenschrank, nahm einige mit einer Gabel heraus und trank den Saft direkt aus der Dose.

Ich blickte zur Uhr. Es war Nachmittag. Nur noch wenige Stunden, bis ich Dan zurückerwartete. Falls er diesmal zurückkam. Mit der Ananasdose in der Hand ging ich in die Diele und aß noch einen Ring, während ich auf den Boden starrte. Blut. Kein Blut. Was war es?

Eliza hatte nichts zu sagen.

Eine Wolke zog vor dem Oberlicht vorbei.

Die Stille war scheußlich.

Ein Lärm zerriss sie so jäh, dass ich zusammenzuckte. Ananassaft spritzte mir auf die Brust. Es klang wie eine Kettensäge und war sehr nahe. Ich stellte die Dose ab, hielt mir die Ohren zu, doch es half nicht. Das Läuten der Türklingel durchschnitt den Krach. Draußen stand ein Mann mit Helm.

»Hallo!«, sagte er stumm, zeigte zur Seite des Hauses und reckte den Daumen. Ich konnte einen Van mit der Aufschrift »Baumdoktor« sehen.

»Was machen Sie?«, rief ich, und er legte eine Hand hinter die Ohrmuschel. Ich wiederholte die Frage, worauf er sagte: »Ein paar Arbeiten hinterm Haus, angefangen mit der Hecke. Wir hatten das mit Ihrem Mann abgemacht.«

Ich wollte sie nicht hier. Der Lärm war entsetzlich. Doch Dan würde sich über mich lustig machen, wenn ich sie wegschickte, und mir vorhalten, ich könnte nicht mal die einfachsten Dinge regeln.

Ich zog mich nach oben zurück und öffnete seinen Kleiderschrank. Systematisch sah ich seine Taschen durch, obwohl ich gar nicht so genau wusste, wonach ich suchte. Ich fand Tabletten gegen Verdauungsbeschwerden und die Folienpackung eines Müsliriegels. Das Seidenfutter der Taschen fühlte sich vertraut an, dabei hatte ich so etwas sehr lange nicht mehr getan. Nicht mehr, seit ich für meinen letzten Eliza-Roman, *Gaslighting*, recherchiert hatte.

Das war eine schlimme Zeit gewesen. Je mehr ich über Gaslighting erfuhr, desto misstrauischer wurde ich. Es veränderte meine Sicht auf unsere Beziehung. Mir kam der Gedanke, dass Dan mich psychisch terrorisierte; ich stellte alles infrage.

Damals hatte er zum ersten Mal vorgeschlagen, ich solle zu einem Psychotherapeuten gehen – vielleicht war es auch ein Psychiater, das habe ich vergessen. Letztlich war es nicht nötig gewesen. Meine Paranoia verebbte, sobald ich mit dem nächsten Buch anfing, für das ich andere Verbrechen und Psychopathien studieren musste. Oder von ihnen absorbiert wurde. Ich war mir nie ganz sicher, was die treffendere Beschreibung war.

Abrupt verstummte die Kettensäge. Ich hörte einen Ruf, ein lautes Knarzen und einen mächtigen Rumms. Es fühlte sich an, als würde das Haus erzittern. Ich lief zu meinem Arbeitszimmer und öffnete die Läden, um zu sehen, was geschah. Die Zeder war fort. Gefällt. Der durchgesägte Stamm trug eine brutale Wunde.

Und es kam noch schlimmer. Wo der Baum gestanden hatte, war nun überwältigend viel zu sehen: Wolken mit unheilvoll dunklem Rand, die sich am Horizont zusammenbrauten, zwischen ihnen und mir die Baumkronen des Waldes und direkt dahinter – was man nur sah, wenn man wusste, wonach man suchte –, ein Ausschnitt der Hausdächer in der Charlotte Close.

Mir entfuhr ein Schluchzen.

Ich drehte mich um. Dan hatte den Schreibtisch so gestellt, dass dies meine Aussicht wäre, jeden Tag. Hatte er das absichtlich getan?

Ich trat ans Fenster und legte eine Hand flach auf das kalte Glas.

Wollte Dan mich irgendwie brechen, indem er mich meiner Vergangenheit aussetzte, einer täglichen Giftdosis, die schrittweise erhöht wird?

»Was willst du von mir?«, dachte ich, oder vielleicht sagte ich es auch laut. Ich war unsicher, ob ich Dan, Eliza oder beide fragte.

Meine Hand löste sich gleichsam von selbst von dem Glas, holte aus und knallte dann so fest gegen die Scheibe, dass sie einen Sprung bekam. Ein Glasfragment sprang heraus, und während es unten auf der Terrasse aufschlug, erschien Blut am weichen Rand meiner Handfläche, unterhalb des kleinen Fingers.

Die Männer im Garten blickten aus dem Chaos aus zersägten Ästen und Sägespänen auf. Ich wich zurück, außer Sicht, aus dem Raum und hielt mir die verletzte Hand. Die Wunde begann zu pochen. Im Flur sank ich auf die splittrigen Dielen und brach vollends zusammen. Ich hörte mich Worte hervorwürgen. »Eliza, du hast mir wehgetan.«

»Quid pro quo«, erwiderte sie.

Als ich aufschaute, lehnte sie oben am Treppengeländer. Sie hatte sich einen Schal um den Hals gewickelt, um die Verletzungen zu bedecken, und sah entschlossen aus. Was das heißen sollte, wusste ich nicht genau.

Geradezu unterwürfig kniete ich da, blickte zu ihr auf. Inzwischen waren meine Hände beide blutig, und in den nächsten kalten, stillen Momenten schien sich das Haus um uns herum auszudehnen. Als wollte es uns Raum geben und als wären sie und ich an einem Punkt angelangt, an dem sich alles verkehrte und nichts mehr zählte außer der Frage, die ich ihr stellen musste: »Hast du Dan auch wehgetan?«

20

Eliza verschwand. Ich wusste, was sie tat. Sie spielte die Psychospielchen mit mir, die ich sie in den Büchern gelehrt hatte. Den Druck erhöhen und sich dann für eine Weile zurückziehen. Die andere Person schwitzen lassen. Es war sehr effektiv.

Ich stand auf. Die Abmessungen des Hauses schienen wieder normal. Ich versorgte meine verletzte linke Hand. Sie tat so weh. Im Bad wusch ich sie und verband sie, so gut ich konnte.

Es klingelte. Ruckartig blickte ich auf. Dieses Haus ließ mich nie in Ruhe. Im Badezimmerspiegel sah ich furchtbar aus, eingefallen und verängstigt, die Augen gerötet und die Wangen glänzend von getrockneten Tränen. Hastig wusch ich mir das Gesicht, achtete besonders auf den Streifen verschmierten Blutes auf der Wange. Wieder läutete es. Beharrlich. Vielleicht war es Dan. Obwohl er einen Schlüssel hatte. Oder der Baummann. Er wusste, dass ich hier war, also konnte ich ihn nicht ignorieren. Vom Flur aus sah ich einen neuen Wagen in der Auffahrt, den ich nicht erkannte.

Ich öffnete die Tür einen Spalt. Draußen standen ein Mann

und eine Frau, beide in Polizeiuniform. Eine Sekunde lang kam es mir vor, als hätte der Sturz der Zeder einen Riss im Zeitgefüge verursacht, und ich wäre wieder ein Kind, zu Hause in der Charlotte Close zur Sommersonnenwende und beobachtete, wie Uniformierte im Dunst nach Tagesanbruch in unsere Straße kamen. Diese Officers hier hatten genauso grimmige Mienen. Sie zeigten mir ihre Dienstmarken, und ich bemühte mich, sie mit der aufmerksamen Konzentration von jemandem anzusehen, für den dies eine neue Erfahrung war.

»Dürfen wir reinkommen?«, fragte der Mann. Der eben noch grimmige Blick wirkte plötzlich freundlich. In diesem Moment war ich sehr empfänglich für Freundlichkeit. Ich öffnete die Tür weit, und sie traten ein. Seine Partnerin blickte sich um, und aus dem Funkgerät an ihrer Schulter drang leises Gerede, bis sie einen Knopf drückte und es verstummte. Der Mann fragte, ob wir uns irgendwo setzen könnten.

Ich führte sie in die Küche, wo ich ihnen einen Stuhl anbot. Die verletzten Hände behielt ich während des Gesprächs unter dem Tisch.

»Gehört Ihnen ein Fahrzeug mit dem Kennzeichen WK17 EDY?«

»Kommt mir bekannt vor. Leider erinnere ich mich nicht genau an unser Nummernschild.« Ich wusste, dass es fahrig klang, aber es stimmte. Wie soll man ein Autokennzeichen behalten, wenn der Kopf schon voll ist mit einer ganzen Romanreihe?

»Es ist ein weißer Jaguar, F-Type.«

Dans Baby. »Ja, das ist unserer. Theoretisch gehört der Wagen meinem Mann.«

»Wir müssen Ihnen leider mitteilen, dass der Wagen verlassen und ausgebrannt aufgefunden wurde. Hatten Sie Kenntnis davon, dass er gestohlen wurde?«

»Nein, hatte ich nicht. Mein Mann hat ihn mitgenommen.«

»Ist er weg?«

»Ja.« Meine Stimme kippte, und mir brach kalter Schweiß aus. Der Schmerz in der Hand strahlte in den Arm aus und wurde stärker. Alles wurde schwarz.

Die Zeit verschwand.

»Sie sind ohnmächtig geworden«, sagte der weibliche Officer, als ich die Augen öffnete. Es dauerte einen Augenblick, die einzelnen Teile meines Körpers wieder zu orten. Ich lag auf dem Fußboden, und mein Kopf war mit einer Art weichem Bündel abgestützt. Die Hand der Polizistin lag an meinem Oberarm, wo ihre Fingerspitzen beschämend in die kaum muskulöse Masse einsanken.

»Schon wieder«, dachte ich. Es war, als könnte dieses Haus Schläge vollführen, die mich verlässlich umwarfen.

»Was?«, fragte die Frau.

»Verzeihung«, sagte ich. Ich hatte das nicht laut sagen wollen. Als ich mich aufzurichten versuchte, schoss mir ein stechender Schmerz von der einen Kopfseite zur anderen.

»Bleiben Sie liegen«, sagte die Polizistin. »Sie haben sich ziemlich heftig den Kopf angeschlagen, als Sie umgekippt sind. Wir müssen Sie untersuchen lassen, und ich denke, es sollte sich auch jemand Ihre Hände ansehen.«

Ich hörte, wie sie telefonierten. Der Wasserkocher war eingeschaltet. Sie gaben mir gesüßten Tee, dann führten sie mich zu ihrem Wagen, um mich in die Notaufnahme zu fahren. Als ich mit den Polizisten in den Wartebereich kam, glotzten die Leute. Eine Mutter zog ihren kleinen Sohn dichter zu sich. Dieses Detail würde ich in einem künftigen Roman unterbringen, dachte ich.

Ich stand zwischen den Officers am Anmeldetresen, und Amy, die Polizistin, sagte: »Kopfverletzung. Sie ist ohnmächtig geworden und auf einen Fliesenboden gefallen. Sie war circa dreißig Sekunden lang bewusstlos. Und sie hat auch Schnittverletzungen und Abschürfungen an den Händen.«

Wir setzten uns in den Wartebereich. Mittlerweile mochte ich meine freundlichen Officers richtig gern. Ich schloss die Augen und genoss das Gefühl, umsorgt zu werden. Und ich beschloss, mich ihnen anzuvertrauen.

»Ich muss Ihnen etwas sagen. Ich glaube, mein Mann ist verschwunden.«

X

Die erste Person, die dich in der Nacht, in der dein Bruder verschwand, sieht, ist deine Mutter Carol, die eben entdeckt hat, dass keines ihrer Kinder im Bett ist.

Carol Bewley hat das ganze Haus abgesucht und die Haustür aufgerissen, um draußen zu suchen, als sie dich am Ende der kurzen Einfahrt erblickt.

Carol ist Büroleiterin in einer Wirtschaftsprüfungskanzlei und neigt nicht zu Panik oder Überreaktion. Doch sie war abrupt aus einem Albtraum hochgeschreckt und hatte aus einem spontanen Impuls heraus – vielleicht war es auch der Mutterinstinkt – nach ihren Kindern gesehen. »Das habe ich immerzu getan, als sie noch Babys waren«, wird sie später der Polizei erzählen. »Inzwischen allerdings tue ich es nicht mehr so oft. Teddy ist fast vier.«

Zuerst ging sie in Teddys Zimmer und eilte von dort zu Lucys, weil er nicht in seinem Bett war. »Manchmal krabbelt er nachts zu Lucy ins Bett«, wird sie sagen. »Ich dachte, dass er dort ist.« Als sie feststellte, dass auch das Bett der Tochter leer war, weckte ihr Schrei ihren Mann Martin, und sie fingen an, alles abzusuchen.

»Eigentlich sehe ich oft nach den Kindern«, wird Martin später der Opferbeauftragten der Polizei erzählen, die es sorgsam notiert und ihm aufmunternd zulächelt. »Ich schlafe oft schlecht, aber in der Nacht habe ich wie ein Stein geschlafen.«

Als man dich am Ende der Einfahrt entdeckt, bist du, nach allem, was man hört, zerzaust, hast Laub im Haar, und deine Beine sind von den Schienbeinen bis zu den Oberschenkeln schmutzig und zerkratzt. Du siehst verstört aus. Wirkst wie unter Schock. Dein Vater wird später sagen, dass du stumm geweint hast. Deine Mutter wird ihm nicht widersprechen, aber ihrer Erinnerung nach hast du gar nicht geweint.

21

Die Atmosphäre zwischen den Police Officers und mir wechselt schlagartig von entspannt auf angespannt. Das hatte ich schon erwartet, trotzdem gefiel es mir nicht.

Ich beobachtete, wie sie einen Blick wechselten, mit dem sie sich gegenseitig bestätigten, dass ihr Tag gerade erheblich interessanter geworden war. Dies waren die professionellen Momente, für die Eliza lebte, und die beiden Officers vor mir waren eindeutig nicht anders.

Nach einem CT wurde ich aus dem Krankenhaus entlassen. Auf der Rückfahrt hielt ich einen Ausdruck mit Ratschlägen zum Verhalten bei einer Gehirnerschütterung vor der Brust. Ich dachte, was für eine Ironie es wäre, sollte Dan bei meiner Ankunft zu Hause sein, aber das war er nicht.

Diesmal betrachteten sie das Haus anders. Sie schauten nicht mehr verstohlen neidisch in die prächtigen Räume oder überschlugen grob die schiere Fläche. Stattdessen sahen sie sich prüfend um.

Sie stellten mir Fragen und machten sich reichlich Notizen. Mir war bewusst, dass sie nachzuvollziehen versuchten, was mit Dan passiert sein könnte, und mehr über ihn und sein

Verhältnis zu mir erfahren wollten, um ein Narrativ zu den möglichen Geschehnissen zu entwerfen. Mein Job und ihrer unterschieden sich gar nicht so sehr.

Detective Sergeant Lisa Bright traf kurz nach uns ein. Sie hatten sie mit einem Anruf außer Hörweite von mir herbestellt. Eine möglicherweise vermisste Person sei ein Fall für die Kriminalpolizei, also das CID, wie sie erklärte, als wüsste ich das nicht bereits.

In Alter und Statur waren wir uns sehr nahe. Wir könnten Klamotten tauschen, auch wenn ich schätze, dass sie in meinem Kleiderschrank eine größere Auswahl fände als ich in ihrem. Sie trug einen schwarzen Hosenanzug und eine blaue Bluse. Langweilig, aber passend. Mir fielen auch der bescheidene Verlobungs- und der schlichte Ehering auf. Ihre Fingernägel waren genauso abgekaut wie Max'. Sie hatte graue Augen.

»Wann haben Sie Ihren Mann zuletzt gesehen?« Sie sah mich unendlich geduldig an, und ich hatte den Eindruck, dass es nichts gab, worauf sie nicht warten oder dem sie nicht nachgehen würde, sofern sie es für notwendig hielt. Ich setzte mich etwas gerader hin. Dieser ruhige Blick versetzte mich in Alarmbereitschaft.

Ich hatte ihre Frage schon beantwortet, als ich mit den anderen Officers sprach, aber sie wollte mich beobachten, wenn ich antworte.

»Gestern Abend. Vor dem Schlafengehen. Wir waren bei Nachbarn zu Drinks eingeladen. Ich bin etwas früher nach Hause gegangen, Dan trudelte kurz danach ein. Ein Mann kam vorbei, ein Statiker. Dan hat draußen mit ihm gesprochen. Ich hatte den Eindruck, dass der Ton bei dem Gespräch nicht sehr harmonisch war, aber da könnte ich mich täuschen. Der Mann ist nicht lange geblieben, nur einige Minuten. Hinterher kam Dan nach drinnen, wir haben geredet, und er ist weggefahren.«

»Geredet?«

»Wir hatten einen Streit.«

»Und seitdem haben Sie Ihren Mann nicht mehr gesehen und nichts von ihm gehört?«

»Richtig.«

»Ist es untypisch für ihn, nach einem Streit so zu verschwinden?«

»Das hat er schon einmal gemacht, aber das ist Jahre her. Und da ging es eher um so ein Freiheitsding.«

»Können Sie mir erklären, was Sie damit meinen?«

»Wir arbeiten eng zusammen. Manchmal braucht er Raum.« Ich sah zu ihrem Ringfinger. »Sie wissen schon, wir alle brauchen hin und wieder Raum.«

»Hilft er Ihnen, Ihre Bücher zu schreiben?«

Ich musste lachen. Von wegen! »Nein, er hilft bei allem anderen. Buchführung, Geld, Social Media, solche Sachen.«

»Wie kommen Sie darauf, dass Dans Verschwinden diesmal anders ist als vorher?«, fragte sie.

»Darauf bin ich gar nicht gekommen, bis ich das mit dem Auto erfahren habe.« Auf einmal zitterte mein Kinn. Beinahe kam ich mir vor, als hätte ich bisher eine Rolle in einem meiner Bücher gespielt, als wäre nichts real gewesen. Und plötzlich wurde mir schrecklich bewusst, dass es wirklich furchtbar besorgniserregend für Dan aussah. Ich hatte Angst um ihn und blinzelte meine Tränen weg.

Sie wartete, bis ich mich wieder gefangen hatte, und fragte noch behutsamer als zuvor: »Um welche Uhrzeit ist er gestern Abend weggefahren?«

»Genau weiß ich es nicht. Es war wahrscheinlich gegen zehn.«

»Können Sie mir die Kontaktdaten des Statikers geben?«

»Nein, tut mir leid. Ich wusste nicht mal, dass er kommen wollte. Um all das kümmert Dan sich.«

»Wissen Sie, von welcher Firma er war?«

Ich schüttelte den Kopf.

»Können Sie ihn beschreiben?«

»Er hatte weißblondes Haar. Es war sehr auffällig, und ich würde sagen, er war von mittlerer Statur. Ich habe ihn ja nur durchs Fenster gesehen, und es war dunkel.«

»Und Sie sagen, die Unterhaltung klang nicht harmonisch. Wie meinen Sie das?«

»Kann ich nicht genau sagen. Sie wurden nicht laut oder so, aber es klang irgendwie angespannt.«

»Und Sie konnten nicht hören, was gesagt wurde?«

»Nein.«

»Hat Dan Ihnen hinterher nicht erzählt, worum es ging?«

Ich versuchte, mich zu erinnern. »Ich glaube, er hat gesagt, dass es mit Arbeiten im Keller zu tun hat, mit Wänden, die durchgebrochen werden sollen.«

»Okay. Und hatten Sie Kontakt zu Dans Freunden oder Angehörigen?«

»Nein, weil ich mir keine Sorgen gemacht hatte, bis Ihre Officers hergekommen sind«, antwortete ich. »Ehrlich gesagt war es mir peinlich zuzugeben, dass wir uns gestritten haben.«

Sie nickte, als würde sie das verstehen. Etwas hinter mir erregte meine Aufmerksamkeit. Ich drehte mich um, doch da war nichts zu sehen. Die Baumleute waren längst weg. Sie hatten die Hecken sauber getrimmt, nachdem sie die Zeder massakriert hatten.

»Vorgestern Morgen habe ich da draußen einen Mann gesehen«, sagte ich. »Er stand regungslos in den Büschen, aber es war offensichtlich, dass er auf etwas lauerte.«

»Erzählen Sie mir davon.«

Sie schrieb alles mit, ohne die Miene zu verziehen. Ich hatte das Gefühl, dass alles, was ich sagte, mich blöd erscheinen ließ. Ich wusste nicht, ob meine Reaktionen richtig oder falsch waren. Das wusste ich nie.

»Darf ich Sie fragen, was mit Ihren Händen passiert ist?«, fragte sie. Sie sah auf meine rechte Hand, wo die Knöchel halb blutig, halb verkrustet waren. Meine linke Hand war im Krankenhaus verbunden worden.

»Erzähl ihr nichts von dem Blut auf dem Boden und dem Schrubben«, sagte Eliza.

Ich versteifte mich. *Selbstverständlich nicht.* DS Bright runzelte ein wenig die Stirn, als sie mich beobachtete. Anscheinend blinzelte sie nie.

»Ich habe mir die Fingerknöchel an einer Parmesanreibe aufgeschürft«, antwortete ich. »Sie wissen schon, eine von diesen sehr scharfen.«

»Ja, die können tödlich sein.«

Es war schwer zu sagen, ob sie es sarkastisch meinte. »Es war so ein dummer Fehler«, ergänzte ich. »Und die andere Hand habe ich mir an einem Fenster aufgeschnitten. Ich habe es saubergemacht, und es war in einem der Räume mit altem Glas. Das ist sehr zerbrechlich.«

»Hier?«

Ich nickte.

»Können Sie es mir zeigen?«

Auf dem Weg nach oben hatte ich die abscheuliche Vorahnung, wir würden das Fenster dort heil vorfinden. Es wurde schlimmer, je näher wir dem Zimmer kamen, und als wir schließlich dort waren, konnte ich kaum noch atmen. Aber da war ein Loch in einer der kleinen Scheiben. DS Bright sah sie sich genau an. »Darf ich das fotografieren?«, fragte sie.

Ich trat weit zurück in den Raum, nahe zur Tür, weil ich mich vor der Aussicht fürchtete. Sie machte ein Foto, überprüfte es und steckte ihr Handy wieder ein. Dann schaute sie sich um. »Schön«, sagte sie.

»Das ist mein Arbeitszimmer. Dan hat es für mich renoviert.«

»Sehr nett.«

Sie drehte sich um. »Und die Aussicht ist auch schön.«

»Ich habe großes Glück.« Meine Stimme kippte.

Sie berührte eine Scheibe nahe der zerbrochenen, als wollte sie den Widerstand prüfen und abschätzen, wie viel Kraft nötig war, um sie einzuschlagen. Ich beobachtete alles stumm. Sie inspizierte auch die Bücherregale, in die Dan bereits die meisten meiner englischen und übersetzten Bücher geräumt hatte. Vermutlich sahen sie nach einem ordentlichen Erfolg aus. Sie neigte den Kopf, als sie die Rückentitel las.

»Beeindruckend«, sagte sie nach einer Weile. »Sie sind ganz schön beschäftigt, oder?«

»Ich arbeite viel.«

Sie betrachtete ein Regal voller Bücher über Forensik, Tatortanalyse und Ähnliches. Dass sie mit den Fingern über die Rücken strich, empfand ich als unangenehm.

»Und Sie recherchieren viel?«, fragte sie.

»Klar, wenn ich muss.«

»Reden Sie auch mit Fachleuten?«

»Ja.«

»Interessant.«

»Das ist es.«

Auf dem Weg zurück nach unten versicherte sie mir, sie würden alles tun, was in ihrer Macht stand, um Dan zu finden. Sie versprach mir, dass sie solche Vorfälle auch dann sehr ernst nähmen, wenn die betreffende Person noch nicht lange fort sei. Der Wagen war ein Faktor, der ihr Sorge bereitete, wie sie sagte. Und sie werde in engem Kontakt mit mir bleiben, ergänzte sie, was mir eine Gänsehaut machte.

Ich blickte ihr nach, bis die Rücklichter ihres Wagens verschwanden, als sie in die Straße abbog. Eliza hockte oben auf der Treppe.

»DS Bright ist gerissen«, sagte sie. »Lass dich nicht von ihrer sanften Art täuschen.«

22

Die ganze Nacht träumte ich vom Bunker, von Teddy und von einem Auto in Flammen.

Als ich mir morgens die Zähne putzte, spuckte ich Blut mit aus und fragte mich, ob ich jetzt Parodontitis bekam. Meine Hand und mein Kopf pochten.

Vom Schlafzimmer aus gesehen, war der Himmel perlmuttfarben und tauchte Haus und Wald in ein zartes, weiches, aber auch etwas kränkliches Licht.

Es war nichts im Kühlschrank. Ich fand eine Einkaufsliste, die Dan angefangen und auf der er »Brot, Milch, Joghurt« notiert hatte. Ich überlegte kurz und schrieb »Mittagessen« und »Abendessen« darunter, doch Einzelheiten fielen mir keine ein.

Wieder versuchte ich, Dan anzurufen. Noch nährte ich einen winzigen Funken Hoffnung, dass er rangehen würde. Was er nicht tat. Ich landete direkt auf der Mailbox.

Mir fiel wieder ein, dass er heute Vormittag mit diesem Rupert verabredet war, der ihm etwas über den Bunker erzählen sollte, und ich beschloss, an seiner Stelle hinzugehen. Was wäre wohl, wenn Dan und ich gleichzeitig dort auftauchten? Eine nette Vorstellung.

Ich nahm ein Taxi in die Stadt, wobei es fast schon ein bisschen knapp wurde. Als ich den Weg zur Kirche St. Mary Redcliffe hinauflief, scheuchte ich eine Gruppe von Tauben auf. Regenwasser tropfte aus den Mäulern der Wasserspeier auf dem Dach über dem Eingang, als würden sie sabbern. Ich fragte mich, ob Dan mich von irgendwo beobachtete, wie ich in sein Leben trat.

Ein Mann stand von einer Bank im Schatten auf und kam auf mich zu. Weiße Stoppeln bedeckten seine Wangen und verdunkelten sich hin zu den Falten am Hals. Er trug einen Filzhut, eine gewachste Jacke und zerkratzte Wildlederschuhe.

»Mr. Bailey?«

»Sie sind nicht Daniel.«

»Ich bin Lucy. Dan kann nicht kommen und entschuldigt sich.«

»Kaffee in der Krypta?«

Wir setzten uns an einen wackligen Tisch in einer Ecke. Ich stürzte mich auf den Kaffee und den Kuchen, erinnerte mich nicht, wann ich zuletzt gegessen hatte. Hier unten war es finster und kalt.

Rupert öffnete seine Tasche, und die Lederlasche fiel mit einem Klatschen zurück. Er holte einen Pappordner und einen Füllfederhalter hervor. Als er meinen Blick bemerkte, hielt er den Füller in die Höhe. Er war wunderschön.

»Dan hat mir erzählt, dass Sie Schriftstellerin sind.«

»Bin ich.«

»Und halten Sie die Feder für ein Werkzeug oder eine Waffe?«

Ich stutzte.

»Ich halte sie für meine Seele«, antwortete ich im Reflex. Ich reagierte oberflächlich, weil ich hierfür keine Zeit hatte. Doch zumindest nahm er mich ernst, lehnte sich auf seinem Stuhl zurück und sah mich über die Ränder seiner Lesebrille hinweg an.

»Ihre Seele gehört Ihnen, meine Liebe, ganz gleich, was Sie sagen oder tun. Sie und Ihre Seele sind sich nur gegenseitig Rechenschaft schuldig. Es dreht sich um Ihr Gewissen und Ihr Innerstes. Da kann niemand eindringen, nicht mal etwas, das so tief in der Mythologie eingebettet ist wie die Feder.«

Wer sind Sie?, wollte ich fragen, aber ich war sprachlos.

Rupert biss von einem Vanilletörtchen ab, und Teigkrümel rieselten auf den Tisch. Er wischte sich über den Mund. Seine Wange wölbte sich. Ich konnte in seinen Mund sehen, als er kaute, und fühlte mich nur halb in der Gegenwart. Es schien eine Ewigkeit zu dauern, bis er schluckte.

»Wie ich am Telefon sagte, hat Daniel mich kontaktiert und gefragt, ob ich irgendwelche Artikel zu den Bunkern der Widerstandstruppen in Stoke Woods und Umgebung habe.« Er schob mir die Mappe hin. »Das hier konnte ich finden. Es war einiger Aufwand, alles zusammenzustellen, aber es ist äußerst interessantes Material und bisher viel zu wenig erforscht, weil solch ein Geheimnis um die britischen Kriegspläne für den Fall einer deutschen Invasion gemacht wird. Ich glaube, würde man heute noch lebende Mitglieder des britischen Widerstands befragen, würden sie wohl immer noch leugnen, daran gearbeitet zu haben, geschweige denn die Standorte verraten. Größtenteils wurden diese Bunker zufällig entdeckt.«

Ich nahm die Mappe, schlug sie jedoch nicht auf, obwohl Rupert es anscheinend erwartete. Mein Herz hämmerte bei dem Gedanken an das, was in dem Ordner sein könnte. Rupert aß sein Vanilletörtchen auf. Wir beide schwiegen. Von dem Mann ging eine Energie aus, bei der sich mir die Nackenhaare aufstellten. Ich hatte das Gefühl, dass er enttäuscht von mir war, als hätte er sich gewünscht, dass sich dieses Treffen um seine Leidenschaft für Geschichte oder irgendetwas anderes drehen würde, von dem ich nichts wusste. Und ich fragte mich, ob er einer von den Männern war, die keine Frauen mochten. Oder sie dominieren wollten.

»Ihr Mann hat erzählt, dass Sie Krimis schreiben«, sagte er, nachdem er seinen Kaffee ausgetrunken hatte.

»Tue ich.«

»Kenne ich Ihre Arbeit?«

»Sie kennen meinen Namen, also verraten Sie es mir.«

Es war unhöflich, doch ich hasste diese Frage. Ich wollte, dass er ging, damit ich mir allein ansehen konnte, was er mitgebracht hatte.

Er verstand den Wink. Sobald er die Treppe hinauf war, schlug ich die Mappe auf und las den ersten Zeitungsausschnitt:

Der vermeintliche Bunker in Stoke Woods nahe Bristol zählt zu einer Reihe solcher Bauten überall im Süden Englands, die für Winston Churchills Widerstandstruppen gedacht waren. Die Hilfseinheiten bildeten eine Geheimarmee, bestehend aus jeweils sechs bis acht Männern, hauptsächlich Freiwillige, die sich in ihrer jeweiligen Gegend besonders gut auskannten. Der Zweck dieser Einheiten sollte sein, Widerstand gegen eine Invasion deutscher Truppen zu leisten. Besagter Widerstand sollte nächtliche Überfälle und Sprengstoffanschläge auf feindliche Ressourcen verüben. Tagsüber sollten sich die Männer in den Bunker zurückziehen, ausruhen und den nächsten Überfall planen. Die Lebenserwartung für Mitglieder dieser Einheiten im Falle einer Invasion wurde auf rund zwölf Tage geschätzt.

Ein typischer Bunker hatte einen Boden aus Eisenbahnschwellen oder Beton und ein vorgefertigtes Dach aus besonders dickem Stahl. Wahrscheinlich bestand solch ein Bunker aus zwei Kammern – einer äußeren als Unterkunft für die Männer und einer inneren zum Lagern von Waffen und Sprengstoff.

Ich hörte auf zu lesen. Allein diese nüchterne Beschreibung hatte meine Erinnerungen geweckt. Ich wusste, wie der Bunker aussah, und konnte mir sofort den modrigen Geruch aus feuchter Erde und von der Natur zurückerobertem Baumaterial ins Gedächtnis rufen. Ich wusste, wie sich jede Oberfläche dort anfühlte und wie viele Schritte ich als Neunjährige gehen musste, um vom einen Ende zum anderen zu gelangen.

Ich klappte die Mappe zu und schob sie von mir. Es dauerte eine Weile, bis die Erinnerungen verebbten; erst dann konnte ich mich wieder bewegen.

Ich schaute mich um. Wenige andere Leute waren gekommen und saßen an Tischen wie meinem unter dem niedrigen Gewölbe. Mir kam es außergewöhnlich vor, dass wir im selben Raum sein konnten, sie aber nichts von dem Ort ahnten, den ich gerade in meiner Fantasie besucht hatte, oder von dessen Macht über mich. Lebten sie auch zur Hälfte in alternativen Welten? Eine Frau am Nebentisch putzte sich die Nase, bevor sie ihre Zeitung umblätterte. Eine junge Mutter fütterte lächelnd ihr Baby mit einem Löffel. Nein, vielleicht nicht.

Ich sammelte meine Sachen zusammen und steckte die Mappe in die Tasche.

Als ich die schwere Kirchentür aufschob und hinaus ins Stadtzentrum trat, war ich zu dem Schluss gekommen, dass Dan nach meinem Bunker suchte.

Warum hatte er mich nicht gefragt, wo er ist? Weil er wusste, dass ich es ihm nicht sagen würde? Immerhin hatte er mich schon früher gefragt, und ich hatte es ihm nicht verraten. Dennoch hätte sich ein weiterer Versuch gelohnt, bevor er sich selbst auf die Suche machte. Mein Mann war kein Naturmensch. Ich konnte ihn mir nicht vorstellen, wie er stundenlang durch den Wald wanderte. Hatte er gedacht, alte Dokumente würden ihm eine einfache Antwort liefern? Und die Frage, die mir am meisten Angst machte, war: Warum sollte er überhaupt danach suchen?

Antworten hatte ich keine, nur das schaurige Gefühl, dass sich die Dinge nicht bloß ein wenig verändert hatten, während ich an meinem letzten Buch schrieb, sondern erheblich und auf eine Weise, die mir unheimlich war. Als ich aus meiner Schreibhöhle auftauchte, hatte ich keine veränderte Landschaft vorgefunden. Vielmehr war in der Zwischenzeit ein Netz um mich gesponnen worden. Ich war mittendrin, orientierungslos, verständnislos und gefangen.

XI

Detective Inspector Charles Cartwright wird von einem Anruf auf seinem Festnetzanschluss geweckt. Er nimmt rasch ab, hört aufmerksam zu und verspricht, so schnell wie möglich da zu sein. Er zieht sich an, als das erste sanfte Licht den tiefschwarzen Himmel in ein samtiges Dunkelblau verwandelt. DI Cartwright ist morgens immer schlecht gelaunt, aber es teilt niemand das Zuhause mit ihm, der sich beschweren könnte, wenn er in den frühen Morgenstunden Anrufe bekommt, wenn er flucht, während er sich in die Hose kämpft oder auf dem Weg nach draußen die Tür knallt.

Der Sonnenaufgang radiert die Schatten aus, als Cartwright auf der Fahrt durch die Stadt ist. Er fühlt bereits, wie sich die etwas kühle Nachtluft bereit macht, einem feuchtwarmen Mief zu weichen. Seit einer Woche stinkt die Stadt in einer Hitzewelle, und die Tage sind so brütend heiß, dass die Geduld selbst der stoischsten Bristoler an ihre Grenzen stößt. Und das CID hat reichlich mit den Auswirkungen zu tun.

Es ist fünf Uhr morgens, eine gute Zeit, um von einem Ende der Stadt zum anderen zu fahren. Kaum Anzeichen von Ärger auf den Straßen und so gut wie kein Verkehr. DI Cartwright hört laut Puccini und hat die Seitenfenster geöffnet. Es ist seine Rache an den Trinkern und anderen, die letzte Nacht laut grölend durch seine Straße gezogen sind. Sie hätten mehr Respekt vor der Sommersonnenwende zeigen sollen. Doch dieser Tage dient allen als Vorwand, sich heillos zu betrinken.

Als er die Charlotte Close erreicht, ist das Licht milchig blau. Zügig geht er die Sackgasse entlang, wobei er sich zu beiden Seiten umschaut. Es ist hilfreich, ein Gefühl für einen Ort zu bekommen, ehe man sich mit den Emotionen anderer Menschen befassen muss. Soweit er es verstanden hat, ist der kleine Teddy Bewley irgendwann letzte Nacht verschwunden. Seine Schwester hatte den Kleinen mitten in der Nacht mit in den Wald genommen und war ohne ihn zurückgekehrt. Charlies Miene verhärtet sich bei dem Gedanken. Er hat wenig Verständnis dafür, wenn idiotisches Verhalten absehbare Folgen zeitigt, nicht einmal, wenn Kinder im Spiel sind. Für ihn geht der Schutz menschlichen Lebens über alles.

Sein Eindruck von der Charlotte Close ist klar: kleine Gemeinschaft, sichere 1960er-Architektur für Familien mit geringerem Einkommen, ein kleines Stück Vorort, das fast wie zufällig in den Wald gesetzt wurde. Heute würde man hierfür nie und nimmer eine Planungsgenehmigung bekommen.

Er nickt einem Uniformierten an der Haustür von Nummer sieben zu und geht hinein. Die Familie ist in der Küche. Die Opferbeauftragte Karen ist schon dort. Sie begrüßt ihn stumm.

Charlie sieht sich die Familie an. Die Eltern sind in den Dreißigern. Das Gesicht der Mutter ist verzerrt von Schock und Kummer, das des Vaters wie versteinert. All die Gefühle, die er noch unterdrückt, werden sich bald Bahn brechen, denkt Charlie. Tun sie immer.

Die Tochter weigert sich, jemandem in die Augen zu sehen. Ihre Hände sind auf dem Tisch, die kleinen Finger fortwährend in Bewegung: krümmen sich, verschränken sich, wandern umeinander. Sie beobachtet ihren Tanz so gebannt, als handele es sich um fremde Kreaturen hinter Glas. Ein- oder zweimal hält sie inne, scheint auf etwas zu horchen, das niemand sonst hören kann.

Charlie runzelt die Stirn. Das Mädchen ist anders als erwartet. Ihre Körpersprache signalisiert vor allem Unbehagen. Seine professionelle Neugier setzt ein. Sie fühlt sich schuldig, denkt er und will wissen, wie weit diese Schuld reicht. Ist es, weil sie ihren Bruder mitgenommen und verloren hat, oder weiß sie mehr ... hat sie mehr getan?

»Ich rede als Erstes mit Lucy«, sagt er leise zu Karen, als sie auf dem Flur sind. »Versuchen wir mal, es ohne die Eltern im Raum hinzubekommen. Können Sie ihnen vorschlagen, dass Sie als Erwachsene dabei sind? Verpacken Sie es als unsere beste Chance, den Jungen zu finden.«

Wovon er überzeugt ist, doch Karen sieht aus, als wolle sie widersprechen, was Charlie ärgert. Sie ist eine hervorragende Opferbeauftragte, eine aufmerksame Beobachterin, aber bisweilen sollte sie ihr Mitgefühl für die Opfer ein bisschen im Zaum halten.

»Danke«, sagt er und erstickt damit ihre Bedenken schon im Keim. »Ich mache die Befragung im Wohnzimmer.«

23

Die Mappe lag auf der Kücheninsel, geschlossen. Ich würde erst einigen Mut sammeln müssen, um noch einmal hineinzusehen.

Ich checkte meine E-Mails. In den letzten vierundzwanzig Stunden hatten Max und der Verlag aufmunternde Nachrichten geschickt, sie hofften, die Überarbeitung des Buches liefe gut. Auf der Fan-Fiction-Seite hat MrElizaGrey wieder gepostet, diesmal eine Geschichte über Eliza mit dem Titel »Königin der Bürgerwehr«. Ich wollte sie eben lesen, als DS Bright anrief.

»Leider habe ich keine Neuigkeiten, nur eine Bitte«, sagte sie.

»Ist gut.«

»Könnten Sie bitte herkommen und sich Ihren Wagen ansehen, bevor er weggebracht wird?«, fragte sie. »Ich hätte gern, dass Sie mal einen Blick draufwerfen und mir sagen, ob irgendwas falsch oder komisch aussieht.«

»Was zum Beispiel?«

»Zum Beispiel Schäden, eine Delle oder so, die vorher nicht da waren, oder irgendwelche Gegenstände, die Ihnen nicht bekannt sind.«

Sie holten mich ab. Wir fuhren über die Brücke und dahinter einen Weg den steilen Hang zur Schlucht hinunter, bis wir auf Wasserhöhe auf der Stadtseite des Flusses waren. Es war Flut, und der Fluss rauschte braun vorbei. Auf einem Rastplatz, nur eine halbe Meile weiter, stand das Skelett unseres Autos.

Wir hielten an und stiegen aus. Ich zog meinen Mantel fest um mich.

Der Himmel hinter dem ausgebrannten Wrack war gefleckt von dem Qualm aus den Flammen, und die Schwaden hielten sich ähnlich einer Seele, die nicht gehen wollte.

Es stank. Der Wagen war so gut wie nicht mehr da. Ich wusste nicht, was sie meinten, das ich hier vielleicht noch erkennen könnte, denn alles war geschwärzt und verbogen. Wie schön er ausgesehen haben musste, als er brannte, dachte ich. Die Flammen, das Wasser dahinter. Ich mochte das Natürliche. Das Schlichte, das sich nicht leugnen ließ.

Ich fand es spannend, als DS Bright das Absperrband hochhielt, sodass ich mich darunter hindurchducken konnte. Das würde ich nicht abstreiten. Dann schritt ich um den Wagen herum und spähte ins Innere.

»Sehen Sie etwas?«, fragte DS Bright.

Ich schüttelte den Kopf. »Nein, nichts.«

Ich fragte mich, ob Dan zugeschaut hatte, als der Wagen abbrannte, oder weit weg gewesen war. Er musste irgendwo anders gewesen sein. Er hätte es nicht ertragen, sein Baby in Flammen aufgehen zu sehen, oder? Es wäre eine Tortur für ihn gewesen. Ich wollte nicht, dass der Wagen noch länger so hierblieb, ausgestellt für jeden, der vorbeifuhr. Er war so hässlich, so schrecklich verkohlt, strahlte solche Gewalt aus. Ich hielt den Anblick nicht mehr aus.

»Können wir jetzt gehen?«

»Natürlich«, antwortete DS Bright. Sie hatte eine moosgrüne Mütze auf, die ihre grauen Augen grünlich wirken ließ. Irgendwie sah sie sehr gesund aus. Im Wagen rieb sie ihre Hände, um sie aufzuwärmen. »Erinnern Sie sich, dass Sie einen Statiker erwähnt hatten, der an dem Abend zu Ihrem Haus gekommen war?«

»Ja.«

»Tja, wir haben bei allen Statikbüros in der Gegend nachgefragt, und keins davon hatte an dem Tag einen Ingenieur losgeschickt.«

»Ich glaube auch nicht, dass es ein offizieller Besuch war. Er war vorbeigekommen, weil er gerade in der Nähe war. Sie hatten versucht, einen Termin zu machen, aber keinen gefunden. Jedenfalls hat Dan das gesagt.«

»Aha.«

»Vielleicht war er kein Ingenieur«, ergänzte ich. »Kann sein, dass ich mich falsch erinnere. Er könnte Gutachter oder Bauunternehmer gewesen sein. Aber es hatte mit dem Haus zu tun, da bin ich mir sicher. Dan wollte ja – will – das Haus renovieren.«

»Gut. Es wäre hilfreich, wenn Sie sich genau erinnern könnten.«

»Weiß ich, und es tut mir leid, dass ich es nicht mehr kann. Ich hatte einige Drinks gehabt.«

»Auf der Party Ihrer Nachbarn?«

»Ja.«

Sie nickte. »Wir haben angefangen, die Nachbarn zu befragen.«

Ich spürte ein Pochen im Kopf, und mein Brustkorb fühlte sich eng an.

»Sag nichts«, befahl Eliza, doch ich hielt den Druck nicht aus, alles für mich zu behalten. »Dann rede mit mir, nicht mit ihr«, sagte Eliza.

Doch ich konnte mich nicht bremsen und sprach aus, was mir keine Ruhe ließ: »Ich denke, mein Mann könnte eine Affäre mit meiner Nachbarin Sasha Morell haben. Sie wohnt im ersten Haus in der Straße.« Die Worte sprudelten aus mir heraus. »Ich habe einen intimen Moment der beiden beobachtet. Oder zumindest glaube ich das.«

Ich erzählte DS Bright, was ich gesehen hatte. Es tat gut, es jemandem zu sagen. Sie machte sich Notizen, wobei sie den Block so ausrichtete, dass ich nicht erkennen konnte, was sie aufschrieb.

»Wir werden das berücksichtigen«, sagte sie.

Als wir zu Hause und allein waren, sagte Eliza: »Das hättest du ihr niemals erzählen dürfen. Es gibt dir ein Motiv.«

»Ein Motiv wofür?«, fragte ich.

»Was denkst du?«

Mir wurde eiskalt.

»Warum hast du mir vorhin nicht geantwortet? Wo warst du?«, fragte ich.

»Ich wollte sehen, was du ohne mich anfängst.«

Ihr Ton war beiläufig, trotzdem kam es so unerwartet, dass es wie eine Drohung klang.

»Eliza, zum zweiten Mal: Hast du Dan irgendwas getan?«

Doch sie war wieder weg. Anscheinend hatte sie beschlossen, nur noch da zu sein, wenn sie ein Gespräch wollte. Das nagte an mir. War es Verrat oder Boshaftigkeit? Etwas anderes? Kleine Angstfetzen schwirrten um mich herum, und winzige Teile lösten sich von meinem Herzen, denn ich liebte Eliza schon, solange ich denken konnte. Ich hatte sie sogar schon vor Teddy geliebt.

24

Max rief an.

»Geht es dir gut?«, fragte er. »Gibt es irgendwas, das du mir erzählen willst?«

In mir verkrampfte sich alles.

»Mich hat ein Boulevardreporter angerufen«, fuhr er fort. »Wird Dan vermisst?« Er klang ungläubig, allerdings auch unüberhörbar ernst und kühl.

»Woher wissen die das?«, flüsterte ich.

»Bei der Polizei sickert alles nach draußen. Es tut mir sehr leid, Lucy.«

Natürlich wusste ich, dass der beste Freund eines jeden Reporters ein Police Officer mit zu großer Klappe war. Meine Familie hatte es schmerzlich zu spüren bekommen, nachdem Teddy verschwunden war, und ich hatte nie die Angst überwunden, eines Tages wieder zum Ziel der Boulevardpresse zu werden.

»Die Boulevardblätter?« Ich brauchte eine Bestätigung. Sollten sie anfangen, sich mit mir zu beschäftigen, war es nur eine Frage der Zeit, bis sie herausfanden, wer ich war.

»Ich fürchte, ja. Hör mal, Angela wird dich anrufen, weil sie dir ihre PR-Leute anbieten will. Wir wissen, wie du zu Publicity stehst, aber ich finde, du solltest ihr Angebot annehmen. Wir müssen das im Griff behalten.«

Ich nahm Angelas Anruf an. Mein Herz pochte wie verrückt. Sie sprach eindringlich und klar, und ich malte mir aus, wie ihr Mund die Worte formte, wobei sich der Lippenstift dehnte und einriss.

»Das ist so furchtbar für dich. Wir wissen, wie viel Wert du auf Privatsphäre legst, und das respektieren wir auch. Doch lass dir hier bitte von uns helfen.«

Ich hörte, wie ich zustimmte. Vielleicht war es auch Eliza. Wie ich dies hier allein regeln wollte, wusste ich jedenfalls nicht.

»Mein Kollege Noah meldet sich bei dir. Er wird sich um alles kümmern. In der Zwischenzeit ist es bestimmt gut für dich, dass du dich mit der Arbeit an dem Buch ablenken kannst«, sagte Angela.

Nachdem wir uns verabschiedet hatten, lachte ich über ihre Andeutung, das Buch würde mich ablenken. Es klang schaurig.

Ich fühlte mich verwundbar. Es würde nicht lange dauern, bis die Presse herkam. Ich müsste mich von den Fenstern vorn und hinten fernhalten. Überall, wo es welche gab, schloss ich Rollos, Vorhänge und Fensterläden.

Von einem Fenster vorn sah ich Kate Delaney mit ihren Kindern am Ende unserer Einfahrt. Sie waren zum Spazierengehen gekleidet. Ein alter schokoloadenfarbener Labrador trottete steif neben ihnen her. Kate schaute zum Haus, und ich trat zurück, damit sie mich nicht sah. Es war schwer, den Blick von ihr abzuwenden. Ihre Kinder waren um sie geschart, aber Kate beachtete sie nicht. Anscheinend überlegte sie, ob sie bei mir klingeln sollte oder nicht. Die Polizei musste bei ihr gewesen sein und ihr von Dan erzählt haben.

Ihr älterer Sohn hatte einen großen Stock in der Hand. Ich beobachtete, wie der kleinere ihn darum bat. Sein Bruder gab ihn ihm, und sofort schwang der Kleine ihn gegen seine Geschwister, hieb beiden gegen die Schienbeine. Seine Schwester wehrte sich wütend und schubste ihn um, sodass er auf dem Hintern landete und zu weinen anfing. »Geschieht ihm recht«, sagte Eliza. Das fand Kate offenbar nicht. Sie hob ihr jüngstes Kind hoch und drückte es an sich. Der Stock baumelte in seiner Hand, und er hatte einen triumphierenden Gesichtsausdruck. Kate schimpfte mit den anderen Kindern. Entweder bekam sie es nicht mit, oder sie glaubte ihnen nicht, dass sie ungerecht zu ihnen war.

Ich erwog, nach draußen zu gehen und zu erklären, was wirklich passiert war, denn es fühlte sich wichtig an, dass sie die Wahrheit erfuhr. Doch in diesem Augenblick erschien Ben. Er blickte ebenfalls die Einfahrt herauf, also blieb ich im Schatten. Es war erst später Nachmittag, und ich wunderte mich, ihn zu sehen. Dann fiel mir ein, dass Ferien sein mussten und er sich vermutlich freigenommen hatte. Zwischen mir und dem realen Leben hatte sich ein großer Graben aufgetan, und es machte mir Angst festzustellen, dass ich mich nicht entsann, wann es zuletzt anders gewesen war.

Ben Delaney wurde sofort von seinen älteren Kindern in das Drama einbezogen. Sie griffen nach ihm, aber er hob seine Hände außer Reichweite und grinste, als wolle er sagen, *Jetzt habt euch mal nicht so.* Dann schob er seine Kinder sanft weiter. Der alte Hund neben ihm wedelte mit dem Schwanz. Ben nahm Kate den Kleinen ab und hob ihn sich auf die Schultern. Das Kind sah begeistert aus. Nun nahm Ben Kates freie Hand, und die Familie zog weiter in Richtung Wald am Ende der Straße.

Es schmerzte, diese Szene zu beobachten, und ich fröstelte.

Das Haus schien kühler als sonst. Es war die Art Kälte, die einem in die Knochen kroch und bei der man innerlich bibberte. Ich befühlte die Heizkörper. Sie waren eiskalt.

Der Heizungskessel war in einer dunklen Kellernische, wo es sehr feucht roch und Putz und Spinnweben aus den breiten Mauerfugen quollen. Der gefliese Boden war in einem erbärmlichen Zustand, und der Heizkessel selbst war ein kastenförmiges Ungetüm mit primitiven, von dickem Staub bedeckten Rohren.

Ich fand eine komplizierte Schalttafel, starrte sie an, erkannte jedoch nicht, was ich tun sollte.

Ich rief Dans Nummer an, landete auf der Mailbox und legte auf.

Wieder dachte ich an die Presse. Wie lange würde es dauern, bis sie mich fanden? Würden sie sich durch unsere Privatstraße anschleichen oder es vom Wald aus versuchen? Ich wusste, dass sie so weit gehen würden, wie es nötig war, um eine möglichst verkäufliche Story zu bekommen. Wie sie uns nach Teddys Verschwinden nachgestellt hatten, zählte zu meinen traumatischsten Erinnerungen. Wie sie uns beobachteten. Was sie über uns schrieben. Meine Eltern konnten mich nicht von allem abschirmen. Meine Mitschüler sorgten dafür, dass ich die schlimmsten Aussagen über mich erfuhr.

Die Türklingel erschreckte mich. Es läutete hartnäckig, gefolgt von einem lauten Klopfen.

Ich ging nach oben und blickte durch den Spion. Es war Sasha. Ich holte tief Luft und öffnete.

»Ich habe eben gehört, dass Dan vermisst wird!«, sagte sie. »Die Polizei war bei uns.«

Sie zog mich in eine Umarmung, die ich nicht wollte. Meine Haut kribbelte vor Feindseligkeit. Als sie mich freigab, musterte sie mein Gesicht. Anscheinend hatte sie mehr Fragen als DS Bright. Wann hatte ich Dan zuletzt gesehen? Wo? Welchen Eindruck hatte er auf mich gemacht? Ging es mir gut? Hatte er gar nicht angerufen?

Ich wollte ihr nichts erzählen, weil es sie nichts anging. Es ging niemanden irgendetwas an, nur leider war dies der Beweis, dass es bald jedermanns Sache wäre.

»Der Heizkessel ist kaputt«, sagte ich, weil mir nichts anderes einfiel und ich sie ablenken wollte. Lieber sollte sie Gelegenheit haben, die barmherzige Samariterin zu spielen.

»Was? Oh nein! Das ist das Letzte, was du jetzt brauchst. Ich kenne einen sehr guten Mann. Soll ich ihn anrufen? Ich kann ihn schnellstens herbekommen.«

Sie wollte so dringend helfen. Mir gefiel es nicht, aber was sollte ich machen? »Ja, bitte«, sagte ich und bat sie herein. Ich hatte wohl keine andere Wahl. Sie zog ihr Telefon hervor und säuselte ihrem Klempner ins Ohr.

»Er kann heute Abend kommen oder spätestens morgen gleich ganz früh«, berichtete sie hinterher. Ich hockte auf der Treppe. Sasha rieb sich die Hände. »Es ist ja wirklich eisig hier.« Sie trug eine Jacke, also war sie offenbar kälteempfindlich. »Hier kannst du heute nicht bleiben. Komm mit zu uns. Den Gedanken, dass du bei allem, was gerade los ist, in der Kälte sitzt, finde ich schrecklich.«

Das wollte ich unter keinen Umständen, aber als ich ablehnen wollte, sagte Eliza: »Wenn du mitgehst und sie besser kennenlernst, kannst du eher einschätzen, ob sie und Dan was miteinander haben. Willst du nicht wissen, warum sie so viele Fragen zu ihm hat?«

Es war eine überaus verlockende Idee. Auch wenn Sasha schwer zu ertragen wäre, bekäme ich vielleicht eine Bestätigung meines Verdachts. »Das ist sehr nett, danke.«

»Was hältst du davon, wenn du mir einen Schlüssel für den Klempner gibst? Ich habe einen kleinen Tresor, zu dem er den Code kennt. Dann kann er ihn sich holen und herkommen, ohne dich zu belästigen. Er ist sehr vertrauenswürdig.«

Ich wollte Nein sagen, weil ich die Vorstellung nicht mochte, dass andere ohne mich ein und aus gingen.

»Du musst natürlich nicht«, sagte Sasha, und es war klar, dass sie mein Zögern verurteilte.

»Klar«, sagte ich und holte ihr einen Schlüsselbund.

Es fiel mir schwer, ihr die Schlüssel auszuhändigen und sie in ihrer Tasche verschwinden zu sehen. Ich hatte das ungute Gefühl, etwas Unbedachtes getan zu haben.

XII

Um sieben Uhr morgens geht der Alarm raus, dass ein Kind vermisst wird.

Die Beschreibung lautet folgendermaßen: Edward Bewley (genannt Teddy) ist in Stoke Woods nahe Bristol verschwunden. Er ist drei Jahre alt, hat dunkelblondes Haar, einen langen Pony und braune Augen. Teddy trägt eine Pyjamahose mit dem Logo von »Thomas, die kleine Lokomotive« auf dem rechten Oberschenkel, ein grünes T-Shirt und rote Turnschuhe. Er hat ein auffälliges Muttermal auf dem linken Oberarm. Es könnte sein, dass er eine blassblaue Fleecedecke mit Seidenborte bei sich hat, ungefähr 60 x 80 Zentimeter groß.

DI Cartwright hat bereits zwei wichtige Fakten ermittelt, die nahelegen, dass ein Teil von Lucys Geschichte stimmt. Er glaubt, dass jemand Teddy aus dem Haus geholt hat, den er kannte. Und Carol Bewley hat bestätigt, dass Teddy sich noch nicht selbst die Schuhe anziehen kann. Jemand muss ihm geholfen haben. Was wiederum darauf hindeutet, dass Teddy wach war, als er das Haus verließ, selbst gehen sollte und in Begleitung war. Es schließt nicht aus, dass er gepackt und in ein wartendes Fahrzeug geladen wurde, macht es aber für

Cartwright weniger wahrscheinlich. Carol und Martin Bewley sagen beide aus, dass Teddy sehr an der Kuscheldecke hängt, die mit ihm verschwunden ist, und wahrscheinlich laut geschrien hätte, wenn er das Haus ohne sie hätte verlassen müssen. Sie mitzunehmen wäre eine Sicherheitsmaßnahme für jemanden gewesen, der das Kind kannte und heimlich aus dem Haus bringen wollte.

Deshalb hat DI Cartwright das Gefühl, dass der erste Teil von Lucys Geschichte wahr ist. Die Frage, was genau passiert ist, nachdem die Kinder gemeinsam das Haus verlassen haben, lässt ihn nicht los.

25

Sasha führte mich zu einem ihrer Gästezimmer. Es war bereits hergerichtet und so luxuriös wie ein vornehmes Hotelzimmer, sogar luxuriöser als die meisten, in denen ich bisher gewesen war. Ich kam mir wie ein Kuckuckskind vor.

»Dann lass ich dich mal in Ruhe ankommen«, sagte Sasha. Sie gähnte so sparsam wie eine Katze, und ich dachte unwillkürlich darüber nach, wie ihre Kiefergelenke unter der Haut arbeiteten. Ich wettete, Dan dachte so nie von ihr. Er war jemand, der Oberflächen, Texturen mochte, der mit der Hand über edle Möbel strich, über feine Glasuren oder weiche Haut. Die Vorhänge hier würden ihm gefallen, denn sie waren so breit gesäumt, dass es meine Faust ausfüllte.

Ich warf meine Tasche aufs Bett. Es waren Sachen, die ich eilig zusammengepackt hatte, während Sasha unten wartete. Nun purzelten sie heraus auf das frische Bettzeug: mein alter karierter Pyjama, meine Zahnbürste, deren Borsten einer viel benutzten Schuhbürste ähnelten, eine flachgedrückte Zahnpastatube und die Mappe mit den Artikeln über die Bunker.

Mich schreckte der Gedanke, nach unten zu gehen und mit Sasha und James zu reden. Ich wusch mir das Gesicht, zupfte an meiner Kleidung herum, strich sie glatt und steckte sie überall fest, wo es ging. Trotzdem sah ich immer noch unmöglich aus. Ich ließ mir Zeit, die Treppe hinunterzugehen, und blieb einen Moment in der Diele, weil ich nicht wusste, wo sie waren, und mich nicht traute zu rufen.

Dann hörte ich ihre Stimmen aus dem Wohnzimmer. Ich war direkt an der Tür und wollte sie gerade öffnen, als ich James hörte.

»Misch dich nicht ein«, sagte er. »Warum solltest du? Lass sie heute hier schlafen, und morgen früh schickst du sie weg. Hilf ihr, was anderes zu finden, falls es dir dann besser geht, aber sie kann nicht unbegrenzt hierbleiben. Es könnten Wochen vergehen, bis jemand weiß, was passiert ist.«

»Findest du nicht, dass sie sich komisch verhält?«, fragte Sasha so leise, dass ich das Ohr an die Tür drücken musste. »Ich meine, dass sie uns nicht von sich aus gesagt hat, dass er weg ist, dass sie noch nicht einmal vorbeigekommen ist und gefragt hat, ob wir ihn gesehen haben?«

James antwortete nicht. Ich hörte nur Stille, als würden sie genauso den Atem anhalten wie ich. Ich stellte mir vor, wie sie zur Tür schauten. Möglichst lautlos ging ich mehrere Schritte rückwärts und eilte die Treppe hinauf, wo ich mich laut in dem Bad oben einschloss. Einige Minuten lang hockte ich auf dem Klo, dann drückte ich auf die Spülung und wusch mir die Hände, falls sie horchten.

Als ich herauskam, stand Sasha unten in der Diele, eine Hand auf dem Geländer, und blickte nach oben.

»Hallo du«, sagte sie. »Komm und setz dich zu uns an den Kamin.«

Sasha war eine gute Schauspielerin. Ihr Gesichtsausdruck war der Inbegriff von Mitgefühl. Eine schlichte schwarze Bluse, die nach teurer Seide aussah, betonte ihre Figur. Ich wusste, trüge ich die gleiche Bluse, würden die zarten Stoffbahnen nicht weich fallen, sondern sich in den Speckfalten an meinem Bauch verfangen, die wie geschmolzenes Kerzenwachs über den Bund hingen. Ein Anflug von nachdrücklicher Eifersucht regte sich in mir.

James stand auf, als ich ins Zimmer kam. Alles war sehr förmlich, und ich nickte ihm zu, weil ich unsicher war, was ich sonst tun sollte.

»Kommst du zurecht?«, fragte er. Auch er war sehr gut darin, Mitleid zu heucheln.

Ich setzte mich ihm gegenüber an das eine Ende eines Sofas am Kamin, dicht neben die Armlehne. Auf dem Couchtisch zwischen uns lag ein Stapel Kunst-, Design- und Reisebücher in Hochglanzdruck; daneben sah ich eine zerlesene Taschenbuchausgabe meines letzten Eliza-Romans, die sich wie ein ungeladener Gast auf einer eleganten Party ausnahm. Es war Dans Lieblingsbuch von mir.

»Es geht«, antwortete ich. »Bestimmt kommt Dan bald nach Hause.«

Die beiden wechselten einen Blick. »Ja, bestimmt«, sagte James, obwohl ihm diese simplen Worte augenscheinlich Mühe machten. »Sicher.« Dann folgte: »So wird's sein.«

Im Kamin sackte ein Holzscheit tiefer, sodass für einen Moment Funken aufstoben, bis sich alles gesetzt hatte. Ich hörte das Klimpern von teurem Glas, als Sasha mir eine bernsteinfarbene Flüssigkeit einschenkte und hinstellte. Sie gab James einen anderen Drink, ehe sie sich selbst einen holte und es sich mit angezogenen Beinen auf einem Sessel zwischen uns bequem machte, ihr Glas mit beiden Händen umfangend. Ich bemerkte, dass ihr Nagellack unschön abgeplatzt war, was mich freute. Schadenfreude, und sei ihr Anlass noch so nichtig, konnte selbst in unangemessenen Momenten wohltuend sein.

»Medizin«, sagte sie und erhob ernst ihr Glas. Ich erwähnte nicht, dass ich keine harten Sachen trank, weil ich es für unweiblich hielt, und nippte an dem Whisky. Er brannte, und ich musste ein Husten unterdrücken. Ich dachte an Dan, der sich in Sasha verliebt hatte, und fragte mich, ob James etwas wusste oder vermutete. Als ich zu ihm sah, blickte er ins Feuer.

»Was ist das?«, brach Sasha das Schweigen und zeigte zu der Mappe, die ich zwischen meinem Oberschenkel und der Armlehne eingeklemmt hatte. Ich hatte sie in der Hoffnung mit nach unten gebracht, dass ich lesen und jede Konversation meiden könnte. »Recherche für ein Buch?«

»Sozusagen«, antwortete ich.

»Dein nächstes?«

Ich nickte. Ich würde nicht sagen, was es tatsächlich war.

»Ist es noch ein Eliza-Buch?«, fragte sie.

Warum fragte sie das, noch dazu so? Von jemandem aus der Branche hätte ich solch eine Formulierung erwartet, oder jemandem, der damit zu tun hatte. *Hatte Dan ihr etwas erzählt? Benutzte sie seine Worte? Hatte er sich ihr anvertraut, was mich betraf?* Es war ein entwürdigender Gedanke.

»Natürlich.« Ich beobachtete sie aufmerksam, und sie schien es umgekehrt auch zu tun.

»Geht es dir gut? Du bist sehr blass«, sagte sie.

»Mir ist ein wenig übel.« Das stimmte. Ich hatte ein eigenartiges Gefühl in der Kehle, und der Speichel schmeckte bitter. Auf einmal war die Hitze des Feuers erdrückend.

Trotzdem wunderte ich mich, dass Sasha es gesehen hatte, ehe ich es merkte. Dasselbe passierte mir mit Dan oft, und es verunsicherte mich jetzt, weil es noch eines der Dinge war, mit denen er meine Paranoia befeuerte, er würde mich psychisch terrorisieren. Andererseits war es vorgekommen, dass es mir gefallen hatte, besonders, wenn ich so viel arbeitete und der Rest des Lebens aus meinem Fokus rückte. Dann war ich dankbar, dass er auf mich achtete, sich um mich sorgte.

»Wenn es euch nichts ausmacht, lege ich mich lieber hin.«

»Willst du nichts essen?«

»Nein, danke«, sagte ich, was eine Lüge war.

James nickte. Auf seinem Gesicht schienen mehr Schatten zu liegen als vorher, was seine Miene unlesbar machte.

Ich nahm die Mappe mit.

Die wollte ich vor dem Schlafen lesen, doch kaum lag ich im Bett, konnte ich die Augen nicht mehr offen halten. Es war ungewöhnlich für mich, mich an einem neuen Ort so schnell wohlzufühlen. So ungewöhnlich, dass ich mich beim Einnicken fragte, ob Sasha mir etwas in den Drink gemischt hatte.

26

Mitten in der Nacht wachte ich auf. Es war die Art von Wachsein, bei der man gleich weiß, dass man vorerst nicht wieder einschlafen wird. Das Bett war zu weich, und ich hasste es, wie ich in die Matratze einsank.

Ich traute mich nicht, Licht zu machen, weil Sasha und James nicht wissen sollten, dass ich wach war. Zu hören, wie Sasha mir mein Verhalten ankreidete, war schrecklich gewesen. Und gefährlich. Mir graute vor dem, was sie der Polizei erzählen könnte.

Ich dachte an DS Bright. Sie trat entspannt, beinahe nachlässig auf, doch hinter dieser Haltung steckte mehr. Da waren eine katzenhafte Wachsamkeit und Ruhe, die verschleierten, was sie wirklich empfinden mochte. Das hatte ich bislang nicht herausbekommen, stimmte Eliza aber zu: Ich musste bei Detective Sergeant Lisa Bright auf der Hut sein und durfte sie nicht unterschätzen.

Inzwischen war ich hellwach. Ich griff nach meinem Handy und ging online zur Eliza-Grey-Fan-Fiction-Website, meiner sicheren Zuflucht. In der Hoffnung, dass es mich schläfrig machen würde, hatte ich vor, dort eine Weile zu lesen.

Ich erkannte sofort, dass die Website anders aussah. Ein Administrator hatte eine Nachricht oben auf die Startseite gestellt.

EILMELDUNG: Lucy Harpers Ehemann Daniel, den einige von euch als ihren persönlichen Assistenten kennen oder mit ihm auf den Social Media Kontakt haben, wird VERMISST. Unsere Gedanken und Gebete gelten Lucy und Dan in dieser schweren Zeit. Wir werden hier weiter berichten.

Also war es jetzt öffentlich bekannt. Jemand hatte einen Gruppenchat dazu ins Leben gerufen, in dem es von Mitleidsbekundungen wimmelte. Ich war befremdet, aber auch gerührt, als ich die netteren Kommentare las. Eine Person hatte geschrieben: »Sie müssen Eliza auf den Fall ansetzen.« Eine andere sagte: »Eliza wird für Gerechtigkeit sorgen, koste es, was es wolle!« Dann sah ich, dass MrElizaGrey beiden geantwortet hatte: »Verwechselt Wirklichkeit nicht mit Fiktion.« Nur das. Ich konnte nicht aufhören, die Worte anzustarren. Sie beunruhigten mich, weil Dan genau das im Laufe der Jahre häufig zu mir gesagt hatte. Wenn es beispielsweise um Dinge ging, von denen ich glaubte, mich an sie zu erinnern, und er mir versicherte, dass sie nie geschehen waren. Oder wenn ich etwas vergessen hatte, was er mir schon erzählt hatte. Ich fixierte die Worte auf dem Display. Sie schienen zu pulsieren. »Bist du das?«, flüsterte ich. War er online und wusste, dass ich es lesen würde?

Ich klickte MrElizaGreys Profil an, um nachzusehen, ob er jetzt online war und ich ihm eine Nachricht schicken könnte.

War er aber nicht. Dann las ich seine Bio. Sie bestand aus einer einzigen Zeile: »Verheiratet mit Eliza Grey.« Früher hätte ich darüber gelacht, es amüsant gefunden, aber jetzt fragte ich mich, ob mehr dahintersteckte. War das Dan? Ich ermahnte mich, nicht albern zu sein. Warum sollte er online als jemand anders posieren?

Mich interessierte, woher diese Leute von ihm wussten. Hatten die Boulevardblätter die Story bereits gebracht? Ich rief die Suchmaske auf und tippte seinen Namen ein. Wie ich feststellte, war die Nachricht auf den Homepages der meisten landesweiten Zeitungen. Ich klickte den ersten Link an, eine Pressemitteilung der Avon & Somerset Police:

»Der Ehemann der Bestsellerautorin Lucy Harper, Daniel Harper, bekannt als Dan, wird seit Montag, 8. April, vermisst. Der Wagen des Paars wurde ausgebrannt in Bristol aufgefunden. Die Polizei bittet jeden, der Dan gesehen oder von ihm gehört hat, sich umgehend zu melden.«

Es gab auch ein Video von DS Lisa Bright vor einem Bildschirm mit dem Polizei-Logo. Sie schaute direkt in die Kamera, als sie um Hilfe bat. »Wir haben Grund, uns um das Wohlergehen von Daniel Harper zu sorgen«, sagte sie. Ich hatte das Gefühl, sie würde mir in die Augen sehen. Ich schaltete es aus und legte das Handy verkehrt herum hin. Nach einem kurzen Moment erlosch das Display, und im Zimmer wurde es wieder vollkommen dunkel.

Meine Atmung war flach, und mir war schwindlig. Ich fürchtete, komplett in diesem weichen Bett einzusinken und zu ersticken. Meine Blase schmerzte. Ich stand auf, doch dabei spürte ich ein Kribbeln im Nacken, und ich schluckte. Sehr langsam ging ich einige Schritte auf das Fenster zu, hielt den Atem an.

Eliza war nicht da. Ich dachte, sie wäre es, aber ich irrte mich. Erleichtert legte ich die verbundene Hand an die Brust. In ihr hämmerte es.

Immer noch war das Kribbeln im Nacken da.

Etwas Helles leuchtete hinter dem Spalt in den Vorhängen, ein Lichtfaden, der mich zu sich lockte, als bettelte er mich an, sie aufzuziehen.

XIII

Der Detective spricht nicht wie andere Erwachsene mit dir. Er verhält sich nicht, als wärst du bloß ein dummes Kind, sondern redet, als wärst du schon groß. Zu Anfang ist das eine schöne Überraschung.

»Gut, Lucy«, sagt er, als ihr das erste Mal zusammensitzt. »Lass mich mal hören, was letzte Nacht passiert ist. Du steckst nicht in Schwierigkeiten, deshalb möchte ich, dass du mir alles erzählst. Und es ist wichtig, dass du mir die Wahrheit sagst, verstehst du das?«

Du nickst. Du wirst nicht lügen, nur den Bunker auslassen. Eliza besteht darauf, und du gehorchst ihr.

»Alles, woran du dich erinnerst, hilft«, sagt er. »Lass bitte nichts aus. Ich möchte gern alles hören.«

Du wirst ihm alles sonst erzählen, woran du dich erinnerst, detailliert.

Zuerst ist es schwierig, DI Cartwright-aber-bitte-sag-Charlie in die Augen zu sehen, es wird allerdings leichter, als du anfängst zu reden und er dich mit einem Nicken ermuntert weiterzumachen.

Er bittet dich, die Geschichte dreimal zu wiederholen.

Beim dritten Mal bist du ruhig und richtig warmgelaufen. Da du neues Selbstvertrauen geschöpft hast, schmückst du die Geschichte jetzt auch aus. Eliza erinnert dich an Kleinigkeiten, und du benutzt sie, um das Feuer, den Wald und die Geister besser zu beschreiben, die unter dem Laubdach umhergehuscht sind, sich zwischen den faszinierenden Mondstrahlen duckten und unter ihnen hinwegtauchten. Du sagst, dass es aussah wie das Licht einer Discokugel. Du beschreibst die Wunderkerzen als tanzende Feen. Du erzählst Charlie von den goldenen Leuten und ahmst ihren Gesang nach, so gut du kannst, machst ihm vor, wie er immer lauter wurde, bis er sagt:
»*Ja, ich habe es verstanden.*« *Und dann fragt er:* »*Kannst du mir noch mal genau sagen, wann du gemerkt hast, dass Teddy nicht mehr da war?*«

»*Als ich mir das Feuerwerk angesehen habe*«, *sagst du.* »*Ich dachte, er ist bei mir, aber als ich hingeguckt habe, war er nicht da.*«

»*Hast du andere Leute auf deiner Seite des Feuers gesehen?*«, *fragt Charlie.*

Du schüttelst den Kopf.

»*Hast du nach Teddy gesucht?*«

»*Ja, ganz lange.*«

»*Hat dir jemand geholfen?*«

Du schüttelst den Kopf.

»*Warum nicht?*«

»*Weiß ich nicht.*«

»*Hast du den anderen erzählt, dass Teddy weg ist?*«

»*Nein.*«

»*Dein Bruder verschwindet, und du sagst es keinem, ob-*

wohl Leute in der Nähe sind, die dir helfen können, ihn zu suchen?«

»Ich habe es Mummy erzählt.«

»Das weiß ich«, sagt er. »Ich frage mich nur, warum du es
den Leuten im Wald nicht gesagt hast. Sie hätten dir gleich helfen können, Teddy zu suchen. Was meinst du, wie weit er gekommen sein könnte, bis du zu Hause warst?«

»Weiß ich nicht.«

»Du kannst raten. Du bist doch ein kluges Mädchen.«

»Ich weiß es nicht.«

»Ich glaube, du weißt mehr, als du sagst, junge Dame.«

27

Als würde ich an einer unsichtbaren Schnur gezogen, näherte ich mich dem Fenster und öffnete die Vorhänge ein wenig. Mit dem Mondlicht drang kühlere Luft ins Zimmer. Draußen leuchtete ein extrem heller Vollmond über dem Wald.

Es war seltsam, den Wald aus diesem neuen Winkel zu sehen. Inmitten der erst spärlich belaubten Äste und des immergrünen Unterholzes beleuchtete der Mond eine kleine Baumgruppe, die den Rest überragte. Diese Bäume kannte ich. Es waren Mammutbäume, importiert, hier nicht heimisch. Eindringlinge. Sie waren wunderschön und für mich auch besonders. Als Kind hatte ich die Fingerspitzen in den weichen Furchen ihrer Borke vergraben, während ich mich zum öffentlichen Weg umschaute, um mich zu vergewissern, dass mich niemand beobachtete, bevor ich im Unterholz verschwand. Die Mammutbäume waren eine geheime Wegmarke, nur für mich. Sie wiesen mir den Weg zum Bunker.

Zum ersten Mal seit dem Umzug hierher spürte ich den Drang, in den Wald zu gehen, zu der Stelle, und zu versuchen, den Bunker wiederzufinden. Ich wollte nachsehen, was davon – wenn überhaupt – nach all den Jahren noch übrig war.

»Nein«, sagte Eliza. »Das darfst du nicht.«

Sie war zurück. Ich war erleichtert und auch wütend, weil sie weg gewesen war. Deshalb ignorierte ich sie. Nur weil sie entschieden hatte, wieder zurückzukommen, wenn es ihr passte, würde ich nicht auf sie hören.

»Dan sucht nach dir«, flüsterte ich dem Bunker zu. Wollte er ihn finden, dachte ich, sollte ich es vielleicht auch. Es könnte sein, dass ich aus diesem Grund hier war. Eventuell hatte mir der Bunker etwas Neues zu sagen. Mir kam sogar der Gedanke, dass Dan dort sein könnte, auf mich wartete. Doch das tat ich gleich wieder ab, weil es sich dumm und verstörend anfühlte.

Ich rief mir den Raum ins Gedächtnis, wie ich ihn in jener Sonnenwendnacht verlassen hatte, und fragte mich, ob er jetzt wie eine unterirdische *Mary Celeste* wäre, in der alles seither unberührt geblieben war. Stand mein Teegeschirr noch auf dem Schreibtisch? Was war auf dem Boden, wo Teddy gelegen hatte?

Es wäre das Mutigste, was ich je getan hatte, dorthin zurückzukehren. Vor Angst wurde mir schlecht, aber ich konnte mir auch nicht mehr vorstellen, es nicht zu tun.

Seit Teddy vermisst wurde, hatte ich es nicht gewagt und Eliza es verboten. Jetzt jedoch dachte ich, falls es mich näher zu Dan brachte, mir verstehen half, was in seinem Kopf vorging, würde ich es tun. Und was hatte ich zu verlieren? Meine Beziehung zu Eliza schien ohnehin zu zerbrechen.

Mir war klar, dass ich bald gehen müsste. Wenn das Medieninteresse an Dans Verschwinden aufblühte, blieb mir nur wenig Zeit, ehe jeder meiner Schritte observiert würde. Und die Polizei konnte ich schlecht bitten, den Bunker zu überprüfen. Dazu müsste ich erklären, warum er wichtig war. Und ich wollte nicht sehen, wie DS Brights Miene einen Ausdruck annahm, der mir verriet, sie hätte schon entschieden, wer ich war. Was ich war. Denn kamen einem zwei Mal Menschen aus dem unmittelbaren Umfeld abhanden, sahen alle genauer hin. Und ich wusste, wie sich das anfühlte. Mir war auch klar, dass sie meine Vergangenheit aufdecken würden, was ich indes nicht befördern wollte. Wer würde sich das antun?

Wenn ich den Bunker finden wollte, beschloss ich, musste ich heute Morgen hin. Zittrig vor Anspannung wartete ich, bis der Morgen graute. Ich war unsicher, ob ich mich noch an den Weg erinnerte, dachte aber, dass er mir, war ich erst im Wald, wieder einfallen würde. Ja, der Wald würde mich hinführen, wie er es das erste Mal und alle Male danach getan hatte.

James war in der Küche, im makellosen Anzug, mit Schlips und Kragen, alles für die Arbeit. »Guten Morgen«, sagte er. »Wie hast du geschlafen?«

Ich fand es verstörend, wie gut er aussah. Seine Budapester waren frisch poliert und klackerten auf den Fliesen, als er mir einen Espresso brachte. Er roch nach einem Duft, den man unweigerlich inhalieren und sehr angenehm finden musste.

»Gut, danke«, antwortete ich.

»Tja, du kannst so lange bleiben, wie du willst. Sasha hat dir Ersatzschlüssel hingelegt, damit du selbst rein- und rauskannst. Sie hat immer Schlafprobleme, und es kann sein, dass sie länger im Bett bleibt.« Er zeigte zu einem Schlüsselbund auf dem Tisch.

»Danke.«

»Aber sicher willst du nach Hause«, ergänzte er.

Würde dir das nicht gefallen? Dabei hatte er recht. Ich lächelte ihn an. »Ihr seid mich noch heute Vormittag los, ich möchte nicht zur Last fallen.«

Mir war danach, meinen Kram zu schnappen und sofort nach Hause zu gehen, aber ich musste in den Wald, sobald es hell genug war, und da wollte ich meine Tasche nicht mitschleppen.

James tippte sich an die Stirn, als er ging. Es war eine merkwürdige Geste, und ich fragte mich, ob er draußen auf Reporter treffen würde, die sich am Ende unserer Privatstraße sammelten. Ich dachte, dass ich ihn vielleicht warnen sollte, doch dazu war es jetzt zu spät. Als sein Wagen außer Sichtweite war, zog ich mir die Schuhe an, nahm meine Jacke und verließ das Haus. Vorsichtig näherte ich mich dem Ende der Auffahrt.

Da waren Presseleute. Bisher nur ein paar, aber schon mehr, als ich ertrug. Sie hatten Kameras. Ich zog mich zurück und war zum ersten Mal dankbar, dass wir in einer Privatstraße wohnten. Wenn ich nicht gesehen werden wollte, musste ich einen anderen Weg in den Wald finden.

Ich ging zurück und folgte Sashas und James' Grenzmauer zum Ende des großen Gartens. Die Mauer und ich waren vom Haus aus durch Bäume und Sträucher abgeschirmt, was ein Glück war. Trotzdem blickte ich mich mehrmals um, weil ich glaubte, beobachtet zu werden; doch alles war unverändert. Mir fiel auf, dass sie ein schickes Gartenhäuschen gebaut und einiges an der Gartengestaltung hatten machen lassen. Alles sah neu und teuer aus.

Die Grenzmauer war beinahe so hoch wie ich und machte eine Biegung an der Straße entlang. Sobald ich weit genug war, dass die Journalisten mich nicht sahen, wenn ich hinüberstieg, suchte ich nach einer geeigneten Stelle. Leider hatten Sasha und James alles zu gut instand gehalten. Erst am Ende des Grundstücks, wo sich ein kleiner Obstgarten befand, entdeckte ich eine Trittleiter und lehnte sie an die Mauer. Mit einem dumpfen Knall landete ich auf dem Pflaster auf der anderen Seite. Autos brausten vorbei. Von den Reportern keine Spur.

Zum Parkplatz am Wald war es nur ein kurzes Stück, und auf dem Platz standen lediglich ein oder zwei Wagen, die wahrscheinlich frühen Hundespaziergängern gehörten.

Als ich den Wald betrat, fühlte sich alles vertraut an. Ich blieb einen Moment stehen und atmete tief ein. So früh im Jahr war das Unterholz noch nicht sehr dicht, sodass man den süßlichen Duft von vermodertem Laub und erdigem Verfall riechen konnte. Er weckte Fantasiebilder von kriechenden Würmern, Insekten, Tausendfüßlern, uralten Farnen und festen Knospen, die aufsprangen und sich entfalteten. So war der Wald für mich von jeher: wunderschön und angsteinflößend.

Ich folgte dem Weg, bis ich die Mammutbäume erreichte. Sie waren so stattlich und schön, wie ich sie in Erinnerung hatte. Aufmerksam schaute ich mich um, ob der Weg frei war. Mit alten Gewohnheiten brach es sich schwer. Es war niemand in der Nähe, und ich ging ins Unterholz. Innerhalb von Minuten rissen Dornen an meiner Pyjamahose. Ich war überrascht, dass ich sie noch anhatte. Ich hätte mich wohl passender kleiden sollen, doch jetzt war es zu spät zum Umkehren. Entschlossen stapfte ich weiter, und es war, als würde ich einen alten Freund wiedersehen, als ich zur Eiche mit dem gespaltenen Stamm gelangte. Mit wachsender Vorfreude und Anspannung strebte ich an ihr vorbei. Ich musste dies hier zu Ende bringen, konnte nicht mehr zurück, ganz gleich, was mich erwarten mochte.

Es ging zunächst sanft, dann steiler bergab. Der Hang hatte sich nicht so heikel angefühlt, als ich jünger war, weil mein Körperschwerpunkt tiefer gelegen hatte. Jetzt hatte ich Mühe, das Gleichgewicht zu wahren, und griff nach einigen tiefen Ästen, von denen ich hoffte, dass sie mein Gewicht aushielten. Manche taten es nicht. Ich rutschte, schlitterte und verlor einmal die Balance, aber nur kurz. Mir wurde bewusst, dass ich mich an diese Landschaft genauso gut erinnerte wie an das Gefühl von der Hand meines Bruders in meiner.

Je weiter ich kam, desto eiliger hatte ich es. Zweige brachen ab, als ich an ihnen riss, oder schnellten peitschend zurück. Für eine Weile schien mein Ziel unerreichbar, bis ich plötzlich einen letzten Hang hinabstolperte und erkannte, dass ich da war. Ich erstarrte und holte Luft. Dies war eine Senke, deren Konturen mir vertraut waren.

Abermals blickte ich mich um, sog alles in mich auf. Meine Sinne waren überwältigt von dieser Kollision des Damals und Jetzt. Langsam wurde mir das Geräusch meines Atems bewusst. Es war ein kleines, zittriges Detail inmitten der Bewegung um mich herum. Ich nahm andere Geräusche wahr und erschrak, als ein Vogel mit lautem Flügelschlag aus einem Baum in der Nähe aufflog. Nun war ich wieder bei mir.

Ich ging zur anderen Seite der Senke und tauchte die Hand in den Efeuvorhang, der aussah, als würde er eine Felswand bedecken. Er ließ sich mühelos auseinanderschieben. Ich steckte die verbundene Hand hinein, doch als ich sie wieder herauszog, sah ich eine unversehrte Kinderhand. Ich schloss die Augen, griff erneut hinein, tiefer, bis ich Metall an den Fingerspitzen spürte. Es war kalt und rau. Die Tür zu meinem Bunker.

»Lucy«, sagte Eliza. »Nein. Geh jetzt. Damit wirst du nicht fertig.«

Ich glaubte, dass mich der Mut verließ.

Wieder riss ich die Hand zurück. Mir war kalt, ich hatte Angst, war nass und zerkratzt, voller Schmutz. Doch ich fürchtete mich auch davor, zurück durch den Wald in ein Leben zu rennen, das ich nicht mehr verstand und kaum wiedererkannte.

Du bist so weit gekommen, sagte ich mir. Versag jetzt nicht. Es hat einen Grund, dass du hier bist.

Ich musste das Laub entfernen, wenn ich in den Bunker wollte, weil die Tür nach außen aufging. Dabei kam mir der Verdacht, dass dies erst kürzlich gemacht worden war. Die Anzeichen waren klein, aber sichtbar: Ein frisch zerbrochener Zweig, stellenweise heruntergetrampeltes Dickicht, wo ich nicht gewesen war. Ich zog den letzten Rest Efeu weg, und nun bekam ich Gewissheit. Da waren Kratzer um die Türklinke und ein dickes Vorhängeschloss.

Es hätte mich nicht überraschen sollen, dass jemand anders diesen Bunker gefunden hatte, denn er war ja auf öffentlichem Grund, wenn auch außerordentlich gut versteckt. Dennoch hatte ich es nicht erwartet. In meiner Vorstellung gehörte der Bunker nach wie vor mir allein, versteckt vor der Welt.

Ich untersuchte das Schloss. Es war groß und blank. Ich bräuchte Werkzeug, um es aufzubrechen. Vergebens zerrte ich an der Tür. Sie rührte sich nicht. Mühsam kraxelte ich den Hang hinauf, in den der Bunker gegraben war, und schaute mich oben nach dem alten Lüftungsschacht und den Rissen um, durch die ein Lichtstrahl ins Innere darunter gefallen war. Sie waren nirgends auszumachen. Alles unter mir war fest.

Etwas schimmerte. Es war halb in dem Laubhaufen unter meinen Füßen vergraben. Ich griff danach, und sofort nahm es eine solch vertraute Form an, dass mir speiübel wurde. Ich erbrach mich in einem ekligen Schwall auf den Waldboden, während mir kalter Schweiß aus allen Poren trat.

Nachdem ich mich wieder aufgerichtet hatte, untersuchte ich das Objekt in meiner Hand. Dans Armbanduhr war klobig, metallisch und schwer, seiner Meinung nach eine Schönheit. Ich hatte sie ihm auf seinen Wunsch hin gekauft und mich gefreut, wie sehr er sie schätzte.

Es missfiel mir, dass sie schmutzig war, und noch mehr, dass sie hier gelegen hatte. Ich wischte sie mit dem Daumen ab. Dan hatte mir gefühlte Millionen Mal von der Mechanik erzählt. Sie musste kürzlich getragen worden sein, um zu funktionieren, in den letzten dreißig, vierzig Stunden oder so. Als das Glas sauber war, sah ich, dass der große Zeiger stillstand.

Heute war Freitag, der vierte Tag seit Dans Verschwinden. Würde sich der große Zeiger bewegen, wäre das ein Hinweis darauf, dass Dan nach seinem Verschwinden hier gewesen war.

Aber das tat er nicht. Ich war verwirrt, denn ich wollte wissen, wann und warum Dan hier gewesen war.

Ich presste das Zifferblatt an meine Wange. Es fühlte sich beinahe so wunderbar glatt an wie eine menschliche Berührung. Doch zugleich hatte ich so stark wie nie zuvor das Gefühl, jemand wäre in der Nähe, beobachtete mich, und ich glaubte nicht, dass es Eliza war.

»Dan?«, rief ich, doch der Wald war ruhig. »Hallo?« In einiger Entfernung hörte ich einen Zweig knacken.

»Teddy?«, flüsterte ich.

Die Nackenhaare stellten sich mir auf.

Ich rannte los. Dornbüsche verfingen sich mit ihren dürren Armen an mir, wollten mich zurückziehen, aber ich kämpfte dagegen an und lief weiter, vorbei an der gespaltenen Eiche und an den Mammutbäumen, bis ich wieder auf den Weg kam, wo ich eine Hundehalterin erschreckte. Ihr Hund jagte mich eine Weile, schnappte nach meinen Knöcheln, weil er meine Furcht irrtümlich für ein Spiel hielt. Ich rannte bis zum Parkplatz, wo ich atemlos stehen blieb und mich vorbeugte, schwitzend, zerrissen, nass und schmutzig. Und das vor den Augen einer Gruppe von Walkern in Outdoorkleidung, die mich streng ansahen.

Ich richtete mich auf, steckte die Uhr in die Tasche und schlang die Jacke um mich. Dann versuchte ich, an ihnen vorbeizugehen, als würde ich nicht vor irgendetwas fliehen.

»Guten Morgen«, sagte eine von ihnen mit einem sparsamen Nicken.

»Guten Morgen.« Ich eilte schnell weiter und mied ihre Blicke, von denen ich wusste, dass sie mir unmissverständlich zu verstehen geben würden, dass man meinen Anblick nicht so schnell vergaß.

Erst als ich fast wieder an der Hauptstraße war, wurde mir bewusst, dass ich keine Ahnung hatte, wie ich zu Sashas oder meinem Haus kommen wollte, ohne auf Journalisten zu treffen.

28

Ich hielt mich dicht an der Mauer, suchte nach irgendeiner Art von Vorsprung oder Lücke, irgendetwas, das mir helfen könnte drüberzuklettern. Autos fuhren vorbei. Jedes Mal senkte ich den Kopf, weil mir klar war, wie verrückt ich in meiner Pyjamahose aussah, und weil ich nicht erkannt werden wollte. Dabei dachte ich: *Wenn jetzt jemand auf mich zurast, kann ich nirgendwohin ausweichen.*

Ich hörte einen Wagen. Prompt ging ich schneller, ohne aufzuschauen. Die Reifen wirbelten das Schmutzwasser im Rinnstein auf. Das Auto fuhr vorbei, wurde jedoch langsamer. Mein Herz hämmerte. Die Reifen schabten am Kantstein. Ich drehte mich um. Jetzt müsste der Wagen rückwärtsfahren, um mit mir mitzuhalten. Ich versuchte, mich so schnell wie möglich zu bewegen, aber nach dem Lauf durch den Wald waren meine Beine zu schwer. Ich war zu erschöpft, um mehr als langsam zu joggen, und nach wenigen Schritten schaffte ich nicht mal mehr das. Mein Körper gab auf.

»Lauf weiter«, sagte Eliza. »Mach schon!« Mir tat alles weh. »Los!«, schrie sie, doch ich sank in die Hocke.

Jemand rief meinen Namen. Resigniert sah ich auf und rechnete im günstigsten Fall mit einem Journalisten und dem entwürdigenden Foto, das dabei herauskäme. Was der schlimmste Fall wäre, wusste ich nicht, nur, dass es garantiert einen gab.

Vi lehnte sich aus dem Autofenster. »Du bist es!«, sagte sie. »Ist alles in Ordnung?« Ich vergeudete keine Zeit, stürzte auf den Wagen zu, stieg neben ihr ein und begann, laut zu schluchzen.

»Ach, du meine Güte«, sagte sie. »Die Polizei hat uns von Daniel erzählt. Es tut uns so leid. Du hast doch nicht nach ihm gesucht, oder?« Sie wirkte entsetzt.

»Kannst du mich nach Hause bringen?«, fragte ich. »Ich will nicht, dass mich die Journalisten sehen.«

»Natürlich! Steig hinten ein und zieh die Wolldecke über dich.«

Ich tat, was sie sagte. Die Wolldecke war muffig und kratzig, und ich bekam Platzangst. Als sie den Motor wieder anließ, hatte ich einen paranoiden Gedanken. *Was, wenn sie mich nicht nach Hause fährt?* Doch Sekunden später hörte ich den Blinker, und der Wagen wurde langsamer, ehe er in unsere Straße einbog, wo sie auf die Reporter schimpfte.

Ich bat sie, mich zu Sasha zu bringen.

»Barry und ich sind für dich da«, sagte Vi, als ich ausstieg. »Hab keine Scheu, um Hilfe zu bitten, wenn du welche brauchst.«

Ich schloss mit den Schlüsseln auf, die Sasha mir hingelegt hatte, und rief zaghaft »Hallo«, aber nicht zu laut, falls sie noch schlief. Was ich hoffte. Es kam keine Antwort. Ich ging nach oben. Im Gästezimmer überkam mich der dringende Wunsch, nach Hause zu gehen. Ich zog den Pyjama aus, meine

Sachen an und stopfte alles Übrige in die Tasche, konnte jedoch die Mappe nicht finden.

Ich war mir sicher, dass ich sie auf den Nachttisch gelegt hatte, wo sie nicht war. Ich schlich mich nach unten und schaute im Wohnzimmer nach, tastete zwischen den Sofapolstern. Auch in der Küche suchte ich. Keine Spur von der Mappe.

Unsicher stand ich in der Diele, als ich ein Geräusch hörte. Wenn ich einen Klang auf Anhieb erkannte, dann den eines Druckers. Ich folgte ihm und blieb vor einer Tür stehen, die einen Spalt offen stand. Aus dem Raum dahinter kam das Druckergeräusch, repetitiv, aber nicht ganz rhythmisch. Ich spähte hinein und sah Sasha. Sie saß mit dem Rücken zu mir, meine Mappe aufgeschlagen neben sich auf dem Schreibtisch, und scannte und druckte die Blätter.

Da ich nicht wagte, sie zur Rede zu stellen, schlich ich zurück zur Haustür, öffnete sie, knallte sie zu und rief sehr laut: »Hallo!«

Sasha erschien aus dem Zimmer hinten. Meine Mappe hatte sie nicht bei sich. »Ah, da bist du ja. Irgendwelche Neuigkeiten?«

»Noch nicht. Aber es sind Presseleute draußen am Ende der Straße. Ich habe sie gehört und bin raus, um nachzusehen, wie schlimm es ist.« Ich hoffte, dass sie mir das abkaufte.

Sie musterte meine schmutzige Jacke, sagte aber nichts. »Ja, James hat mir geschrieben, dass ein paar da waren, als er morgens zur Arbeit gefahren ist. Sie wollten mit ihm reden, aber natürlich hat er das abgelehnt.«

»Nett von ihm.«

»Selbstverständlich! Wir sorgen uns alle um dich.«

»Es ist sehr freundlich von euch, aber ich sollte jetzt nach Hause gehen.«

»Du darfst gern länger bleiben, wenn du möchtest. Ich finde die Vorstellung furchtbar, dass du ganz allein zu dem Haus zurückgehst. Und ich weiß nicht mal, ob der Klempner schon da war. Warte, ich schreibe ihm.«

»Nein, schon gut. Ich gehe jetzt hin.«

»Trinkst du wenigstens noch einen Kaffee mit mir?«

Sie hakte mich unter und führte mich in die Küche. Dabei zog sie mich ein wenig näher zu sich und ging ein bisschen schneller, als mir angenehm war. Es war das erste Anzeichen, dass sie fürchtete, beim Kopieren der Mappe ertappt zu werden, und panisch überlegte, wie sie die Unterlagen zurück ins Gästezimmer schaffte. Ich spielte mit. Bisher hatte ich sie noch nie hilflos erlebt.

Während sie Kaffee machte, schwiegen wir. Sie mahlte Kaffeebohnen und füllte sie in eine moderne Espressokanne, verblüffend ähnlich der, die Dan kürzlich für uns gekauft hatte. Dann schäumte sie Milch auf. Alles geschah lässig und ruhig. Hin und wieder lächelte sie mir zu.

»Sie überlegt, wie sie die Mappe wieder zurückschmuggelt«, sagte Eliza.

Jap, tut sie, dachte ich.

Sasha entschuldigte sich mit den Worten »Bin gleich wieder da«, nachdem sie uns eingeschenkt hatte. Ich blieb still sitzen und lauschte aufmerksam auf das Knarren ihrer Schritte auf der Treppe. Ich glaubte, sie nach oben gehen und wieder herunterkommen zu hören. Als sie in die Küche zurückkehrte, lächelte ich ihr zu. Wir machten Konversation, doch es war

banal, als würde uns beiden bewusst, wie wenig wir uns kannten.

Schließlich ging ich nach oben, wo die Mappe neben dem
Bett unter dem Wasserglas lag. Vermutlich hatte Sasha sie so
vorgefunden. Sie hatte das Glas sogar wieder genau auf den
trockenen Wasserring auf der Pappe gestellt.

Ich sah eine Weile stumm hin, bevor ich die Mappe an mich
nahm. Offensichtlich war es Sasha sehr wichtig, dass ich nicht
erfuhr, was sie getan hatte.

XIV

Carol Bewley bemerkt das Ausmaß deiner Abschürfungen und Prellungen, als sie dich Stunden nach Ankunft der Polizei zum Duschen nach oben bringt. Die Suche nach Teddy hat längst begonnen.

»Können Sie mir ihre Sachen geben?«, hörst du Karen, die Opferbeauftragte, vom Flur fragen, als du ausgezogen wirst.

»Warum?« Carols Stimme ist harsch. Eines ihrer Kinder wird vermisst, und in diesem Stadium beschützt sie das andere mit der Verbissenheit eines Wildtiers.

»DI Cartwright hat darum gebeten. Keine Sorge, es ist eine reine Routinemaßnahme.«

Carol blickt sich zur Badezimmertür um, und Unsicherheit flackert in ihren Augen auf. Sie sammelt deine Sachen auf und öffnet die Tür einen Spalt.

»Wunderbar«, sagt Karen. »Wenn Sie die bitte direkt für mich in diesen Beutel packen … Das ist prima.«

Carol schließt die Tür und dreht sich wieder zu dir. »Spring rein, Schatz.« Diese Worte hat sie schon unzählige Male zu dir gesagt, doch heute ist ihre Stimme belegter als sonst, als wäre ihr übel. Sie nimmt ein Handtuch von der Stange, setzt sich auf den Toilettendeckel und beugt sich vor. »Rein mit dir, Lucy«, wiederholt sie, weil du dich nicht gerührt hast. Sie hebt den Kopf, um dich anzusehen, doch ihr Blick verharrt auf deinen Oberschenkeln. »Was ist mit deinen Beinen passiert?«, fragt sie. »Woher hast du diese Stellen?«

Deine Schenkel sind von Flecken übersät. Du erinnerst dich, wie du Teddy zum Versteck getragen hast und seine Schuhe gegen deine Beine schlugen.

»Kein Wort darüber«, befiehlt Eliza.

»Weiß ich nicht«, antwortest du. Carol öffnet den Mund, und du wartest ängstlich, hast Angst, dass du die Wahrheit nicht für dich behalten kannst. Dann jedoch schließt sie den Mund wieder, hält sich das Handtuch vors Gesicht und schluchzt hinein. Es fühlt sich an, als hätte sich ein Rollladen geschlossen.

Du steigst in die Dusche und machst die Tür zu.

Das Wasser läuft. Das Badezimmerfenster zum Garten nach hinten steht weit offen. Auf dem ausgetrockneten Rasen geht dein Dad auf und ab, und DI Charlie Cartwright lehnt an der Hauswand im Schatten. Er spricht leise mit deinem Dad über das, was bereits getan wird und noch folgen soll.

Beide Männer schauen auf, als über ihnen ein Hubschrauber erscheint, der ihre Unterhaltung übertönt. Für Carol, die direkt unter dem Fenster sitzt und immer noch das Gesicht im Handtuch vergraben hat, fühlt es sich an, als seien die Rotorblätter in ihrem Kopf und zerhackten die Normalität in so kleine Stücke, dass sie sich nie wieder in eins fügen lässt.

Für dich in der Duschkabine, wo das Wasser auf dich niederprasselt und den Feuergeruch fortspült, ist der Hubschrauber ein zusätzlicher Lärm. Die Kakofonie umhüllt und überwältigt dich. Du hockst dich hin und hältst dir die Ohren zu, bis sie verebbt.

Du bist nicht sicher, wie viel Zeit vergeht, bis deine Mum die Duschkabinentür öffnet und nach drinnen greift, um das Wasser abzudrehen. Es kommt dir wie eine Ewigkeit vor, und inzwischen zitterst du am ganzen Leib wie ein Blatt in starkem Wind.

29

»Siehst du die Lücke in unserer Hecke, gleich rechts von der Pergola?«, fragte Sasha und zeigte zu dem Punkt in ihrem Garten. »Die ist größer, als sie aussieht. Wenn du da durchgehst, kommst du in Barrys und Vis Garten. Geh an ihrem Gemüsegarten vorbei und quer über Bens und Kates Rasen vorn, dann solltest du dich durch die Hecke auf euer Grundstück schleichen können, ohne dass die Journalisten dich sehen.«

Ich schaute sie an.

»Manchmal besuchen wir uns gegenseitig auf dem Weg«, sagte sie. »Wenn wir grillen oder so. Es ist kürzer, als die Einfahrten rauf- und runterzulaufen.« Sie zuckte mit den Schultern. »Ich schreibe Vi und Kate, dass du kommst, damit keiner die Polizei ruft.«

Ich quetschte mich durch die Lücke, wie sie es mir gesagt hatte.

Vis und Barrys Garten war bei Weitem nicht so gepflegt wie der von James und Sasha. Ich fand mich neben vier Hochbeeten für Gemüse wieder, die vom eigentlichen Garten durch Spalierobstreihen abgetrennt waren. Die Beete waren mit alten Eisenbahnschwellen eingerahmt und von Kies umgeben, der unter den Füßen knirschte. In einer Ecke türmte sich abgemähtes Gras in einem improvisierten Kompostbehälter aus alten Paletten. Das Gewächshaus stand kaum noch, obwohl drinnen offensichtlich jemand arbeitete, denn auf den Tischen sah sie ordentlich aufgereihte Saatschalen.

Der restliche Garten war Rasen, akzentuiert von mehreren blühenden Bäumen. Bisher war das Gras noch nicht gemäht worden, sodass meine Füße bis zu den Knöcheln darin versanken. An einem der Fenster unten stand Vi und reckte beide Daumen in die Höhe. Anscheinend hatte sie Sashas Textnachricht gesehen.

Bens und Kates Garten war viel kleiner und ging einmal um ihr Haus. Ihre Stellplätze waren leer. Überall auf dem aufgewühlten Rasen waren Spielsachen verteilt, außerdem gab es Fußballtore und ein Spielhaus. Neben einem heruntergekommenen Trampolin sah ich eine Stelle, an der ich durch die Grenzhecke schlüpfen konnte, sodass ich endlich in meinem Garten ankam, gegenüber dem Küchenfenster. *Das ist sehr viel näher an der Stelle, an der ich den Mann gesehen habe*, dachte ich und eilte um das Haus herum.

In der Einfahrt parkte DS Brights Wagen. Sie saß auf dem Fahrersitz und blickte zu mir. Wir starrten einander an. Ich hatte ein schlechtes Gewissen, als wäre ich bei etwas Verbotenem erwischt worden. Als ich mich ihr näherte, öffnete sie die Wagentür und stieg aus. Der Kies knirschte unter ihren Stiefeln.

»Ich habe letzte Nacht bei meiner Nachbarin geschlafen«, sagte ich. »Und ich wollte nicht, dass mich die Reporter nach Hause kommen sehen.« Mir war, als müsste ich es erklären.

»Verständlich.«

»Haben Sie Neuigkeiten?«, fragte ich. Wahrscheinlich hätte ich das als Erstes sagen sollen.

»Leider immer noch nicht, aber ich würde Sie gern etwas fragen. Darf ich kurz mit reinkommen?«

Sie folgte mir zur Haustür. Neben ihr stapelten sich Pakete, die an mich adressiert waren. Zwei davon hatten Verlagsaufkleber, daher wusste ich, dass es Belegexemplare meiner Bücher sein mussten. Ich zog sie nach drinnen. Bei den beiden anderen Paketen war kein Absender zu erkennen. Ich wollte sie nicht anfassen, weil ich fürchtete, dass sie von Eliza-Fans sein könnten.

»Stimmt irgendwas nicht?«, fragte DS Bright. Sie beobachtete mich.

»Doch, alles gut.«

»Wollen Sie diese Pakete auch nach drinnen haben?«

Wollte ich nicht, aber noch mehr fürchtete ich mich davor, paranoid zu erscheinen.

»Klar«, sagte ich. »Vielen Dank.« Wenigstens musste ich sie so nicht selbst berühren. »Schwer!«, konstatierte sie, als sie eines anhob. Sie stellte es auf dem Dielenboden ab, und in meiner Fantasie sickerte Blut an den Kanten hervor und bildete eine Lache. Eilig ging ich voraus in die Küche und schaltete den Wasserkocher ein.

DS Bright setzte sich an den Tisch. Ich reichte ihr Tee in Dans Becher, schwarz, weil keine Milch im Haus war, und nahm ihr gegenüber Platz. Mir fiel auf, dass ich die Hände geballt hatte, und ich schlang sie um meinen Becher. An der unverbundenen Hand verfärbten sich die Fingerknöchel von

Weiß zu Rot. Der Verband an der anderen Hand war schmutzig von meinem Ausflug in den Wald.

» Wir sind dabei, die Handydaten und die Social-Media-Accounts Ihres Mannes zu überprüfen «, sagte DS Bright, und ich nickte. Ich wusste bereits, was sie taten, denn Eliza folgte dem korrekten Prozedere in all meinen Büchern. Doch das sollte ich jetzt lieber nicht erwähnen.

» Gute Entscheidung «, murmelte Eliza. » Detectives halten sich stets für die Klügsten im Raum. «

Ich bemühte mich, nicht zu schmunzeln, und konzentrierte mich auf ein Medaillon an DS Brights Halskette, damit sie nicht an meinen Augen erkannte, dass ich amüsiert war.

» Das ist gut «, sagte ich.

» Was ich mich frage, ist, warum Sie meinen Officers nicht gleich gesagt haben, dass Ihr Mann verschwunden ist. «

» Habe ich «, antwortete ich.

» Nein, haben Sie nicht. Sie waren einige Zeit hier bei Ihnen, und Sie hatten nichts gesagt. «

» Nun, er war ja noch nicht lange weg. Und ich war ohnmächtig geworden, als sie mir von dem Wagen erzählt haben. Man kann Leuten nichts erzählen, wenn man bewusstlos ist. «

» Nachdem Sie wieder bei Bewusstsein waren, haben Sie noch eine Stunde mit ihnen verbracht, im Streifenwagen und im Krankenhaus, bevor Sie ihnen erzählt haben, Sie glaubten, dass Dan verschwunden ist. Ich frage mich lediglich, warum diese Verspätung, da Sie ja bis dahin wussten, dass der Wagen ausgebrannt vorgefunden wurde. Und Sie hatten ausgesagt, dass Ihr Mann mit dem Wagen weggefahren war. «

»Ich hatte eine Gehirnerschütterung und konnte nicht klar denken.«

Sie blinzelte und deutete ein Nicken an. Ansonsten verzog sie keine Miene. Natürlich wartete sie, dass ich mehr sagte, doch ich war nicht so dumm, krampfhaft die Stille zu füllen. Es war der älteste Trick, und Eliza hatte ihn schon oft benutzt.

DS Bright trank ihren Tee und ich meinen. Ich bemühte mich, cool zu bleiben. Als sie den Becher abstellte, sagte sie: »Das ist ein guter Tee, danke. Gibt es noch einen anderen Grund, warum Sie sich so verhalten haben könnten?«

Ich wusste nicht, was ich sagen sollte. Mir wollte nichts einfallen, und Eliza übernahm. »Hören Sie«, sagte sie zu DS Bright, »ich bin jemand, den die Leute beobachten, ich bin bekannt. Daher passe ich auf, dass ich keine Schlagzeilen produziere, bevor die Fakten klar sind.«

»Ich hätte gedacht, wenn Sie Ihre Bekanntheit nutzen, könnte uns das bei der Suche nach Daniel helfen.«

»Kann es auch. Gewiss sind Sie auf dem Weg hierher an Journalisten vorbeigekommen.«

»Bin ich.«

»Und wir beide wissen, dass sie sowohl eine Hilfe als auch eine Behinderung sein können.« Ich wollte, dass Eliza aufhörte zu reden. Sie klang zu forsch. Zwar wollte sie mich schützen, doch ich hatte Angst, dass sie zu weit gehen könnte.

DS Bright lächelte vorsichtig. »Verstehe.« Mein veränderter Tonfall entging ihr nicht, das sah ich.

»Ich habe nachgedacht«, sagte sie. »Sie haben neulich gesagt, dass Sie glaubten, Dan könnte verschwunden sein, damit Sie sich Sorgen machen.«

Ich bejahte. »Es ist eine Art Spiel zwischen uns. Falls Sie verstehen, was ich meine.«

»Die Sache ist die: Verschwinden scheint mir eine recht extreme Maßnahme ... für ein Spiel.«

Ich wurde verlegen, weil ich manchmal unsicher war, was extrem war und was normal. Dan war ja der einzige Mann, mit dem ich je zusammen gewesen war. Deshalb versuchte ich, es abzutun. »Sie wissen ja, wie Paare sind.«

Sie neigte den Kopf erst zur einen, dann zur anderen Seite, als würde sie meine Worte abwägen und zu dem Schluss gelangen, dass sie nicht überzeugend waren. »Gibt es noch andere Spiele, von denen Sie mir erzählen können?«

Ich dachte an das eine Mal, als Dan mich glauben machte, ich hätte eine Verabredung zum Mittagessen vergessen. Ich arbeitete am Entwurf eines frühen Eliza-Buches, als er anrief.

»Ich bin im Restaurant, wo zur Hölle steckst du?«

»Oh nein, ich dachte, das ist morgen!«, sagte ich.

Er hatte es arrangiert, damit wir einen Lizenzvertrag feiern konnten. Wir wollten in ein französisches Restaurant gehen, weil ein französischer Verlag die Rechte an einem weiteren Eliza-Buch gekauft hatte. Ich raste hin, kam verschwitzt, atemlos und schuldbewusst dort an.

»Kannst du dir denn gar nichts merken?«, hatte er gefragt.

»Es war morgen«, sagte ich. »Da bin ich mir sicher.«

»Kann sein. Es ist dein Buch-Deal, den wir feiern, also weißt du es wohl am besten.«

Zu Hause hatte ich in den Kalender gesehen. Etwas am nächsten Tag war dick durchgestrichen und unmöglich zu entziffern. Es könnte ein Beweis gewesen sein, dass ich recht hatte und Dan unrecht, aber das würde ich nie erfahren. War das ein Spiel? Es hatte sich jedenfalls angefühlt, als würde mit mir gespielt.

DS Bright räusperte sich. Sie wartete auf meine Antwort. Eliza sprach für mich.

»Nein«, sagte sie.

Als DS Bright gegangen war, öffnete ich eines der Pakete in der Diele. Ich wollte es nicht, aber es zu öffnen war besser, als es hochzuheben, ohne zu wissen, was darin war. Ich hielt den Atem an, als ich das Klebeband mit einem Messer aufschlitzte. Im ersten Paket war ein üppiger Blumenstrauß in einer Vase. Der Duft war unangenehm stark. Es lag keine Nachricht bei. In dem anderen Paket war ein Präsentkorb. Zwischen den Sachen darin steckte ein kleiner Umschlag. Ich öffnete ihn mit zitternden Händen.

Liebe Lucy, ein paar Leckereien, um Dich während der Überarbeitung bei Kräften zu halten und Eliza zurück im Buch willkommen zu heißen! Wir können es kaum ERWARTEN, es zu lesen. Von Angela und dem Team Lucy xxxx

Sie mussten das losgeschickt haben, bevor sie erfuhren, dass Dan vermisst wurde. Ich nahm an, die Blumen kamen auch von ihnen.

Mein Handy summte, und die Nummer meines Verlags leuchtete auf. Ich nahm das Gespräch an.

»Lucy, hi, hier ist Noah Cole. Ich leite die PR bei Munhall-Shone. Angela hat mich gebeten, dich anzurufen.«

Er klang warmherzig und sagte nette Dinge über mich und meine Bücher, bevor er zum Eigentlichen kam.

»Wir hatten ein Meeting, wie wir weiter verfahren, und wir sind uns alle einig, dass es das Beste für dich wäre, einem sorgfältig ausgewählten Sender ein Interview zu geben, in dem du kurz etwas zu Dans Verschwinden sagst und ein oder zwei Fragen beantwortest, die wir vorher mit ihnen abstimmen. Wegen deines Profils sollten wir die freie Wahl haben, was den Interviewer angeht, also wird es jemand sein, mit dem du dich wohlfühlst. Und im Idealfall sollte es so bald wie möglich sein. Wie klingt das?«

Er hörte mein Zögern. Ich hatte das Gefühl, aktiv mit der Außenwelt in Kontakt zu treten, käme einem Sprung in eine Schlangengrube gleich. Andererseits glaubte ich nicht, dass irgendeine andere Option besser wäre. Wahrscheinlich schuldete ich Noah vollkommene Offenheit bezüglich dessen, was die Medien entdecken könnten, wenn sie Nachforschungen über mich anstellten, aber das würde nicht geschehen.

»Ich möchte dir versichern, dass wir uns sicher sind, auf diese Weise alles bestmöglich beruhigen zu können und deine Botschaft nach draußen zu bringen, in deinen eigenen Worten. Wir helfen dir bei der Vorbereitung für das Interview, schreiben dir den Text für dein Statement und deine Antworten. Alles, was wir kontrollieren können, werden wir kontrollieren. Es könnte helfen, Dan zu finden. Ist dir bewusst, dass auf den Social Media wie verrückt Hashtags auftauchen?«

»Nein«, antwortete ich. Mir wurde schlecht. »Was für welche?«

»#WoistDanHarper trendet. Wir haben auch recht viele Erwähnungen von Dan unter dem Hashtag #internetschnüffler. Deshalb halten wir ein Interview für die beste Vorgehensweise. So machen wir die Botschaft zu unserer. Deiner.«

»Okay«, sagte ich, obwohl ich bei seinen Worten total nervös wurde. »Ich mache es.«

»Wie ist die Lage bei dir? Hast du Reporter vor der Tür oder Anrufe?«

»Es sind einige am Ende meiner Straße.«

»Okay. Die werden in diesem Stadium wohl von der Lokalpresse oder den Boulevardblättern sein. Rede nicht mit denen. Wir kümmern uns so schnell wie möglich darum. Ich melde mich, sobald ich mehr berichten kann.«

Nach dem Anruf war ich beunruhigt. Mir war klar, dass wir versuchten, die Lage im Griff zu behalten, doch dass sich jemand anders kümmerte, bescherte mir das übliche elende Gefühl von Machtlosigkeit.

Ich trug den Präsentkorb in die Küche und riss eine Packung Schokoladenkekse auf. Sie waren köstlich. In dem Korb war genug Essen für den Tag, dachte ich. Also musste ich nicht raus.

Ich griff nach meiner Jacke, die ich über den Küchenstuhl gehängt hatte. Dans Uhr fiel heraus und auf den Fußboden. Ich hob sie auf und sah, dass das Glas des Ziffernblatts einen Sprung bekommen hatte. »Tut mir leid«, sagte ich. Dan wäre sehr wütend, wenn er es sähe. Eine Träne fiel auf das Glas und erbebte dort für einen Moment, ehe ich sie wegwischte.

»Bring sie raus«, sagte Eliza. »Und vergrab sie.«

Ich zog mir eine dickere Jacke an und setzte die Kapuze auf, bevor ich nach draußen ging. Es war stürmisch, und ich musste immerzu an die Fotografen denken, die sonst wo lauern könnten. Der abgeschiedenste Platz im Garten, außer Sicht vom Wald und von der Einfahrt aus, war seitlich vom Haus, nahe der Küchentür.

Ich wählte eine Stelle in einem matschigen Blumenbeet und grub mit beiden Händen ein Loch. Die Erde drang unter die Fingernägel und verdreckte meine Manschetten und den Verband. Ich legte die Uhr in das Loch und sah zu, wie die aufgehäufte Erde langsam zurückrutschte und sich von allen Seiten wie eine träge Flüssigkeit über der Uhr schloss. Ich schob noch mehr Erde darauf, damit es so aussah, als wäre nichts gewesen.

Zurück im Haus nahm ich den Verband ab und warf ihn weg. Ich wusch mir mehrmals die Hände, bis sie wund waren und die Wunden aufzuplatzen drohten. Dann hörte ich auf.

30

Jetzt war das Haus warm. Fast zu warm. Ich brachte die Blumensendung in die Küche und zog die Verpackung ab, jedoch nicht ganz. Ein Teil widersetzte sich.

Ich nahm an, dass der Klempner den Heizkessel repariert haben musste, auch wenn weder eine Nachricht noch eine Rechnung von ihm da war. Vielleicht würde Sasha mir die weiterleiten. Und ich musste mir meine Schlüssel zurückholen.

Doch zunächst holte ich mir die Mappe, weil ich wissen wollte, was darin so interessant war, dass Sasha es sich kopieren wollte. Ich schüttete den Inhalt auf den Tisch. Auf einem Blatt war eine Zeichnung, und mein Herz setzte kurz aus, weil ich sofort erkannte, dass sie das Bunkerinnere darstellte.

Für jeden anderen würde das Blatt in meinen Händen harmlos anmuten, darauf nur ein paar gerade Linien, die sorgfältig gezeichnet waren. Für mich hingegen war es die Erinnerung an einen ganz besonderen Raum, und es fühlte sich fast wie ein Angriff an.

Erinnerte Sinneseindrücke fluteten meinen Kopf. Ich sah die Stelle, an der ich ihn zurückgelassen hatte, fühlte das säuerliche Brennen von Holzrauch in den Nasenlöchern. Ich hörte Teddy weinen, aber nicht, als wir in dem Bunker waren. Das war früher gewesen, als wir durchs Dickicht hingingen. Als das Mondlicht durchs Laubdach linste und der goldene Feuerschein so unglaublich intensiv wurde.

Ich schloss die Augen, ermahnte mich zu atmen und blieb so, bis es vorbei war. »Gut«, sagte Eliza. »Gut gemacht.«

Als ich ruhig war, sah ich wieder auf die Zeichnung. Mir fielen die Unterschiede zwischen dem, woran ich mich erinnerte, und der Darstellung auf dem Papier auf. Die Zeichnung schien mir nicht ganz zu stimmen. Was vermutlich normal war, weil mein Gedächtnis schon in guten Momenten nicht richtig zuverlässig war. Trotzdem war ich mir sicher, dass der Fehler nicht bei mir lag. Wenn es eines gab, was ich wirklich gut gekannt hatte, tatsächlich bis in den kleinsten Winkel, war es der Bunker gewesen.

Ich sah mir die Zeichnung genauer an und bemerkte einige Textzeilen oben auf dem Blatt.

»Diese Zeichnung ist nur ein typisches Beispiel für einen dieser Bunker. Das Innere eines vermeintlichen Bunkers in Leigh Woods, der nicht untersucht wurde, weil der genaue Ort nicht entdeckt werden konnte. Örtliche Historiker schätzen, dass er von sich aus eingestürzt ist oder durch Tagebau beschädigt wurde.«

Also war es keine exakte Zeichnung. Was die Diskrepanzen erklärte. Ich war erleichtert. Wer das auch gezeichnet hatte, war nicht dort gewesen. Dan aber schon.

»Seine Uhr war dort. Du weißt nicht, ob auch er es war«, sagte Eliza. Sie interpretierte nicht voreilig, sondern ging Beweise Schritt für Schritt an. Das war einer der großen Unterschiede zwischen uns.

Aber ich glaubte zu wissen, dass Dan dort gewesen war. Ich hatte seine Präsenz gespürt. Und es hatte mich nicht überrascht. Er war schon lange besessen von Teddys Verschwinden.

Das erste Mal hatte ich Dan von meinem Bruder erzählt, als ich betrunken war. Es waren berauschende, schwindelerregende Tage gewesen. Zu der Zeit flirteten wir noch, doch die Dinge waren schon so weit fortgeschritten, dass wir anfingen, private Anekdoten auszutauschen, uns Informationsbröckchen wie sorgsam ausgewählte kleine Geschenke anzubieten. Die sie wohl irgendwie auch waren. Quid pro quo. Wir begannen so, wie wir weitermachen wollten.

Dan und ich hatten uns in seiner Wohnung betrunken. Er hatte über sein Schreiben geredet, über seine Experimente, die früheren und die geplanten, mit narrativen Stimmen und Stilen. Wir lagen nebeneinander auf der Couch, und ich schob meine Hand auf seine Rippen, sodass ich seinen Herzschlag fühlte, während er begeistert von seinen Versuchen mit der Erzählinstanz, einem allwissenden Erzähler, magischem Realismus und Bildungsroman sowie einem Roman im Stil des Bewusstseinsstroms erzählte, an dem er gerade arbeitete. Er sprach in langen Absätzen, streute Bezüge zu Autoren ein, deren Namen ich nicht kannte, aber glaubte, kennen zu sollen.

Ich war voller Bewunderung angesichts seiner Leidenschaft und seiner offenen Liebe zu dieser Zunft. Und ich wollte ihn beeindrucken. Ich hatte eine Menge getrunken, und meine Fantasie schlug vor, dass ich ihm von Teddy erzählen sollte.

»Tu es nicht«, sagte Eliza. »Lass es.«

Doch ich fing an, ihm meine Geschichte zuzuflüstern, und fühlte, wie sein Herzschlag schneller wurde, obwohl er vollkommen still dalag. Als ich fertig war, setzte er sich auf. Mir wurde schlagartig kalt, wo sein Körper eben noch an meinen gepresst gewesen war.

»Oh Gott«, sagte er. »Ich habe so viele Fragen! Das ist unglaublich.« Er hatte einen gierigen Ausdruck in den Augen.

»Du darfst es keinem erzählen«, sagte ich.

»Nein, natürlich nicht. Aber ... wow!«

Ich hatte das unschöne Gefühl, dass meine Story für ihn wie ein billiger Reißer war. Was mich verstörte, weil ich mir von meiner Enthüllung mehr Vertrautheit versprochen hatte. Ich versuchte, mich wieder an ihn zu schmiegen und jede Nüchternheit und Enttäuschung zu verdrängen, doch Dan war in Gedanken schon ganz woanders.

»Was hast du denn erwartet?«, fragte Eliza hörbar enttäuscht.

Jahre später, in den Nachwehen eines weiteren Abends mit zu viel Alkohol, weil wir uns mit Max getroffen hatten, um meinen ersten Buchvertrag zu feiern, wachte ich auf und sah Dan mit freiem Oberkörper und einem Frühstückstablett an der Schlafzimmertür stehen. Er starrte mich an. Milchiges Morgenlicht ließ seine schmalen, leicht gebeugten Schultern blasser wirken. Ich setzte mich im Bett auf und bedeckte hastig meine Brüste. Die schienen im Vergleich zu seiner hohen, langgliedrigen Statur immer irgendwie riesig und fast obszön üppig anzumuten. Ich wünschte, ich wäre zuerst aufgewacht und hätte Zeit gehabt, mich zu schminken.

Er hatte mir Kaffee und Toast gemacht. Das war neu. Er stellte das Tablett auf meinen Nachttisch und stieg zurück zu mir ins Bett. Ich biss in den Toast. Weißes Schnittbrot, in der Mitte von warmer Butter getränkt, mit der hefigen Schärfe von Marmite, die auf meiner Zunge brannte, und einer knusprigen Kruste. Eine unendliche Köstlichkeit. Er beobachtete mich beim Essen, und ich verteilte Krümel im Bett. Dan trank schwarzen Kaffee.

»Du solltest über Teddy schreiben«, sagte er.

»Niemals!«

»Doch, ich meine es ernst. Das solltest du wirklich. Es ist ein unglaublicher Stoff. Und jetzt, wo du eine Plattform hast, wird es eine Menge Aufmerksamkeit bringen.«

Er strich mir mit den Fingern über die Wange. Ich hatte nicht damit gerechnet, dass er mich berührte, schlug seine Hand energischer weg, als ich sollte, und stieg aus dem Bett. Dabei wickelte ich mir die Bettdecke um und fegte versehentlich den Teller mit Toast und den Kaffee vom Nachttisch. Dunkle Flüssigkeit spritzte überallhin. Welche Krimiautorin, selbst ein Neuling wie ich, würde das nicht für einen kurzen Moment als Blut sehen?

»Holla!«, sagte Dan und hob beide Hände.

»Dass Teddy in dem Bunker war, ist ein Geheimnis, und ganz egal, was passiert, das bleibt es auch«, sagte ich. Oder vielleicht war es Eliza. Manchmal war es schwer zu sagen, wann das angefangen hatte.

»Hey, entspann dich.« Er rückte über das Bett zu mir, und ich wich zurück.

»Fass mich nicht an!«

»Habe ich nicht vor.«

Im Bad kotzte ich den Toast aus. Er hielt mein Haar nach hinten, während ich über die Toilettenschüssel gebeugt war. Jedenfalls glaubte ich, dass er es tat. Aber es könnte auch ein anderes Mal gewesen sein.

Wieder sah ich zu der Zeichnung und stellte mir vor, wie Dan sie studierte. Ich ging alle anderen Papiere durch, fand jedoch nichts, was herausstach. Nur trockene, historische Fakten. Abgesehen von der einen Zeile über die Sterblichkeitsrate der Männer, die diesen Ort genutzt haben könnten. Die war gar nicht trocken. Man kalkulierte, dass sie ungefähr zwölf Tage überlebten.

»Pack das weg«, sagte Eliza. Sie klang müde.

»Spielt Dan mit mir?«, fragte ich sie. »Warum hat er diese Sachen?«

»Ehrlich, du musst aufhören, dich zu quälen«, antwortete sie. »Ruh dich aus. Versuch, dich zu beruhigen. Du tust dir keinen Gefallen.«

Mein Handy klingelte. Es war wieder DS Bright. Es kam mir vor, als würde sie mich verfolgen.

»Nur ganz kurz«, sagte sie. »Eine Frage, wenn es Ihnen nichts ausmacht.«

»Ist gut.«

»Wer sind die Fachleute, von denen Sie sich beraten lassen, wenn Sie für Ihre Romane recherchieren?«

Ich zählte sie auf: den Detective Inspector im Ruhestand, die beiden Forensiker, den Richter, den Vollzugsbeamten, den Kampfsportexperten, den Professor für Pharmakologie und die Ausstatter für Tatortreiniger. Es war sinnlos, einen von ihnen auszulassen, weil ich mich hinten in meinen Büchern bei ihnen allen bedankte.

»Lügen wäre witzlos gewesen«, sagte ich hinterher zu Eliza.

»Stimmt«, sagte sie.

»Hoffentlich sieht sie sich meinen Suchverlauf im Internet nicht an.« Ich lachte. Es war ein Standardwitz unter Krimiautoren. Aber Eliza schwieg. Sie war abermals weg. Und ich wusste nicht, was schlimmer war – dass sie mit mir spielte oder dass Dan es tat.

XV

» Wer ist Eliza?«, fragt Charlie zum zweiten Mal. Die Terras-
sentüren sind offen, aber es weht kein Wind. Alles ist heiß und
starr. Du hast dich an das Hundegebell aus dem Wald gewöhnt. Sie suchen nach Teddy.

» Sollen wir nicht mal eine Pause machen?«, fragt Karen. Sie
sitzt in der Ecke und fächelt sich mit einem Briefumschlag Luft
zu. Ihre Wangen sind gerötet.

Charlie beachtet sie nicht. Du bist es leid, mit ihm zu reden. Es ist so schwer, ihn zufriedenzustellen. Er will Geschichten, aber anscheinend kannst du ihm nicht die richtige erzählen.

» Was glaubst du, wo Teddy ist?«, fragt er. Noch eine Frage,
die er bereits gestellt hat. Du denkst, dass du ihn hasst.

Du rutschst tiefer in den Sessel. Wäre dein Dad hier, würde
er dir sagen, du sollst dich gerade hinsetzen. Bisher hast du dir
bei Charlie alle Mühe gegeben, hast versucht, so hilfreich wie
möglich zu sein, und ihm alles erzählt, was Eliza dir erlaubt
hat. Du weißt nicht, was du noch sagen kannst.

» Willst du ihm vielleicht noch mal von den Geistern erzählen?«, schlägt Eliza vor.

In der Zimmerecke dreht sich langsam ein Ventilator. Er ist laut. Du siehst hin und gähnst.

»Komm schon«, sagt Eliza. »Erzähl es ihm, dann lässt er dich gehen.«

»Ich glaube, ich weiß, wo Teddy ist«, sagst du und wendest den Blick vom Ventilator ab und Charlie zu. Er sieht so erhitzt und müde aus, wie du dich fühlst.

»Aha?« Charlie nickt. Er schaut dich an, als würde er dich unter einem Mikroskop untersuchen. Und er blinzelt kaum, wie ein Krokodil. Seine Augen gucken direkt in dich hinein. Du willst nur noch in dein Zimmer, dich mit einem Buch aufs Bett legen und in einer anderen Welt verlieren. Und wenn du ausgelesen hast, haben die Hunde Teddy vielleicht im Wald gefunden.

»Der Feenkönig hat ihn mitgenommen!«, sagst du. Für dich und Eliza ist es offensichtlich. Ihr habt ausgiebig darüber gesprochen. Zur Sommersonnenwende kommen die Geister heraus zum Spielen, wechseln von ihrer Welt in unsere und wieder zurück. Sie müssen Teddy mitgenommen haben.

Charlie nimmt seine Brille ab und kratzt sich mit dem einen Bügel an der Stirn, bevor er sie wieder aufsetzt. Dann blickt er hinüber zu Karen.

»Ich denke, wir sind hier erst mal fertig«, sagt er.

»Die Geisterwelt ist sehr schön«, ergänzt du. Am Rande deines Sichtfelds sind Sprenkel von Mondlicht.

Charlie atmet aus, als wäre ihm schlecht, und verlässt das Zimmer, ohne dich anzusehen.

Du schämst dich. Wieder.

31

Das Fernsehinterview fand am Sonntagvormittag in meiner Küche statt. Ich fühlte mich überfahren. Erst am Abend zuvor hatte man mir den Termin genannt.

Noah traf als Erster ein und brachte ein Skript für mich mit – ein kurzes Statement zu Dans Verschwinden. Ich probte es mit ihm, hatte aber Probleme, mich zu konzentrieren. Immer wieder verhaspelte ich mich und konnte mir den Text einfach nicht merken. Die Ankunft der Crew lenkte mich zusätzlich ab.

»Du machst das super«, sagte Noah immer wieder. Ich fand, dass er nervös wirkte, und als sie vorschlugen, dass ich mich umzog – »Wir möchten sicher sein, dass du als nahbar wahrgenommen wirst« –, stand ich vor dem offenen Kleiderschrank in meinem Schlafzimmer und konnte an gar nichts denken, am allerwenigsten an ein Outfit.

»Der Hosenanzug«, sagte Eliza.

»Kein Kleid?«

»Nicht das, an das du denkst. Auf keinen Fall.«

Ich zog mich so an, wie sie es sagte. Als ich nach unten kam, waren Noah und seine Assistentin einverstanden.

Die Frau, die mich interviewen sollte und die ich aus dem Fernsehen kannte, war hier in meinem Haus. Ihr Name war Cathy Coates. Alles schien unwirklich. »Wir haben einige Strippen gezogen, um sie zu bekommen«, hatte Noah mir am Telefon erzählt. »Sie ist ideal.«

Cathy schüttelte mir die Hand. Ihre war wunderschön maniküre. Noah sagte mir, ich solle meine Hände gefaltet auf dem Schoß halten. Er zeigte mir, wie ich es so anstellte, dass meine Verletzungen nicht zu sehen waren. Inzwischen war die Zuversicht, die er bei seiner Ankunft ausgestrahlt hatte, ein wenig verblasst. Es kam mir vor, als würde ich sie ihm aussaugen. Wie ich das verändern sollte, wusste ich nicht.

»Das mit Ihrem Mann tut mir so leid«, sagte Cathy Coates. »Und ich liebe Ihre Bücher.« Um ein Haar hätte ich im Reflex gesagt: »Ich liebe Sie«, konnte mich aber gerade noch bremsen. Das Licht war scheußlich grell, und ich verlor den Überblick, wie viele Menschen im Raum waren. In der dunklen Kameralinse spiegelte sich eine verzerrte Version von Cathy und mir. Ich konnte mein Atmen hören. Es war flach und zu schnell. Sie klemmten mir ein kleines Mikrofon an, und ich befürchtete, der Tontechniker könnte meinen rasenden Herzschlag hören. Noah lächelte mir von hinter der Kamera aufmunternd zu, dabei wirkte er besorgter denn je, ebenso wie seine Assistentin. Mein Mund war ausgetrocknet. Leute versicherten mir immer wieder, wie tapfer ich sei und wie großartig ich mich hielte. Ich wiederum versuchte, ihnen zu versichern, dass es mir gut ging, obwohl ich immer panischer wurde. Es fiel mir schwer, meine Hände so ruhig zu halten, wie ich sollte.

Um uns herum arbeiteten viele Leute, die überall kleine Korrekturen vornahmen, sodass ich nicht wusste, wohin ich sehen oder wie ich mich auf die Worte konzentrieren sollte, die von mir erwartet wurden. Plötzlich wurde mir klar, dass ich dies hier nicht konnte. Ich musste es abbrechen. Als ich nach dem Mikrofon griff, um es mir abzureißen, sagte jemand »Action« und Cathys Haltung veränderte sich für die Kamera. Eliza übernahm.

Sie sagte unsere Rede fehlerfrei auf und vermittelte das perfekte Maß an Besorgnis.

»Was möchten Sie Dan sagen, falls er jetzt zuhört?«, fragte Cathy Coates. Sie sah mich sehr aufmerksam und freundlich an.

»Dan, falls du zuhörst, bitte komm nach Hause oder melde dich und lass mich wissen, dass es dir gut geht«, antwortete Eliza. »Ich sorge mich um dich. Du fehlst mir.«

Auch die übrigen Fragen beantwortete sie tadellos, und am Ende hatte Cathy Tränen in den Augen. »Vielen Dank, dassSie in dieser schweren Zeit mit uns gesprochen haben«, sagte sie, als sie ihr Mikrofon abnahm. »Ich hoffe, es nützt etwas.«

Die Studiolampen erloschen. Noah sah mich an und reckte den Daumen.

Dann war es vorbei, alles eingepackt, und die Leute verschwanden so schnell, wie sie gekommen waren. Ich war allein, ohne jemanden, der mich erdete. Das leere Haus umschlang mich förmlich.

»Danke«, sagte ich zu Eliza.

»Das war knapp. Du warst nicht in der Verfassung, das

selbst zu machen«, erklärte sie. »Und ich bin immer für dich da. Das weißt du.«

Zu gern wollte ich ihr so bedingungslos glauben wie früher.

32

Den Rest des Sonntags wusste ich nicht, was ich tun sollte. Ich schaltete den Fernseher ein, mied jedoch sicherheitshalber die Nachrichten. Ich schaute mir mehrere Folgen einer Sendung an, in der Innenarchitekten gegenseitig ihre Arbeiten zerfleischten, aber beleidigt waren, wenn sie selbst kritisiert wurden. Was für ein unglaubliches Selbstvertrauen dieser Schöpfer, der Macher der Welten hatte, dachte ich. Ich schaltete aus, weil ich an Dan denken musste.

Auch wenn ich wusste, dass es ein Fehler war, online zu gehen, tat ich es. Ich brauchte dringend Ablenkung. Zwar mied ich die Social Media, konnte indes nicht der Eliza-Fanseite widerstehen. Sie quoll praktisch über vor Kommentaren. Die Sofadetektive waren aus sämtlichen Ritzen gekrochen.

Seht in die Bücher, hatte einer geschrieben. Die Hinweise auf das, was mit ihm passiert ist, müssen da drin sein. Die Wahrheit, die sich aus der Fiktion nährt?

Was für ein Zufall!, schrieb jemand anders. Der Ehemann der Krimiautorin verschwindet!!

Ist das ein Fall von »schreib was du kennst« oder »tu was du schreibst«?

Ich frage mich, ob sie noch schreiben kann, wenn sie im Gefängnis sitzt? Wo Fantasie auf Realität trifft, hatte MrElizaGrey geschrieben. Für die meisten Menschen wäre es beim ersten Lesen kryptisch gewesen, nicht aber für mich, denn »wo Fantasie auf Realität trifft« war eine Formulierung, die Dan dauernd benutzte, wenn er über das Schreiben sprach. Ich starrte die Worte auf dem Bildschirm an. Beim ersten Mal hatte ich die Ähnlichkeit als Zufall abgetan, doch jetzt war ich mir nicht mehr sicher. Postete Dan online als MrElizaGrey? Versuchte er, mit mir zu kommunizieren, weil er wusste, dass ich mich nicht von dieser Seite fernhalten konnte?

Das hier war er. Das spürte ich deutlich.

»Willst du reagieren?«, fragte Eliza.

»Worauf reagieren?« Doch während ich das sagte, hörte ich das Hämmern an der Tür.

Als ich öffnete, war der Mond hinter ihnen zu sehen. Ein Wolkenfetzen zog vor ihm vorbei, zart silbern und unglaublich fragil. Nein. Er war eine Erinnerung daran, dass Perfektion beschädigt sein kann. Nein, verdammt. Er zog schnell vorbei. Ja, das passt.

»Dürfen wir reinkommen?«, fragte DS Bright. Sie lächelte nicht, und ich bekam Angst. Es war zu spät für einen Routinebesuch.

Wir setzten uns an die Kücheninsel, und mir war, als würde jemand den Raum bis an den Rand mit Wasser füllen. Unsere Bewegungen verlangsamten sich, unsere Sprache wurde verzerrt, und es hätte mich nicht überrascht, wenn ich Blasen aus unseren Mündern hätte aufsteigen sehen. Trotzdem konnte ich dem Grund ihres Besuchs nicht entkommen, auch wenn ich nur Fragmente mitbekam.

Eine Leiche gefunden.

Forensische Untersuchung.

Vermutlich handelt es sich um.

Ihren Ehemann.

Wir wollten Sie warnen.

Es tut uns sehr leid.

Wir glauben, dass Ihr Mann ermordet wurde.

»Wo haben Sie ihn gefunden?«

»Auf dem Land, aber nicht weit vom Autobahnkreuz bei Easton-in-Gordano, also nur wenige Meilen von hier. Er war notdürftig nahe einer Hecke vergraben, die an ein Stück Wald dort grenzt. Eine Hundehalterin hat ihn entdeckt, als ihre Hündin weggelaufen ist.«

Was für ein entsetzliches Bild das war. Ein Hund. Zunge und Fell und das sich verlangsamende Schwanzwedeln, als das Tier erkannte, was es gerochen hatte. Das pochende Herz, die Geruchsrezeptoren, die schrien: »Tod!« Hatte er an Dan geleckt? Der Gedanke war unerträglich.

»Kann ich ihn sehen?«

»Es wäre sehr gut, wenn Sie ihn persönlich identifizieren könnten, aber nur, wenn Sie es wollen. Falls es Ihnen lieber ist, können wir ein Foto machen lassen.«

»Ich möchte ihn sehen«, antwortete ich, denn ich dachte, dass ich es sonst wohl nicht glauben würde.

XVI

Karen kommt nach oben in dein Zimmer.

»Was liest du?«, fragt sie.

Du zeigst ihr den Buchdeckel.

»Hmm«, sagt sie und zieht die aufgemalten Augenbrauen nach oben. »Ist das gut?«

Du nickst.

»Wovon handelt es?«

»Eigentlich nichts.«

Du magst Karen, aber dir ist nicht nach Reden. Immer wollen sie nur, dass du redest, aber anscheinend sagst du nie, was sie hören wollen. Leute sind böse auf dich geworden. Karen setzt sich am Fußende auf dein Bett, und du ziehst die Beine weiter an.

»Charlie und ich haben uns gefragt, ob Eliza weiß, was mit Teddy passiert ist«, sagt sie. »Meinst du, sie weiß es?«

Das ist nicht richtig. Andere dürfen nichts über Eliza sagen. Sie ist deine besondere Freundin, die andere ja nicht mal sehen können.

»Nein, weiß sie nicht«, sagst du.

»Redet sie viel mit dir?«

Du schüttelst den Kopf. Inzwischen weißt du, dass andere dich für verrückt halten, wenn du zugibst, dass Eliza immerzu mit dir redet.

»Was würdest du sagen, wie oft sie mit dir spricht?«

Du zuckst mit den Schultern. »Bloß manchmal.«

»Hat sie schon mal gewollt, dass du irgendwas tust, was du nicht möchtest?«

Du beißt dir auf die Lippe. Die Zähne zu spüren, ist eine gute Ablenkung.

»Lucy?«, fragt Karen. Je länger Teddy weg ist, desto ungeduldiger werden alle.

»Nein«, antwortest du.

»Deine Mum hat mir erzählt, dass Eliza manchmal ungezogen ist. Sie hat gesagt, dass Eliza Teddys neue Spielsachen kaputtgemacht hat, als er noch ein Baby war. Erinnerst du dich daran?«

»Jetzt ist Eliza nicht mehr ungezogen.«

»Nein?«

Du schüttelst den Kopf.

»Überhaupt nicht?«

Du hast begriffen, dass es nur zwei Arten gibt, aus diesen Gesprächen zu kommen. Entweder werden die Erwachsenen wütend und gehen weg, oder du wirst traurig wegen Teddy.

Weinen ist leicht, wenn du an ihn denkst und wie sehr er dich gemocht hat.

»Oh Lucy«, sagt Karen. Sie will dich in den Arm nehmen. Du wirst ganz steif, schubst sie aber nicht weg. Als du es das letzte Mal gemacht hast, hat sie dich angesehen, als hättest du ihr etwas Schreckliches erzählt.

»Teddy fehlt mir«, sagst du und weinst so, wie du deine Mutter weinen gehört hast, mit einem Heulen, das allen durch Mark und Bein geht.

33

Montagmorgen. Eine Woche seit Dans Verschwinden. Ich war schon vorher zu Recherchezwecken in einer Leichenhalle gewesen, aber das hier war anders. Diesmal war ich nicht Teil einer Gruppe von Fachleuten, sondern stand auf der anderen Seite, wurde umsorgt.

Es war furchtbar.

Ich ließ Eliza übernehmen.

Sie begleiteten mich durch den Zugang für Angehörige und brachten mich in einen stickigen Raum, der kaum breiter war als ein Korridor und in dem ein buschiger Seidenweihnachtsstern die falsche Atmosphäre erzeugte. Überall lagen Faltblätter.

»Sind Sie bereit?«, fragte DS Bright, deren Hand auf der Klinke zur nächsten Tür lag.

»Ja.« Ich hatte Mühe, mich sicher auf den Beinen zu halten.

Dans Körper lag unter einem Laken auf einem Tisch. Ich fragte mich, ob er darunter am Leben sein könnte und sie sich geirrt hatten.

»Er hat einige Blutergüsse und eine Schnittwunde im Gesicht«, sagten sie.

Ich hörte Eliza antworten: »Okay.«

Sie zogen das Laken von seinem Gesicht. Die Bewegung war geübt, sorgfältig. Sie falteten den Stoff glatt über seinen Schultern. Was für eine Präzision! Wie anders als Dan selbst, der so ungeschickt war, beim Kochen solches Chaos anrichtete, von Natur aus faul und ungenau war, Dinge nicht zu Ende brachte. Seine nachlässige Zuneigung zu mir, sein übertriebenes Vertrauen in sein Schreiben. Er war wie ein Welpe, und wer liebte die nicht?

Ich beugte mich vor, bis mein Gesicht nahe bei seinem war, dieselbe Luft atmete, mit dem einzigen Unterschied, dass ich die Einzige war, die atmete. Und ich sah, dass er es war und auch wieder nicht. Innerlich brach ich vollkommen zusammen, denn ich wusste nicht, wie ich ohne ihn existieren sollte.

Ich malte die Umrisse des Blutergusses an seiner Schläfe nach. Er war so kalt und sah so blass aus. Meine Tränen tropften auf seine Stirn, doch seine Haut reagierte nicht normal, mutete wächsern an. Mit dem Ärmelsaum wischte ich meine Tränen vom Rand seiner Augenhöhle.

Die Schnittwunde an der Stirn war grotesk, denn die Hautränder berührten sich nicht und die Wunde verschwand unter dem Haaransatz. Sein Haar war gewaschen und gekämmt worden.

Noch beunruhigender war die Art, wie Dans Kopf lag. Er war beinahe gerade, aber nicht ganz, und ich fand, dass er auf der linken Seite tiefer auf der Liege einsank, was nicht zu der Sorgfalt passte, mit der sie ihn präsentierten. Mir wurde schlecht bei der Vorstellung, dass sein Hinterkopf eventuell teils eingeschlagen war.

Eliza murmelte: »Ich glaube, du hast recht.«

Dann bemerkte ich den chemischen Geruch. Er war schwach, ging aber definitiv von Dans Leiche aus und blockierte meine Atemwege. Ich würgte. Wieder sah ich ihn an, um sicher zu sein. Er war ein Abziehbild seiner selbst, irgendwie eingebrochen. Es fühlte sich falsch an, dass er seine Brille nicht trug, weil er ohne die nichts sah. Ich fragte mich, wo sie sein mochte und ob seine fehlende Uhr einen blassen Abdruck an seinem linken Handgelenk hinterlassen hatte.

Ich wusste nicht, wie ich mich von ihm verabschieden sollte. Ich wollte es auch nicht, weil er zu mir gehörte. So ging es mir, wenn ich meine Bücher in Läden sah und den Drang verspürte, sie alle in die Tasche zu stecken und mit nach Hause zu nehmen, wo ihr rechtmäßiger Platz war. Abschied zu nehmen würde bedeuten, dass ich meinen Anspruch auf Dan aufgab und anerkannte, dass er nicht mehr mein war. Und es war zu öffentlich. Blicke ruhten auf mir. DS Bright beobachtete mich stumm. Und viele mehr würden es tun, wenn diese Nachricht bekannt wurde. Ein beängstigender Gedanke.

Ich wusste, dass ich dies hier richtig machen musste, wenn ich nicht verurteilt werden wollte. »Leb wohl, Liebling«, sagte ich und küsste Dans Stirn. Bei der Berührung erschauderte ich.

»Wie ist er gestorben?«, fragte Eliza, allerdings nicht mich. Sie wollte, dass DS Bright bestätigte, was wir bereits erraten hatten.

»Wir lassen es Sie wissen, sobald wir den Bericht der Gerichtsmedizin haben«, antwortete DS Bright.

»Können wir eine Trauerfeier für ihn abhalten?«, fragte ich jetzt.

»Wir sagen Ihnen Bescheid, wenn die Leiche freigegeben ist.«

Stunden hinterher, sogar als ich wieder zu Hause war, konnte ich nicht aufhören, meine Lippen zu berühren. Wiederholt spülte ich mir den Mund aus, und wenn ich in den Badezimmerspiegel sah, nahm ich dunkle Schatten unter den Augen wahr, sprach lautlos das Wort »Witwe« und wartete, wie es sich anfühlte.

Ich kam mir vollkommen allein auf der Welt vor. Es gab keine Angehörigen mehr.

Nur Eliza.

Im Schlaf sah ich Teddy auf dem Metalltisch, nicht Dan. In der Nacht wachte ich oft auf, und jedes Mal stellte ich fest, dass meine Wangen und das Kissen tränennass waren und ich verwirrt war, von wem ich mich für immer verabschiedet hatte. In einem fiebrigen Traum sah ich mich selbst dort auf dem Tisch neben beiden.

34

DS Bright kam früh am Dienstagmorgen. Ich war noch im Bademantel, als ich sie hereinließ, und zog mich hastig an, während sie in der Küche wartete.

Sie wollte mehr über Dan und Sasha wissen. Und sie beobachtete mich noch genauer. Ich glaubte, auch Mitleid in ihrem Gesichtsausdruck zu erkennen, was mir richtig zuwider war.

»Was hatten Sie bei Dan und Ihrer Nachbarin beobachtet?«

»Kleinigkeiten. Sie kamen sich so nahe, wie man es tut, wenn man mit jemandem intim ist. Er war in ihrer Gegenwart aufgedreht, wurde rot ... solche Sachen. Er schien in sie verliebt zu sein.«

»Haben Sie gesehen, wie sie sich berührt haben?«

»Nein.«

»Haben Sie irgendwas mitbekommen, das diese vermeintliche Affäre beweisen würde?«

»Eine Ehefrau spürt das.«

»Also nicht?«

»Nein, habe ich nicht. Aber ich weiß, was ich gesehen habe. Haben Sie sie danach gefragt?«

»Unsere Befragungen sind noch nicht abgeschlossen.«

»Also nicht?«

DS Bright grinste verkniffen. »Wir möchten Ihnen die Unterstützung durch unseren Beratungsdienst anbieten. Mir schwebt da jemand vor, der sehr gut in der Arbeit mit Opferfamilien ist.«

»Lehn ab«, sagte Eliza. »Die spionieren dich aus.« Als wüsste ich nicht, was diese Beamten taten!

»Nein, schon gut«, antwortete ich. »Danke, aber das ist nicht nötig.« DS Bright sah enttäuscht aus, was mich nicht wunderte. »Es wäre übrigens ein Leichtes für meine Nachbarin, eine Affäre zu haben. Ihr Mann arbeitet mehrere Tage die Woche in London.«

Das zu sagen, fühlte sich gut an, als würde man frische Luft an eine Wunde lassen. Oder ein Fadenkreuz auf jemand anders richten.

»Lucy?« DS Brights Blick erinnerte mich an eine andere Befragung. So, wie sie mich ansah, bekam ich den Eindruck, dass sie meinen Namen schon seit einer Weile sagte.

»Ja?«

»Wir hätten gern Ihre Erlaubnis, das Haus zu durchsuchen.«

»Haben Sie«, sagte ich. Ich wollte ablehnen, aber das sähe schlecht aus. Und außerdem wusste ich, dass sie sich einen Durchsuchungsbefehl besorgen würden, sollte ich nicht einverstanden sein.

»Es würde einige forensische Tests mit einschließen.«

»Natürlich«, sagte ich.

Doch auf dem Stuhl neben DS Bright erschien Eliza. Ich

konnte nicht aufhören, sie anzusehen, denn sie war kreide-
bleich geworden.

Ich blinzelte, und sie war fort. Nun sah ich wieder zu DS
Bright, die mich nicht aus den Augen ließ.

»Haben Sie diesen Statiker gefunden?«, fragte ich.

»Noch nicht.«

»Denken Sie, er könnte Dan gefolgt sein und ihm etwas angetan haben? Er war ja hier gewesen, bevor Dan weggefahren
ist.« Meine Gedanken überschlugen sich. »Vielleicht war er
nicht der, der er zu sein vorgab. Oder als den Dan ihn ausge-
geben hat.«

»Wir finden ihn«, sagte DS Bright. »Falls er existiert.«

XVII

Charlie kommt mit Karen zu euch. Du siehst vom Fenster am Treppenabsatz aus, wie sie vorfahren, und trittst zurück, damit sie dich nicht sehen.

Sie reden eine Weile mit deinen Eltern. Danach ruft dein Vater nach dir und sagt, dass sie mit dir reden wollen. Dir bleibt nichts anderes übrig, als nach unten zu gehen.

»Deine Mum sagt, dass du an dem Tag nach Teddys Verschwinden Blutergüsse an den Oberschenkeln gehabt hast«, sagt Charlie. »Kannst du mir sagen, wie du die bekommen hast?«

»Weiß ich nicht mehr.«

»Sind sie noch da?«, fragt er.

Du schüttelst den Kopf.

»Kannst du Karen vielleicht zeigen, wo sie waren?«

»Mach das nicht«, warnt Eliza dich. »Die erkennen, dass du Teddy getragen hast.«

Wieder schüttelst du den Kopf.

»Was war das?«, fragt Charlie.

»Was?«

»Es sah aus, als würdest du etwas hören.«

Du antwortest nicht.

»War das Eliza?«

»Das war niemand.«

»Stimmt das, Lucy, oder sagt Eliza dir, dass du uns nicht helfen sollst?«

»Es stimmt.«

»Woher hattest du die Blutergüsse vorn auf deinen Beinen? Hat Teddy dich geschlagen?«

»Nein.«

»Habt ihr euch gestritten, als ihr im Wald wart? Wolltest du, dass er etwas tut, was er nicht wollte? Gab es einen Unfall?«

Eine Ader seitlich an Charlies Stirn wölbt sich vor.

»Denn solche blauen Flecken kann man kriegen, wenn man ein kleines Kind trägt. Die Füße schlagen einem gegen die Beine. War es so? Du hast uns gesagt, dass du deinen Bruder nicht getragen hast, dass er überall von sich aus mit dir hingegangen ist. Also erzählst du mir eine Geschichte, und ich sehe Beweise für eine andere.«

»Sag ihm nicht, dass du Teddy getragen hast«, sagt Eliza.

»Ich habe ihn nicht getragen. Und ich weiß nicht, woher die blauen Flecken waren. Vielleicht davon, dass ich einen Baum raufgeklettert bin, um das Feuer zu sehen.«

»Du bist einen Baum raufgeklettert? Das hast du bisher nicht gesagt.«

Charlie sieht sehr müde aus, fast so müde wie deine Eltern.

»Ich bin einen großen Baum raufgeklettert«, sagst du, und wenn du darüber nachdenkst, hast du das vielleicht auch wirklich getan, weil es toll gewesen wäre, das Feuer zu sehen. Du

stellst dir vor, wie es von hoch oben ausgesehen hätte, und das beschreibst du Charlie. Er schreibt es in sein Notizbuch, so wie alles andere, was du ihm erzählt hast. Und dir gefällt es, weil es heißt, dass Charlie denkt, du hilfst.

35

Ich liebte das Wort »Luminol«, dessen Silben so rund waren, dass es einem praktisch den Mund füllte. Wäre es Essen, würde ich auf dunkle Schokoladen-Mousse tippen. Früher hat es mir Spaß gemacht, es in meinen Büchern zu benutzen. Meine Einstellung änderte sich, als ich erfuhr, dass sie es in meinem Zuhause einsetzen wollten, um Blutspuren zu entdecken, die für das bloße Auge nicht sichtbar waren.

Wagen fuhren in meiner Auffahrt vor, und jeder spie Leute aus, die einen möglichen Tatort untersuchten. Die erkannte ich aus meinen Büchern wieder.

DS Bright wollte mich dringend loswerden. »Sie können hierbleiben, aber es ist vielleicht sehr aufwühlend für Sie. Haben Sie Freunde oder Angehörige, zu denen Sie können? Sollen wir Sie irgendwohin fahren?«

Die Frage erstaunte mich nicht. Eliza würde sagen, dass das Letzte, was man bei einer Hausdurchsuchung brauchte, die Anwesenheit der Hausbesitzer war. Man wollte die Arbeit erledigen und sich dabei so offen wie möglich austauschen.

Ich war bei vielen fiktiven Hausdurchsuchungen dabei gewesen, und nun sollte ich aus einer echten, in meinem eigenen

Haus, ausgeschlossen werden. Der einzige sichere Hafen, der mir einfiel, war Vis Haus.

Entsprechend war ich enttäuscht, als Barry die Tür öffnete.

Kein Lächeln. Stattdessen beäugte er mich misstrauisch über seine Lesebrille hinweg und reckte das Kinn. »Hallo«, sagte er, was nicht erfreut klang. In den Gläsern seiner Brille sah ich meine dunkle Silhouette.

Barry trug das, was in meinen Augen die Rentneruniform war: einen weichen Pulli über einem Hemd und Cordhosen. Sein Haar war sorgsam um eine Halbglatze gekämmt, die ein wenig sonnenverbrannt war. Auch wenn er den Nimbus des Mannes pflegte, der seine Zeit mit Lesen, Gartenarbeit und vielleicht Kreuzworträtseln verbrachte, strahlte er die unangenehm angespannte Energie von jemandem aus, der mit seiner Erscheinung im Zwiespalt war. Wie ein Mann, der bereit und willens war, schwierig zu sein.

Er hielt die Tür nur so weit offen, dass es nicht wirkte, als wolle er mich hereinbitten.

Ich wollte mich schon entschuldigen und gehen, mir eventuell ein Hotel suchen oder es bei Kate und Ben versuchen, als Vi hinter ihm rief: »Wer ist da?« Barry wirkte verärgert, als er die Tür weiter öffnete.

Vi kam herausgestürmt und nahm mich in den Arm. Über ihre Schulter sah ich, wie Barry in den Schatten hinten im Flur verschwand, und ich musste mich anstrengen, meinen Fluchtinstinkt zu unterdrücken und in Vis Armen nicht starr zu werden.

Sie brachte mich ins Wohnzimmer und umsorgte mich wie eine Glucke. Ich bekam heißen Tee und Süßigkeiten, und sie legte mir eine Wolldecke um. Die fühlte sich wie Samt und so weich an, dass ich erschauderte.

»Du stehst unter Schock«, sagte sie. »Tun wir alle.«

»Sie durchsuchen unser Haus.«

Sie hatte sich neben mich auf das Sofa gesetzt und sich mir zugewandt. »Ach, du Ärmste«, sagte sie. »Wie furchtbar das alles für dich sein muss. Du darfst gern so lange hierbleiben, wie du willst.«

Wir beide merkten auf, als ein Geräusch aus dem Flur kam.

Vi drehte sich abrupt um.

»Barry?«, rief sie, aber es kam keine Antwort.

»Ich bin gleich wieder da«, sagte sie zu mir, tätschelte mir das Knie, stand auf und eilte in den Flur. Ich hörte Schritte. Von zwei Leuten. Barry hatte draußen gelauscht.

Ich versuchte, meine Umgebung einzuschätzen. Die Polstermöbel im Wohnzimmer waren bequem und verblichen, luden zur Berührung ein. Ich zog mir ein Kissen auf den Schoß und strich mit den Fingern über das geknüpfte Muster. Die Wände waren voller Bücherregale, so willkürlich bestückt wie meine, und jede Reihe trug quer gestapelt weitere Bücher, ähnlich Sargträgern. Auf dem Kaminsims standen hübsche Vasen, hinter denen ein großes Ölgemälde aufragte. Die Farbe hatte eine Patina. Es war das Porträt eines jungen Mannes vor einem tiefschwarzen Hintergrund, dessen Augen etwas Wissendes und dessen Lippen etwas Sinnliches hatten. Er hielt eine zarte Blume in der Hand, während er mich direkt ansah. Ich fand diesen Effekt abscheulich und zutiefst befremdlich.

Meinem Eindruck nach war dies kein Haus, in dem Dinge ausgestellt wurden, um zu verführen oder zu beeindrucken. Vielmehr waren Menschen hier eingeladen, aus der Einrichtung zu machen, was immer sie wollten; es kümmerte die Besitzer nicht. Und es hatte die Atmosphäre eines Heims, das schon sehr lange von denselben Leuten bewohnt wurde.

Durch das Fenster hatte ich einen freien Blick auf die Kirschbäume. Ein paar Blüten waren wie rosa Schnee auf den Rasen gefallen.

Einen ähnlichen Baum hatten wir im Vorgarten in der Charlotte Close gehabt. An den hatte ich seit Jahren nicht gedacht, doch jetzt fiel er mir wieder ein. Teddy und ich hatten uns darunter gestellt, wenn der Wind die Blüten von den Zweigen peitschte, und »Blütensturm!« geschrien, so laut wir konnten, bis uns jemand ermahnte, leiser zu sein.

Hatten Barry und Vi damals schon hier gelebt?

Zeit verstrich, und die Uhr auf dem Kaminsims maß sie im Sekundenticken.

Draußen ging Barry mit einem Spaten in der Hand unter den Bäumen hindurch und verschwand im hinteren Teil des Gartens. Vi kam nicht zurück.

Ich hatte das Gefühl, dass ich auf mein Handy sehen sollte, fürchtete mich aber vor dem, was ich dort fände.

Es war Jahre her, seit ich einen hübschen Rasen auf dem Erdreich gesät hatte, das meine Vergangenheit bedeckte; und seither pflegte ich ihn. Ich stellte mir vor, wie die Klatschpresse ihn aufwühlte. Hatte sie meinen Mädchennamen schon? Hatte sie entdeckt, dass es nicht mein ursprünglicher Familienname war? Wie lange würde es dauern?

Diese Fragen wirbelten mir durch den Kopf, während ich der auswich, die mich am meisten quälte: Was war mit Dan passiert? Darüber nachzudenken war zu schmerzlich.

Ich erwartete, dass Eliza mit mir redete, aber sie schwieg. Wieder mal hing ich im luftleeren Raum.

Und lange widerstand ich dem Handy nicht.

Ich suchte nach Dans Namen, und das erste Bild, das auftauchte, war eines von mir am Straßenrand in der Jacke und der schmutzigen Pyjamahose. Sie hatten mich fotografiert, als ich aus dem Wald kam und bevor ich in Vis Auto stieg. Meine Versuche, ihnen auszuweichen, waren zwecklos gewesen.

»ETWAS ZU VERBERGEN?«, lautete die Schlagzeile.

Ich hörte, dass ich zu schluchzen anfing, bevor ich es richtig registrierte. Und ich konnte nicht aufhören. So leise es ging, weinte ich in das geknüpfte Kissen, um meinen Kummer zu dämpfen, ihn zu verbergen. Als die Tränen getrocknet waren und ich durchatmete, um die nächsten zurückzudrängen, blickte ich auf und musste einen Aufschrei unterdrücken. Barry stand vor dem Fenster, sah mich an, und sein Gesichtsausdruck war leer, sein Blick hingegen so intensiv, als würde er Löcher ins Glas bohren. Ich stand auf und wich zurück Richtung Tür, da kam Vi wieder. Wir stießen zusammen, und ich schrie kurz vor Schreck.

»Was ist denn?«, fragte sie. Mit einer Hand hielt sie meinen Unterarm, um mich zu stützen. »Was ist passiert?« Ich drehte mich um und zeigte zum Fenster, aber Barry war fort, und als ich den Mund aufmachte, um es ihr zu erklären, kam kein Ton heraus. Schließlich konnte ich wieder sprechen und bat sie: »Darf ich bitte einen Moment bei dir bleiben?« Verwirrt runzelte sie die Stirn und antwortete: »Ja, natürlich.« Sie führte mich weg von Barry und dem unheimlichen Blick des Gemäldes.

In der Küche lief das Radio. Vi stellte mir eine Schachtel Papiertaschentücher hin und brachte mir noch einen Tee. Es war ein anheimelnder Raum mit einem Teilblick auf Kates und Bens Haus und ihren Vorgarten. Der kleinste Junge war auf dem Trampolin. Ich konnte ihn juchzen hören, als er hüpfte. Sein Haar flog auf und ab, auf und ab. Der Hund lag auf dem Rasen und kaute auf einem Spielzeug. Der ältere Junge trat einen Fußball gegen ein rissiges Tornetz. Die Szene war wie in Sepia getönt, als sähe ich einen alten Kinofilm. Ich konnte den Blick nicht davon lösen.

Vi bat mich, die Salatzutaten fürs Abendessen zu zerkleinern. Mir war gar nicht bewusst gewesen, wie spät es schon war. Das Messer war scharf, und ein- oder zweimal rutschte es ab, als ich mir einige weiche Tomaten vornahm. Jedes Mal schlug mein Herz schneller. Vi rollte Kochschinkenscheiben auf und machte Suppe warm. Sie war cremeweiß und wässrig. Ich glaubte nicht, dass ich die essen könnte.

Sie rief Barry aus dem Garten herein, und ihm haftete der Geruch von draußen an, eine kalte Aura mit einem Hauch von Grün. Er sah mich kaum an, und ich verlor kein Wort darüber, dass er mich erschreckt hatte, weil ich nicht wusste, wie ich es hätte sagen sollen.

Er brauchte ewig, um sich die Hände an der Küchenspüle zu waschen, bevor er uns allen großzügig Weißwein einschenkte, obwohl weder Vi noch ich darum gebeten hatten. Der Küchentisch war klein und rund, ähnlich unserem früher in der Charlotte Close. Entsprechend fiel es schwer, den Blicken der anderen auszuweichen, auch wenn Barry es nach wie vor vermied, mich direkt anzusehen.

Ich hingegen sah ihn durchaus an. Er war extrem angespannt.

Vi plapperte munter. Anscheinend waren den Tag über die Textnachrichten zwischen den Nachbarn nur so geflogen, was die Presse betraf. James Morell hatte vorgeschlagen, dass sie eine Schranke am Anfang der Privatstraße installierten, aber Ben Delaney war wegen der Kosten dagegen.

Barry zerbrach einen Kräcker und zog die Augenbrauen hoch. »Ben Delaney wäre auch dagegen, einen Krankenwagen wegen eines seiner Kinder zu rufen, sofern es nicht seine Idee ist.«

»Seien wir fair zu Ben«, sagte Vi. »Ich denke, James und Sasha nutzen die Situation, um das hier zu einer geschlossenen Wohnanlage zu machen, und das mit allem Drum und Dran: Sicherheitssystem, Videoüberwachung. Das wollen wir doch auch nicht. Ich würde mir wie in einem Gefängnis vorkommen.«

»Er will wissen, wer seine Frau besucht«, murmelte Barry.

»Barry!«, sagte Vi und sah zu mir.

»Na ja …« Er verstummte unter ihrem Blick, konnte aber nicht lange den Mund halten. »Und vergessen wir nicht, dass Ben Delaney Angst vor Klienten hat, die unzufrieden mit ihm sind und es auf ihn abgesehen haben. Da gibt es gewiss einige. Dieser inkompetente kleine …«

»Entschuldige meinen Mann«, unterbrach Vi. »Er hat sehr klare Ansichten und weiß nicht, wann er die für sich behalten sollte.« Sie legte mir eine Hand auf den Arm, wieder, und ich fühlte mich erstickt, als sie ein wenig drückte. »Es gibt ein sehr schönes Gedicht über Trauer, Lucy, das dir vielleicht ein Trost ist«, sagte sie. »Es ist wundervoll geschrieben, und vielleicht gefällt es dir. Ich suche es dir nach dem Essen raus.«

Es war zu viel. Ich wollte nicht wieder weinen, nicht vor ihnen. Also entschuldigte ich mich; ich wollte dringend raus und nach Hause, aber DS Bright hatte mir eine Nachricht hinterlassen, dass sie mit der Durchsuchung noch bis spätabends weitermachen würden und ich erst am nächsten Tag zurückkommen solle. Für die Nacht hing ich hier fest.

Vi brachte mich in ein Zimmer oben, das nach vorn hinausging. Gleich den Flur hinunter war ein kleines, spartanisches Bad, fast so alt wie die Bäder in meinem Haus.

Ich stand vor dem Spiegel und probierte wieder die Form und den Klang des Wortes »Witwe« aus, als ich sie in der Küche unten reden hörte. Ihre Worte waren so klar, als wären sie in einem Raum mit mir.

»Ich war so dumm, das Gedicht zu erwähnen. Das war heute Abend zu viel für sie«, sagte Vi. »Ich dachte, dann ginge es ihr etwas besser, aber es ist zu früh. Ich glaube, sie steht noch unter Schock.«

»Weil du annimmst, dass sie nichts damit zu tun hat«, entgegnete Barry.

»Was nur fair ist.«

»Bei jeder anderen hättest du dich selbst gefragt, warum sie nicht bei Verwandten ist«, sagte er. »Aber dir ist natürlich eingefallen, wer sie ist.«

»Wäre sie jemand anders, hättest du dich vielleicht auch netter benommen. Bitte, streng dich ein bisschen an!«

»Für sie? Kann ich nicht. Und sie kann nur bis morgen bleiben. Sie hierzuhaben bringt uns Aufmerksamkeit ein, auf die ich keinen Wert lege.«

Barry wurde lauter. Als er ausgeredet hatte, hörte ich ein Knallen, als hätte er mit der flachen Hand auf den Tisch geschlagen, und fuhr zusammen.

Vi ermahnte ihn, und alles wurde still.

Mein Spiegelbild starrte mich erschrocken, bleich und verängstigt an. Ich fühlte kaltes Porzellan an den Händen, als ich mich an den Waschbeckenrand klammerte. Sie wussten, dass ich die kleine Lucy Bewley aus der Charlotte Close war. Dass ich das Mädchen war, das auf der anderen Seite vom Wald aufwuchs, dessen Bruder verschwand und das beschuldigt wurde, ihm etwas angetan zu haben.

Und sie hatten es mir gegenüber mit keinem Wort erwähnt.

»Lügner«, flüsterte ich. Ich fühlte mich von ihnen getäuscht, war wütend, dass sie mir verheimlicht hatten, was sie wussten. Und ein Impuls regte sich in mir. Ich wollte nach unten gehen, sie zur Rede stellen, irgendwie ihr Zuhause beschädigen, das entsetzliche Ölgemälde zerschlitzen.

Doch hier war Eliza. Endlich. Sie kam, um mich zu beruhigen und mir zu sagen, was ich tun sollte.

»Entspann dich. Ist ja gut. Mach das nicht. Tu nichts Unbedachtes, das du später bereust. Denn sie werden es der Polizei erzählen, falls du das machst. Und das willst du nicht.«

»Sie werden der Polizei sowieso verraten, wer ich bin, und dann werde ich erst recht verdächtigt.«

»Die Polizei wird es bald genug erfahren. Du kannst es nicht mehr verbergen. Das Einzige, woran du denken musst, ist: keine Silbe über den Bunker. Wie damals.«

»Wie damals«, wiederholte ich und beobachtete mein Spiegelbild, während mir Tränen über die Wangen liefen. So viel äußere Trauer, während ich innerlich nichts als Erschöpfung empfand.

Ich schlich mich über den Flur zum Gästezimmer, legte mich in Barrys und Vis Gästebett mit dem Mischmasch aus Bettwäsche, die teils kratzig, teils zu weich war von jahrelangem Waschen. Es war unmöglich, eine gemütliche Position zu finden. Und ich hatte Angst vor dem Einschlafen; Angst davor, dass sich die Risse in der Decke auftaten und mir eine Leere enthüllten, in die ich nicht schauen wollte.

Nach einer Weile fiel mir etwas ein.

»Eliza?«, flüsterte ich. »Warum haben Barry und Vi es bisher nicht der Polizei gesagt?«

»Weiß ich nicht«, antwortete sie. »Und ich frage mich auch, *woher* sie es wissen.«

»Weil sie zu der Zeit hier waren. Sie erkennen die kleine Lucy Bewley in mir wieder.«

Mir wurde eiskalt, und ich wurde die ganze Nacht nicht mehr richtig warm, sodass ich kaum schlafen konnte.

36

Am nächsten Morgen saß ich in DS Brights Wagen. Der Himmel war so stumpfgrau, dass er unecht wirkte.

»Wir haben Blut gefunden«, sagte sie und zeigte mir ein Foto. Ich schloss die Augen für einen Moment, um mich zu wappnen.

Als ich sie wieder öffnete, sah ich meine Diele.

Die Aufnahme war sehr dunkel, doch ich konnte die Treppe hinten und das geometrische Fliesenmuster erkennen. Vor dem Hintergrund nahmen sich die neonblauen Flecken absurd hell und auf ihre Weise hübsch aus. Was sie zeigten, war unmissverständlich. Blutspuren. Eine kleine Lache nahe der Kellertreppe, mehrere Tropfen.

Ich würgte ein wenig und hielt eine Hand vor den Mund. DS Bright drehte das Foto um. Ich schluckte einen kleinen Schwall Mageninhalt.

»Wissen Sie, woher dieses Blut stammen könnte?«, fragte sie.

Es war schwer zu antworten, weil ich nicht aufhören konnte zu schlucken.

»Sag ihr, dass du den Boden geputzt und nicht gemerkt hast,

dass du eine Schnittwunde an der Hand hattest. Aus der kam das Blut, und du hast es weggewischt«, sagte Eliza.

Ich wiederholte ihre Worte und ergänzte: »Das ist mein Blut.«

Ich hielt die Hände in die Höhe, um sie an meine aufgeschürften Fingerknöchel und den Schnitt zu erinnern.

DS Bright nickte bedächtig und fuhr sich mit der Zunge über die Schneidezähne, als hätte sie einen ekligen Geschmack im Mund. »Tja, das werden wir genau wissen, wenn es getestet ist.«

Sie zeigte mir noch ein Foto, diesmal von den oberen Stufen der Kellertreppe. Dort war eine kleine Blutlache zu sehen. Möglicherweise mehr Blut, als meine Verletzungen erklären könnten.

»Das könnte vom Vorbesitzer sein«, sagte Eliza.

Ich wiederholte ihre Worte. »Fragen Sie den Makler, wer da vorher gewohnt hat. Das Haus war unbewohnt, als wir es gekauft haben. Jeder hätte sich reinschleichen und alles Erdenkliche hier passiert sein können.«

»Wir werden die Möglichkeiten in Betracht ziehen, sobald wir vom Labor gehört haben.« Sie steckte die Fotos in eine Mappe. »Wir haben auch Dans Handydaten analysiert. Zuletzt war es gegen zehn Uhr abends in der Nacht seines Todes an einem Funkmast hier in der Nähe eingeloggt.«

»Und danach hat er es gar nicht mehr benutzt?«

»Nein, und da ist noch etwas«, antwortete sie. Sie zog eine Babywindel aus ihrer Handtasche und schob sie wieder zurück, bevor sie einen meiner Romane hervorholte. Dann schlug sie das Buch an einer mit einem Zettel markierten Seite auf.

»Darf ich Ihnen einen kurzen Auszug vorlesen?«, fragte sie.

»Klar, nur zu.« Ich hatte keine Ahnung, was es war. Nach fünf Romanen waren meine Erinnerungen an Einzelheiten, gelinde ausgedrückt, lückenhaft; teils waren mir sogar ganze Plotentwicklungen und Nebenfiguren entfallen.

Sie begann vorzulesen: »›Diana stand in dem Blut. Sie zog die Schuhe aus, einen nach dem anderen, und gab acht, vorsichtig aus der Lache und auf den sauberen Teil des Fußbodens zu treten. Sie mochte ihn in einem Wutausbruch mit dem Hammer geschlagen haben, doch sie hatte genau gewusst, wo sie treffen musste, und war hinreichend vorbereitet und klug genug, keine blutigen Fußspuren am Tatort zu hinterlassen.

Die Schuhe steckte sie in eine Plastiktüte, die sie aus ihrer Handtasche genommen hatte. Anschließend zog sie die Hose aus und stopfte sie ebenfalls in die Tüte. Die Fliesen fühlten sich kalt an, und Gänsehaut bildete sich auf ihren nackten Beinen. Sie fröstelte. Sie hatte sich informiert und wusste, dass sie schnell sein musste, ehe der Schock einsetzte und sie lähmte.

Sie holte eine Plane aus dem Keller. Die lagerte dort neben seinen Sportsachen, genau genommen neben den Hanteln, von denen er eine benutzt hatte, um sie zu bedrohen. Er gab vor, damit nach ihrem Kopf zu schlagen, und hatte gelacht, als sie mit einem Aufschrei auswich. Er genoss es, sie geduckt zu sehen.

Sie rollte seine Leiche auf die Plane, zurrte sie fest um ihn und sicherte sie mit einem der Bänder, mit denen er den Weihnachtsbaum auf dem Dachgepäckträger angebunden hatte. Dann schnappte sie sich eine zweite Plane, hievte das Leichenbündel darauf und zog es nach draußen. Sie war froh, dass sie insgesamt nur wenig Blut verschmiert hatte. Ihn über den Boden zu ziehen, war nicht leicht, denn immer wieder verfing sich die Plane irgendwo. Ihn hinten in den Wagen zu bekommen, war auch nicht einfach, aber sie schaffte es. Diana hatte in letzter Zeit viel getan, um stärker zu werden. Sehr viel. Und Adrenalin half.‹«

DS Bright blickte auf. »Vermutlich wissen Sie, wie es weitergeht.«

Ich nickte. Ja, es fiel mir wieder ein. Trotzdem blickte sie zurück ins Buch und las weiter. »›Es war weniger Blut auf dem Boden, als sie erwartet hatte. Diana schrubbte, bis es fort war, bis ihre Hände bluteten. Sie wusch jedes Kleidungsstück, das sie getragen hatte, und verbrannte hinterher alles, einschließlich der Schuhe. Danach fuhr sie ihn weg. Wenn sie zurück war, würde sie die Sachen, die sie jetzt trug, auch verschwinden lassen.‹«

Eliza sprach für mich.

»Detective«, sagte sie, »wissen Sie, wie groß mein Mann war?«

»Ähm.«

»Ein Meter einundneunzig. Und wissen Sie, wie groß ich bin?«

Eine leichte Röte kroch an ihrem Hals hinauf. Es war das erste Mal, dass ich einen Riss in ihrer Unerschütterlichkeit bemerkte.

Ich beantwortete meine Frage: »Ein Meter zweiundsiebzig. Wie soll ich Ihrer Meinung nach imstande gewesen sein, meinem Mann von hinten auf den Kopf zu schlagen? Habe ich mich auf einen Stuhl gestellt und ihn gebeten, in Position zu gehen?«

»In dem Buch steht die Protagonistin auf der Treppe, als sie ihren Mann erschlägt«, sagte DS Bright. »Und darf ich fragen, woher Sie wissen, dass Ihrem Mann auf den Hinterkopf geschlagen wurde?«

»Weil ich ihn in der Leichenhalle gesehen habe«, antwortete ich schnippisch. »Sein Kopf sah falsch aus. Und ich bin nicht blöd. Ich kann nicht glauben, dass Sie diese Situation mit meiner Fiktion vergleichen. Selbst wenn ich getan haben sollte, was Sie unterstellen, wie hätte ich seine Leiche ins Auto bekommen? Es wäre viel mehr Blut in der Diele. Deuten Sie ernsthaft an, dass ich Dan umgebracht und es zu verschleiern versucht habe, indem ich etwas kopierte, was ich in einem meiner eigenen Bücher beschrieben habe? Das ist wahrlich lachhaft.«

DS Bright musste sich sichtlich anstrengen, ruhig zu bleiben, gab jedoch nicht auf.

»Ich mache Sie lediglich auf die frappierenden Übereinstimmungen zwischen dieser Beschreibung und den Luminol-Beweisen aufmerksam, die ich Ihnen gezeigt habe. Und es gibt noch etwas. Es ist ein wenig unsensibel, aber ich hoffe, Sie verstehen, dass ich manchmal gezwungen bin, schwierige Fragen zu stellen …«

Als hätte sie mich nicht eben des Mordes beschuldigt! Fast musste ich lachen. »Was wollen Sie wissen?«

»Mir selbst und auch einigen Kollegen ist aufgefallen, dass Sie nicht sehr erschüttert über das Verschwinden Ihres Mannes und jetzt seinen Tod zu sein scheinen. Hat das einen Grund?«

Ich starrte sie an. »Ich will einen Anwalt.«

»Sie sind nicht verhaftet, Mrs. Harper.«

»Noch nicht.«

Ich wusste, wie es lief.

XVIII

Charlie kommt einige Tage nicht. Draußen sind Journalisten auf der Straße, aber nicht mehr so viele wie vorher. Und du kannst keine Hunde oder Hubschrauber mehr hören.

Vom Fenster auf dem Treppenabsatz aus beobachtest du sie und weichst jedes Mal zurück, wenn sie ihre Kameras auf dich richten. Einmal bist du nicht schnell genug. Als deine Mum am nächsten Tag das Bild von dir in der Zeitung sieht, wie du aus dem Fenster starrst, eine blasse Hand flach an das Glas gedrückt und mit ungekämmten Haaren, weint sie. »Du siehst wie eine Irre aus«, sagt sie. »Das hat uns gerade noch gefehlt.« Ihre Tränen machen nasse Flecken auf das Zeitungspapier.

Am Dienstag, als dein letzter Stapel Leihbücher zurückgegeben werden muss, du es aber nicht zu erwähnen wagst, bist du mit deinem Dad in der Küche. Er sitzt still wie eine Statue auf dem Platz mit der besten Aussicht auf die Einfahrt. Auf einmal knallt er die Faust so fest auf den Tisch, dass deine Cornflakesschale aufspringt und der Löffel in die Milch rutscht. Du hast Angst.

»Was hast du ihnen gesagt, Lucy?«, fragt er. »Was hast du ihnen erzählt, dass sie mich fragen, ob jemand außer der Fami-

lie Teddy am Abend vor seinem Verschwinden gesehen hat?«

Du umklammerst die Sitzfläche deines Stuhls und presst den Rücken gegen die Lehne.

»Weißt du, was das heißt? Warum sie das fragen?«

Du schüttelst den Kopf.

»Es heißt, dass sie denken, deine Mum oder ich haben Teddy etwas getan und dir diese Geschichte von eurem Gang in den Wald eingeimpft, damit du uns deckst.«

Es kommen so viele Tränen auf einmal aus seinen Augen, dass es ist, als hätte jemand in seinem Kopf einen Hahn aufgedreht. Eine Rotzblase bildet sich an seiner Nase und platzt.

Deine Mum dreht sich an der Spüle um. »Nicht«, sagt sie zu ihm. »Gib ihr nicht die Schuld.« Dich sieht sie nicht an.

»Wir hätten dabei sein müssen, als sie mit ihr geredet haben«, sagt er.

»Erzähl mir nicht, was ich hätte tun sollen«, erwidert Carol. Von der Spülbürste in ihrer Hand tropft Schaum auf den Fußboden. »Wenn mein Sohn vermisst wird und dieser Mann ständig in meinem Haus ist, in unserem Leben herumstochert und mich ansieht, als wäre ich eine schlechte Mutter. Sag mir nicht, was ich hätte tun sollen!«

Die Schultern deines Dads beben. Keiner berührt den anderen. Du bleibst auf deinem Platz, klebst an deiner Stuhllehne. Nach einer Weile blickt er zu dir auf. Seine Augen sind so rot wie die des Teufels, kreuz und quer von winzigen Adern durchzogen.

»Hast du dir Geschichten ausgedacht, Lucy?«, fragt er. »Bitte, sag es mir. Verrate mir, was du ihnen erzählt hast. Warum glauben sie dir nicht?«

270

»Du weißt warum«, sagt deine Mum. »Du hast es eben selbst gesagt. Weil sie flunkert. Hat sie immer schon getan und wird sie auch weiter tun.«

37

Sie ließen mich zurück ins Haus, und als sie mir die Schlüssel übergaben, war es wie eine Parodie des Tages, an dem Dan und ich zum ersten Mal gemeinsam hergekommen waren.

Es gab wenige sichtbare Spuren von der Durchsuchung, doch das Gefühl, dass sie hier gewesen waren, in meinem Leben herumgeschnüffelt hatten, in unseren Sachen gewühlt und alles Mögliche angefasst hatten, ging mir unter die Haut.

Sie hatten einige Papiere aus Dans Arbeitszimmer mitgenommen, wofür ich unterschreiben musste, aber nicht alles. Ich fand eine Akte von der Anwältin, die den Hauskauf betreut hatte. Dort rief ich an und wurde zu ihrem Assistenten durchgestellt. Ich erklärte, wer ich war, und machte mich auf Mitleid gefasst, doch er benahm sich, als hätte er noch nichts von Dans Tod gehört.

»Wie gefällt Ihnen das prächtige Haus?«, fragte er.

Ich ignorierte es. »Ich brauche eine Empfehlung für einen Anwalt für Strafrecht«, sagte ich. »Den besten oder die beste. Gibt es in Ihrer Kanzlei jemanden, der mir helfen kann?«

»Oh ja, ich kann Sie gleich durchstellen.« Er stockte. »Übrigens ist unser Topmann für Strafrecht ein Nachbar von Ihnen.«

»Wer?«, fragte ich, obwohl ich es bereits ahnte.

»Ben Delaney.«

Kates Mann. Natürlich. Doch ihn wollte ich nicht. Barry hatte ihn unfähig genannt, und so wenig ich Barry mochte, kam er mir doch vernünftig vor. Außerdem war Ben Delaney nun einmal mein Nachbar.

Nach ein wenig Überredung spuckte der Mann den Namen von jemandem aus einer anderen Kanzlei aus.

»Danke«, sagte ich. »Ich melde mich und mache einen Termin, damit mein Name in die Kaufverträge aufgenommen wird.«

»Kaufverträge?«

»Für das Haus. Dan hatte gesagt, dass alle Dokumente fertig sind.«

Er räusperte sich. »Tut mir leid, aber davon weiß ich nichts.«

»Vielleicht weiß Ihre Chefin Bescheid.«

»Ich habe alles im Blick, woran sie arbeitet, glauben Sie mir.«

Ich wurde nervös. Er musste sich irren. Dan hatte mir erzählt, dass alles erledigt sei. Vielleicht hatte ich den falschen Ausdruck benutzt. Mit Menschen in Büros zu verhandeln, war immer anstrengend. Sie waren so selbstsicher.

»Ich rufe Sie wieder an«, sagte ich.

»Tun Sie das«, antwortete er. »Und grüßen Sie bitte Ihren Mann von mir.«

»Er ist tot«, sagte ich, legte auf und weinte.

Vi schickte mir eine Textnachricht: Wie geht es dir? Können wir irgendwas tun?

Morgens hatte ich ihr Haus abrupt verlassen, nachdem DS Bright angerufen hatte, und Vi hatte mir nachgeblickt, als ich wegging, mir gewunken, als ich mich umschaute. Auf dem Weg hatte ich das Gefühl, mir steckten Pfeile im Rücken. Ich war zwiegespalten. Ich wollte weder in ihrer noch in Barrys Nähe sein, aber ich brauchte Hilfe.

»Könntest du mich bitte in die Stadt fahren?«

Wir handhabten es so wie beim letzten Mal. Ich lag auf der Rückbank und deckte mich zu. Bevor ich die Wolldecke über mich zog, fragte ich: »War es Barry nicht recht, dass ich letzte Nacht bei euch geschlafen habe?« Wahrscheinlich hätte ich es nicht fragen sollen, denn er hatte uns beiden deutlich signalisiert, dass es ihm missfiel. Doch manchmal will man den wunden Punkt berühren, und ich dachte, wenn ich diesen berührte, gestand sie vielleicht, dass sie meine Vergangenheit kannte.

»Ach, gib nichts auf Barry«, antwortete sie. »Er kann ein Miesepeter sein, aber er hat das Herz am rechten Fleck.«

Ich zog mir die Decke über den Kopf.

»Alles klar«, sagte sie. »Ein bisschen beulig, aber es muss gehen.«

Langsam rollte der Wagen die schmale Straße entlang und nahm jedes Schlagloch mit.

»Ach, du liebe Güte«, hörte ich Vi, als wir uns dem Ende näherten. »Hier sind richtig viele.« Ich hörte, wie sie ihr Fenster herunterließ. Journalisten begannen, Fragen zu rufen. »Aus dem Weg!«, rief sie. »Verzieht euch!« Es gab ein lautes Poltern an der Wagenseite, und ich zuckte zusammen.

»Sie ist da drin! Auf der Rückbank!«, rief ein Mann, und

mehr Stimmen ertönten. Ich hörte meinen Namen wie ein Echo, verstärkt von der Platzangst, die ich unter der Decke hatte.

»Lucy, Lucy, was können Sie uns über Dan sagen? Was können Sie uns sagen, Lucy?« Ich hielt mir die Ohren zu. Vi trat aufs Gas und brauste davon.

»Verdammter Mist«, sagte sie Sekunden später.

Vorsichtig setzte ich mich auf. »Es tut mir aufrichtig leid.«

Als wir in der Schlange vor der Brücke hielten, um die Maut zu bezahlen, stieg ich auf den Beifahrersitz, doch Vi und ich sprachen kaum. Ich sog den Anblick der Straßen auf, als wäre es Nektar und ich kurz davor zu verdursten.

Vi setzte mich vor der Anwaltskanzlei ab. Ich zog mir die Kapuze auf und rannte vom Auto ins Gebäude. Meine neue Anwältin erwartete mich. Sie hieß Tamsin.

Und sie wirkte sehr professionell. In ihrem Kostüm und den hohen Schuhen schüchterte sie mich ein, obwohl mich ihr Auftreten zuversichtlich stimmte, was ihre Fähigkeiten betraf. Jede Frau, die in ihrem Alter noch superdurchsichtige Feinstrumpfhosen tragen konnte, musste etwas richtig machen. Und ihr Haar! Ein Meisterwerk gekonnten Frisierens: Farbe, Schnitt und Sitz waren perfekt. Ich war beeindruckt und neidisch.

Zugleich machte mir die Erkenntnis zu schaffen, dass noch jemand Neues ins Team derer kam, die mich lenkten, und wahrscheinlich würde sie sich als Alphamitglied erweisen. Nur, was blieb mir anderes übrig?

Mir gefiel, dass sie, nachdem ich meine Situation geschildert hatte, ihre ungerührte Miene behielt. Sie tippte mit ihrem Stift auf den Schreibtisch und sagte: »Ist das alles? Es ist wichtig, dass Sie mir alles erzählen.« Ihr Selbstvertrauen ließ mich Mut schöpfen.

»Da ist noch eine Sache«, antwortete ich. Meine Stimme war kaum lauter als ein Flüstern.

»Erzählen Sie«, forderte Tamsin mich auf.

Ich erzählte ihr von Teddy. Eliza war unglaublich angespannt, während ich redete, aber ich verriet Tamsin nicht alles. Natürlich nicht. Sie erfuhr nur so viel, wie jeder außer Eliza und mir wusste.

Beim Zuhören schien Tamsin ein wenig nachdenklicher zu werden. »Das macht die Sache kompliziert«, sagte sie schließlich. »Wahrscheinlich wird es nicht anerkannt, sollte es zu einem Prozess kommen, aber es garantiert, dass die Polizei und die Presse Ihnen permanent im Nacken sitzen werden, sobald sie es erfahren. Danke für Ihre Offenheit.«

Die Art, wie sie es sagte, hatte den Effekt, dass ich mich fragte, ob ich ihr mehr erzählen sollte. Vielleicht hatte ich sie falsch eingeschätzt, und dies war der Moment, mich von meiner Last zu befreien und mich ihr anzuvertrauen. Das Bunkergeheimnis so lange zu hüten, war unendlich schwer gewesen, und plötzlich wollte ich es dringend preisgeben. Wenn noch jemand Bescheid wusste, hätte Eliza dann noch solche Macht über mich? Wäre es sicher, Tamsin alles zu sagen?

Eliza drehte auf, warnte mich davor, mehr zu sagen, ich solle mich lieber schützen. Plötzlich war sie neben mir auf dem leeren Stuhl und beugte sich so nahe zu mir, dass ich zurückwich. Sie sah wütend aus, und ich fürchtete mich vor ihr.

»Du sagst nichts«, zischte sie. »Du. Sagst. Nichts!«

Ich musste die Augen zusammenkneifen und den Kopf schütteln, um sie loszuwerden.

»Hallo?«, sagte Tamsin.

»Was?«

»Sie waren eben ein wenig weggetreten. Geht es Ihnen gut?«

»Ja. Ja, alles gut. Entschuldigung. Es ist alles ein bisschen viel.«

»Das glaube ich Ihnen.« Ihre Worte waren relativ freundlich, aber ihr Gesichtsausdruck verriet, dass neue Bedenken hinzugekommen waren. Eliza hatte die Temperatur weiter zurückgedreht und noch eine Barriere zwischen mir und der Welt errichtet.

»Wenn Sie eine Frage erlauben«, sagte Tamsin und tippte diesmal mit dem Stift auf ihren Block. »Haben Sie irgendwelche Beeinträchtigungen, physische oder psychische, von denen ich wissen sollte? Es ist keine Neugier, sondern ich müsste es für Ihren Fall erfahren.«

»Nein, habe ich nicht.«

Sie notierte sich etwas. Als sie wieder aufsah, blickte sie mir direkt in die Augen und nagte dabei an ihrer Unterlippe.

»Wir sollten eng in Kontakt bleiben«, sagte sie. »Und übrigens mag ich Ihre Romane sehr. Die Figur der Eliza ist großartig. Eine richtig toughe Frau, nicht? Im wirklichen Leben möchte ich sie nicht auf der Gegenseite haben.«

Ich versuchte zu lächeln, aber mein Mund fühlte sich an, als wäre er voller Asche.

XIX

Es sind keine Reporter mehr vor deinem Haus, und schon ewig waren weder Charlie noch Karen noch einmal hier, obwohl sie fast täglich anrufen. Dann geht dein Dad immer an den anderen Apparat, und du musst mucksmäuschenstill sein.

Deine Mum ist jeden Tag in Teddys Zimmer, räumt die Stofftiere auf seinem Bett hin und her, damit er lächelt, wenn er zurückkommt. » Wir können ihm erzählen, dass sie eine Teeparty gemacht haben«, sagt sie eines Nachmittags. Da sitzen die Stofftiere im Kreis.

» Wie die Leute beim Feuer«, sagst du.

Ruckartig dreht sie sich zu dir um.

» Was hast du gesagt?«

» Die Leute beim Feuer haben im Kreis gesessen.«

» Hast du das Charlie und Karen erzählt?«

Du nickst.

» Erinnerst du dich an ihre Gesichter? An irgendeins von ihnen?«

Deine Mutter denkt, jemand von ihnen hat Teddy mitgenommen, und sie meint, du musst dich erinnern, etwas gesehen *zu haben. Sie sieht dich so eindringlich an, dass du dich schrecklich fühlst. Sie will, dass du ein Gesicht beschreibst, aber du kannst dich an niemanden richtig erinnern. Sollst du dir eins ausdenken, damit sie hoffen kann? Oder einfach das vage Gesicht beschreiben, das du immer vor dir siehst, wenn du an die schattenhaften, vom Feuer rötlich verfärbten Tanzenden denkst? Sie scheint verzweifelt genug, dass sie zerbricht, wenn du ihr nicht irgendetwas gibst.*

»*Eine Frau hatte eine Blumenkrone.*«

»*Was für Blumen?*« *Sie nimmt deine Hand und zieht dich sanft zu sich, bis du neben ihr auf Teddys Bettkante sitzt. Ihre andere Hand streicht über die Tagesdecke, als wäre sie lebendig und müsste getröstet werden.*

»*Wie ein Kranz aus Gänseblümchen*«, *sagst du.*

»*Wie sah ihr Gesicht aus? Weißt du das noch?*«

Goldene Haut, flackerndes Licht, schwarze Augen, Locken. »*Sie war hübsch*«, *sagst du.*

»*Welche Haarfarbe hatte sie?*«

Du bist dir nicht sicher, das war im Feuerschein unmöglich zu erkennen. »*Wahrscheinlich braun*«, *sagst du.*

»*Dunkelbraun oder hellbraun?*«

»*Hell.*« *Es könnte sein. Als du dir in der Bücherei Fotos von der Sommersonnenwende angesehen hast, war da eine Frau mit hellbraunem Haar gewesen. Vielleicht war sie auch im Wald.*

Die Fragen gehen weiter.

Du antwortest, so gut du kannst.

Und du hast das Gefühl, dass du deiner Mum näherkommst. Sie vertraut sich dir an.

Sie sagt, die Polizei konnte nur einige von den Feiernden finden. Sie sind keine durchschnittlichen Leute, sagt sie. Nicht von hier. Heiden. Jedes ihrer Worte kappt die Verbindung zwischen ihnen und dem Leben, das du kennst, weiter. Es soll dir klarmachen, dass es keine Leute wie wir sind, und dennoch kam es dir in der Nacht vor, als würdest du sie kennen. Du hast etwas sehr Besonderes mit ihnen geteilt.

Deine Mum lässt deine Hand erst los, als sie die Polizei anrufen geht, um ihnen zu sagen, was du ihr erzählt hast. Und du weißt, dass es wahrscheinlich nur wenige Stunden dauert, bis Charlie und Karen zurückkommen, um dich wieder zu befragen.

38

Nach der Besprechung mit Tamsin wollte ich nicht nach Hause. Ich konnte mich dem nicht stellen.

Um nicht erkannt zu werden, wickelte ich mir den Schal hoch um den Hals, setzte die Kapuze auf und ging los. Wie ich bald feststellte, war ich auf dem Weg in unser altes Viertel.

In unserem früheren Haus saß unsere Vermieterin Patricia in ihrem üblichen Sessel am Fenster, rauchte eine Zigarette und blickte leer hinaus auf die Straße. Kaum bemerkte sie mich, wurde sie schlagartig munterer, als hätte ein Marionettenspieler an ihren Fäden gezogen.

Sie öffnete die Haustür weit. »Sind Sie gekommen, um Ihre Kartons abzuholen?«

»Eigentlich wollte ich Sie besuchen.«

Das meinte ich ernst. Ich wollte an einem Ort sein, der sich wie ein Zuhause anfühlte, bei jemandem, den ich mit sicheren, vertrauten Dingen assoziierte: Teetassen und gemütlichem Plaudern.

Sie sagte nichts über Dan. In ihrer Wohnung konnte ich keine Zeitungen sehen. Ich wusste, dass sie nicht ins Internet ging, und ihr Fernseher war meistens auf einen Kanal eingestellt, in dem lauter Wiederholungen alter Serien liefen, die sie mochte. Vielleicht wusste sie nichts.

Sie machte mir Tee, und ich erzählte ihr von den neuen Nachbarn, wie reich Sasha und James sein mussten, wie vornehm Barry und Vi waren und was für eine nette Familie Kate und Ben hatten. Danach sahen wir uns ihre Serien an, und die ganze Zeit dachte ich: *Ich muss ihr von Dan erzählen.* Doch sie schien so froh, mich zu sehen, und ich war so dankbar, für eine kleine Weile in diesem Kokon zu sein, dass ich es nicht übers Herz brachte, etwas zu sagen.

Als der Abspann über den Bildschirm lief, sagte sie: »Ich vermisse dich und Dan. Mit den neuen Mietern ist es nicht dasselbe. Sie sind nie zu Hause. Früher fand ich den Gedanken schön, dass du da oben bist, den ganzen Tag tippst und dir in meiner Wohnung ein anderes Universum ausdenkst, während ich direkt ein Stockwerk tiefer bin. Es war ein schönes Gefühl. Besonders. Möchtest du einen Teekuchen, Liebes? Ich weiß doch, dass du den magst.«

Draußen wurde es dunkel, und gerade waren die Lichter in der Bäckerei gegenüber ausgegangen. Ich merkte, wie meine Anspannung ein wenig nachließ, und nichts wollte ich lieber als einen Teekuchen.

Sie toastete mir einen. Die Ränder waren verbrannt, aber das störte mich nicht. Als sie sich wieder neben mich auf die Couch setzte, klang es, als würde ihr jemand die Luft rauslassen. Sie umfing meine Hand mit ihren beiden Händen, und ich spürte, wie mir Tränen in den Augen brannten.

»Liebes, ganz sicher willst du nicht darüber reden, sonst hättest du es schon getan, aber ich habe das mit Dan in den

Nachrichten gesehen. Ich weiß, dass bei euch nicht alles eitel Sonnenschein war, weil ich mehr hören konnte, als du denkst, aber es tut mir sehr leid, dass er tot ist. Er war ja nicht nur schlecht. Sind sie fast nie. Es muss schließlich einen Grund geben, warum man sie liebt, nicht?«

Sie begann, meinen Handrücken zu tätscheln. Es bekam etwas Beharrliches, weil sie nicht aufhörte. Was hatte sie mitbekommen?

»Die Polizei hat mich angerufen«, fuhr sie fort, und jetzt hörte das Tätscheln auf. »Sie kommen morgen her, um mit mir zu reden.«

»Aha?« Mein Herz pochte schneller. Was würde sie ihnen erzählen?

»Ja, morgen Vormittag. Wahrscheinlich haben sie eine Menge Fragen über dich und deinen Dan. Was ich über euch wusste, was ich hören konnte, solche Sachen. Und da habe ich mir gedacht …« Sie beendete den Satz nicht, und mir wurde unwohl.

»Was gedacht?«, fragte ich.

»Ach, eigentlich ist es albern, aber weißt du, wovon ich immer geträumt habe? Von einem Buch, das mir gewidmet ist. Ich denke, das wäre richtig nett.«

Es dauerte einen kurzen Moment, ehe ich begriff, dass sie mich erpresste. Im Fernsehen strahlte ein Spielmoderator mit sehr weißen Zähnen in die Kamera. Ich konnte wieder sprechen, als auf das applaudierende Publikum geschwenkt wurde.

»Es wäre mir eine Freude, dir ein Buch zu widmen. Für das nächste Eliza-Buch könnte es zu spät sein, weil es noch dieses Jahr erscheint, aber das danach wird für dich.« Ich fürchtete, an meinen Worten zu ersticken. Natürlich war es ein kleiner Preis für ihre Diskretion, doch ich hatte ihr vertraut, als ich es lieber nicht getan hätte, und jetzt wurde mir bewusst, dass ich außer Eliza niemanden mehr auf meiner Seite hatte.

Sie lächelte glücklich. »Wunderbar! Und kannst du ›Danke‹ oder vielleicht ›Für Patricia in Dankbarkeit‹ schreiben oder so?«

»Selbstverständlich«, antwortete ich. Mir wurde übel. Ich musste hier raus. Dies war keine Zuflucht.

Sie lehnte sich zurück, um die Spielshow zu verfolgen, sichtlich zufrieden. Oder auch nicht, denn sie holte Luft und sagte: »Und dann rechne ich mit Journalisten, die auch mehr über dich und Dan wissen wollen. Aber darüber reden wir ein anderes Mal, Liebes. Ich bin sicher, wir zwei finden ein Arrangement. Schließlich ist allgemein bekannt, dass Journalisten keine netten Dinge schreiben, und das wollen wir ja nicht.«

»Nein, wollen wir nicht«, sagte ich.

Ich war so wütend, dass ich weder richtig zum Fernseher schauen noch richtig zuhören konnte. Es war ein Ansturm von Lärm und Bildern, der mir den Verstand blockierte. Ich ballte die Fäuste so fest, dass sich die Fingernägel in die Haut gruben.

Patricia blickte zum Bildschirm, schien meinen wachsenden Zorn nicht zu bemerken und sagte: »Das Traurigste ist, dass es ausgerechnet passiert ist, als Dan kurz vor seinem großen Durchbruch stand.«

»Was meinst du?«

»Ich meine das Projekt, an dem er gearbeitet hat«, antwortete sie. »Als Co-Autor«, ergänzte sie, als würde das Wort besonderes Prestige implizieren. »Mit seiner guten Freundin.«

Mir wurde eiskalt.

»Welcher Freundin?«, fragte ich, doch Patricia war so in Fahrt, dass sie mich nicht hörte.

»Ein Jammer, dass einiges daran so frustrierend für ihn war. Er hat gesagt, es ist eine Herausforderung, mit jemandem zu arbeiten, und das kann ich mir auch gut vorstellen. Ehrlich, ich bin mir nicht sicher, wie man mit jemandem zusammen ein Buch schreibt, aber davon verstehst du mehr als ich. Jedenfalls hat er erzählt, dass ihre Prosa qualitativ nicht an seine heranreicht.«

Das klang nach Dan. Zweifellos war es ein direktes Zitat von ihm. Ich malte mir aus, wie er hier unten saß, während ich arbeitete. Hatte er auf demselben Platz gesessen wie ich jetzt und Patricia bei Tee und Kuchen all das erzählt? Hatte er es geliebt, wie sie an seinen Lippen hing?

Ich wollte unbedingt wissen, wer »sie« war, seine »Co-Autorin«.

»Hatte Dan den Namen der Freundin erwähnt?«

»Sasha«, antwortete Patricia. »An den erinnere ich mich so gut, weil ich mal eine Katze hatte, die so hieß.«

Sasha. Natürlich. Es überraschte mich nicht.

Aber warum hatte sie es in den letzten Tagen mit keinem Wort mir gegenüber erwähnt? Warum hatte er es nicht getan?

»Ich sollte gehen«, sagte ich.

»Na, vergiss die Kartons nicht, die Dan hiergelassen hat. Gott hab ihn selig. Oder ist es dir lieber, wenn ich sie der Polizei gebe?«

»Nein, ich nehme sie mit.«

»Sei vorsichtig«, rief sie, als ich mit den zwei Kartons auf den Armen die Straße entlangstolperte. »Und vergiss nicht, dich wieder zu melden!«

Sobald ich außer Sicht war, stellte ich die Kartons ab und würgte meinen Teekuchen in den Gully, zusammen mit den letzten Krümeln Vertrauen, die ich noch gehabt hatte.

39

Ich rief mir ein Taxi nach Hause. Jetzt war es unmöglich, mich vor den Reportern zu verstecken, die am Ende unserer Straße lauerten. Ich konnte nur die Kapuze aufsetzen, den Kopf senken und jedweden Blickkontakt vermeiden. Ich sorgte mich, was für Bildunterschriften sie sich für die Fotos ausdachten, die sie machten. Würden sie mich als gefühllos beschreiben? Nicht gebrochen genug? Zu gebrochen? Es fiel mir nicht schwer, mir alle möglichen Sachen auszudenken, die sie über mich schreiben würden.

Zu Hause brachte ich die Kartons in die Küche und schlitzte das Klebeband mit einem Messer auf. Ich wollte wissen, was so kostbar für Dan gewesen war, dass er es zur Sicherheit bei Patricia gelassen hatte. Ich nahm einige Blätter heraus, und soweit ich sehen konnte, handelte es sich um seine alten, unveröffentlichten Schreibversuche. Kurzgeschichten, ein längeres Skript für eine Reportage und mehrere Romanversuche. Seitenweise. Zerlesen und voller Randnotizen. Ich öffnete den zweiten Karton. Er war voll mit seinen alten Recherchenotizbüchern. Jahrelange fruchtlose Arbeit.

Und offensichtlich das, was ihm das Wertvollste gewesen war.

Eine Welle von Kummer rollte über mich hinweg, übermannte mich jedoch nicht. Und sie erinnerte mich daran, dass ich herausfinden wollte, woran er und Sasha geschrieben hatten.

Ich versuchte, mich zu erinnern, ob ich ein Arbeitszimmer in ihrem Haus gesehen hatte, in dem sie mit Dan gearbeitet haben könnte. Da war der Raum, in dem sie kopiert hatte, aber ich hatte ihn für James' Heimbüro gehalten. Und hätte sie mich in dem Haus übernachten lassen, wenn es dort Spuren des Projekts gäbe, wo es doch allem Anschein nach wichtig war, dass ich nichts davon erfuhr?

Mir fiel das Gartenhaus der Morells ein. Hatten die beiden dort geschrieben? Es würde einleuchten. Ein eigens dafür vorgesehener Schuppen wäre genau das, was Dan gewollt hätte. Und allmählich begriff ich, dass er und Sasha sehr viel mehr gemein gehabt hatten, als ich hatte sehen wollen.

Ich wartete, bis es spät war, dann schlich ich mich nach draußen in den Garten und zum Haus der Morells. Die Route war mehr oder weniger die gleiche, die sie mir gezeigt hatte, obwohl ich mich so weit wie möglich von den Häusern fernhielt, um nicht gesehen zu werden. Bei jedem Schatten zuckte ich zusammen, und als ein Fuchs meinen Weg kreuzte, erschauderte ich vor Angst. Meine Füße schienen unrettbar in dem feuchten Boden zu versinken, und überall wähnte ich Augen, die mich beobachteten.

Ich betete, dass der alte Hund der Delaneys nicht anschlug, als ich durch ihren Garten huschte, wobei ich achtgab, dem Kinderspielzeug auf dem Rasen auszuweichen. In einem Fens-

ter oben brannte ein schwaches Licht, eventuell eine Nacht-
leuchte von einem der Kinder, und ich dachte an die Kleinen,
sicher in ihren Betten, sicher vor dem Wald.

Bei Vi und Barry war alles dunkel. Von ihrem Küchengarten
aus schlüpfte ich durch die Lücke in der Hecke und näherte
mich von hinten und mit vorgestrecktem Arm dem Gartenhaus, an dessen Silhouette ich mich orientierte, bis ich raues
Holz an den Fingerspitzen fühlte. Ich spähte ins Fenster seitlich am Schuppen, doch das Rollo war heruntergezogen. Als
ich nach vorn ging, bemerkte ich eine Lampe über der Tür. Ich
trat einen Schritt vor, um zu sehen, ob sie durch einen Bewe-
gungsmelder gesteuert wurde, und hielt mich bereit zurückzu-
laufen, sollte sie angehen, aber sie blieb aus. Das war gut.
Glück. Ich drehte den Türknauf. Er bewegte sich, aber die Tür
öffnete sich nicht.

»Lucy? Bist du das?«

Die Stimme erschreckte mich. Ich sah niemanden. »Wer ist
da?«

»Ich bin's, James. Was machst du hier?«

Ich schaute mich nach ihm um. »Du wirst gefilmt«, sagte er.
»Siehst du das Gerät über der Tür?«

Es war also keine Lampe, sondern ein Überwachungsgerät.
Das hätte ich mir denken müssen. Ich hatte doch gehört, wie
Vi und Barry über James' und Sashas Faible für Sicherheit re-
deten.

»Entschuldige«, sagte ich.

»Bleib da, ich komme.«

Ich überlegte, ob ich weglaufen sollte, aber wo konnte ich
schon hin? Er würde mich bei mir zu Hause finden, und in den

Wald zu rennen, wagte ich nicht. Der raunte geradezu im böigen Wind.

Ich rutschte mit dem Rücken an der Gartenhauswand nach unten, bis ich auf dem kleinen Eingangspodest saß, und wartete auf James. Kälte kroch mir in die Kleidung. Ob Sasha auch mit herkam?

Im Haupthaus gingen keine Lichter an, doch nach wenigen Momenten sah ich James' Umrisse auf mich zukommen. Er überquerte den Rasen mit so kontrolliertem Schritt, dass es mir Angst einjagte. Je näher er kam, desto schneller schlug mein Herz. Schließlich stand er vor mir, überragte mich, und ich fühlte mich ihm untergeben. Als wäre ich sein Opfer.

Doch er setzte sich zu mir, lehnte sich ebenfalls an die Holzwand und streckte die Beine vor sich aus. Er hatte eine Jogginghose und einen dünnen Pullover an. Der Wald raschelte, und eine Bö wehte mein Haar auf. James sagte nichts.

»Ich habe herumgeschnüffelt, weil ich nicht schlafen konnte«, gestand ich. »Tut mir leid. Ich weiß selbst nicht, warum.«

»Ich denke, doch«, sagte er resigniert und fröstelte. Es war so ansteckend wie ein Gähnen. »Wollen wir reingehen?«, fragte er. »Da ist es wärmer.«

Ich musterte ihn, wie man es immer tun sollte, wenn man von einem Mann eingeladen wird, in einem Raum mit ihm allein zu sein. Doch seine Miene war im Dunkeln nicht zu deuten, und seine Absichten ließen sich unmöglich erahnen. Ich angelte nach meinem Handy und leuchtete ihm mit der Taschenlampe ins Gesicht. Er hielt sich den Unterarm vor die Augen.

»Nicht!«, sagte er scharf. »Das sieht sie.«

Ich schaltete es aus. Er hatte sich ängstlich angehört.

»Gehen wir rein«, sagte ich.

»Er ist nicht sicher«, warnte Eliza. »Sei nicht dumm.« Es war mir egal. Inzwischen faszinierte er mich.

Drinnen war es nicht viel wärmer, aber wenigstens waren wir hier vor dem Wind geschützt. James betätigte irgendwo einen Schalter, und warme Luft umhüllte uns.

»Setz dich«, sagte er.

Ich tastete mich in den Raum vor und setzte mich auf den Schreibtischstuhl. Er nahm auf einem Sessel mir gegenüber Platz. Während sich meine Augen an die Lichtverhältnisse anpassten, tauchte der Rest des Raumes langsam aus der Dunkelheit auf. An den Wänden hingen überall Pinnwände, und jeder Zentimeter davon war mit Fotos und Ausdrucken gepflastert.

Es war wie ein Fausthieb in die Magengrube. In der Mitte hing eine Fotografie, die ich besser kannte als mein eigenes Gesicht. Es war Teddy.

Sein Kindergartenfoto war nach seinem Verschwinden überall verteilt worden. Googelte man seinen Namen, tauchte es als Erstes auf. Es war so groß ausgedruckt, dass sein Gesicht lebensgroß war, und einen fiebrigen Augenblick lang war mir, als könnte er aus der Dunkelheit kommen und mich umarmen, ich seine Arme um mich spüren und sein Kleinjungengeruch mich einnebeln wie ein Parfüm.

»Das haben Dan und Sasha gemacht«, sagte James. »Tut mir leid, ich dachte, du wusstest davon.«

»Nein, wusste ich nicht«, flüsterte ich. Und ich war noch nicht ganz sicher, was »das« war.

»Am Anfang dachte ich, sie hätten eine Affäre«, sagte er. »Es wäre nicht Sashas erste gewesen.«

»Das tut mir leid.«

»Tja, na ja, es hat wehgetan, aber so was macht das Leben manchmal mit einem. Ich weiß, dass du es kennst.«

Ich reagierte nicht. Seine Worte schmerzten.

»Zuerst war ich erleichtert, als ich sah, was es war, das sie trieben. Ich dachte, lieber dies hier, als dass sie mit ihm schläft. Aber dann wurde mir klar, dass sie das auch taten.«

Ich rang nach Luft. Zwar hatte ich es geahnt, trotzdem tat es weh, es zu hören. Mehr Details traten aus den Bildern um ihn herum zutage. Und ich konnte den Blick nicht von ihnen abwenden.

»Ich nehme an, du arbeitest sehr viel«, sagte er schlicht.

»Er will sich mit dir verbrüdern«, sagte Eliza.

Jetzt sah ich James an und fragte mich, wer wir beide in diesem Szenario waren oder sein könnten. Betrogene und zerstörte Ehepartner? Oder – und diese Idee nahm eben erst Gestalt an – wollte er, dass wir eine Art Team wurden? Hatte er vor, sich an seiner Frau für ihre Affäre und dieses Gemeinschaftsprojekt zu rächen? Oder hatte er es schon getan? An Dan?

Flüchtig bekam ich Angst.

»Ging dir dein Mann nicht auf die Nerven?«, fragte James. »Mit seinem andauernden Geschwafel übers Schreiben? Dass er nicht verstanden hat, dass man nicht immer kriegt, was man will? War er neidisch?«

Seine Worte trafen mitten ins Schwarze, und ich drohte, unter ihrem Gewicht einzuknicken. Eliza sprach für mich: »Willst du, dass ich darauf antworte? Oder redest du dir bloß deine eigenen Eheprobleme von der Seele?«

»Du hast recht, entschuldige. Antworte nicht. Tatsächlich habe ich einiges von dem gelesen, was sie zusammen geschrieben haben. Sie können dir übrigens nicht das Wasser reichen.«

James' Komplimente wollte ich nicht. Nicht hier und nicht jetzt. Es nervte ihn, dass ich nicht sofort anbiss, das war deutlich zu sehen.

»Haben sie über Teddy geschrieben?«, fragte ich.

Er nickte. »Sie haben beide davon fantasiert, der nächste Truman Capote zu sein. Haben gedacht, sie klären das Verschwinden deines Bruders auf und bringen einen Bestseller raus.«

»Wie konnten sie!« Ich fühlte mich verraten, und die Wut in meiner Stimme entging James nicht.

»Willst du den Kram hier vernichten?«, fragte er. »Kannst du, wenn du willst. Sie verdienen es. Das hätten sie nie hinter deinem Rücken machen dürfen.«

Er wartete meine Antwort nicht ab, sondern stand auf und riss ein Blatt von der Wand. Mir wurde klar, dass er es war, der hier alles vernichten wollte, nicht ich. Ich war sein Alibi. Wir beide schauten zu, wie der Papierbogen zu Boden segelte, und das löste etwas in ihm aus. Er stürzte sich wieder auf die Wand und riss alles in einem Anfall wilder, unbeholfener Aggression ab.

Ich sprang auf und trat zurück, zu erschrocken, um mitzumachen, aber gleichzeitig zu gebannt von dem Anblick, um hinauszulaufen. Kaum war die Wand leer, sackte James auf die

Knie, vergrub das Gesicht in den Händen und hockte inmitten all der zerrissenen Blätter. Teddys Gesicht starrte mich an. Ich hob es auf und presste es an meine Wange.

Ich ließ James allein weinen, ging nicht zu ihm, berührte ihn nicht. Mein eigener Schmerz war zu groß, zu frisch, als dass ich ihm Trost bieten könnte. Ich saß einfach mit Teddy da. Alles war still, abgesehen von James' Weinen.

Nach einer Weile hörte er auf und entschuldigte sich. Irgendwie hasste ich ihn dafür. Der Verrat, den ich empfand, ging tiefer als seiner. Er litt, weil unsere Ehepartner eine Affäre gehabt hatten. Ich litt auch deshalb, aber mehr noch, weil mein Mann bereit gewesen war, meine sorgsam verborgene Vergangenheit zu plündern und gewinnbringend für sich zu nutzen.

Im Haupthaus schien Licht auf, und wir sahen beide hin.

»Sasha geht ins Bad«, flüsterte James, und selbst im Dunkeln bemerkte ich etwas Unerwartetes in seinem Gesicht, einen Nachhall der Furcht, die ich vorhin an ihm gespürt hatte.

»Hast du Angst vor ihr?«, fragte ich.

Er drehte sich zu mir und kam zu nahe. Es fühlte sich zu intensiv an. »Ich glaube, dass sie jemanden angeheuert hatte, um mich zu töten«, sagte er. »Aber die haben aus Versehen Dan umgebracht.«

Um uns herum schien die Welt zu erbeben.

»Hast du das der Polizei gesagt?«

»Nein.«

»Wirst du es tun?«

»Nein.«

»Du musst.«

»Muss ich nicht.«

»Warum nicht?«

»Weil ich sie liebe.«

Was für ein denkwürdiger Augenblick! Manchmal hatte ich schon mein Spiegelbild studiert und darin nach Anzeichen von Wahnsinn gesucht. Es kam nicht oft vor, aber doch immer mal wieder, wenn ich das Gefühl hatte, dass meine Fantasie keine Stärke, sondern eine Gefahr für mich war. Und jetzt, als ich James so sah, wurde mir klar, wie schwierig es war, Wahnsinn zu erkennen und zu wissen, wann jemand davon befallen war. Es stand den Leuten ja nicht ständig ins Gesicht geschrieben. Vielmehr lauerte der Wahnsinn manchmal unter der Oberfläche und zeigte sich kurz in unserem Handeln, unseren Worten oder unserem Gesichtsausdruck, um sich sogleich wieder zurückzuziehen und bis zum nächsten Mal abzutauchen. Sein Potenzial schlummerte in uns allen. Dieser Mann war von seiner Frau besessen, doch ich hatte es bis jetzt nicht durchschaut. Und ich fragte mich, ob Dan es gesehen hatte. Ganz bestimmt aber hatte Sasha es erkannt.

Ein weiteres Licht im Haus ging an, diesmal unten.

»Ich muss gehen«, sagte er.

»James ...«

»Ich rede nicht mit der Polizei.« Er war halb aus der Tür und hielt sie mir auf.

»Darf ich die Papiere mitnehmen?«

Er blickte zum Fußboden, als würde er jetzt erst begreifen, was er getan hatte.

»Nimm, was du willst. Mach die Tür hinter dir zu. Ich werde so tun, als wäre jemand eingebrochen.«

Also waren er und ich nicht direkt ein Team, aber auch keine Feinde. Und ich war mir nicht sicher, ob er rational oder verlässlich war, wahnsinnig oder gesund. Oder ob er sich, wie ich, nicht mehr sicher war.

XX

Du bleibst immer mehr in deinem Zimmer, meidest deine Eltern und die Fallen, die sie dir stellen, weil sie wollen, dass du dich erinnerst. Charlie und Karen sind seit Tagen nicht mehr da gewesen. Es könnten auch Wochen sein. Das weißt du nicht genau. Zeit ist schwer einzuschätzen, wenn die Luft im Haus dick wie Sirup ist und du jede Mahlzeit allein am Tisch isst, wo du bei jedem Bissen ewig zum Kauen und Schlucken brauchst.

Man hat Teddy nicht gefunden. Du bist die einzige Hoffnung deiner Eltern auf einen Durchbruch. Das siehst du in ihren Augen. Sie beobachten dich wie die Geier. Sie behandeln dich anders. Manchmal nehmen sie dich in den Arm, aber nicht mehr so wie vor Teddys Verschwinden. Jetzt dauern die Umarmungen nicht mehr lange genug, dass du das Ohr an ihre Brust drücken und ihre Herzschläge zählen kannst.

An dem Tag, an dem Niall Wright kommt, regnet es. Seit einigen Wochen hörst du seinen Namen im Haus. Deine Mum scheint begeistert von ihm zu sein, dein Dad weniger.

Seine Stimme ist nicht laut, aber streng. Sie lockt dich aus deinem Zimmer, und du spähst durch das Treppengeländer. Er hält die Hand deiner Mutter mit beiden Händen.

»*Ich würde lieber im Wohnzimmer arbeiten, wenn es Ihnen recht ist, Carol«, sagt er zu ihr. »Es ist gemeinhin eine entspanntere Umgebung. Und es wäre schön, wenn wir uns einige Minuten unterhalten und vorbereiten können, bevor wir sie runterholen. Ist sie da?«*

»*Oh ja«, antwortet deine Mum. »Ich rufe sie, wenn Sie so weit sind. Aber seien Sie gewarnt. Lucy ist ein ziemlich scharfsinniges Kind.«*

»*Das ist gut. Ich bekomme oft die besten Resultate von Leuten, die ungewöhnlich aufmerksam sind. Ich wette, das hat sie von Ihnen.«*

Steck dir den Finger in den Hals, würde deine Mum normalerweise sagen. Ja, wahrscheinlich stimmt es, denn von deinem Vater hast du es garantiert nicht.

Du gehst nach unten und öffnest die Tür, die sie eben zugemacht haben. Er sieht dich so an wie die Detectives. Als wärst du ein Rätsel, das gelöst werden muss.

»*Ah, hallo!«, sagt er. »Genau das Mädchen, das ich gehofft habe zu sehen.«*

Du schaust zu deiner Mum. »Das ist Niall«, erklärt sie. »Er ist gekommen, um dir beim Erinnern zu helfen.«

»*Ich kann mich nicht erinnern«, sagst du. »Und ihr könnt mich nicht zwingen.«*

»*Keiner will dich zu irgendwas zwingen«, erwidert er. »Es ist bloß ein kleines Spiel.«*

Er ordnet die Kissen deiner Mum neu, stapelt sie am einen Ende des Sofas.

»*Wie wäre es, wenn du dich hier hinlegst?«, fragt er und schwenkt einen Arm übertrieben.*

Du rührst dich nicht vom Fleck. »Wie heißt das Spiel?«

»Nun«, antwortet er, »ich weiß nicht, ob du schon mal davon gehört hast. Es macht wirklich viel Spaß. Und es heißt Hypnose.«

Wieder blickst du zu deiner Mum. Sie sieht sehr hoffnungsvoll aus, und du fängst an zu zittern.

»Nein«, sagst du.

»Es macht bestimmt Spaß«, sagt er.

»Ich will nicht einschlafen.«

»Es ist auch kein richtiges Schlafen, sondern Erinnern. Als würdest du träumen. Warum probieren wir es nicht mal, und wenn es dir nicht gefällt, hören wir auf?«

»Das ist eine gute Idee«, sagt deine Mum. »Bitte, Luce. Nur so können wir die Wahrheit erfahren. Ich glaube fest daran, und Niall ist ein Fachmann.«

»Bei mir bist du in guten Händen«, sagt er.

»Bitte, Schatz«, ergänzt deine Mum.

Du legst dich hin und hörst ihm zu. Anfangs fühlst du nichts, außer dass du dir sehr bewusst bist, dass du auf dem Sofa liegst. Aber nach einer Weile entgleitet es dir. Seine Worte sind sehr beruhigend. Eliza flüstert, dass du wach bleiben musst. Du musst das Geheimnis schützen. Es wäre noch schlimmer für dich, wenn du nach so langer Zeit gestehst. Sie alle werden das Schlechteste von dir denken, weil es ja jeder gleich gesagt hat, schon in den ersten Stunden nach Teddys Verschwinden, dass das Entscheidende bei einem vermissten Kind die Zeit war. Und inzwischen ist eine Menge Zeit vergangen, ohne dass sie von dem Bunker erfahren haben. Das werden sie dir nicht verzeihen.

Als Niall dich bittet, dich zurück in den Wald zu versetzen, liegst du so regungslos da wie ein gefallener Ast, lässt die Augen zu, hältst dich in Gedanken aber an jeder Einzelheit im Wohnzimmer fest, damit er dich nicht mit seinem Zauber belegen kann. Er fängt an, sanft zu reden. Seine Worte bilden eine weiche Kurve, und du folgst ihr eine Weile, verlierst dich fast. Doch als er bei dem Moment ist, in dem Teddy verschwand, hörst du Eliza, und sie sagt dir, dass du so antworten sollst wie immer: »Der Feenkönig hat Teddy mitgenommen in sein Feenreich.«

Deine Mum stößt einen wütenden Schrei aus und verlässt das Zimmer. Du öffnest die Augen nicht, spürst aber, dass Niall sehr still ist. Du fühlst, dass er dich ansieht.

»Scheiße«, sagt er.

Kleidung raschelt, als er aufsteht. Er geht einige Schritte.

»Oh!«, sagt er wenig später, als wäre ihm etwas eingefallen, das er vergessen hatte, weil er abgelenkt war. »Du bist wieder bei uns, Lucy, okay?«

Du öffnest die Augen und setzt dich auf. Niall ist fort, hat aber seine Karte auf dem Couchtisch gelassen. Du nimmst sie auf und liest die geschnörkelte Schrift: Niall Wright. Hypnotiseur. Hellseher. Referenzen auf Anfrage.

Im Flur hörst du deine Mutter schluchzen, und Niall sagt: »Dies ist nicht das Ende, Carol. Wenn Sie mich in den Wald zu der Stelle bringen, wo die Kinder waren, ist es gut möglich, dass ich etwas fühlen kann. Sehr gut möglich. Die Auren werden stark sein. Wenn wir etwas von Teddy mitnehmen, ist es quasi garantiert. Und es sind keine hohen Zusatzkosten.«

Deine Mutter schluchzt nur noch lauter.

40

Eliza nahm James die Geschichte nicht ab, dass Sasha seinen Tod wollte.

»Er schützt sich selbst«, sagte sie. »Es ist eine zu praktische Erklärung. Zu Hitchcock-mäßig, offen gesagt. James ist der, der Dan etwas angetan hat.«

Ich war mir nicht so sicher. James hatte richtig verängstigt auf mich gewirkt und ehrlich am Boden zerstört wegen der Untreue seiner Frau. Eliza blieb die ganze Nacht dabei, doch ich hörte kaum zu. Sie hatte ihre Ansicht, ich meine. Und wenn James der Polizei nichts von seinem Verdacht erzählte, würde ich es tun.

»Mach nichts Voreiliges«, sagte Eliza. »Er könnte zurückschlagen.«

Oder sie, dachte ich.

Ich nickte immer wieder ein, und jedes Mal, wenn ich zu mir kam, glaubte ich etwas anderes. Meine Gedanken und Träume wurden zunehmend rissiger, bis ich nicht mehr wusste, was ich dachte. Ich konnte nur noch die zerfetzten Papiere auf dem Boden in Sashas Schreibschuppen visualisieren.

Schließlich konnte ich nicht mehr schlafen, stand auf und

stellte mich der kalten Morgenluft, um die Papiere zu holen. Ich breitete sie auf meinem Bett aus, wickelte mich bis zum Hals in die Decke und betrachtete sie.

Während ich sie durchging, wurde ich immer frustrierter. Ich wollte Dan schütteln. Dies war das Werk von Amateuren. Seine und Sashas »Recherche« bestand aus nichts weiter als Ausdrucken von allem, was zu Teddys Fall mühelos online zu finden war. In puncto Detektivarbeit war es erbärmlich. Ich konnte nicht fassen, dass er mich hierfür verraten hatte.

Ich ließ alles auf dem Bett und ging nach unten. Dort suchte ich in dem Präsentkorb nach etwas, das ich zum Frühstück essen könnte, und entdeckte einige Florentiner, die sehr gut waren.

Meine neue Anwältin Tamsin rief früh an.

»Die Polizei will noch einmal mit Ihnen reden«, sagte sie. »Angeblich haben sie etwas Neues gefunden.«

»Was?«

»Das erzählen sie uns, wenn wir sie treffen. Und, Lucy?«

»Ja?«

»Können wir uns vorher kurz unterhalten?«

»Ja, aber können Sie und die herkommen? Es sind Fotografen am Ende der Straße, und jedes Mal, wenn ich wegwill, versuchen sie, Fotos von mir zu machen. Und können Sie mir bitte Milch und Brot mitbringen?«

Eine Stunde später kam sie mit dem Essen. Sie zog ihren Mantel in der Diele aus und fragte: »Haben sie hier die Flecken gefunden?«

»Ja, aber das war mein Blut, nicht Dans.«

Sie nickte. Ich führte sie in mein Arbeitszimmer, weil ich die Küche nicht aufgeräumt hatte. Stumm folgte sie mir die Treppe hinauf, und ich spürte, dass sie sich umschaute.

»Hier ist eine Menge zu machen«, sagte sie.

Von meinem Arbeitszimmer war sie beeindruckt und lächelte zum ersten Mal. Ich bat sie, sich aufs Sofa zu setzen, und nahm im Sessel ihr gegenüber Platz.

»Als Erstes sollte ich erwähnen, dass ein junger Kollege in der Kanzlei einen Anruf von einem Anwalt namens Ben Delaney erhalten hat, der für eine andere Kanzlei arbeitet. Kennen Sie ihn?«

»Er ist mein Nachbar.«

»Tja, er hat versucht, Informationen über Sie zu bekommen, indem er andeutete, dass Sie überlegen, zu ihm zu wechseln.«

»Tue ich nicht. Ich mag Sie.« Und ich wollte nicht von Ben Delaney vertreten werden.

»Denn ich möchte meine und Ihre Zeit nicht verschwenden, falls Sie erwägen, sich einen anderen Rechtsbeistand zu suchen«, sagte sie.

»Ganz sicher nicht. Er hätte nicht an Sie herantreten dürfen.«

»Ich bin ehrlich froh, das zu hören. Offen gesagt ist er nicht der Beste in seinem Job.«

Konnte ich mir vorstellen. Er hatte etwas Weiches, beinahe Argloses an sich. Es war schwer, ihn sich als sonderlich effektiv vor Gericht vorzustellen. »Was denken Sie, warum er das gemacht hat? Glauben Sie, dass er vielleicht wissen wollte, was vor sich geht? Er wohnt gleich da.« Ich zeigte zum Fenster und auf das Haus der Delaneys. Man konnte eine Ecke vom Dachgeschoss sehen. Tamsin blickte hin.

»Ein schönes Haus für einen Strafverteidiger«, sagte sie. »Wenn er keine eigene Kanzlei hat, und die hat er nicht, muss er schon Geld gehabt oder welches geheiratet haben. Und darum dürfte es gehen, wenn er hinter Ihrem Mandat her ist. Das Geld. Nicht die Details. Wir kennen das weidlich in unserer Branche. Er will Ihre Verteidigung.«

Aber ich fragte mich, ob er mich gesehen hatte. Oder die kleine Lucy Bewley.

»Haben Sie gewusst, dass ein Fenster kaputt ist?«, ergänzte sie.

»Nicht anfassen!«, sagte ich rasch. »Es ist scharfkantig.«

Die Detectives kamen pünktlich – wieder zu zweit – und strahlten eine Energie aus, die mich sofort misstrauisch werden ließ. Sie füllte die Küche aus, in der Tamsin und ich mit ihnen sprachen. Ich hatte nichts gegen Tamsin in meinem Arbeitszimmer, aber DS Bright wollte ich nicht wieder da oben haben.

Sie saßen aufrechter als sonst, und DS Bright hatte ein Notizbuch und einige Papiere auf dem Schoß, die so an die Tischkante gelehnt waren, dass nur sie und ihr Kollege sie sehen konnten.

Sie reichte mir ein einzelnes Blatt, auf dem etwas getippt war. Auf ihr Nicken hin las ich.

Der Text begann mit:

Das Seitenstechen fühlt sich wie ein Messer an, aber du wagst nicht, stehen zu bleiben oder langsamer zu werden, als du durch den Wald nach Hause rennst. So weit dein Blick reicht, ragen Bäume wie eine stumme,

drohende Armee auf. Mondlicht blinkt durch den
Baldachin aus Baumkronen und wirft milchige Sprenkel
auf den Unterwuchs und macht die Schatten mal kürzer,
mal länger. Das Bild kippt.

Der Wald. Mir stockte der Atem. Ich wollte nicht weiterlesen.
»Wissen Sie, was das ist?«, fragte DS Bright.
Die Worte krabbelten über die Seite.
»Nein«, antwortete ich.
»Haben Sie irgendeine Ahnung?«
Ich sah wieder auf das Blatt und las die letzten Zeilen.

In ihrer festen Umarmung denkst du, bitte, kann dieser
Moment für immer dauern? Kann die Zeit stehen
bleiben? Aber natürlich kann sie das nicht. Genau
genommen dauert der Moment nur eine oder zwei
Sekunden, denn wie jede gute Mutter hebt deine den
Kopf und blickt über deine Schulter zu dem Weg hinter
dir, in die Dunkelheit, wo die Straßenbeleuchtung dürftig
ist und das Mondlicht hinter einem Wolkenfetzen
verschwunden. Wo das einzige andere Licht das
Garagentor von Nummer vier rahmt. Und deine Mutter
sagt die Worte, vor denen du dich gefürchtet hast.
»Aber wo ist Teddy?«
Du kannst ihnen nichts von deinem Versteck erzählen.
Das darfst du nicht.
Eliza wäre böse.
Deine Mum hält dich so fest bei den Oberarmen, dass es
wehtut. Du hast das Gefühl, dass sie dich womöglich

gleich schüttelt. Es kostet dich alle Kraft, sie anzusehen,
die Augen weit aufzureißen und alles Böse aus ihnen
wegzubekommen, das sie darin lesen könnte, und zu
sagen: »Ist er nicht hier?«

Vor Scham und Furcht konnte ich nicht zu ihnen aufsehen. Meine Hand zitterte, als ich das Blatt auf den Tisch legte und zurück zu DS Bright schob, wobei ich mich desinteressiert gab und mir nicht anmerken ließ, dass mein Herz raste und der Puls in meinen Ohren alles zu übertönen drohte.

»Woher haben Sie das?«, fragte ich.

»Wir hatten einige Papiere von Ihrem Mann mitgenommen, und das war dabei.«

In mir machte es »klick«, und zugleich fühlte es sich an, als würde alles auseinanderbrechen. Dies war Dans Werk. Offensichtlich experimentierte er mit seinem »True Crime«-Buch in der zweiten Person, an mich gerichtet. Es war so persönlich und so furchtbar.

»Gibt es noch mehr?«, fragte ich.

»Nein, das ist alles, was wir haben.«

Tamsin griff nach dem Blatt und begann zu lesen. Ich zeigte darauf und bemühte mich gar nicht erst, mein Zittern zu verbergen.

»Ich sage Ihnen, was das ist. Das ist schlechtes Schreiben, und wenn mich nicht alles täuscht, ist es die Art überspannte Prosa, die mein Mann schreiben würde.«

»Wissen Sie, wer Teddy ist?«, fragte DS Bright.

»Teddy ist mein kleiner Bruder. Er verschwand, als er drei Jahre alt war.«

»Wurden Sie damals von der Polizei zu dem Verschwinden befragt?«

»Das wurde jeder.«

»Ich habe hier einige Notizen aus der Originalermittlung. Darf ich daraus zitieren?«

Ich schluckte. Sie war weiter voraus, als ich geahnt hatte.

»Dies ist eine Fallnotiz von Detective Inspector Charlie Cartwright: ›Lucy Bewley erzählt eine sich fortwährend verändernde Geschichte zum Verschwinden ihres Bruders, bei der sich Wahrheit unmöglich von Fiktion unterscheiden lässt.‹ Was sagen Sie dazu?«

»Als Kind hatte ich eine sehr rege Fantasie. Ich habe ihnen erzählt, woran ich mich erinnern konnte, aber das hat ihnen nicht gereicht. Sie haben mich bedrängt.«

Tamsin mischte sich ein. »Inwiefern ist das für die laufende Ermittlung relevant? Ich muss meiner Mandantin raten, keine weiteren Fragen zu dieser Sache zu beantworten. Lucy, sagen Sie nichts mehr.«

»Ich möchte aber etwas sagen«, entgegnete ich. »Sie müssen mit James Morell reden. Wie er mir letzte Nacht erzählte, wusste er, dass Dan eine Affäre mit seiner Frau hatte. Und er denkt, dass Sasha jemanden angeheuert hatte, ihn zu töten, doch stattdessen wurde Dan umgebracht. Aus Versehen. Er ist vollkommen fertig deshalb. Und er hatte auch Angst. Richtige Angst.«

DS Bright blinzelte. »Können Sie das bitte wiederholen?«

Das tat ich. Ich erzählte ihr, was in dem Gartenhaus geschehen war. Ihr Kollege, ein junger, gertenschlanker Mann mit eingefallenen Wangen, machte sich Notizen, und ich beobachtete, wie sein Stift über das Papier jagte.

DS Bright beäugte mich aufmerksam. Diesen Blick war ich so leid. Die Fingerknöchel an Tamsins Hand, mit der sie ihr iPad hielt, wurden weiß. Das Blatt lag zwischen uns auf dem Tisch, verhöhnte mich.

Als ich verstummte, reagierte DS Bright nicht gleich. Sie ließ meinen Worten Raum, als müssten sie sorgfältig eingeschätzt werden.

»Wir gehen dem nach«, sagte sie schließlich. Sie lehnte sich vor, und ich schöpfte Hoffnung, dass wir endlich einen Draht zueinander fanden, dass das, was ich gesagt hatte, einen Schalter in ihrem Hirn umgelegt hatte und sie sich auf eine andere Beute fixierte. James und Sasha.

»Lucy, haben Sie über den Tod Ihres Bruders gelogen?«, fragte sie.

Ich lachte. Es war vor Enttäuschung, weil sie eindeutig nicht glaubte, was ich über James gesagt hatte, und weil ich diese Frage schon so viel Male gehört hatte.

»Lügen Sie bezüglich des Todes Ihres Mannes?«, fuhr sie fort. »Waren Sie wütend auf ihn, als Sie herausgefunden haben, dass er in Ihrer Vergangenheit nachforschte? Denn Sie sind offensichtlich nicht froh darüber. Wäre ich auch nicht, wenn mein Mann mit seiner Geliebten an etwas schreiben würde, das mich ruinieren könnte.«

»Detective!«, fuhr Tamsin dazwischen, und zu mir gewandt sagte sie: »Kein Wort mehr. Sie sind zu nichts verpflichtet.«

»Haben Sie Ihren Mann umgebracht, weil er sich nicht davon abbringen ließ, über Ihre Vergangenheit zu schreiben?«

Ich machte dicht, mehr konnte ich mir nicht anhören, und Eliza legte los. Ich senkte den Kopf, schloss die Augen und hielt mir die Ohren zu. Die Stimmen der Officers klangen gedämpft. Sie sprachen in der Diele mit Tamsin; anschließend kam sie zurück und verabschiedete sich von mir. Als die Tür hinter ihr ins Schloss fiel, wusste ich genau, was ich finden musste. Ich wollte wissen, ob Dan mehr geschrieben hatte, und wenn ja, was.

Zunächst durchsuchte ich sämtliche Papiere, die die Polizei nicht mitgenommen hatte, fand jedoch nichts Ähnliches. Ich erwog, zu Sasha zu gehen und zu versuchen, mehr aus ihr herauszukitzeln, da fiel mein Blick auf die Kartons, die ich von Patricia mitgebracht hatte.

Ich öffnete sie wieder und kippte sie aus. Unter den alten Notizbüchern, ganz unten in dem einen der beiden Kartons, stieß ich auf ein dünnes Manuskript, das in einer Plastikhülle steckte.

Ich nahm es heraus und las die erste Seite. Sie war identisch mit der, die DS Bright mir gezeigt hatte. Ich setzte mich hin und blätterte den Rest durch. Da war meine Geschichte, alles, was ich Dan erzählt hatte im Vertrauen darauf, dass es unter uns blieb. Ich las es Wort für Wort, bis zu dem letzten Abschnitt, dem einundzwanzigsten Kapitel. Die Kapitel waren mit römischen Ziffern nummeriert. Es war entsetzlich. Ich holte tief Luft, bevor ich mir die letzten paar Seiten vornahm.

XXI

Eines Tages erscheint Karen aus heiterem Himmel. Deine El-
tern unterbrechen ein Spiel von dir mit Eliza in deinem Zim-
mer und bitten dich, nach unten in die Küche zu kommen.
Dort sitzt Karen am Tisch und trinkt Tee aus dem Becher, von
dem sie behauptet, es sei ihr Lieblingsbecher.

»Das hier ist für dich«, sagt sie und schiebt dir eine Tüte
hin.

Du ziehst ein Notizbuch heraus. Es ist wunderschön mit ei-
nem festen Einband. Als du mit der Hand darüberstreichst,
kannst du Vertiefungen fühlen, und das Muster schimmert wie
ein Pfauenflügel. Du schlägst das Buch auf und fährst mit den
Fingern über das herrlich glatte Papier. Es ist perfekt.

»Es ist noch mehr in der Tüte«, sagt Karen.

Du drehst sie um, und eine schmale Schachtel rollt heraus.
Darin findest du einen Füller. Er ist leuchtend gelb, läuft zum
einen Ende spitz zu, und durch ein Loch in dem Plastik kannst
du eine Tintenpatrone sehen.

»Es ist ein Füllfederhalter«, sagt Karen, obwohl du das
schon weißt. »Deine Mum sagt, du bist groß genug, um einen
zu benutzen.«

So einen wünschst du dir seit Langem.

»Danke«, sagst du. Du willst ihn dringend in dem neuen Notizbuch ausprobieren, stellst dir vor, wie die Tinte vom Papier aufgesogen wird, wie es sich anfühlt zu beobachten, wie die Worte auf der Seite erscheinen. Für dich ist der Gedanke so sättigend und zufriedenstellend wie ein Teller mit deinem Leibgericht.

»Da kannst du deine eigenen Geschichten reinschreiben«, sagt Karen.

Vor Freude schlägt dein Herz schneller. Woher hat sie gewusst, wie sehr du dich darüber freuen würdest? Du schraubst die Kappe vom Füller ab, als du plötzlich das Gefühl hast, dass es zu schön ist, um wahr zu sein.

Du hältst inne und siehst die Erwachsenen an. Karen und deine Eltern beobachten dich zu sehr, als würden sie sogar den Atem anhalten. Und alles scheint sich auf Zeitlupe zu verlangsamen. Karen lächelt. Deine Mutter nickt und lächelt auch. Dein Dad lehnt am Kühlschrank. Er hat ein Bier in der Hand, auch wenn deine Mum nicht versteht, wie er in einer Zeit wie dieser trinken kann. Und er versteht nicht, wie sie solch ein Roboter sein kann.

Dad prostet dir zu und versucht zu lächeln, als hätte er vergessen, wie es geht.

»Du könntest über die Nacht schreiben, in der Teddy verschwunden ist, Luce«, sagt er, als würde es ihm eben einfallen, aber du erkennst, dass es nicht so ist. Das hier war geprobt. Noch ein Trick, damit du dich erinnerst, was passiert ist.

Du legst den Füller behutsam neben das Notizbuch, obwohl du am liebsten beides so weit wegwerfen würdest, wie du kannst. Dann stemmst du die Hände auf die Knie. »Vielen Dank«, sagst du.

»Tja«, sagt Karen nach einer Weile, in der du siehst, wie ihr Gesichtsausdruck von strahlend zu erschlafft wechselt. »Das ist prima. Erzählst du mir, wenn du deine erste Geschichte geschrieben hast? Die würde ich sehr gern lesen.«

Du stehst auf und gehst so leise wie möglich raus.

Sie reden erst, als du die Treppe hinauf bist. Sie denken, du kannst sie von hier oben nicht hören, aber das kannst du. Deine Mum geht auf deinen Dad los.

»Wieso musstest du damit kommen! Wir wollten es langsam angehen. Jetzt hast du sie wieder verschreckt.«

»Ich?«, ruft er. »Ich war es nicht, der diese blöde Idee hatte.«

Du gehst in dein Zimmer und schließt die Tür.

»Eliza?«, flüsterst du.

»Ja.«

»Es war wieder ein Trick.«

»Haben Sie dich reingelegt?«

»Nein.«

»Das ist gut«, sagt sie. »Wollen wir spielen?«

»Was willst du spielen?«

»So tun als ob.«

Es ist dein Lieblingsspiel.

Mir war schlecht, als ich zu Ende gelesen hatte. Ich war verraten worden. Hintergangen und verraten.

Erinnerungen schimmerten auf. Ich schleuderte das Manuskript durch den Raum, und die Seiten landeten auf dem Boden wie Heuschrecken, die alles vertilgen wollten, was von mir übrig war.

Nicht nur, dass Dan über meine Vergangenheit schrieb; er zeigte auch mit dem Finger auf mich.

»Es ist eine Kriegserklärung. Sie wollten dich vernichten«, sagte Eliza.

Sie hatte recht. Mein Mann hielt mich für ein Monster.

41

Ich hörte das Telefon wie von weit weg klingeln, doch es lag direkt vor mir auf dem Tisch. Ich aß gerade noch mehr Sachen aus dem Präsentkorb. Noah rief an, der PR-Mann meines Verlags.

»Das mit Dans Tod tut mir so leid«, sagte er. »Es tut uns allen hier schrecklich leid. Ich kann mir gar nicht vorstellen, wie hart das sein muss.«

Beim Zuhören drückte ich mir fest auf die Nasenwurzel. Er wollte mich um etwas bitten, das konnte ich an seiner Stimme erkennen, und ich merkte, wie ich schon innerlich zusammenschrumpfte.

»Ich hasse es, das jetzt zu erwähnen, aber es hat sich etwas Unerwartetes aufgetan. Ein Journalist hat sich an uns gewandt, der seit einer Weile an einem längeren Beitrag über eine Sache schreibt, die in deiner Kindheit passiert ist.«

Ich setzte mich auf die Treppe. Hoch über mir, an einem anderen Ort, zog eine Wolke über das Oberlicht.

»Die Person hat gefragt, ob du einen Kommentar abgeben willst.«

»Nein«, antwortete ich.

Er räusperte sich. »Darf ich fragen ... wusstest du, dass es da vielleicht einen Beitrag geben könnte?«

»Nein.« Ich fühlte Schmerz. Er kam von meinem Oberschenkel – meine Finger hatten sich hineingegraben.

»Okay«, sagte er. Seine Stimme klang wie durch Sirup übertragen. »Es ist nur so, dass dieser Journalist, ähm, uns erzählt hat, er hätte mit deinem Mann daran gearbeitet. Anscheinend sollte der Artikel im Vorfeld einer Veröffentlichung herauskommen, an der dein Mann beteiligt war, basierend auf dem Verschwinden deines Bruders. Doch in Anbetracht der Umstände besteht jetzt ein starkes öffentliches Interesse.«

»Kannst du das nicht stoppen?«

»Ich fürchte, nein. Wir können nur versuchen, deine Version der Geschichte herauszubringen. Deshalb schlagen wir noch ein Interview vor. Wir könnten zusätzlich das Material in dem Artikel ansprechen.«

»Ich kann nicht«, sagte ich.

»Das verstehe ich. Aber denkst du darüber nach?«

»Ich kann wirklich nicht. Du hast ja keine Ahnung.«

Ich beendete das Gespräch und legte das Handy hin. Er rief wieder an, aber ich ignorierte es.

»Ich könnte das Interview für dich machen«, sagte Eliza. »Es wäre gut, wenn du es tust.«

»Ich muss zu Sasha.« Ich wollte, dass jemand hierfür bezahlte oder zumindest vor mir zugab, wie sehr sie mich verletzen wollten.

»Das ist eine schlechte Idee.«

Es war mir egal. Ich lief durch die Gärten und drückte auf

Sashas Klingel, bis sie öffnete. Sofort schob ich einen Fuß in die Tür.

»Wie kannst du dir selbst noch in die Augen schauen?«, schrie ich sie an.

»Ich weiß nicht, was du meinst.« Sie versuchte, eiskalt zu klingen, dennoch nahm ich hinter der Fassade Angst wahr. Ihr stand der Mund offen, und ausnahmsweise sah sie hässlich aus. Ich zeigte mit dem Finger auf sie.

»Du hast mit meinem Mann an einem Buch über mich gearbeitet. Ihr wolltet mich ruinieren, und jetzt ist er tot!«

»Damit habe ich nichts zu tun«, sagte sie und wollte die Tür schließen, was mein Fuß unmöglich machte.

Hinter ihr erschien James. Ich war erstaunt, ihn an einem Wochentag zu Hause zu sehen. Er legte einen Arm um Sashas Taille. Eheliche Solidarität. Ich stutzte, denn es war das Letzte, was ich erwartet hätte.

»Hallo, Lucy«, sagte er. »Stimmt was nicht?«

Er sah so scheinbar ahnungslos aus, dass man glauben sollte, die letzte Nacht hätte es nie gegeben.

»Du weißt, was los ist«, antwortete ich.

»Tut mir leid, was weiß ich?«

»Letzte Nacht, in ihrem Schreibschuppen. Du weißt, was du mir gezeigt und erzählt hast.«

Warmer Blutgeschmack füllte meinen Mund, und mir wurde klar, dass ich mir auf die Zunge gebissen haben musste.

»Bedaure«, sagte er, »aber ich erinnere mich an nichts dergleichen.«

»Lucy ...« Sashas Hände zitterten, doch ihre Züge waren entschlossen, und ihre Oberlippe kräuselte sich fies. *Endlich sehe ich die wahre Sasha*, dachte ich, aber sie zuckte zusammen. James' Arm hatte sich so fest um ihre Taille geschlungen, dass sie halb zu ihm gebogen war.

»Liebling«, sagte er in einem ruhigen, aber sehr festen Ton, und sie schloss den Mund.

James lächelte mich an. »Ich glaube, hier liegt ein Missverständnis vor. Sasha hat an gar nichts mit Dan gearbeitet.«

Ich starrte ihn an. »Der Schreibschuppen«, sagte ich. »Ihre Sachen, die an alle Wände gepinnt waren. Teddys Foto. Alles. Du hast es runtergerissen, bist durchgedreht. Das kannst du nicht leugnen.«

»Du darfst dir gern den Schuppen ansehen, falls es hilft, diese Verwirrung zu beseitigen. Wollen wir nach hinten gehen?«

Ich ging voraus, lief dann, als würde es irgendetwas ändern, wenn ich vor ihnen dort wäre. Die Schuppentür stand offen, und das Innere war vollkommen verändert. Die Pinnwände waren noch da, aber es war nichts darangepinnt. Nirgends waren Papierfetzen, nur zwei Poster von friedlichen Landschaften, exakt parallel aufgehängt. Auf dem Boden war eine Yogamatte ausgebreitet, und weitere Yogasachen waren ordentlich in einer Ecke aufgestapelt. Auf einem kleinen Tisch standen mehrere Kerzen, und ein Zitronenbaum in einem Terrakottatopf stand in einer Ecke. Friedlich. Eine gänzlich andere Welt als das, was ich nur Stunden zuvor hier gesehen hatte.

Sasha und James kamen. Ich wagte nicht, sie anzusehen. Wenn sie das hier getan hatten, wozu wären sie noch fähig?

»Sasha genießt es sehr, hier Yoga zu machen«, sagte James. »Nicht wahr, Liebling?«

»Es ist ein großartiger Raum«, bestätigte sie. »Sehr entspannend.«

»Ihr beide lügt!«

»Nein«, erwiderte James. »Ich glaube nicht, dass der Fehler bei uns liegt. Du musst verwirrt sein.«

»Ich habe Beweise! Ich habe die Papiere aus diesem Schuppen mitgenommen.«

»Beweise wofür?«

»Dass …« Doch ich war mir nicht sicher.

Er nickte. »Ich denke, du wirst feststellen, dass es nichts außer der Tatsache beweist, dass jemand Materialien zu Teddy ausgedruckt hat.«

Es schockierte mich, wie dreist er log. Ich sah Sasha an. »Die Polizei hat einige Auszüge von dem, was du und Dan geschrieben hattet«, sagte ich.

»Ich habe gar nichts geschrieben«, entgegnete sie, und ich fand, dass sie ehrlich überrascht aussah. Vielleicht hatte Dan jene Seiten, die ich gelesen hatte, ohne Sasha geschrieben. Bestimmt hatte er sich für stilistisch weit überlegen gehalten, natürlich. Patricia hatte es mir erzählt, und da ich ihn gut kannte, hätte ich es ohnehin angenommen.

»Ich habe den Eindruck, dass du vielleicht eine Episode hast«, sagte James.

»Wie bitte?«

»Nun ja, Daniel hatte uns anvertraut, dass dein Verhalten schon mal unberechenbar sein kann. Dass du Stimmungsschwankungen und Gedächtnisausfälle hast. Und dass es manchmal beängstigend ist.«

»Nein«, sagte ich.

»Wir haben es der Polizei erzählt.«

Ich wich vor ihnen zurück, hinaus auf den Rasen.

»Möchtest du, dass ich dich nach Hause bringe?«, fragte James. »Gibt es jemanden, den wir anrufen können?«

»Lucy«, sagte Sasha. Sie sah beunruhigt aus, und für einen Moment dachte ich, sie könnte mir irgendeine Art Rettungsring zuwerfen, doch James trat zwischen uns und streckte die Hand nach mir aus. Vor meinen Augen löste sie sich auf und fügte sich wieder zusammen.

»Bleib weg von mir!«, sagte ich und begann zu laufen, was schwierig war auf dem feuchten Rasen.

Ich dachte nicht an die Presse, bis ich das Ende der Morell-Einfahrt erreichte und ihr gegenüberstand. Es waren mehr als vorher, und sie fingen an, mir Fragen zuzurufen. Ich konnte nur keuchend dastehen, unverwandt in ihre fordernden Mienen und die Kameralinsen blicken.

»Dreh dich um und geh weg«, befahl Eliza. »Sag nichts.«

Ich tat, was sie sagte, und einzig die Tatsache, dass sie mit mir ging, hielt mich auf den Beinen.

42

Es gibt eine Playlist, mit der ich mich in Schreibstimmung bringe, und horcht man beim allerersten Stück hin, hört man den Sänger Luft holen, bevor es losgeht. Ein leises Einatmen, und ich bilde mir ein, die Nervosität herauszuhören, die Vorbereitungen, die Hoffnung, das Talent, die investierte Zeit, diese kostbare Zeit, alles aufgestaut und bereit, es in einem einzigen Auftritt herauszulassen.

Für mich steht es für die Autorenseele. Die Menschlichkeit. Es verbindet Autoren und ihre Leser. Es verrät ihnen, dass ich, wenn ich schreibe, meine Figuren bin, zugleich aber auch ihr Gott.

Ich schreibe für Leser, weil ich selbst in erster Linie eine Leserin bin.

Warum also habe ich Eliza aus meinen Büchern genommen, wird man sich fragen.

Jetzt ist klar, warum.

Lesern mag die Vorstellung gefallen, dass Autoren mit ihren Figuren leben, mit ihnen reden, sie sehen. Aber will man das in seinem Leben? Könnte man damit bei Verstand bleiben? Wem würde man trauen? Sich selbst? Seinen Schöpfungen? Den realen Menschen um einen herum?

Ich schritt durch die verfallenden Räume in meinem Haus, von oben bis unten. Die Fenster mied ich. Immer noch waren die Läden und Rollos geschlossen, und ich hatte nicht vor, sie zu öffnen. Dieses Zwielicht hatte ich hereingelassen. Ich war bloß ein weiterer Schatten unter zahlreichen anderen. Und ich versuchte, möglichst nicht online zu gehen. Auch wenn es sehr verlockend war und ich für Leser schrieb, sie mir die wichtigsten Menschen waren. Am schwierigsten war es, nicht auf die Eliza-Grey-Fanseite zu sehen. Ich widerstand den Social Media und den Medienseiten, ignorierte das unablässige Läuten des Telefons und das »Ping« der Nachrichten. Aber ich sehnte mich nach der Eliza-Seite und begriff, dass ich sie immer als die Schnur betrachtet hatte, die mich mit der Welt verband. Die Nabelschnur, wenn man so wollte. Sie zu durchtrennen, würde brutal sein.

Trotzdem widerstand ich.

Ich schaltete den Fernseher ein und sah eine Person, die so fett war, dass sie sich nicht selbst waschen konnte, in die Kamera sprechen. Ich wechselte den Sender. Klick. Feuer wüteten, und Natur verbrannte. Wieder schaltete ich um: Sprechende Puppen strotzten vor Sarkasmus. Klick. Werbung für Hilfsorganisationen, die verhungernde Menschen zeigte. Klick. Ein Modelwettbewerb. Klick. Jetzt ganz einfach ein neues Auto kaufen. Klick. Kochwettbewerb. Klick. Klick. Klick. Ich verlor die Orientierung. In nichts davon passte ich rein.

Ich durchwühlte den Präsentkorb und fand einen Früchtekuchen. Er war köstlich, aber trocken, weshalb er Krümel auf der Kücheninsel hinterließ. Ich zupfte an der Verpackung der Blumensendung, bis alles ab war. Fetzen von Papier lagen um die Vase verstreut wie abgeworfene Blütenblätter.

In dem Strauß steckte eine Karte, die ich bisher nicht bemerkt hatte. Ich zupfte sie heraus und öffnete sie.

Liebe Lucy,
also hast du bekommen, was du wolltest. Eliza ist raus
aus dem Buch. Hoffentlich bist du jetzt zufrieden.
Manche von uns sind es nicht. Ich habe eine Partnerin
verloren. Und was tun Leute gemeinhin, die Rache
wollen? Auge um Auge, Lucy. Das weißt du.

Dein abgrundtief enttäuschter
MrElizaGrey

Ich riss die Terrassentür auf und warf die Blumen, die Vase und die Karte hinaus. Die Vase zerschellte auf den Terrassenplatten. Die Blumen, Lilien, Totenblumen, lagen so wahllos verstreut auf den Steinen, als wären sie auf einen Sarg geworfen worden. Ihre klebrigen orangen Pollen verteilten sich und hafteten gleich giftigen, unnatürlichen Flechten an dem Stein.

Woher wussten sie von Eliza?

Als ich die Trümmer anschaute, trat eine Gestalt aus der Hecke auf den Rasen. Es war ein Junge. Der kleine Junge von nebenan.

»Hallo«, sagte ich.

»Hallo.« Er hatte einen Fußball in den Händen. »Der Krach hat mich geschreckt.« Es ist kein Tippfehler. Er sagte wirklich »geschreckt.«

»Ich habe meine Blumen fallen lassen.«

Wir blickten einander an.

»O-oh«, sagte er.

Mir kamen die Tränen, und ich blinzelte sie hektisch weg. »Geh lieber wieder in euren Garten«, sagte ich. »Schnell, bevor deine Mum sich Sorgen macht.« Er rührte sich nicht.

»Geh schon!«, rief ich.

Als er wieder durch den Spalt in der Hecke verschwunden war, ging ich nach drinnen, schob die Tür zu und verriegelte sie.

Nun zögerte ich nicht mehr, online zu gehen. Ich wollte MrElizaGrey finden. Eine Weile lang hatte ich geglaubt, Dan könnte hinter dem Namen stecken, aber jetzt war ich mir nicht mehr sicher. Hatte er mir die Blumen geschickt, bevor er starb, weil er wollte, dass ich Angst bekam und deshalb Eliza zurückholte? Oder hatte mich jemand anders im Visier?

Und ich hatte noch eine andere Frage. Die baute sich schon den ganzen Tag in meinem Kopf auf. Hatte Dan unseren Umzug hierher betrieben, weil er dachte, es würde meine Erinnerungen zurückbringen und mich ermuntern, ihm mein Innerstes für sein Buch zu enthüllen? Hatte er gehofft, hier würden meine Schutzmechanismen versagen, und ich würde in einen wehrlosen Zustand versetzt werden? War das sein Plan gewesen?

Die Titelzeile auf der Eliza-Grey-Seite war geändert worden. Jetzt hatte sie einen schwarzen Rand, auf dem »RIP Daniel Harper« stand. Ich wollte darauf spucken. Auf ihn. Für das, was er mir angetan hatte. Gleichzeitig machte es mich schrecklich traurig und niedergeschlagen, weil er mir so sehr fehlte.

Ich suchte nach neuen Posts von MrElizaGrey und fand rasch einen von gestern. Den konnte Dan nicht geschrieben haben. Ich lehnte mich zurück und starrte den Titel an: »Scheidung?«

Beschrieben war ein Streit zwischen MrElizaGrey und Eliza, und er war leidenschaftlich, halb gewalttätig. Mich verstörten die Schilderungen darin, weil sie so erschreckend lebendig waren. »Schreib über das, was du kennst«, murmelte Eliza, als wir lasen, und ich nickte. Schmerz und aufgestaute Gefühle sprangen mir von jeder Seite entgegen. Es war explosiv, und ich konnte nicht umhin, an James Morell zu denken, wie er Sashas Schreibschuppen zerlegte.

Wenn ich dieser Person eine Nachricht schickte, würde ich mit James kommunizieren? Hatte er durch Sasha und Dan von Eliza erfahren? Wäre er der Nächste, der durch die Lücke in meiner Hecke kam, um zurückzuschlagen?

»Lass dir einen Moment Zeit«, sagte Eliza. »Tu nichts Übereiltes.«

Ich überlegte, DS Bright anzurufen, fürchtete jedoch, dass sie dann erst recht an mir zweifelte. Mir war bewusst, dass sie mich bereits als Fantastin sah, und ich konnte nicht vergessen, wie es gewesen war, als Kind von der Polizei verdächtigt zu werden. Wie der Detective, der mich stundenlang befragte, immer frustrierter wurde und aus seinem Frust ein Verdacht wurde.

Ich klickte den Kommentarlink unter MrElizaGreys Post an, und ein schmales Fenster ging auf. Der Cursor darin blinkte. Die Laptoptastatur klackerte, als ich meine Finger in die Grundstellung zum Tippen brachte und den kleinen Plastikhubbel auf dem »J« unter der Fingerspitze sowie das Summen des Rechners fühlte.

Ich tippte »Wer sind Sie?« und schickte es ab. Mein Herz wummerte wie ein Presslufthammer.

Ein Antwort-Kästchen erschien unter meiner Nachricht.

Die Türklingel schrillte.

Ich konnte nicht aufhören, auf den Bildschirm zu starren. Das Kästchen verschwand.

Und es klingelte wieder.

43

Ich linste durch den Spion in der Haustür. Draußen stand Ben Delaney in Freizeitkleidung. Ich öffnete.

»Hi«, sagte er. »Kate hat dir eine Lasagne gemacht.«

Er gab mir eine mit Alufolie bedeckte Auflaufform, an deren Seiten fettige Soße eingetrocknet war.

»Es tut mir so leid«, sagte er. »Falls wir irgendwie helfen können, sag bitte Bescheid.« Ein bisschen unsicher fuhr er sich mit der Hand durch das dünne Haar, was irgendwie niedlich war, und ich dachte: *Er ist so wunderbar durchschnittlich. Warum habe ich keinen durchschnittlichen Mann geheiratet?* Dann aber sagte er: »Du weißt vielleicht noch, dass ich Anwalt bin. Strafverteidiger. Also, wenn du irgendwie Rat brauchst oder einfach mal Sachen durchsprechen willst, frag mich jederzeit. Es wäre natürlich nur ein Freundschaftsdienst.«

»Danke«, sagte ich und erinnerte mich, dass er bei meiner Anwältin angerufen hatte, um Informationen über meinen Fall zu bekommen. Andererseits hatten Leute schon mal Geldsorgen, und er hatte eine Familie zu ernähren, also warf ich ihm nicht vor, dass er hinter Mandaten her war. Und ich fügte nett hinzu: »Alles gut. Ich habe einen Rechtsbeistand.«

»Ja, klar. Tut mir leid. Kate sagt, ich soll dir Hilfe anbieten, was auch immer du brauchst. Also, da ist schon mal Lasagne. Jedenfalls ... Wir sind hier, falls du uns brauchst. Lass es dir schmecken.«

Er wollte weggehen.

»Warte!«, sagte ich. »Was weißt du über James und Sasha?«

Er sah aus, als müsste er darüber nachdenken. »Ähm, nettes Paar. Sie sind ungefähr gleichzeitig mit uns hergezogen. Wir verstehen uns gut mit ihnen. Wenn du mehr wissen willst, musst du Kate fragen. Sie hat viel mehr Kontakt zu den Nachbarn als ich.« Er senkte die Stimme. »Vorsichtig solltest du lieber bei Barry und Vi sein. Sie ist in Ordnung, aber er ist heikel. Der kann doch vor lauter Dünkel nicht mehr geradeaus gucken. Er hat es uns sehr schwer gemacht, als wir The Lodge gekauft haben.« Plötzlich blickte er auf. »Hast du das gehört?«

Es war ein Brummen wie von einem kleinen Rasenmäher, nur kam es von irgendwo über uns und wurde lauter.

Wir beobachteten, wie ein kleines Objekt über den Baumkronen auftauchte, die von unserer Auffahrt aus zu sehen waren.

»Das ist eine Drohne!«, sagte Ben. »Wow!«

Sie näherte sich uns und flog niedriger. Der Lärm nahm zu. Er dröhnte mir in den Ohren und schwoll in meinem Kopf an. Ich wich zurück ins Haus. »Willst du reinkommen?«, fragte ich. Eigentlich war mir egal, auf welcher Seite der Tür er stand, aber ich wollte nach drinnen.

»Nein«, antwortete er. Als die Drohne noch tiefer kam, zog er die Kapuze seiner Jacke hoch und eilte nach Hause. Ich schloss die Tür, konnte das Ding aber immer noch hören. Die Tonfrequenz schien eigens darauf abgestimmt, das Zielobjekt zu schikanieren.

Ich stellte die Lasagne in die Küche und lüpfte die Folie ein wenig. Der Käse war mit den Pasta-Platten verschmolzen, und die Soße war dunkelrot und ölig. Das konnte ich nicht essen, weil es mich zu sehr an Dans Kochen erinnern würde.

Ich kehrte zu meinem Laptop zurück und brachte ihn aus der Küche ins Wohnzimmer, wo ich die Läden geschlossen hatte.

Das Geräusch wurde lauter und leiser, während die Drohne mein Haus umkreiste. Ich konnte sehen, wenn sie das Oberlicht passierte, weil dann für einen Moment das Licht in der Diele dunkler wurde. Und jedes Mal hielt ich den Atem an. Ich duckte mich, wenn sie direkt vor den Fenstern verharrte. Mir war klar, dass sie mich nicht sehen konnte, aber mir fiel auch die Vorstellung nicht schwer, dass sie durch die Läden und das Glas krachte, die kleine Kamera sich näherte, bis sie direkt vor mir war und eine Nahaufnahme machte, die die Presse mit Freuden als mein »böses Gesicht« betiteln würde.

Schließlich zog sie ab, doch ich blieb, wo ich war, falls sie zurückkam, und es fühlte sich an, als hätte ich ewig dort gesessen. Die Zeit verbog sich und schwankte. Stocksteif saß ich da, und meine Beine waren verkrampft, als ich endlich den Mut aufbrachte, mich zu bewegen. Ich streckte sie und öffnete den Laptop. Im Schein des Bildschirms zu sein, kam mir vor wie ein Erwachen aus einem Fiebertraum.

Ich sah in meine E-Mails. Max und Angela hatten mir nette Nachrichten geschickt, nur waren mir ihre Worte fremd, als wären sie für jemand anders bestimmt, an einem anderen Ort und in einer anderen Zeit. Ich überflog sie lediglich, weil es mich zur Eliza-Seite zog.

Und auf der fand ich eine Antwort von MrElizaGrey.

44

»Ich möchte nicht sagen, wer ich bin«, stand in der Nachricht. »Aber du musst mit Naomi Dent reden.«

»Wer ist das?«, tippte ich.

»Charlotte Close Nr. 10.«

Ich stockte, als ich das sah. Und es dauerte ein wenig, bis meine Finger zurück auf die Tastatur fanden.

»Du musst mir sagen, wer du bist.«

»Kann ich nicht. Frag Naomi nach den Fallen.«

MrElizaGrey ging offline.

»Ich bin nicht sicher, ob ich wissen will, wer das ist«, sagte Eliza.

»Jemand, der etwas über Teddy weiß.«

»Daran dürfen wir nicht rühren.«

»Muss ich aber.«

»Lucy!«, schrie Eliza, und ich erschrak. »Das ist das Schlimmste, was du tun kannst. Verstehst du denn nicht?« Sie erschien direkt vor mir, wo sie sich zur vollen Größe aufbaute, wie sie es in den Büchern tat, wenn es sein musste.

»Versuch nicht, mich aufzuhalten«, sagte ich.

Ich wusste, dass ich durch den Wald musste, um zur Charlotte Close zu gelangen, wenn ich die Presse meiden wollte. Diesmal zog ich mich vernünftiger an: Wanderstiefel und eine von Dans wasserdichten dunklen Jacken. Ich sah nach der Uhrzeit. Es war nach sieben und würde bald dunkel werden. Der Rasen quatschte, als ich durch den Garten ging. Sägespäne von der kürzlich gefällten Zeder blieben an meinen Stiefeln haften, und der eisige Regen stach mir in die Wangen und die Hände, durchtränkte alles, weichte Konturen auf und drückte das Laub nach unten, dass es bedrohlich wirkte.

Der Himmel war drohnenfrei. Nur ein Raubvogel glitt unter den dunkelgrauen Wolken dahin und schrie, bevor er irgendwo in den Bäumen verschwand. Als ich mich meiner Grundstücksgrenze näherte, schaute ich mich nach Anzeichen von Reportern um. Ich sah niemanden, auch kein dunkles Schimmern von Kameralinsen. Und ich hoffte, die späte Stunde und das Wetter hatten sie für die Nacht nach Hause getrieben, auch wenn mir bewusst war, dass ich mich irren könnte. Sie waren hartnäckig. Ich könnte noch heimlich beobachtet werden.

Vorsichtig stieg ich über den Drahtzaun in die, wie ich hoffte, richtige Richtung zur Charlotte Close. Sicher war ich mir nicht, weil ich diesen Teil des Waldes nicht von früher kannte. Deshalb konnte ich nicht genau sagen, wie ich am besten dorthin kam, wo ich hinwollte; ich würde meinem Gefühl folgen müssen. Alles tropfte. Regennasses Laub hing nach unten, die Baumkronen waren dunkel gefärbt, und alle Geräusche waren seltsam gedämpft, die typischen Echos verkürzt und konzentriert. Ich blinzelte die Nässe aus den

Wimpern und hatte das Gefühl, in einer veränderten Welt zu sein. Mit der Taschenlampe des Handys leuchtete ich mir den Weg.

Ich schaffte es bis nahe an den Waldparkplatz, ging aber nicht weiter, weil dort Wagen standen. Ein Paar Scheinwerfer strahlten suchend ins Unterholz. Ich hielt mich im Hintergrund, schlich von einem Schatten zum anderen. Diesen Teil des Waldes kannte ich sehr gut, also war es nicht schwer, von hier zu den Gärten und weiter zur Straße zu finden.

Ich stand am Ende der Charlotte Close und konnte jedes Haus sehen. Hier war ich nicht mehr gewesen, seit meine Eltern mit mir weggezogen waren, und jetzt war ich mir nicht sicher, ob ich diese Straße wieder betreten konnte. In manchen Häusern brannte Licht, und die Leute hatten ihre Vorhänge noch nicht geschlossen. Alles war befremdlich vertraut, als würde man ein Gesicht wiederzuerkennen glauben, bevor man begriff, dass es das eigene war. Gealtert, auf kaum zu fassende Art verändert, doch mit Spuren all dessen, was man jemals erlebt hatte – auch jener Dinge, die man vergessen wollte.

Der erste Schritt kostete Kraft, und die danach wurden nicht einfacher. Die Häuser standen klobig da, sahen durchschnittlich aus, harmlos, so wie an jedem Abend meiner Kindheit, bevor Teddy verschwand.

Mein altes Zuhause wirkte nach all den Jahren nicht allzu verändert: Ein anderer Wagen in der Auffahrt, neuere Vorhänge hingen in den Fenstern, die vormals weiße Haustür war blassblau. Das kleine Fenster darin sah aus wie früher. Das Erschreckendste war, dass das Haus geliebt wirkte. Alles, was meine Eltern nach Teddy vernachlässigt hatten, wurde wieder umsorgt. Ein Leben zu sehen, das wir hätten haben können, wenn die Dinge anders gewesen wären, schmerzte.

Die Klingel von Nummer zehn gab ein heiteres elektronisches Bimmeln von sich, als ich daraufdrückte. »Wer ist da?«, rief eine Stimme.

»Lucy Bewley«, antwortete ich, und es war ein Schock, meinen alten Namen nach so langer Zeit laut auszusprechen. »Ich habe früher in Nummer sieben gewohnt.«

Die Tür ging auf. Ich nahm meine Kapuze ab. Naomi Dent sah mich blinzelnd an, und ich erkannte sie sofort. Sie hatte die gleiche Frisur wie damals, nur war ihr Haar jetzt granitgrau. »Ich glaub's nicht«, sagte sie. »Bist du's wirklich?«

»Darf ich bitte reinkommen und mit Ihnen reden?«

Ihr Haus war genauso geschnitten wie das meiner Familie in Nummer sieben. Naomi und ich setzten uns ins Wohnzimmer, das nach hinten hinausging. Ein Außenlicht über der Terrassentür beleuchtete den Garten. Er war kleiner, als der meiner Eltern gewesen war. Hier gab es keinen Rasen. Regen platschte auf die Steine, und auf einem Flecken Erdboden stand eine leere Wäschespinne. Naomi machte mir eine Tasse Instantkaffee und servierte sie mit einem Teller der gleichen Kekse, die sie meiner Familie immer zu Weihnachten gebracht hatte. Ich fühlte mich wie in einer Zeitschleife.

»Ich habe dich in den Nachrichten gesehen«, sagte sie. »Das mit deinem Mann tut mir leid. Er war so ein reizender Mensch.«

»Kannten Sie ihn?«

»Er war hier, um über deinen Bruder zu reden.«

Ich versuchte, mir meine Wut auf Dan nicht anmerken zu lassen. »Erinnern Sie sich an jene Nacht? Die, in der Teddy verschwand?«

»Die werde ich nie vergessen.«

»Ich bin hier, um Sie nach Fallen zu fragen. War irgendwas passiert, das mit Fallen zu tun hatte? Wissen Sie etwas darüber?«

»Du bist die Erste, die mich danach fragt. Ich hatte es Daniel gegenüber erwähnt, aber es schien ihn nicht zu interessieren. Ein Journalist war auch hier, aber der war sehr unhöflich, also habe ich ihm gesagt, wohin er sich sein Scheckbuch stecken kann.«

An ihren Stolz erinnerte ich mich. Die anderen Nachbarn hatten sich über ihre Sturheit beschwert.

»Mich interessiert es.«

»Weißt du noch, dass Sommersonnenwende war, als Teddy verschwand? Die Leute hier wollten nicht, dass im Wald Partys gefeiert werden. In dem Jahr hatten einige von uns eine Petition eingereicht, um die Polizei zu zwingen, dass sie diese Feiern verhinderte. Die Forstbehörde hatte sie verboten, aber keiner hat das Verbot durchgesetzt, und das war das Problem. Sie hatten zu wenig Leute, und die Polizei wollte keine Verantwortung übernehmen, solange es nicht zu Straftaten kam. Es war ihnen egal, dass einige Leute auf dieser Seite der Brücke in der Nacht keinen Schlaf fanden. Sie hatten mit größeren Problemen in der Stadt zu kämpfen. Aber was für einen Krach diese Heiden, oder wie immer die sich nennen, gemacht haben, und welches Chaos sie zurückließen! Außerdem hatten wir Angst, dass sich ihr großes Feuer ausbreitet.«

Im Geiste sah ich Flammen tanzen.

»Also haben wir uns in der Close zusammengeschlossen und sind rüber zur anderen Seite, um zu sehen, ob uns die Leute aus den großen Häusern unterstützen. Wohnst du jetzt da?«

»Ja.«

»Dein Mann hat erzählt, dass ihr vorhabt, da hinzuziehen. Ehrlich gesagt war ich erstaunt, dass du wieder hier wohnen willst.« Sie sah mich fragend an.

»Hat jemand von dort Hilfe angeboten?«

»Viel Glück hatten wir nicht. Das Haus ganz vorn stand leer, und das ganz am Ende ...«

»Mein Haus«, murmelte ich, und sie nickte.

»In dem hat ein Mann gewohnt, der die Hälfte des Jahres in Frankreich verbracht hat und nie da war.«

»Und Barry und Vi?«, fragte ich.

»Richtig, mit Barry und Vi hatten wir geredet. Ihr machte es nichts aus. Sie ist mehr der Typ ›leben und leben lassen‹, habe ich immer gedacht, aber Barry war es nicht egal. Ich weiß nicht, ob das auch so gewesen wäre, wenn sie das Feuer nicht an solch einer wichtigen historischen Stelle gemacht hätten, aber das hat ihn sehr gestört. Das ist sein Fachgebiet, nicht? Geschichte, meine ich. Also war es kein Wunder. Er sorgte sich vor allem wegen der Schäden, die das Feuer anrichten könnte. Und wie sich herausstellte, war Barry bereit, noch weiter zu gehen als wir anderen, um es zu unterbinden. Er wollte in der Nacht in den Wald und die

Heiden daran hindern, aber wir waren gar nicht genug Leute, und einige von uns hatten Angst. Was sollten wir denn machen, wenn sie nicht gehen wollten? Uns mit ihnen prügeln?«

Ich erinnerte mich, dass mein Vater wütend war, weil die Polizei keinen von den Leuten überprüfte, die in der Nacht im Wald gewesen waren. »Was sollen sie denn tun?«, hatte meine Mutter ihn angeschrien. »Solche Leute helfen der Polizei nicht. Die halten zusammen und sagen nichts.«

Naomi Dent sah mich genauso an wie früher, wenn sie in ihrem Vorgarten stand und uns beim Spielen beobachtete. Nun wurde sie leise. »Ich sollte mich wohl entschuldigen. Einige von uns hier dachten, dass du Teddy etwas getan hattest. Ich weiß gar nicht mehr, wie wir darauf gekommen waren. Aber vermutlich sehen wir Menschen gern auf die dunkle Seite der Dinge, nicht? Das Entsetzlichste. Wir mögen Schock und Horror. Die machen uns süchtig. Obwohl du ein komisches Mädchen warst – kein durchschnittliches kleines Kind. Jedenfalls tut es mir jetzt leid.«

»Danke«, sagte ich.

»Hast du es gewusst?«, fragte sie. »Manchmal habe ich mich gefragt, ob du gewusst hast, was wir dachten.«

»Ja, habe ich.«

Ich senkte den Blick zu meinen Knien und der halb leeren Kaffeetasse, die ich dort hielt. Die Oberfläche der dunklen Flüssigkeit schimmerte.

»Die Sache ist die, dass Barry an dem Abend Fallen im Wald aufgestellt hatte«, sagte Naomi. »Es waren nur kleine, für Tiere gedacht, aber er meinte, sie könnten an einem menschlichen Fuß genug Schaden anrichten, um abzuschrecken. Er wollte den Leuten eine Lektion erteilen.«

Entgeistert starrte ich sie an. »Wie bitte?«

»Ich habe mich immer gesorgt, dass Teddy sich an einer verletzt hatte. Es ist dumm, denn das hätten wir ja erfahren. Sie hätten ihn gefunden, wenn es so gewesen wäre. Trotzdem träume ich bis heute manchmal davon.«

»Hatte die Polizei die Fallen gefunden?«

»Nein, ich glaube nicht.«

»Und Sie haben es ihnen nicht erzählt?«

Sie schüttelte den Kopf.

»Warum wurden die Fallen nicht von den Suchtrupps gefunden?«

»Barry hatte sie eingesammelt, bevor die Polizei mit der richtigen Suche begann. Jemand hatte ihn angerufen und ihm gesagt, dass Kinder in dem Wald gewesen waren und eines von ihnen vermisst wurde. Barry war derjenige, der wusste, wo die Fallen waren, weil er sie ja aufgestellt hatte. Er ist sofort raus und hat sie geholt. Gott sei Dank war nichts darin! Er hat uns angerufen und Bescheid gesagt. Bis dahin waren wir halb verrückt vor Sorge. Man würde ja seines Lebens nicht mehr froh, wenn man wüsste, dass man einen kleinen Jungen verletzt hat, nicht?«

»Wer hatte Barry angerufen?«

»Das war mein Eric, gleich nachdem dein Dad hier geklingelt hatte und sagte, dass Teddy vermisst wird und ob wir suchen helfen.«

Ich dachte daran, wie ich mit Teddy durch den Wald gegangen war. Wir hatten nach oben in die Bäume gesehen und über die Geister geredet, uns den wilden Tanz oben ausgemalt, während unter uns der Boden voller Fallen gewesen war. Ich stellte mir die kalten Metalldornen vor, die entsetzliche Wucht, mit der sie zuschnappten, wie übel sie ein so kleines Kind wie Teddy verletzt hätten.

Und ich fragte mich, wie nahe wir ihnen gewesen waren.

»Wusste sonst noch jemand von den Fallen?«

»Mein Mann natürlich, aber er ist tot, und ich bin immer davon ausgegangen, dass Vi es wusste. Und Barry selbstverständlich.«

Könnte Vi MrElizaGrey sein? Es schien mir unwahrscheinlich.

»Sonst niemand?«

»Nur die Leute, denen ich es in letzter Zeit erzählt habe, also dein Mann und die junge Frau, die mit ihm hier war.«

»Erinnern Sie sich an ihren Namen?«

»Sasha. Eure Nachbarin, glaube ich.«

Sasha.

Als ich Naomi Dents Haus verließ, setzte ich die Kapuze wieder auf. Der Regen war schlimmer geworden, und das Licht der Straßenlaternen spiegelte sich im glänzenden Asphalt der Charlotte Close, sodass sich die Straße in ein Farbenspiel verwandelte.

Mir tat der Kopf weh von allem, was ich nicht gewusst hatte.

War Teddy von einer Falle verletzt oder sogar getötet worden? Was war mit ihm passiert? Hatte Barry die kleine Leiche vergraben?

Hatte Dan es entdeckt und sich damit in Gefahr gebracht?

Und war es Sasha gewesen, die mir den Tipp mit Naomi Dent gegeben hatte, oder Vi?

Ich musste die Antworten auf diese Fragen finden. Und die Aussicht war gleichermaßen berauschend wie furchteinflößend.

45

Auf dem Rückweg durch den Wald benutzte ich wieder die Taschenlampe in meinem Handy. Inzwischen war es sehr viel dunkler.

Der Regen kam mir wie ein Geschenk vor, denn mit jedem Schritt drohten die Erinnerungen an Hitze, Feuer und fliegende Funken aus der Nacht von Teddys Verschwinden lebendig zu werden. Einzig das triefende Laub und die feuchte Luft hielten sie im Zaum. Ich erreichte den Weg. Er war in beide Richtungen verlassen, und ich konnte nicht umhin, auf ihn einzubiegen, anstatt weiter durchs Unterholz zu gehen. Es zog mich zu den Mammutbäumen und dem, was dahinter lag, als würde es mich näher zu Teddy bringen. Das brauchte ich jetzt.

Elizas Stimme war in meinem Kopf. »Geh nach Hause«, sagte sie. »Du machst dich wahnsinnig.« Sie war wie ein Echo von Dan.

Aber ich wollte Teddy nahe sein, hier im Wald. Es würde mir helfen, die anderen Stimmen auszusperren. Ich folgte dem Weg zum Bunker, langsam und stetig. Die Kapuze rutschte herunter, aber ich war zu sehr auf mein Ziel konzentriert, als dass es mich kümmerte. Ebenso wenig achtete ich darauf, ob mich jemand sah oder mir folgte. Ich ignorierte Elizas Worte. Sie waren zu einem Hintergrundrauschen geworden, so wie mein schwerer Atem, meine Schritte und die zahllosen anderen Geräusche im Wald um mich herum. Ich wollte nur meinen Bruder.

Mühelos fand ich die Bunkertür wieder und strich mit den Fingern darüber. Ich schaute mir das Vorhängeschloss an. Ich wollte hinein, sehen, wo ich ihn zurückgelassen hatte. Und den Schmerz wieder fühlen. So lange hatte ich ihn gemieden, aber was, wenn er meinem Gedächtnis half und ich mich an etwas Wichtiges erinnerte?

»Wie kriege ich das auf?«, fragte ich Eliza und rüttelte an dem Schloss.

Sie schwieg.

»Sag schon!«

»Du brauchst zwei Schraubenschlüssel«, sagte sie. »Oder ein Dietrichset.«

»Nein, du hast es einmal ohne Schraubenschlüssel geschafft.« Ich wusste noch, dass ich es für einen meiner frühen Eliza-Romane recherchiert hatte. Und ich war mir sicher, dass sie unter anderem mit einem Hammer auf das Schloss eingeschlagen hatte. Ich suchte nach einem Stein und fing an, ihn auf das Schloss zu knallen, immer fester, aber es ging nicht kaputt. Ich steckte das Handy weg und hieb mit beiden Händen, traf manchmal gar nicht das Schloss, und meine fast verheilten Fingerknöchel platzten erneut auf.

»Hör auf!«, sagte Eliza. »Versuch es mal so. Nimm den Bügel, den Metallbogen.«

Ich schob die Finger unter den Bügel.

»Jetzt zieh ihn nach oben so fest du kannst, dann schlag ein paarmal auf die Seite des Schlosses, auf die Seite, wo der Bügel verankert ist. Es funktioniert nur, wenn es ein bestimmter Mechanismus ist.«

Den richtigen Winkel hinzubekommen war schwierig. Regenwasser lief mir über die Stirn; das nasse Haar klebte mir im Gesicht und geriet zwischen meine Lippen. Ich spuckte es aus, zog an dem Bügel und knallte den Stein darauf, wieder und wieder. Als ich dachte, es würde nicht funktionieren, sprang das Schloss auf.

Ich nahm es ab, ließ es auf den Boden fallen und zog an der Tür. Die Metallkante schnitt mir in die Finger, aber sie gab Zentimeter für Zentimeter nach. Sobald der Spalt breit genug war, schaltete ich die Taschenlampe wieder ein und richtete sie nach drinnen. Mein Herzschlag beschleunigte sich. Doch ich sah nichts. Oder vielmehr sah ich eine Barriere, nur rund einen Schritt weit hinter der Tür. Verwirrt zerrte ich die Tür noch weiter auf, fluchte und zog, aber dies war das Letzte, was ich erwartet hatte. Bis ich es so weit geschafft hatte, dass ich richtig hineinsehen konnte, war ich verschwitzt und atemlos.

Gleich hinter der Tür war eine Mauer hochgezogen worden, die den Bunker vollständig abschloss. Es gab keine Tür, keinen Weg an der Mauer vorbei. Der raue Betonstein war körnig unter meinen Fingern. Ich fuhr daran entlang, fühlte nach einem Spalt, aber da war keiner.

Dieser Ort war versiegelt worden wie ein Grab, und das löste ein solches Entsetzen und solche Angst in mir aus, dass es mich beinahe überwältigte.

Ich drehte mich um, rannte stolpernd zu den Mammutbäumen zurück, drohte mehrfach zu fallen in dem Versuch, dem Horror zu entkommen, der seine Tentakel nach mir auswarf, nach meinen Knöcheln schnappte, mich zurückholen wollte, tief in die Dunkelheit, zu dem Ort, an dem Fallen ausgelegt worden waren und an dem ein kleiner Junge spurlos verschwinden konnte.

46

Als ich wieder auf den Weg gelangte, konnte ich nicht mehr rennen. Ich stand da, beugte mich vor und wartete, dass sich meine Atmung wieder beruhigte. Immer noch war ich desorientiert, als würde der Wald um mich herum seine Form ändern. Zum ersten Mal kam mir der Gedanke, dass es vom Bunker aus einen direkteren Weg nach Hause geben musste, an den ich bei meiner Flucht nicht gedacht hatte. Ich kannte den Wald nur richtig, wenn ich mich an die Wege aus meiner Kindheit hielt.

Ich machte mich auf den Rückweg zu meinem Haus. Ich war erschöpft, hoffte, dass ich in die richtige Richtung ging, doch es war, als hätte ich keine Energie mehr, um auch nur eine einzige rationale Entscheidung zu treffen. Wieder stolperte ich einige Male. Der Schein der Taschenlampe prallte von Baumstämmen ab. Mir schwirrte der Kopf. Kurz vor dem Haus blieb ich abrupt stehen, weil ich jemanden in der Nähe spürte. Ich schaltete das Licht aus. Die Person war rechts von mir, bewegte sich in die entgegengesetzte Richtung und leuchtete sich den Weg mit einer kräftigeren Taschenlampe als meiner. Ich huschte hinter einen Baum, presste den

Rücken fest an die Rinde. Einen Moment später hörte ich eine Stimme.

»Hi«, sagte er. »Ich bin es. Ich wollte nur mal hören.« Seine Stimme war erschreckend laut. Er sorgte sich nicht, dass man ihn hören könnte. »Nein ... nichts ... Ich glaube, sie ist nicht zu Hause ... Nein, Alter ... Ich gehe zum Wagen ... Ich bin total durchnässt ... Und ich hab mich verlaufen.«

Er murmelte vor sich hin, als er ging, fluchte, als er stolperte; ich blieb hinter dem Baum, als er vorbeiging. Ein Journalist, dachte ich. Er musste versucht haben, sich meinem Haus von hinten zu nähern.

»Würde ihm recht geschehen, wenn er in eine Falle tritt«, sagte Eliza.

Ich war froh, als ich das Ende meines Gartens erreichte. Der Stacheldraht verfing sich in meinem Haar, als ich durch den Zaun schlüpfte. Grob riss ich es los und ging erleichtert über den Rasen; keine Bäume und keine Drohne.

Drinnen packte ich den Präsentkorb aus auf der Suche nach verbliebenem Essen. Es waren noch Wein und eine Schachtel Karamell da. Ich nahm von beidem etwas. Tamsin hatte mir Brot mitgebracht, also machte ich mir Toast und nahm ihn mit nach oben. Ich fragte mich, wer noch draußen herumschleichen mochte.

Unweigerlich linste ich durch die Läden. Es war, als müsste ich im Wald noch etwas zu Ende bringen. Ich war neugierig, wo genau der Bunker von hier aus war, denn ich hatte das Gefühl, dass er näher war, als ich mir vorgestellt hatte. Doch mein müder Verstand konnte es nicht mehr nachvollziehen, und mein Orientierungssinn war unzuverlässig. Was mein Gedächtnis anging, nun ja. Ich starrte hinaus. Mittlerweile war es fast komplett schwarz dort draußen.

Der Bunker kann sich nicht bewegen, dachte ich mir. *Er kann nicht näher kommen.* Alles andere wären Fantasiegespinste, und ich sollte keine Sachen sehen oder fühlen, die nicht da waren.

»Solltest du nicht«, bestätigte Eliza. Dennoch wurde ich das Gefühl nicht los.

Ich sicherte die Läden und suchte Zuflucht vor dem hellen Bildschirm.

Dort tippte ich Dans Namen ein und ergänzte »Artikel« und »Lucy Bewley«. Ich suchte nach dem Artikel, den Noah gemeint hatte. Sofort tauchte ein Ergebnis auf. Es war der Tweet eines Journalisten.

»In Kürze: Teddy Bewleys Verschwinden (schlagen Sie nach, falls Sie nichts davon gehört haben). Dramatische neue Beweise. Sie werden es nicht glauben!

#lucybewley #lucyharper #teddybewley #verschwunden #coldcase #dranbleiben #fallgelöst #elizagrey«

Ich klickte sein Profilbild an und erkannte ihn. Das weißblonde Haar. Dies war der Mann, von dem Dan mir gesagt hatte, er sei ein Statiker, und der in der Nacht, in der Dan verschwand, bei uns gewesen war. Die Polizeisuche nach ihm war Zeitverschwendung gewesen. Ich kopierte den Link zum Tweet und schrieb eine E-Mail an DS Bright. »Dies ist der ›Statiker‹. Offensichtlich ist er in Wahrheit Journalist.« Sollte sie dem nachgehen. Ich erwartete nicht, dass sie glaubte, er hätte mit Dans Tod zu tun. Ich glaubte es selbst nicht. Aber mir gefiel die Vorstellung, dass er Besuch von der Polizei bekam. Es wäre eine kleine Revanche für den Artikel über mich, an dem er mit Dan gearbeitet hatte.

Ich überlegte, auf seinen Tweet zu antworten, ihn zu fragen, wie er sich dabei fühlte, meine Geschichte vor der Welt auszubreiten, doch bevor ich das tippen konnte, begann ich zu weinen. Mein Kampfgeist war aufgezehrt. Und was interessierte ich diesen Mann überhaupt? Er hätte gar nichts geschrieben, besäße er einen Funken Anstand.

Ich ging auf die Eliza-Fanseite. MrElizaGrey war nicht online. Ich schrieb noch einen Kommentar zu unserer vorherigen Kommunikation: Sasha, bist du das? Ich dachte, sie würde solche Sachen eher online machen als Vi. In Vis Haus hatte ich nur einen alten Computer gesehen, keine Smartphones oder Laptops.

Mir fiel James wieder ein, wie er an der Tür von Sasha übernommen hatte, und ich musste an seinen Gesichtsausdruck denken, als er alles abstritt, was die Nacht zuvor im Schreibschuppen geschehen war. Kontrollierte er sie? Oder sie ihn? In ihrer Beziehung gab es eine Dynamik, die ich bestenfalls erraten konnte. Ich hatte Angst – um mich und einen von ihnen; ich wusste nur nicht, um welchen der beiden.

Ich recherchierte James online. Es gab nur wenige Suchergebnisse, und die waren lediglich Links voller Management-Jargon zu Projekten, an denen er beteiligt gewesen war, nebst zwei Hochglanzbildern von ihm in Anzug und Krawatte. Alles sehr harmlos, und in den Social Media schien er nicht präsent zu sein.

Als Nächstes suchte ich nach Barry. Er war auch nirgendwo in den Social Media unterwegs, doch es gab Links zu Veröffentlichungen und den Unistellen, die er gehabt hatte. Ich wollte wissen, wo er direkt nach Teddys Verschwinden gewesen war.

Schwer zu ergründen war es nicht. Nur wenige Monate später hatte er eine Stelle an der University of Melbourne angetreten. Ich fand eine Erwähnung von ihm in einem alten Alumni-Forum.

»Weiß jemand, warum Barry Kaplan seinen Job verloren hat?«, hatte einer seiner ehemaligen Studenten vor einigen Jahren gefragt.

»Er hatte kurz nach seiner Ankunft einen Nervenzusammenbruch«, schrieb ein anderer.

»Ausgeschlossen! Sich selbst zu Tode gelangweilt? Jedenfalls habe ich die meisten seiner Vorlesungen verschlafen.«

»Ha! Keiner weiß, warum. Meine akademische Mentorin sagte, sie hat gehört, dass es quasi in dem Moment passiert ist, als er aus dem Flieger stieg. Er war nie richtig leistungsfähig, weshalb er nur mit verminderter Stundenzahl unterrichtet hat und bald darauf wieder gegangen ist. Im Grunde hat er die größte Chance seiner Karriere vertan. Merkwürdig.«

Ich scrollte nach unten, um mehr zu suchen, aber damit endete der Chat. Nun tippte ich »Barry Kaplan Nervenzusammenbruch« ein, doch es kam nichts. Warum hätte er zusammenbrechen sollen, als er eine prestigeträchtige Position antrat? War es die Folge von etwas, das unmittelbar vorher geschehen war?

Könnte er einen kleinen Jungen in einer seiner Fallen entdeckt haben, lebensgefährlich verletzt? Der Gedanke war entsetzlich, und er war mir schon vorher gekommen, aber jetzt wurde ich ihn nicht wieder los. Und er war durchaus glaubhaft. Wenn Barry wusste, was mit Teddy passiert war, könnte es erklären, warum er so unglücklich war, mich in seinem Haus zu haben. Sollte er überhaupt menschlich sein, müsste Barry eine unerträgliche Schuld empfinden. Und er würde sich auch unter Druck fühlen. Falls er wusste, was mein Mann und Sasha über die Fallen herausbekommen hatten, machte er sich vielleicht genug Sorgen, um etwas gegen Dan zu unternehmen.

Ich dachte an all die Stunden, in denen der Detective mich wegen Teddys Verschwinden in die Mangel genommen hatte. Hatte er jemals mit Barry gesprochen?

»Wag es ja nicht«, sagte Eliza.

»Ich muss ihn fragen.«

»Du hast so schon genug Probleme.«

Sie beugte sich über mich und tippte meinen Namen in die Suchmaske ein.

Aktuelle Fotos von mir erschienen. Links war das letzte von mir, als ich aus dem Wald kam. Ich sah abgerissen aus, wie eine Pennerin. In der Mitte war ein Standbild aus dem Fernsehinterview, auf dem ich relativ gepflegt und beherrscht wirkte. Rechts war das alte Foto von mir als Kind, über das meine Mutter entsetzt gewesen war, weil ich darauf am Fenster stehe und eine Hand auf das Glas lege, so unheimlich wie eine Figur aus einem Horrorfilm.

»DIE VIELEN SEITEN DER LUCY HARPER?«, schrie die Titelzeile. »EINE FRAU, ZWEI IDENTITÄTEN, ZWEI VERMISSTENFÄLLE«, hieß es darunter.

Es war übel. Doch das würde mich nicht davon abhalten, Charlie Cartwright zu kontaktieren, den Detective, der in Teddys Fall ermittelt hatte.

»Lass es«, sagte Eliza.

»Ich muss.«

Ich klickte das kleine »x« an, um das Fenster mit den Fotos zu schließen, und tippte »Detective Inspector Charles Cartwright« ein.

47

Ich sah durch den Spion. Der pensionierte Detective Inspector Charlie Cartwright war kleiner, als ich ihn in Erinnerung hatte.

»Kommen Sie rein«, sagte ich. Ich hatte ihn per E-Mail kontaktiert, was überraschend einfach gewesen war. Wie sich herausstellte, war er Schriftführer in einem örtlichen Golfclub. Mich erstaunte auch, dass er sofort antwortete und vorschlug, mich besuchen zu kommen. Und ich war dankbar gewesen. »Natürlich wird die Presse wieder über Sie herfallen«, hatte er geschrieben, »da werden Sie sich bestimmt nicht irgendwo in der Stadt mit mir treffen wollen. Und mir ist nicht wohl dabei, Fragen via E-Mail zu beantworten.«

Ich führte ihn in die Küche, wo ich die Fenster mit einem Laken verhängt hatte, und machte Tee. Auf meine Bitte hin hatte er Milch mitgebracht.

Jedes Mal, wenn sich unsere Blicke begegneten, schmolzen Jahrzehnte dahin, und wir waren ein viel jüngerer Mann und ein kleines Mädchen. Ich reichte ihm den Tee. Er nahm ihn immer noch mit Milch und zwei Würfeln Zucker. Als ich Letzteren hineinrührte, sah ich für einen Moment meine Kinderhand und die Tasse meiner Mutter.

»Danke, dass Sie gekommen sind«, sagte ich.

»Natürlich.« Seine Hände waren altersfleckig. Er umklammerte die eine mit der anderen, als wolle er einen Tremor verbergen. Ich wünschte, es wäre genauso einfach, meinen Hass auf ihn zu vertuschen. Und das musste ich, wenn ich Informationen wollte.

»Tut mir leid, dass ich Ihnen keinen Battenberg-Kuchen anbieten kann«, sagte ich. Es war sein Lieblingskuchen gewesen. Eine Weile lang, ehe sie die Hoffnung zu verlieren begann, hatte meine Mutter immer welchen für ihn dagehabt.

»Das wissen Sie noch?«

Ich nickte.

»Gratuliere zu Ihrem Erfolg als Schriftstellerin.«

»Danke.«

»Ich habe alle Ihre Bücher gelesen.«

Mich verstörte der Gedanke, dass er meine Entwicklung aus der Ferne verfolgt hatte, mich immer noch beobachtete, als ich glaubte, er hätte es längst aufgegeben.

»Danke«, sagte ich wieder.

»Ich habe sogar ein oder zwei Tippfehler gefunden.« Er zwinkerte.

»Sie und alle anderen Pedanten.« Ich rang mir jenes Lächeln ab, das ich bei Verlagsbesprechungen nutzte, wenn meine Lektorin mich um etwas bat, was ich ablehnen wollte.

»In Ihrer Danksagung habe ich gesehen, dass Sie bei Ihrer Recherche mit Tim Partridge in Kontakt sind.«

»Kennen Sie ihn?«

»Wir waren mal Partner.«

»Das hat Tim nie erwähnt.«

»Wahrscheinlich will er Sie nicht verschrecken.«

Fast hätte ich gelacht.

»Er genießt es, mit Ihnen zu reden.«

»Mir geht es mit ihm genauso.« Oder es war mir so gegangen, als ich noch annahm, dass er nicht wusste, wer ich war. Es war ein unheimliches Gefühl, dass er Charlie von mir erzählt haben könnte.

»Ich wollte Sie etwas zu der alten Ermittlung fragen«, sagte ich. »Haben Sie damals mit Leuten aus dieser Straße gesprochen?«

»Haben wir.«

»Erinnern Sie sich an das Ehepaar Kaplan, Barry und Veronica? Sie wohnen zwei Häuser weiter. Damals war es nur eine Tür weiter, weil The Lodge noch nicht gebaut war.«

»Im Prinzip ist die Ermittlung zum Tod Ihres Bruders noch offen, also darf ich Ihnen nicht allzu viel sagen. Doch wenn ich mich recht erinnere, habe ich kurz mit ihnen geredet, direkt nachdem Teddy als vermisst galt. Aber sie verließen bald darauf das Land, nur Tage später. Das war bereits geplant gewesen, deshalb war es für uns nicht verdächtig, falls Sie das meinen.«

»Ich habe gehört, dass Barry in jener Nacht Fallen im Wald aufgestellt hatte. Sie sollten die Leute abschrecken, die zur Sonnenwendfeier wollten.«

»Aha«, sagte Charlie langsam. Ich konnte nicht erkennen, ob er es bereits wusste oder nicht. Jedenfalls schien er es nicht für wichtig zu halten, denn er wechselte das Thema.

»Es war interessant, Eliza in den Büchern zu sehen, noch dazu in einen Detective verwandelt.«

Beinahe klang es, als wollte er sich das als Verdienst anrechnen, und ich war fassungslos.

»Sprechen Sie immer noch mit ihr?«, fragte er. Es gefiel mir nicht, wie er dabei die Augen verengte. Diesen Blick kannte ich. Es war derselbe Ausdruck, den sein Gesicht während der Wochen angenommen hatte, die er nach Teddys Verschwinden mit mir verbrachte, als die Hoffnung unverhohlenem Verdacht wich.

»Was hatte Barry Kaplan Ihnen über die Nacht erzählt?«, fragte ich. »Denn ich glaube, er hat gelogen. Ich denke, er weiß etwas. Nachdem er Bristol verlassen hatte, hatte er einen Nervenzusammenbruch.«

Charlie schlürfte seinen Tee. »Wir hatten ihn ausgeschlossen.«

»Wie? Hatte er ein Alibi?«

»Über solche Details darf ich nicht sprechen.«

»Aber Sie haben über mich und den Fall mit meinem Mann gesprochen! Das weiß ich. Ich habe gelesen, was er darüber geschrieben hat. Da stehen Sachen in seinem Buch, die er nur von Ihnen haben kann.«

»Ich habe Daniel nichts erzählt, was ich nicht hätte erzählen dürfen. Wie läuft übrigens die Ermittlung zu seinem Tod? Helfen Sie der Polizei?«

In seinen Augen war ein fieses Funkeln, und mir wurde klar, wie dumm der Gedanke gewesen war, er könnte sich irgendwie veranlasst fühlen, mir zu helfen. Er war hier, weil er mich immer noch hasste und den Druck erhöhen wollte; weil er mich, wie DS Bright, für eine Mörderin hielt. Ich war so blöd gewesen! Aber ich war auch wütend auf ihn.

»Hatten Sie geglaubt, ich würde Ihnen gegenüber gestehen, wenn Sie herkommen? Ist es das, was Sie erwartet haben? Wie aufregend das gewesen sein muss. Hatten Sie auf dem ganzen Weg hierher einen Ständer?« Ich lachte. »Oder, und ich weiß nicht, was schlimmer ist, sind Sie nur gekommen, um sich daran zu ergötzen, dass mein Mann tot ist? Können Sie noch tiefer sinken?«

»Eines Tages werden Sie die Wahrheit sagen, und dann wird jeder erfahren, was Sie getan haben.«

»Die Wahrheit ist, dass Sie ein unfähiger Detective waren.«

Er stand auf, und ich bemerkte ein Zucken in seiner Wange. Das hatte ich schon mehrmals gesehen. Er machte zwei Schritte in Richtung Tür, drehte sich jedoch plötzlich um und wischte mit dem Arm über den Tisch, sodass unsere Becher auf den Boden flogen.

Ich sprang vom Stuhl auf und wich zurück.

Die Fäuste geballt und das Gesicht wutverzerrt, starrte er mich an. Das Ausmaß seines Zorns war furchterregend und unerwartet.

»Dieser kleine Junge«, sagte er. »Während meiner gesamten Laufbahn ... mein ganzes Leben lang konnte ich ihn nicht vergessen.« Er schluckte und fing sich wieder. »Wie konnten Sie das tun? Wie können Sie nachts schlafen?«

Er knallte die Tür hinter sich zu, und ich sank zwischen den Scherben und der verschütteten Flüssigkeit auf den Boden. Ich weiß nicht, wie lange es dauerte, bis ich die Worte fand, um seine Frage zu beantworten.

»Gar nicht«, sagte ich.

48

Später – wie viel später, konnte ich nicht einschätzen – kam DS Bright. Ich musste vom Fußboden aufstehen, um die Tür zu öffnen. Ich war hundemüde. Ich bot ihr Karamell an, weil nichts anderes da war, aber sie lehnte ab. Wieder war ihr Kollege direkt hinter ihr.

»Sie haben das Fenster verhängt«, sagte sie.

»Es war eine Drohne da.«

»Ist hier etwas passiert?« Sie zeigte auf die zerbrochenen Becher.

»Ich habe Tee fallen lassen.«

»Nicht die Hände ringen«, sagte Eliza, und ich hörte auf.

»Wir sollten das aufräumen«, sagte DS Bright.

Ich sah zu dem Chaos, aber es war mir egal. Und mir fehlte die Energie. Ihr Kollege trat vor. »Zwei Becher«, sagte er, als er die Scherben aufsammelte. Er legte sie in zwei getrennte Haufen neben die Spüle. »Vorsicht, die sind scharf.«

»Hatten Sie einen Streit mit jemandem?«, fragte DS Bright.

»Sie sind mir runtergefallen«, sagte ich, überlegte jedoch, ob sie schon wusste, was los gewesen war. Ich konnte unmöglich einschätzen, wie weit Charlie Cartwrights Einfluss reichte.

»Wir haben bloß ein paar kurze Fragen, falls es Ihnen nichts ausmacht.«

»Brauche ich meine Anwältin?« Ich fand schon den Gedanken zu anstrengend, Tamsin anzurufen. Sie sollten einfach gehen.

»Natürlich dürfen Sie sie gern informieren, dann warten wir, bis sie hier ist. Oder wir können das rasch abhaken und Sie in Ruhe lassen.«

»Haben Sie mit James und Sasha gesprochen?«, fragte ich. »Da geht irgendwas Übles vor. Etwas richtig Übles. Und ich glaube, mein Mann hatte etwas über meinen Bruder herausgefunden, das ihn in Gefahr gebracht haben könnte. Haben Sie mit Barry und Vi Kaplan geredet?«

»Wir haben mit all Ihren Nachbarn gesprochen«, sagte sie. »Und wir waren in dem Gartenhaus, das Sie als Schreibschuppen bezeichnet haben. Dort fanden wir einen Yogaraum.«

Ihr Tonfall war matt, doch eine ihrer Augenbrauen war hochgezogen, und ich erinnerte mich, dass James und Sasha ihr erzählt hatten, Dan würde mich als labil beschreiben. Jetzt hatte sie den Beweis. »Antworte nicht«, sagte Eliza.

»Genau genommen sind wir wegen etwas hier, das einer Ihrer Nachbarn uns erzählt hat«, fuhr DS Bright fort. »Wir wollten über eine Aussage der Person sprechen, dass Sie gesehen wurden, wie Sie in den frühen Morgenstunden der Nacht, in der Ihr Mann verschwand, von einem Fahrzeug am Ende der Straße abgesetzt wurden. Was sagen Sie dazu?«

»Sag nichts«, warnte Eliza mich. »Kein Wort.«

»Welcher Nachbar?«, fragte ich.

»Es steht mir nicht frei, Ihnen das zu sagen.«

Ihre Stimme hallte in meinem Kopf. Meine Hände zitterten. Ich blickte DS Bright direkt an.

»Kein Kommentar«, sagte ich.

»Sie wollen sich nicht dazu äußern?«

»Nein.«

»Sind Sie sicher, dass Sie es nicht für uns aufklären möchten?«

»Kein Kommentar.«

Als sie gingen, sagte sie: »Übrigens sollten wir morgen die Laborergebnisse zu dem Blut in Ihrer Diele haben. Dann melden wir uns.«

49

Ich versuchte, Tamsin zu erreichen, aber sie war bei Gericht. Eine Nachricht wollte ich nicht hinterlassen.

Die Küche sah schrecklich aus, wie ich jetzt sehen konnte. Steingutscherben neben der Spüle, der Fußboden klebrig von verschüttetem Tee, überall Verpackungen aus dem Präsentkorb und die Einkaufsliste so voll, dass sie unleserlich war. Das Laken, mit dem ich das Fenster verhängt hatte, löste sich halb. Ich suchte Klebeband und befestigte es wieder.

Da ich nicht wusste, was ich sonst tun sollte, versuchte ich, alle Papiere zusammenzusammeln. Ich holte die aus Sashas Schuppen von meinem Bett, schleppte die Kartons heran, die ich von Patricia hatte, und öffnete die Mappe mit dem Bunker-Material des Archivars.

Ich lechzte nach irgendetwas Neuem. Unter dem klinischen Licht der Halogenstrahler begann ich, alles durchzusehen, fand zunächst aber nichts.

Schließlich blieb nur noch Ruperts Ordner übrig. Dan hatte ihn nie zu Gesicht bekommen, dennoch schien es mir lohnend, ihn noch einmal durchzugehen.

Obenauf lag der Bunkerplan.

Beim ersten Mal, als ich mir die Zeichnung ansah, hatte es mich sofort in die Vergangenheit zurückversetzt, sodass ich die Anmerkungen ignorierte. Jetzt sah ich, dass sie sehr ausführlich und so klein geschrieben waren, dass ich sie mit meinem Handy vergrößern musste, um sie zu entziffern.

Ganz hinten in dem Bunker, gegenüber der Stelle, an der Teddy und ich hineingegangen waren, hatte es noch eine Tür gegeben, kleiner. Sie war verklemmt gewesen, weshalb man sie weder richtig schließen noch weiter als die ein oder zwei Zentimeter öffnen konnte, die sie bereits offen stand. Diese Tür war auf der Zeichnung zu sehen. Ich hatte damals oft durch den Spalt gelinst, mit der Taschenlampe meines Dads hineingeleuchtet, jedoch nur Erde und Schutt erkennen können. Was auch immer dahinter gewesen sein mochte, es war irgendwann eingebrochen und füllte den ganzen Raum aus.

In der Nacht, in der Teddy verschwand, hatte ich wieder hineingeschaut. Und die Tür war wie immer blockiert gewesen. Erde und Steine machten den Raum dahinter unzugänglich, sogar für einen sehr kleinen Jungen. Zumindest hatte ich das geglaubt.

Auf dem Plan befand sich hinter der Tür ein kleiner separater Raum, der mit »Munitionslager« beschriftet war. Und an dessen Ende gab es anscheinend noch eine weitere Tür. Das fand ich beunruhigend. Und ein von Hand gezeichneter Pfeil zeigte auf die Tür. Auf der anderen Seite stand: Zugang Fluchttunnel. Man glaubte, dass sich der Tunnel nach Südwesten erstreckte. Die Länge war unbekannt, doch gemeinhin waren Fluchttunnel in ähnlichen Bunkeranlagen zwischen dreißig und hundert Meter lang gewesen.

Geschockt, dass ich davon nichts gewusst hatte, lehnte ich mich zurück.

Erneut studierte ich die Anmerkungen, suchte nach einer Orientierungshilfe, um zu erkennen, wohin der Fluchttunnel geführt haben könnte. Pfeile wiesen sowohl zur Festung aus der Eisenzeit als auch in die andere Richtung zu einer Linie, die mit »Privatgrenze« gekennzeichnet war.

Die Luft erstarrte. Ich bekam eine Gänsehaut. Meines Wissens stießen nur zwei Grenzen von Privatgrundstücken an Stoke Woods: die Gärten in der Charlotte Close und die der Häuser in dieser Straße.

Ich rief eine Karte der Gegend auf meinem Handy auf und zoomte heran, drehte sie, bis sie mit der Perspektive auf dem Bunkerplan übereinstimmte. Doch ich wusste bereits, welche Grundstücksgrenze gemeint war. Es musste die zu unseren Gärten hier sein. Selbst mit meinem erbärmlichen Orientierungssinn erkannte ich, dass Charlotte Close zu weit weg war. Als Kind war mir nie klar gewesen, wie nahe ich dieser Straße war, weil ich mich nie hierher vorgewagt hatte.

Jetzt sah ich, dass der Tunnel sich leicht weit genug erstreckt haben konnte, um am Garten eines nahen Grundstücks zu enden, und soweit ich es sagen konnte, musste es der von Vi und Barry sein.

Ich musste herausbekommen, was das bedeutete.

»Bring dich nicht in Gefahr«, sagte Eliza.

»Aber nichts anderes spielt mehr eine Rolle«, erwiderte ich. Und das tat es nicht. Ich musste wissen, was mit Teddy passiert war.

50

»Nein«, sagte Eliza. »Hör auf. Du musst dich zusammenrei-
ßen und dich darauf konzentrieren, dich in dieser Polizeier-
mittlung zu schützen. Dies ist nicht die Zeit nachzuforschen,
was mit deinem Bruder geschehen ist.«

»Die Polizei glaubt mir kein Wort, und das weißt du. Hat sie
nie und wird sie nie. Aber was, wenn Dan etwas über Teddy
herausgefunden hat, das ihn das Leben gekostet hat? Was,
wenn wir herausbekommen, was passiert ist? Hast du daran
mal gedacht?«

Es war solch eine verlockende Aussicht.

Eliza erschien kristallklar vor mir. Ich hätte sie berühren
können. Der Anblick ihrer Verletzungen am Hals trieb mir die
Tränen in die Augen, und ich streckte die Hand nach ihr aus,
wollte sie trösten, aber natürlich griff ich ins Leere, denn sie
war ja nicht da. Nicht wirklich.

»Schütz dich, Lucy«, sagte sie, und ihre Hand wanderte an
den Hals. Die Fingerspitzen malten die Umrisse der Blutergüsse nach. Sie waren nicht blasser geworden.

»Ich kann dir nicht helfen, solange du dir nicht selbst hilfst«,
sagte sie. Es klang entsetzlich traurig.

Ich ertappte mich dabei, wie ich ihre Bewegung nachahmte, meinen Hals berührte, als wären wir das Spiegelbild der jeweils anderen. Meine Fingerspitzen kribbelten, und es kam ein dumpferes Gefühl von meinem Hals, ein ganz leichter Druck, gefolgt von dem härteren meiner Fingernägel. Eliza umfasste ihren Hals fester, und ich machte es nach, bis ich merkte, wie meine Luftröhre enger wurde. Sie drückte fester zu. Ich empfand die blockierte Luftzufuhr als eine Verhärtung. Eliza ließ los und ich gleichfalls. Beide atmeten wir scharf ein, und die Luft, die in unsere Körper rauschte, war wie ein Ringen nach Leben, eine Befreiung von dem Horror.

Wir berührten unser Kinn, die weiche Haut unserer Wangen. Ich nahm Zeigefinger und Daumen in den Mund, dann den nächsten Finger, und schloss instinktiv die Augen, wie ich es als Kind getan hatte. So hatte ich um meinen Bruder getrauert. Allein in meinem Zimmer. Indem ich wie ein Baby an den Fingern saugte. Tränen befeuchteten mein Kissen, mein Gesicht und meine Hand, klebten mir Haarsträhnen an die Haut. Ich musste mir die Tränen abwaschen, ehe ich nach unten zu meinen Eltern und der Polizei ging, denn ich schämte mich dafür.

Die einzige Zeugin meines Kummers war Eliza gewesen.

Als ich die Augen wieder öffnete, war sie fort.

51

Ich fühlte mich ziemlich allein.

Zu Eliza sagte ich: »Es ist sinnlos, mich selbst zu schützen. Sie werden mich sowieso verhaften. Das weißt du.«

Ich wollte mich rechtfertigen, doch sie antwortete nicht.

»Alles, was ich tun kann, ist, das mit Teddy herauszufinden.«

Jetzt glaubte ich, ein resigniertes Flüstern von ihr zu hören. »Nein.«

Doch ich war mir nicht sicher, ob ich wirklich etwas gehört hatte.

Ich ging online, aber es gab noch keine Reaktion auf meine letzte Nachricht an MrElizaGrey. Also ging ich die Einfahrt entlang und dann auf die Straße zu Sashas und James' Haus. Die Journalisten und Fotografen regten sich wieder. Nun riefen sie nicht mehr nur meinen Namen, sondern auch Teddys. Sie wussten von ihm und wer ich war. Ich ignorierte sie, so gut ich konnte, aber mein Herz schlug so heftig, dass ich glaubte, sie könnten es hören, würden sie mal einen Moment still sein.

Sashas Wagen stand in der Einfahrt, James' nicht. Ich läutete. Es machte niemand auf. Ich versuchte es wieder, länger, doch immer noch wurde nicht geöffnet. Ich fragte mich, ob Sasha hinter der Tür stand, mir nicht aufmachen wollte und wartete, dass ich wegging.

»Ich will wissen, was du und Dan entdeckt habt«, rief ich, falls sie dort war. Meine Stimme verflog wie Rauch.

»Was weißt du?« Ich hämmerte an die Tür, bis es wehtat. Als nichts geschah, trat ich zurück und betrachtete das Haus. Mein Gefühl sagte mir, dass es leer war, dass niemand darin atmete. Dass James und Sasha fort waren.

Ich ging seitlich an dem Haus vorbei, weil ich sehen wollte, ob sie sich in dem Schreibschuppen versteckte, aber auch der war leer, nach wie vor als Yogaraum hergerichtet. So hatten sie ihn mir und der Polizei vorgeführt, und einzig ich wusste, dass es inszeniert war.

Ich ging hinten herum auf Barrys und Vis Grundstück. Falls der Tunnel hier endete, würde ich den Ausgang finden. Hatte Dan ihn gefunden? Hatte er dasselbe gesehen wie ich, als er den Bunker im Wald entdeckte – dass er von dort nicht mehr zugänglich war?

Es war nicht dunkel genug, dass ich unbeobachtet den Garten absuchen konnte, aber es würde nicht mehr lange dauern, bis ich es riskieren konnte. Ich hockte mich hinter ein Hochbeet im Gemüsegarten. Von hier war der Wald nur wenige Meter entfernt. Der Feenwald, in dem die Geister gern spielten. Als es dunkel wurde, spürte ich, wie sie mich zu sich lockten, so wie ich es als Kind gefühlt hatte. Es würde nie aufhören, das wusste ich. Dieses Gefühl, dass ich Teil von ihnen war und sie Teil von mir. Dass ihre Schönheit und ihr Schrecken meine waren. Sie existierten in mir, gehörten zu dem Gewebe, aus dem ich war, und unsere Wurzeln waren ineinander verschlungen.

Es war kalt. Ich drückte mich fester an die Wand des Hochbeets und nutzte die Zeit, um zu überlegen, wo der Bunkerausgang sein mochte. Meine Erinnerung an die Zeichnung war vage und meine Fähigkeit, sie zu deuten, begrenzt. Ein Licht in Barrys und Vis Haus ging an, nicht in einem der hinteren Fenster, sondern mehr im Innern des Hauses, in der Diele vielleicht. Der Schein drang kaum in den Garten. Ich streckte die steifen Glieder und stand auf.

Ich schritt die rückwärtige Gartenmauer ab und suchte nach Anzeichen, dass sie über einem Tunnel errichtet worden war, nach einem Zugang. In meiner Vorstellung könnte es eine Falltür sein. Mit bloßen Händen scharrte ich den Kies am Weg weg. Die Steine schürften mir die Haut auf, und meine Finger wurden von der Erde darunter ganz matschig.

Ich arbeitete langsam, weil ich leise sein musste. Auch die Ränder der Gemüsebeete nahm ich mir vor. Keine Spur von einem Tunnelzugang. Mit den Komposthaufen machte ich weiter. Sie waren hüfthoch, beide über den Winter verrottet, und sie stanken nach sich zersetzenden Pflanzen. Ich fand einen Spaten und begann zu graben, schippte alles aus den Kompostkästen heraus. Berge von Kompost türmten sich auf den Steinen hinter mir auf. Sie verdeckten mich. Ich machte weiter, bis ich den Grund erreichte und wieder bei nackter Erde war. Mit den Händen kratzte ich sie auf.

Ich verschonte auch die Gemüsebeete nicht. Jeder Muskel in meinem Körper schrie, aber ich stieß den Spaten immer wieder in die Beete, hielt zwischendurch nur inne, um Atem zu schöpfen. Ich wollte das Scheppern von Metall hören. Alles, was ich bekam, war dumpfes Pochen auf festem Erdreich. Meine Kräfte versiegten.

War ich an der falschen Stelle? Der Rasen erstreckte sich zum Haus; die Stämme der Kirschbäume waren dunkle Wächter. Mondlicht berührte die Blüten an den Zweigen und brachte den Boden zum Leuchten. Ich ging zwischen den Bäumen umher, versuchte, unter den Füßen etwas zu fühlen, was kein Gras war, aber da war nichts, und ich wagte mich nicht näher an das Haus heran.

Mit der Kälte kroch mir Mutlosigkeit in die Knochen. Noch ein Licht im Haus ging an, und ich wusste, dass ich ihren Garten verlassen, nach Hause gehen und noch einmal nachdenken musste, ehe sie mich hier draußen sahen.

Ich schlich zu ihrer Einfahrt, die sie sich mit den Delaneys teilten. Für einen Moment bildete ich mir ein, Polizeiwagen zu sehen, die unten vorbeifuhren, auf dem Weg zu mir, um mir mitzuteilen, dass die Indizien gegen mich erdrückend und sie gekommen seien, um mich zu verhaften. Ich hätte das Recht zu schweigen.

52

Ich zwang mich, tief einzuatmen, schloss die Augen, und als ich sie wieder öffnete, war um mich herum nichts als Dunkelheit. Keine Polizeiwagen. Kein leises Knirschen von Reifen, die über den körnigen Asphalt rollten.

Ich erwog, über die Einfahrt zu gehen, als sich die Haustür der Delaneys öffnete. »Na geh!«, befahl eine Stimme. Es war Ben Delaney. Aus dem Schatten beobachtete ich, wie ihr alter Hund nach draußen kam. Er bewegte sich in Kreisen über den Rasen, kam mir immer näher, nahm einen Geruch auf … meinen? Ich blieb, wo ich war, und hoffte, seine Sinne waren zu altersschwach, um mich zu finden. Der Hund kam noch näher, blieb plötzlich stehen und drehte um, um etwas zu fressen, das er auf dem Rasen gefunden hatte, bevor er zurück ins Haus trottete. Erleichtert atmete ich auf. Durch die offene Tür sah ich ein Kind im Pyjama. Den kleinsten Jungen. Er umarmte den alten Hund. »Was machst du hier unten? Du solltest doch im Bett sein«, hörte ich Kate schimpfen, als sie die Tür schloss.

Hätte meine Mutter das doch mit Teddy auch getan! Hätte ich doch! Hätte ich ihn doch weinen lassen, mich geweigert, ihn mitzunehmen. Wäre ich doch gar nie in den Wald gegangen. Dann wäre der Rest niemals passiert.

Ich dachte an die Delaneys, die hier ihr nettes Familienleben in einem Haus führten, das sie im Garten von Barry und Vi gebaut hatten. Und ich fragte mich, ob Barry deshalb so empfindlich auf den Bau reagiert hatte, weil er wusste, dass irgendwo hier ein Tunnel endete. Nicht in seinem Garten, sondern in ihrem. Hatte er deswegen auf so vielen Zusatzvereinbarungen bestanden, was die Delaneys durften und was nicht?

Ihr Haus stand in der ehemaligen Grundstücksmitte. Es wäre logisch, wenn Barry nicht gewollt hätte, dass nahe dem Tunnel gegraben würde, also befand er sich wahrscheinlich nahe beim Zaun. Ich wanderte zum Ende des Delaney-Gartens. Die Hälfte ihrer Grenze hinten war identisch mit der von Barrys und Vis, brusthoch gemauert. Doch in der Mitte ihres Grundstücks endete die Mauer an einem hohen Baum. Dieser Bereich war von Barrys und Vis oder meinem Grundstück aus nicht zu sehen. Von dem Baum bis zu meiner Grenze verlief ein Stacheldrahtzaun wie bei mir, vor den Ben und Kate einen weiteren Maschendrahtzaun gesetzt hatten – gewiss, um zu verhindern, dass der Hund oder die Kinder entwischten.

Der Baum sah aus, als wäre er aus dem Wald und auf ihr Grundstück gewandert. Die Wurzeln wölbten sich ineinander verschlungen aus dem Boden; dick und gierig reckten sie sich in alle Richtungen. Ein Monster. Die Delaneys hatten ihren Zaun raffiniert um den Stamm herum gezogen, sogar auf der Rückseite, die ganz sicher schon öffentlicher Grund war. Als wollten sie jeden, der dort vorbeiging, von sich fernhalten. Es

369

war eine seltsame Konstruktion und mehr, als zur Sicherung ihrer Grundstücksgrenze nötig gewesen wäre.

Ich strich mit den Fingern über den Draht. Die einzelnen Elemente waren schlicht zusammengehakt. Man könnte leicht eines aushaken und hindurchgehen. Die Baumwurzeln waren moosbewachsen und fühlten sich schleimig an. Laubmulch und Zweige lagen zwischen ihnen, als wären sie seit Jahren nicht mehr entfernt worden. Ich ging um den Stamm herum. Wo er an die Mauer stieß, klangen meine Schritte anders. Da war ein schärferes Knirschen, als befände sich unter dem Mulch etwas Anorganisches. Ich kniete mich hin, grub die Finger tief hinein und fühlte Metall.

Den Humus wegzuschieben war leicht. Es war lediglich eine dünne Schicht, und darunter kam eine Metallklappe zum Vorschein, quadratisch mit Angeln an einer Seite und von einem Betonrahmen eingefasst. Ich schaute mich zum Haus um.

Durchs Wohnzimmerfenster konnte ich die Familie auf dem Sofa sehen, die Eltern und die beiden größeren Kinder. Sie hatten die Köpfe über ein Brettspiel gebeugt. Der Kleinste war nicht da. Ich war mir sicher, dass sie mich nicht sehen konnten.

Ich hob die Falltür an. Es war, als hätte ich endlich das Ende einer sehr langen Geschichte erreicht, die ich während des größeren Teils meines Lebens gelesen hatte, und ich hatte schreckliche Angst. Unter der Bodentür konnte ich eine Leiter aus eingemauerten Metallbügeln ausmachen. Ich öffnete die Klappe, so weit es ging. Dann schaltete ich die Taschenlampe meines Handys an und stieg hinunter in den Tunnel. Da ich die Klappe von der Leiter aus nicht mehr erreichte, um sie zu schließen, ließ ich sie offen. Im Grunde war ich froh über den kleinen Kreis Abendlicht über mir. Es waren zwölf Stufen bis nach unten, allesamt kalt und glitschig. Auf dem Grund war es merklich kühler, und die Luft kam mir schwerer vor, als stünde sie seit Jahren hier.

Der Tunnel führte in Richtung Wald, und der Schein meines Lichts tanzte in einem verrückten Muster durch den unterirdischen Gang, als ich mich bemühte, die Hand möglichst ruhig zu halten. Die Wände des Tunnels waren aus Wellblech errichtet, wobei die Übergänge an den Stahlstützen ungleichmäßig waren. Der Boden bestand aus festgetretener Erde mit totem Laub und Schutt.

Ich sah einen Lichtschalter an der Wand und drückte darauf. Eine einzelne nackte Glühbirne, die in der Mitte des Tunnels von einer der Stützen herabhing, ging an. Das dumpfe Licht sammelte sich um die Birne wie ein Mückenschwarm, war aber besser als nichts. Ich steckte das Handy ein und benutzte beide Hände, um mich seitlich abzustützen, während ich weiter Richtung Bunker ging.

Der Weg durch den Tunnel fühlte sich wie eine Ewigkeit an. Mit einer Hand tastete ich mich am Wellblech seitlich entlang.

Am Ende des Gangs versperrte mir noch ein Wellblech den Weg, aber ich sah, dass ein Stück herausgeschnitten war. Es lehnte bloß an den beiden seitlichen.

Ich wollte sehen, was dahinter war, fürchtete mich aber auch so sehr, dass sich mein Brustkorb mit jedem Schritt weiter zu verengen schien, und ich musste immer wieder schlucken. Mir wurde schwummrig. Bilder von antiken unterirdischen Gräbern kamen mir in den Sinn. Dunkelheit, eine letzte Ruhestätte. Ein Ort, an dem ein kleiner Junge weit länger einsam gelegen haben könnte, als er je gelebt hatte.

Die Wellblechplatte war rostig an den Rändern und schwer. Vorsichtig rückte ich sie zur Seite. Dahinter tat sich eine niedrige Öffnung auf, die gerade hoch genug war, dass man sich hindurchducken konnte. Mein Schatten fiel in den Raum vor mir. Hier war die Luft noch stickiger, als würde ich ein Grab betreten.

Ich blieb direkt hinter der Öffnung stehen und griff nach dem Handy in meiner Tasche. Doch noch ehe ich es herausgezogen hatte, bemerkte ich ein Glimmen neben mir. Es war ein träger, goldener Schein, wie das langsame Blinzeln eines braunen Auges. Und direkt daneben war noch eines. Es war faszinierend. Während sich meine Augen anpassten, sah ich immer mehr helle Punkte zu beiden Seiten. Sie wetteiferten um meine Aufmerksamkeit, waren tanzende Feuerfunken. Eben noch da, im nächsten Augenblick fort. Golden, gelb, bernsteinbraun. Glitzer, Glühwürmchen, Sternkonstellationen. Dies war ein Ort, an dem Geister lebten.

»Teddy«, flüsterte ich. Sollten wir so wiedervereint werden? Auf diese schöne, traurige Weise?

53

Ich zog das Handy aus der Tasche. Das Licht vom Display erhellte mein Gesicht und fühlte sich warm an, als könnte ich mich darin sonnen. Ich wischte über das Glas, und die Taschenlampe ging an.

Hier war nichts zu hören außer meinem Atem. Ich richtete den Strahl vom schuttbedeckten Boden nach oben.

Der Raum, in dem ich mich befand, war klein und zu drei Seiten mit Regalen versehen. Ein Durchgang nur wenige Schritte weiter führte in einen ähnlichen, aber größeren Raum. Dies war der Durchgang, der früher blockiert gewesen war. Der Bereich dahinter war mein Bunker und auch wieder nicht.

An seinem Ende war die neue Mauer.

Davor standen mehr Regale. Und jetzt blinzelte es nicht mehr um mich herum, sondern es traten schimmernde Silhouetten im Schein meiner Lampe hervor.

Die Regale waren vollgestellt mit Gegenständen. Kerzenleuchter, religiöse Artefakte, Skulpturen. Zu viele, um sie auf Anhieb zuzuordnen. Ein Füllhorn. Eine Plastikbox mit offenem Deckel voller Goldmünzen aus einer anderen Zeit. Schmuckkästen und auch Geld. Bündelweise Bargeld, aufeinandergestapelt. An einer Wand standen offene Schubladenschränke, die vom Boden bis zur Decke reichten. Darin lagerten Gemälde, wie ich an den aufwendig gearbeiteten Rahmen erkannte, die mattgolden hervorschimmerten.

Dies war eine Schatzkammer. Eine Räuberhöhle. Ein Wunderland. Ich berührte einen Leuchter. Er war alt und wunderschön. Meine Finger tauchten in eine Schale winziger Münzen, fühlten die eingeprägten Reliefmuster. Ich nahm ein paar in die Hand und betrachtete das Gesicht eines Königs aus der Antike. Als ich ein Gemälde hervorzog, erkannte ich es wieder. Ich hatte es in den Nachrichten gesehen; es war aus einer berühmten Sammlung gestohlen und seither nie wiedergesehen worden. Ich schaute mir noch eines an, sah die Schönheit der kräftigen Pinselstriche und erkannte den enormen Wert.

In einem Schmuckkasten lag eine Halskette aus Gold mit einem riesigen Smaragd.

Ich klappte den Kasten zu.

Teddy war nicht hier.

Dies war ein Lager, dessen Bestand mehr als wertvoll war. Wenn ich mich nicht täuschte, handelte es sich um das Versteck eines Hehlers.

Ich stand in der Mitte meines Bunkers, drehte mich langsam um die eigene Achse und versuchte, alles in mich aufzunehmen. Was hier war, was es bedeutete … und hörte eine Männerstimme: »Keine Bewegung und das Licht aus. Sofort!«

54

»Sofort!«, rief er wieder, weil ich nicht prompt gehorchte.

Ich wischte über das Display und musste es ein zweites Mal tun, ehe die Taschenlampe ausging. Sobald es dunkel war, ertönte ein Klicken, und ein blendend heller Lichtstrahl schien mir ins Gesicht.

»Wer ist es?«, fragte eine Frauenstimme.

Der Mann bedeutete ihr, ruhig zu sein, aber ich hatte sie bereits erkannt.

»Kate! Ich bin es nur«, sagte ich.

»Es ist Lucy«, bestätigte Ben Delaney und fluchte. »Schalt das Licht an. Jetzt ist es eh egal.«

»Sie wird sowieso kapieren, dass wir es sind«, sagte Kate schnippisch.

Das Licht im Gang ging flackernd wieder an, und er machte seine Taschenlampe aus. Die beiden kamen näher. Als Ben den inneren Raum erreichte, drückte er einen anderen Schalter, und beide Kammern wurden von hellem Licht geflutet.

»Setz dich«, sagte er.

Ich zögerte, doch sein Gesichtsausdruck war grimmig. Kaum vergleichbar mit dem meines leutseligen Nachbarn. Ich sank

auf den Boden, beinahe an der Stelle, an der ich Teddy zurückgelassen hatte.

»Ist schon gut«, sagte ich. »Tut mir leid. Ich will nichts von
eurem Zeug – falls es euch gehört. Es interessiert mich nicht,
wessen Sachen das sind.«

Auch Kates Gesicht war angespannt.

»Wie hast du das hier gefunden?«, fragte sie. »Dan konnte
nicht ...«

Sie verstummte, und ihrer Miene nach zu urteilen fand sie,
dass sie bereits zu viel gesagt hatte. Ich sah die beiden an, und
mir wurde klar, dass sie bereit waren, alles zu tun, damit niemand erfuhr, was hier unten war. Sie mussten Dan ermordet
haben.

»Habt ihr Dan umgebracht?«, fragte ich.

Ben wirkte entsetzt. Ich dachte angestrengt nach, versuchte zu
begreifen, was dies hier bedeutete und was ich tun sollte. Wie
weit sie gehen würden. Eliza war fort. Sie würde mir nicht helfen.

»Er hat das hier gefunden, stimmt's?«, fragte ich.

»Hör zu«, begann Ben, doch ich las es in Kates Zügen.
Schuld. Und eine entschlossene Härte.

Sie sah mich an, und es war, als würde sich jedwede Spur
von Menschlichkeit oder Mitgefühl in ihr verschließen, bis
eine schlichte Entscheidung blieb.

Dass sie sich um mich kümmern mussten.

Ich war in Gefahr.

Unwillkürlich versuchte ich aufzustehen.

»Unten bleiben!«, befahl Kate. »Ben!«

Er griff in seine Gesäßtasche und zückte einen kleinen Re-
volver, den er auf mich richtete.

»Ich bleibe ja unten … ehrlich! Versprochen«, sagte ich und setzte mich langsam wieder hin. »Ich will bloß mit euch reden.«

»Wozu soll das gut sein?«, fragte Kate ihren Mann, und ich schloss für einen Moment die Augen. Wäre es so schlimm, wenn das passierte?

Als ich sie wieder öffnete, war die Waffe immer noch auf mich gerichtet, aber ich sah auch etwas anderes, Unerwartetes.

Hinter Kate und Ben, am Ende des Tunnels stand eine kleine Gestalt. Ein Junge. Er musste die Leiter heruntergestiegen sein und stand nun mir gegenüber. Im Pyjama.

Ich lächelte. Zugleich lief mir eine Träne über die Wange.

Der Junge kam durch den Gang zu uns, wobei er kein Geräusch machte. Weder Ben noch Kate bemerkten ihn.

»Hör auf zu grinsen«, sagte Ben Delaney, aber das tat ich nicht. »Was stimmt mit ihr nicht?«, fragte er Kate. Sie reagierte nicht.

Der Junge blieb hinter ihnen stehen.

»Ich hab Licht gesehen und bin die Leiter runter«, sagte er. Seine Eltern erschraken und drehten sich beide zu ihm um.

»Was machst du hier?«, fragte Kate. Sofort verwandelte sie sich. Ben bewegte die Waffe so, dass sein Sohn sie nicht sah. Kate wurde wieder eine Mutter, vollkommen auf ihr Kind konzentriert. Sie wollte seinen Arm packen, aber er war schneller. Ein ungezogener Junge. Er huschte an ihr, seinem Dad und mir vorbei und berührte eine kleine, wunderschöne Skulptur eines goldenen Elefanten mit Rubinaugen auf einem Regal in seiner Höhe.

Nun war ich ihm am nächsten, zwischen ihm und seinen Eltern. Ich sah, wie Ben mit sich rang, ob er die Waffe wieder auf mich richten sollte oder nicht.

»Zeigst du mir den Elefanten?«, fragte ich den Jungen.

»Komm sofort her!«, sagte Kate streng.

Wieder bewegte sie sich auf ihren Sohn zu, doch für ihn war es ein Abenteuer, und er hatte alles andere im Sinn, als auf seine Eltern zu hören. Er kam mit der Skulptur zu mir, und ich zog ihn auf meinen Schoß.

»Das ist ein hübscher Elefant«, sagte ich. Das Haar des Jungen duftete frisch gewaschen.

Ben sah aus, als wollte er sich auf mich stürzen. Er trat einen Schritt vor. »Nicht!«, zischte Kate.

Langsam richtete ich mich auf, das Kind dicht vor mir. Ich legte ihm einen Arm um die Brust, sodass nur eine kleine, rasche Bewegung weiter nach oben nötig wäre, um ihn zu erwürgen.

»Was habt ihr mit Dan gemacht?«, fragte ich seine Eltern.

Ihre Augen waren auf den Jungen gerichtet. Er fing an zu zappeln. Für einen flüchtigen Moment wurde ich wütend, doch ich flüsterte ihm ins Ohr: »Das ist ein Spiel. Und ich wette, du bist richtig, richtig gut im Spielen. Tun wir so, als würde ich dich gefangen nehmen, weil ich eine Piratin bin. Und Mummy und Daddy kriegen dich nicht, weil sie echt mies im Kämpfen sind.« Tatsächlich hörte er auf zu zappeln und lachte.

Danach musste ich ihn nicht mehr festhalten, behielt ihn jedoch nahe bei mir, und wir beide traten einen Schritt zurück, außer Reichweite seiner Eltern.

»Was habt ihr getan?«, wiederholte ich.

»Ihr kriegt mich nicht!«, trällerte der Junge.

Kate blinzelte hektisch. Ben benetzte sich die Lippen. Keiner der beiden sagte etwas.

Ich wusste, was sie getan hatten, und spürte, wie meine Wut anschwoll.

»Hatte Dan das hier gefunden?«, fragte ich.

Ben nickte.

»Und dann? Habt ihr ihn umgebracht?«

»Wir nicht«, sagte Ben.

Ich zog den Jungen weiter zurück.

»Wer dann?«

Er atmete aus. »Sag es ihr«, drängte Kate.

»Als Dan in der Nacht euer Haus verlassen hat, kam er nicht aus der Straße raus. Zwei von unseren Partnern hatten sie mit ihrem Van blockiert. Sie luden Sachen von hier ein. Das kommt nicht oft vor. Eigentlich war es ein sehr unglücklicher Zufall. Die Leute, mit denen wir arbeiten, benutzen unsere Einfahrt nicht, weil wir die mit Barry und Vi teilen und sie nicht misstrauisch werden sollen. Wir versuchen, diskret zu sein. Jedenfalls ist Dan ausgestiegen. Wir waren mit unseren Partnern im Haus, aber Dan hat nicht geklingelt. Er muss Licht hinten im Garten gesehen haben, denn der Tunneleingang war noch offen, und da ist er hingegangen. Wir haben ihn hier drinnen gefunden. Oder vielmehr hat einer unserer Partner ihn gefunden. Dein Mann kann nicht lange hier unten gewesen sein, aber leider lange genug, dass er auf ein paar unselige Ideen gekommen war, wie er und wir künftig zusammenarbeiten könnten, was nie möglich gewesen wäre. Unsere

Partner wollten gar nicht erst darüber nachdenken. Es kam zu einem Streit. Dan wurde niedergeschlagen und starb. Das hätte nicht passieren sollen. Es war sehr bedauerlich.«

»Bedauerlich?«, wiederholte ich. Dan hatte es nicht verdient, dennoch konnte ich mir gut vorstellen, wie aufregend er es fand, hier auf all die Schätze zu stoßen. Und wie er sich naiv einbildete, er hätte die Situation im Griff und könnte sie sogar zu seinem Vorteil nutzen.

»Es war tragisch«, sagte Ben.

»Und das Blut in meiner Diele?«

Er zögerte, und Kate antwortete für ihn. »Das haben sie dort platziert, als du geschlafen hast. Sie hatten Dans Schlüssel. Schwierig war das nicht.«

Ich hielt den Jungen fester und fühlte seine Finger an meinem Unterarm auf seiner Brust. Er wand sich.

»Jetzt hört mir zu«, sagte ich. »Ihr wisst, wer ich bin und was ich getan habe. Es dauert bloß eine Sekunde, diesem Kind das Genick zu brechen, und, glaubt mir, ich weiß es aus Erfahrung.«

Kate unterdrückte ein Schluchzen. Ihr Blick war panisch. »Ben«, flüsterte sie.

»Du gehst ins Gefängnis, wenn du das machst«, sagte er.

»Das war mir mit neun Jahren egal, und es ist mir jetzt egal.«

Der Bunker schien mir die Worte einzugeben. Klar und präzise kamen sie mir über die Lippen. Die Delaneys wichen zurück. Kate war jetzt vorgebeugt und hielt sich vor Entsetzen den Mund zu. »Mummy«, sagte das Kind und streckte seine Arme nach ihr aus. Ich kannte nicht mal seinen Namen.

»Ihr macht Folgendes«, sagte ich. »Holt eure Handys raus.«

»Ich habe es nicht bei mir.«

»Kate?«

Sie zog ein Handy aus der Hosentasche.

»Du rufst die Polizei an und sagst ihnen, was mit Dan passiert ist. Und du erzählst ihnen hiervon und wofür ihr den Bunker nutzt.«

»Das war Ben«, sagte sie. »Nicht ich. Jackson braucht seine Mutter – das tun alle Kinder. Ich kann nicht ins Gefängnis gehen.« Sie begann zu weinen.

Ich fühlte den Herzschlag ihres Sohnes. Hier unten war ich das letzte Mal einem kleinen Jungen so nahe gewesen, vor all den Jahren. Und auch jener Junge vertraute mir.

»Gib ihm das Handy«, sagte ich.

Zitternd hielt sie Ben das Telefon hin.

Er starrte es an.

»Nimm schon!«, sagte ich, und er tat es. Kate wandte sich von ihm ab und hielt sich wieder die Hand vor den Mund.

Ich blickte zu Ben. »Ruf an. Sag der Polizei, dass du für Dans Tod verantwortlich bist, und schildere ihnen genau, was mit ihm geschehen ist. Erzähl ihnen alles, was ihr hier lagert und für wen ihr arbeitet. Ich will Namen hören. Du kannst es so darstellen, dass Kate nichts wusste. Und sag ihnen, sie sollen sofort kommen.«

Ich beobachtete, wie er dreimal mit den Fingern aufs Display tippte, um den Notruf zu wählen. Er zitterte ebenfalls.

»Stell auf Lautsprecher«, sagte ich.

»Notruf. Welchen Dienst brauchen Sie?«, fragte die Zentrale.

»Polizei«, antwortete Ben.

Das Kind war vollkommen still und sah seine Eltern an. Sein Vater blickte kurz zu ihm und dann zur Seite.

Es folgte ein kurzer Ton, bevor eine neue Stimme erklang. »Polizei. Was ist Ihr Notfall?«

Ben warf mir einen hasserfüllten Blick zu. »Ich muss dringend ein Geständnis zu einem Mord machen.«

55

Als ich die Sirenen nahen hörte, ließ ich das Kind los und ging von den dreien weg den Tunnel hinunter.

Ich schaute mich nicht um.

Stille legte sich über alles. Minuten, Stunden, Tage, Wochen, sie dauerte an, und Eliza sprach kein Wort mit mir.

Dinge wurden getan.

Leute taten Dinge.

Ben Delaney wurde angeklagt. Ich erfuhr, dass er es gewesen war, der DS Bright erzählt hatte, er hätte mich in der Nacht, in der Dan starb, aus einem Wagen steigen sehen. Er wollte dem Belastungsmaterial, das die Polizei bereits gegen mich zusammentrug, noch einen weiteren kleinen Beweis hinzufügen. Ben bekannte sich einer Reihe von Delikten schuldig, einschließlich Hehlerei, Beihilfe zu Straftaten und Behinderung der Justiz. Im Gefängnis würde er zweifellos einige seiner früheren Mandanten treffen. Ob sie sich freuten, ihn zu sehen, war fraglich.

Zwei Wochen nach Bens Geständnis beerdigten wir Dan. Seine Mutter schrieb die Grabrede. Sie war überrascht gewesen, als ich es vorschlug, und dankbar. Sie hatte keine Ahnung von unseren Schwierigkeiten.

Wir baten einen Trauerredner, ihre Worte vorzulesen. Er war ein Fremder ganz in Schwarz. Am Hals hatte er eine frische Schnittwunde vom Rasieren. Blitzblanke Schuhe. Er hat es gut gemacht. Seine Stimme war voller Pathos. Ich fühlte mich losgelöst von all dem, erkannte Dan kaum in dem wieder, was er sagte. Dans Mutter hatte seine Kindheit idyllisch verklärt.

Es waren weniger Leute dort, als ich erwartet hatte. Anscheinend hatte auch Dan seine Freundschaften in den letzten Jahren vernachlässigt. Die leeren Stühle waren ein deprimierender Anblick.

Ich weinte sehr um das, was er und ich einst hatten und was wir hätten haben können, und warf eine Rose auf den Sargdeckel, nachdem er herabgelassen worden war.

Max und Angela waren unter den Trauergästen. Sie brachten mal wieder einen Hauch London mit. Er lauerte in den Falten ihrer dunklen Wollmäntel.

Sie blieben über Nacht, und ich traf mich am nächsten Tag mit ihnen. Diesmal gab es keinen Champagner. Wir tranken starken Kaffee in einem Hotel, wo der kleine Besprechungsraum von einem echten Feuer gewärmt wurde. Die beiden drückten sich vorsichtig aus, als sie mir gute Neuigkeiten überbrachten.

»Wir haben intern gesprochen«, sagte Angela, »und wir haben das Gefühl, dass wir dein letztes Buch so veröffentlichen sollten, wie es ist.«

»Der Roman, den ihr abgelehnt habt?«

»Ja.«

Max beugte sich lächelnd vor. Seine Körpersprache sagte mir, dass es etwas Gutes war, doch ich brauchte Klarheit. »Ihr wollt den Roman ohne Eliza rausbringen?«

Angela nickte. »Falls du es uns erlaubst.« Es war eine meisterhafte Zurschaustellung von Unterwürfigkeit.

»Das wäre wunderbar«, antwortete ich.

»Fabelhaft«, sagte Max.

»Und wir möchten mit dir über weitere Eliza-Romane in Zukunft sprechen«, ergänzte Angela.

Jetzt beobachteten sie mich noch aufmerksamer, warteten auf meine Reaktion. Angela wandte nicht mal den Blick von mir ab, als sie Milch in ihren Kaffee rührte. Hingegen war ich gebannt von der Bewegung des Löffels in der Flüssigkeit.

»Kann ich darüber nachdenken?«, fragte ich, und die Stille im Raum erzitterte, sodass Staubpartikel aufflogen. Die Flammen im Kamin züngelten nach oben. Die beiden beeilten sich, mir zu versichern, dass ich selbstverständlich darüber nachdenken könne, mir alle Zeit nehmen solle, die ich brauchte. Sie würden sich dringend wünschen, dass es für mich funktionierte, und meine fortgesetzte Beziehung zu dem Verlag sei jedem extrem wichtig.

Max und ich winkten Angela, die mit einem Taxi wegfuhr. Diesmal stieg er nicht mit ihr ein, sondern hielt mir die Tür des nächsten Wagens auf. »Ich rufe dich morgen an«, sagte er, als ich eingestiegen war. »Und wir reden. Ich werde dich nicht belügen: Sie bringen diesen Roman jetzt heraus, um an der Publicity um Dans Tod zu verdienen. Das ist dir bewusst, oder?«

»Oh ja.«

»Aber er wird veröffentlicht.«

»Stimmt.« Ich empfand einen Anflug von Glück.

»Und die Eliza-Bücher? Wie fühlst du dich damit?«

»Weiß ich noch nicht. Ich weiß auch nicht, ob ich es morgen wissen werde.«

»Ist okay«, antwortete er. »Du hast Zeit. Aber sie ist eine tolle Figur.«

»Bis dann, Max«, sagte ich.

Die Stille dehnte sich weiter.

Max rief an. Er rief immer wieder an, bis ich entschieden hatte, was ich tun wollte, und hörte auf, nachdem ich endlich eine Entscheidung getroffen hatte. Es war die offensichtliche Wahl.

Ich räumte das Haus auf und fand eine Einkaufsliste mit solch unleserlichen Einträgen, dass es ebenso gut hätten Hieroglyphen sein können oder eine andere Mitteilung aus einer anderen Zeit, von einem anderen Ort. Ich warf sie zusammen mit allem anderen Müll weg.

Der Wald strotzte vor Leben. Es war wunderschön anzusehen. Lichtgrüne Blätter entrollten sich und begannen, die Lücken zwischen den immergrünen Pflanzen zu füllen. Auf dem Boden erzeugten sie einen unwirklichen Smaragdschein zwischen Teppichen aus Glockenblumen.

Manchmal ging ich durch den Wald, gewöhnlich bei Morgengrauen, wenn ich ihn für mich hatte. Ich suchte nach Teddy.

Ich bestellte Handwerker, um das Haus zu renovieren. Jetzt konnte ich es mir leisten. Das Honorar für das Buch, das sie nicht publizieren wollten und dann doch, traf prompt auf meinem Konto ein. Und es sollte bald mehr Geld aus dem neuen Vertrag kommen, den Max für mich ausgehandelt hatte. Viel mehr. Unmengen. Weil ich mich bereit erklärt hatte, die nächsten beiden Eliza-Grey-Bücher zu schreiben.

Die Fenster im Haus hielt ich weit geöffnet, um den endlosen Staub hinauszulassen. Wenn die Männer ihr Werkzeug hinlegten, konnte ich bisweilen das Quietschen des Trampolins hören, auf dem die Kinder im Nachbargarten hüpften.

Eine weitere Lieferung Moltebeerenmarmelade traf ein, die wie früher schon vor meiner Haustür abgestellt wurde. Ich aß sie.

Nicht nur bei mir waren Handwerker. Die Morells hatten auch welche. Sashas und James' Grundstück wurde in diesem Frühling allmählich zu einer Festung. Am Anfang ihrer Einfahrt wurde ein Tor installiert, die Mauer um ihr Anwesen erhöht und ein Sicherheitssystem eingebaut. Es war schwer zu sagen, ob sie die Welt draußen oder sich gegenseitig drinnen halten wollten.

James sah ich überhaupt nicht, außer einmal in seinem Wagen, wo er es sorgsam vermied, mich anzusehen. Doch Sasha kam eines Tages zu mir und gab zu, dass sie MrEliza-Grey war. Sie hatte nicht alle seine Posts geschrieben; viele stammten von Dan, doch für die meisten zeichnete sie verantwortlich. Das alles gestand sie mir tränenreich vor meiner Haustür.

»Dan hat mich angestiftet, weil er dich aufschrecken wollte«, erzählte sie mir. »Er hat gedacht, dann erinnerst du dich vielleicht, sodass er an Material für sein Buch kommt.«

Es tat ihr sehr leid, weil sie wusste, was es hieß, mit einem schwierigen Mann zusammenzuleben, und sie wusste selbst nicht recht, was sie sich dabei gedacht hatte.

Weinend erklärte sie mir, wie schlecht sie sich fühlte, und bat mich um Vergebung. Sie erwähnte, dass sie mir den Tipp mit Naomi Dent gegeben hatte, um mich unter Druck zu setzen.

»Also war das, was du und Dan gemacht habt, tatsächlich Gaslighting, um mich in den Wahnsinn zu treiben?«, fragte ich.

»Ja«, sagte sie. Dass es endlich jemand zugab, nachdem Dan es so oft geleugnet hatte, war eine ungemeine Erleichterung, aber ich dankte Sasha nicht. Sie hatte es nicht verdient. Stattdessen schlug ich ihr die Tür vor der Nase zu. Ich war so erschöpft, wie man sich nach einer langen Krankheit fühlte, doch ich wusste, dass es vorbeigehen würde.

Barry und Vi sah ich sehr wohl. Wir trafen uns eines Abends und unterhielten uns in Sätzen, die teils so gebrochen waren wie unsere Herzen. Es fiel uns schwer, ihnen halbwegs flüssig einen Sinn zu verleihen, doch wir sahen einander an, dass unser aller Seelen für Teddy geblutet hatten.

Nach dem Verschwinden meines Bruders war Barry entsetzt über das gewesen, was er getan hatte, und was passiert sein könnte, erschütterte ihn bis ihn Mark. Noch in der Nacht rannte er los, um seine Fallen zu holen, krank vor Angst, weil ein kleiner Junge im Wald gewesen war. Doch er stellte fest, dass er lediglich ein junges Kaninchen erwischt hatte. Der weiche warme Körper und die vor Schmerz und Furcht vorquellenden Augen hatten ihm Albträume von meinem kleinen Bruder beschert, der in den scharfen Dornen einer Falle schreckliche Qualen litt.

Nach jenem Abend hielten wir Abstand. Wir lächelten einander zaghaft zu und winkten uns zum Gruß, wenn wir uns begegneten, näherten uns einander jedoch nicht mehr. Mir machte es nichts aus. Ich hatte vor, Cossley House zu verkaufen, sobald die Renovierung abgeschlossen war. Es würde sich niemals wie ein Zuhause anfühlen.

Eines Abends trat ich in der Stille mit einem Glas Wein nach draußen. Es war beinahe dunkel, und Fledermäuse kamen aus dem Dachvorsprung des Hauses. Sie waren ein hübscher Anblick vor dem sich verdunkelnden Himmel. Pechschwarzes Konfetti vor einem tintigen Blau.

Der Zedernstumpf sah mittlerweile anders aus. Die anfangs frische Schnittfläche war zu einem tiefen Goldton verwittert. Ich setzte mich darauf und wartete auf Eliza. Als ich ein Kribbeln im Nacken spürte, rückte ich ein wenig zur Seite, und sie hockte sich neben mich.

Ihr Hals war wunderbar verheilt. Da war keine Spur mehr von Blutergüssen, und sie war wieder zu Kräften gekommen. Es hatte nur Momente gebraucht, das möglich zu machen. Ich hatte schlicht das erste Kapitel des neuen Eliza-Romans angefangen, den ich für Angela schreiben wollte. Die Worte waren geflossen, flossen immer noch. Ich glaubte, dies würde mein bisher bestes Eliza-Buch werden. Meine Fans waren ekstatisch und fluteten meine Accounts mit ihrer Begeisterung.

Ich trank einen Schluck Wein.

»Sieh mal«, sagte Eliza.

Sie zeigte zum Ende des Rasens, wo ein Teil des Grenzzauns umgefallen war, den ich bisher nicht hatte reparieren lassen. Das würde ich noch tun, bevor das Haus auf den Markt ging. Eine Ricke war in den Garten gekommen, und bei ihr war ihr Kitz. Die Ricke hob den Kopf, sah uns an und wir sie. Wir verharrten vollkommen still, bis sie sich umdrehte und im Wald verschwand, wo sich die Dunkelheit wie ein Schleier über die beiden legte.

»Habe ich Teddy wehgetan?«, fragte ich Eliza. Ich musste es wissen, und die Stille hatte mir keinerlei Antworten gegeben.

»Du warst neun Jahre alt und hättest nie und nimmer eine Leiche verschwinden lassen können. Du warst es nicht. Das hättest du nicht gekonnt.«

»Bist du sicher?«

»Du warst damals keine Mörderin und bist heute keine.«

Ich empfand etwas, das ich nicht recht benennen konnte. Erleichterung? Vielleicht, aber auch Schmerz, weil es noch so viele offene Fragen gab. »Wer war es dann?«

»Wissen wir nicht. Wahrscheinlich werden wir es nie erfahren.«

Der Wald seufzte, als wäre so viel Zeit vergangen, dass nicht mal er sich mehr entsann, was mit meinem Bruder geschehen war.

»Aber es muss nicht zwingend das Schlimmste passiert sein«, sagte Eliza. »Vielleicht hat ihn jemand von den Leuten am Feuer mitgenommen. Vielleicht jemand anders. Sie könnten ihn als ihr Kind aufgezogen haben, und er könnte glücklich bei ihnen gewesen sein. Nach einer Weile hätte er seine Familie vergessen. Er könnte sich geliebt gefühlt haben.«

»Ich weiß nicht«, entgegnete ich. »Ich möchte mir nicht vorstellen, dass jemand unseren Platz eingenommen hat. Was, wenn er noch im Wald ist? Ich wünsche mir ein Ende. Ich will es wissen.«

Eliza zuckte mit den Schultern. »Wir beide waren doch immer ehrlich zueinander, nicht?« Ihre Stimme war sanft.

»Ja.«

»Dann wirst du es eventuell nie erfahren, und sie könnten ihn niemals finden. Und ich verrate dir, wie du damit leben kannst. Denk es dir so: Um Mitternacht zur Sommersonnenwende kamen die Geister aus ihrer Welt in unsere. Sie streiften durch den Wald, spielten sich gegenseitig und den Erwachsenen dort Streiche. Es entzückte sie. Aber sie waren noch viel verzückter, als sie ein Kind in einem Bunker fanden, denn jeder weiß, dass sich mit Kindern besser spielen lässt als mit Erwachsenen. Sie kitzelten Teddy wach und nahmen ihn mit sich. Er spielte mit ihnen, huschte durch den Wald, machte Purzelbäume zwischen den Baumkronen und den Sternen. Noch nie hatte Teddy solchen Spaß gehabt. Er war einer von jenen Funken, die du gesehen hast, die so hoch aufstiegen, dass dir der Nacken schmerzte, als du ihnen nachblicktest. Und die Geister hatten solchen Spaß mit ihm, dass sie vergaßen, ihn bei Sonnenaufgang nach Hause zu bringen. Nein, sie vergaßen es nicht bloß, sie wollten ihn nicht zurückgeben. Sie liebten ihn schon zu sehr. Deshalb nahmen sie Teddy mit zu sich.«

»Weil er vollkommen war«, sagte ich.

»Ja.«

Ich dachte über all das nach, bis der Himmel schwarz war und die ersten Sterne erschienen.

Dieser Ort würde mir nicht fehlen, wenn ich verkaufte. Ich konnte es nicht erwarten, zurück in die Stadt zu kommen und ganz in Elizas Welt einzutauchen. Sie war immer bei mir gewesen und würde es immer sein.

Nun lehnte sie sich an mich. Sie bewegte sich unangestrengt, war wieder voller Kraft.

»Du erzählst die besten Geschichten«, sagte ich nach einer Weile.

»Weiß ich«, antwortete sie. »Tun wir beide.«

DANK

Helen Hellers Überzeugung, dass ich dieses Buch schreiben könnte, und ihre unerschütterliche persönliche und kreative Unterstützung sind der Grund, weshalb es existiert. Danke, dass du Lucy geliebt hast.

Ein herzlicher Dank geht an meine Lektorinnen, Emily Griffin in London und Emily Krump in New York, deren Geduld, Enthusiasmus und Vorschläge das Manuskript so unendlich viel besser gemacht haben. Dank an Julia Elliott und Jess Ballance für euren Einsatz und die viele Arbeit an dem Manuskript. Auch für die Unterstützung von Selina Walker bei Century & Arrow und Liate Stehlik und Jennifer Hart bei William Morrow bin ich sehr dankbar.

Bei HarperCollins Canada danke ich wie immer Leo Mac-Donald und Sandra Leef für alles, was ihr für meine Bücher tut, und ich bin Mike Millar, Cory Beatty und Kaitlyn Vincent sehr dankbar für die Betreuung in Kanada.

Dank an Camilla Ferrier und Jemma McDonagh sowie alle anderen bei The Marsh Agency. Es ist eine Freude, mit euch zu arbeiten.

Für das wunderbare Marketing geht mein Dank auch an

Camille Collins und Amelia Wood in den USA und an Sarah Ridley, Natalie Cacciatore und Isabelle Ralphs in Großbritannien.

Ewig dankbar bin ich den außergewöhnlichen Verkaufs- und Herstellungsteams, die meine Bücher in die Regale bringen. Ich erhebe mein Glas zu Ehren von Linda Hodgson und Mathew Watterson in Großbritannien und Carla Parker und allen anderen im Vertrieb in den USA.

Ein riesiger Dank an Ceara Elliott in Großbritannien und Elsie Lyons in den USA für die großartige Cover-Gestaltung.

Danke an die Verlage, die meine Bücher im Ausland übersetzen, und an die Lektoren, Lektorinnen und Teams, die daran arbeiten. Es ist mir eine Ehre, mit euch zusammenzuarbeiten.

Leser, Buchhändler, Blogger und Rezensenten tragen allesamt dazu bei, meine Arbeit zu einem Vergnügen zu machen. Danke für eure warmherzigen und witzigen Beiträge im Internet und persönlich. Sie bedeuten mir unendlich viel.

Unterstützung von anderen Autoren ist ein wichtiger Teil meines Lebens. Ich wage nicht, euch alle zu nennen, falls ich jemanden auslasse. Ihr wisst, wer ihr seid, und seid versichert, dass ich euch persönlich und professionell überaus dankbar bin.

Dank an die beiden pensionierten Detectives, die mich in Polizeidingen beraten, seit ich meinen ersten Roman geschrieben habe, und die neben einem unglaublichen Quell an Wissen und Inspiration so wunderbare Freunde sind. Jedwede Fehler oder Freiheiten bezüglich der polizeilichen Ermittlungsmethoden in diesem Buch sind allein meine.

Meinen Freunden Annemarie Caracciolo, Philippa Low-
thorpe, Abbie Ross, Claire Douglas, Shari Lapeña und Tim
Weaver danke ich für ihre Unterstützung, ihre Ermutigung
und ihre weisen Worte in diesem Jahr.

Meine Familie war unglaublich hilfsbereit und geduldig,
während ich an diesem Buch schrieb. Ich danke dir, Jules, für
das Knoblauchhühnchen, und ich danke meinen Kindern
Rose, Max und Louis.

Leseprobe

aus »Ein langes Wochenende«
von Gilly Macmillan

Erscheinungstermin: Oktober 2022 im Blanvalet Verlag

FREITAG

John sollte eigentlich nicht fahren. Das hatten sie gestern mit dem Arzt besprochen, aber Maggie sieht seinen Blick und legt ihm den Schlüssel in die ausgestreckte Hand. Sofort umschließt er ihn mit den Fingern.

Er steigt in den Land Rover, ohne die Taschen mit sauberer Bettwäsche und Handtüchern mit einzuladen, doch Maggie sagt nichts. Sie hievt alles selbst hinein. Die Hündin springt hinterher und legt sich hin, den Rücken gegen die Taschen gedrückt, die Zunge heraushängend und der Blick angespannt. Maggie schließt die Heckklappe.

Heute Morgen weht ein kalter Wind, der ihr durch und durch geht. Es ist erst Anfang September und doch ganz plötzlich schon Herbst. Ein Unwetter liegt in der Luft. Wolken jagen über den Himmel und brauen sich zusammen, wobei ihre Schatten das massive Farmhaus aus Stein und Schiefer streifen, das sich in eine Senke an der Seite des Tals schmiegt.

John lässt den Motor an, über dessen Brummen hinweg Maggie noch ein anderes Motorengeräusch zu hören glaubt. Sie runzelt die Stirn. Ihre Gäste sollen erst am Nachmittag ankommen, und die schmale Straße hier führt nirgends sonst hin.

Wer sie entlangfährt, ist entweder auf dem Weg zur Elliot-Farm oder hat sich verirrt.

Trockenmauern trennen und ordnen das Land um das Farmhaus herum. Dahinter liegen viele Morgen offenes Weideland, das steil und nur teils nutzbar ist. In der Ferne geht es ungeordnet in weite, nicht zu bewirtschaftende wilde Heidelandschaft mit versteckten Mooren über, zerklüftet durch abgelegene Täler und raue Schluchten, deren Hänge rutschig von Geröll sind. Felsvorsprünge durchbrechen die Silhouetten der entfernten Gipfel.

Die Farmgrenzen sind nur vage gekennzeichnet. Einiges von der Wildnis gehört noch zum Elliott-Land, und das seit Jahrhunderten. John und Maggie bewirtschaften dreitausend Morgen, auf denen sie achthundert Schafe halten. Hier gibt es gutes und schlechtes Gras, gute und schlechte Jahre. Der Himmel ist stets weit, und die Sterne funkeln nachts heller als irgendwo sonst. Das fällt den Gästen in der Scheune auch immer auf.

Maggie wartet einen Moment, ob sie mehr hört, aber der Land Rover ist zu laut. Sie trödelt nicht. Hier oben können Geräusche täuschen, und sie hat zu tun.

Sie legt ihren Gurt an. »Ich dachte, ich hätte jemanden kommen hören.«

John reagiert nicht. Er tritt aufs Gas, und der Land Rover setzt sich in Bewegung. Maggie sieht John an.

»Geht es dir gut?«

»Warum sollte es mir nicht gut gehen?« Er lenkt den Wagen durch das Gatter und rumpelnd über die Schlaglöcher.

»Sei nicht so.«

»Entschuldige.«

400

Er blickt nach vorn, und Maggie betrachtet sein Profil. Die Nase und die Wangen sind durchzogen von einem Netz aus roten geplatzten Äderchen, und die Haut spannt sich über den Knochen. Heute hat er sich sehr nachlässig rasiert, doch seine Augen sind so freundlich wie eh und je. Er ist ein guter Mann. Maggie wusste es gleich an dem Tag, an dem sie ihm begegnet war.

Sie schaut genauer hin, sucht nach äußeren Anzeichen des Unsichtbaren: jene Hirnregionen, in denen die Verbindungen genauso brüchig sind wie seine feinen Blutgefäße. »Wir gehen davon aus, dass es sich um eine Lewy-Körper-Demenz handelt, tut mir sehr leid«, hatte der Arzt gesagt. Wann der Termin gewesen ist, weiß sie nicht mehr genau, weil es so viele gegeben hat, aber sie wird sich immer an die Diagnose und diese Mitleidsbekundung erinnern, denn John zuckte zusammen, als wäre er geschlagen worden.

Sie ist so damit beschäftigt, ihn anzusehen, dass sie das Motorrad nicht bemerkt, das um die Kurve gerast kommt; schwarz, in extremer Schräglage und hochmotorisiert. Es hält direkt auf sie zu und ist viel zu schnell.

John tritt heftig auf die Bremse und stemmt sich im letzten Moment vom Lenkrad ab. Maggie wird nach vorn und wieder zurück geschleudert, sodass ihr die Luft wegbleibt.

»Entschuldige«, sagt er in der Stille danach. »Ist alles in Ordnung mit dir?«

»Ich glaube, ja. Und mit dir?« Ihr Herz hämmert, und sie verzieht das Gesicht, als ihr plötzlich ein Schmerz durch Brust und Schulter fährt, wo der Sitzgurt sich gestrafft hat.

»Tut es weh?«, fragt er.

»Ist nicht so schlimm.«

John nickt und sieht nach hinten zu der Hündin. Sie hat zwar die Augen so weit aufgerissen, dass das Weiße zu sehen ist, scheint aber ansonsten unversehrt. Einzig ein Handtuch ist aus den vollen Taschen auf sie gefallen.

»Alles gut, Birdie«, sagt John zu der Hündin.

Das Motorrad ist schlitternd quer auf der Straße zum Stehen gekommen, beängstigend nahe vor der Kühlerhaube des Land Rovers. Der Fahrer ist ein massiger Mann in schwarzer Lederkluft und mit einem schwarzen Helm. Selbst mit dem Helm erkennen sie, dass es keiner der Kuriere aus der Gegend ist.

Er steigt ab. Im Helmvisier spiegeln sich die dunklen Bäume zu beiden Seiten der Straße. Auf einmal bekommt Maggie Angst, dass er wütend auf sie sein und versuchen könnte, ihnen die Schuld für den Beinahezusammenstoß zu geben. Gegen einen Kerl wie ihn wären sie wehrlos. Maggie atmet schwer.

John lässt das Seitenfenster herunter. »Sie müssen aufpassen, wo Sie hinfahren«, ruft er. An seiner Schläfe pulsiert eine Ader.

»Nicht«, warnt Maggie. Früher hat sie sich hier oben vor allem außer vor den Elementen sicher gefühlt. Sie hat es geliebt, so abgelegen, praktisch am Rande der Zivilisation, zu leben. Doch Johns Diagnose hat eine Veränderung herbeigeführt, die dem stürmischen Wind heute ähnelt. Sie hat alles durchgerüttelt, und Maggie fürchtet, dass John und sie einen Punkt im Leben erreicht haben, an dem etwas, das einmal erschüttert ist, für immer lose bleibt.

Birdie steht knurrend auf und schiebt den Kopf zwischen den beiden Vordersitzen nach vorn. Sie bleckt die Zähne.

»Birdie!« Maggie legt der Hündin eine Hand auf den Nacken. Das Knurren verstummt, aber Birdie bleibt spürbar angespannt und ihr Nackenfell gesträubt. Sie fixiert den Motorradfahrer.

Der Mann klappt das Visier hoch, als er sich der Fahrerseite des Land Rovers nähert. Sein Mund ist von einem Bandana verhüllt, und seine Augen liegen im Schatten. »Ich bin auf der Suche nach den Elliotts.« Dem Akzent nach ist er aus dem Süden, also von weit her, denn hier sind sie nur noch einen Katzensprung von der schottischen Grenze entfernt.

»Das sind wir«, antwortet John.

»Ich habe ein Paket für Sie.«

»Pakete sollen unten in die Kiste neben dem Hauptgatter gelegt werden.«

»Ich habe aber Anweisung, es Ihnen persönlich auszuhändigen.«

Sie beobachten, wie er ein Paket hinten von seinem Motorrad holt, wobei er es nicht gerade eilig hat. Dann reicht er John einen Pappkarton, den John an Maggie weitergibt. Der Karton ist nicht zugeklebt, nicht beschriftet und relativ schwer. Maggie öffnet die Klappen und späht hinein zu einem zweiten Karton, der würfelförmig ist und hübsch in Geschenkpapier mitsamt Schleife verpackt. Daneben steckt ein Umschlag. Maggie nimmt ihn heraus und holt die Brille aus ihrer Blusentasche, damit sie die kleinen Worte in sauberer Druckschrift lesen kann. »AN JAYNE, RUTH UND EMILY«.

»Das ist nicht für uns«, sagt sie, doch noch während sie es

ausspricht, fällt es ihr wieder ein. »Die Frau, die für dieses Wochenende die Scheune gebucht hat, heißt Jayne. Es muss für sie sein. Für die Gäste.«

»Da ist auch eine Nachricht für Sie.« Der Motorradfahrer reicht ihnen ein Blatt Papier mit getippten Anweisungen. Maggie liest laut vor.

»›Nehmen Sie das Geschenk bitte aus dem Karton und stellen Sie es gut sichtbar auf den Küchentisch im Dark Fell Barn. Bitte lehnen Sie den Umschlag daran, sodass meine Freundinnen das Ganze gleich bei ihrer Ankunft sehen. Es ist eine besondere Überraschung, deshalb wäre ich Ihnen dankbar, wenn Sie es möglichst genau so handhaben. Vielen Dank‹.«

Es ist keine Unterschrift unter den Anweisungen. Maggie dreht das Blatt um, aber auf der Rückseite steht nichts.

»Na, ich denke mal, das ist in Ordnung«, sagt sie. Ihre Anspannung verebbt. Manchmal tun Gäste die seltsamsten Dinge. »Wir wollen sowieso gerade nach oben zur Scheune.« Sie ist immer noch ein wenig beunruhigt, aber es ist ihr auch peinlich, dass sie vorher solche Angst gehabt hat.

Der Motorradfahrer nickt. Er klappt das Visier herunter und ist so schnell wieder weg, wie er gekommen ist. Von den Motorradreifen spritzt Schmutz auf, und Maggie hat lauter Fragen auf der Zunge. Zum Beispiel, von wem er wo diesen Karton abgeholt hat und warum er sich die Mühe gemacht hat, ihn den weiten Weg herzubringen. Natürlich geht es sie nichts an, aber diese »besondere Überraschung« und die »besonderen Anweisungen« machen sie neugierig.

»So etwas hatten wir noch nie«, sagt sie. »Von wie weit her mag er gekommen sein?«

»Wir hätten ihn umbringen können.«

John spricht mit zusammengebissenen Zähnen. Er ist wütend, weil ihm dieser knapp verhinderte Zusammenprall Angst gemacht hat, denkt Maggie. Sie fragt sich, ob nicht doch lieber sie fahren sollte, falls er sich zu sehr hineinsteigert. Sie will es vorschlagen, aber die Worte bleiben ihr im Hals stecken. Jedes Hilfsangebot von ihr verletzt ihn in seiner Würde, und sie bringt es nicht übers Herz, denn es würde ihn kränken.

Stattdessen hebt sie den Karton an und schwenkt ihn vorsichtig. »Was einige Leute an Mühe auf sich nehmen«, sagt sie. »Ich hoffe, das da drin ist es wert.«

John sieht kurz hinüber, schüttelt den Kopf und murmelt etwas, das Maggie nicht versteht, weil er schon wieder zur Straße blickt. Ihr fällt auf, wie fest er das Lenkrad umklammert. Die dünner werdende Haut an seinen Fingerknöcheln ist weiß.

Diese Hände, denkt sie. Ihr ist bewusst, dass sie seit der Diagnose dazu neigt, zu grübeln und Erinnerungen nachzuhängen, aber das erlaubt sie sich. Sie liebt die Altersflecken, die schnurartigen Sehnen. In ihnen erkennt sie die glücklichen Jahre ihrer Ehe und die Herausforderungen des Lebens auf der Farm.

Doch das feste, beidhändige Umgreifen des Lenkrads, das Kopfschütteln und das Murmeln - das ist er nicht. Es ist eine weitere Veränderung, die neu und beängstigend ist. Noch lernt Maggie, seine Symptome zu lesen und zu entschlüsseln, was sie bedeuten mögen, und sie hat das schlimme Gefühl, dass heute einer der Tage sein könnte, an dem er in einen schrecklichen Pessimismus verfällt.

»Was soll das Kopfschütteln?«

»Es ist was Schlimmes, dieses Paket.«

»Wie kommst du darauf? Woher willst du das wissen?«

Er neigt den Kopf und sagt, er weiß es. Sie will es weglachen, aber es klingt unecht. Und tatsächlich stellt sie fest, dass sie seine Worte irgendwie doch ernst nimmt. John mag in Schwarzmalerei oder Verzweiflung versinken, mag grundlos aufgeregt oder vergesslich sein, manchmal sogar Dinge sehen, die nicht da sind, was alles sehr besorgniserregend ist; aber Maggie kann nicht leugnen, dass er, schon seit sie sich kennen, mehr Dinge wahrnimmt oder erspürt als die meisten Menschen.

Sie berührt ihren Nacken, sucht nach einer Verhärtung von dem Schleudern eben. Die kalten Fingerspitzen lösen ein Erschaudern aus, das ihren ganzen Körper durchfährt. Sie denkt an das Paket, ob es etwas Gutes oder Schlechtes ist. Nachdem sie eine Weile geschwiegen haben, stellt Maggie es in den Fußraum.

Der Land Rover wippt und hüpft die holprige Piste hinauf. Maggie stützt das Paket mit einem Fuß, wenn die Bewegungen zu heftig werden und den Inhalt zu beschädigen drohen. Wenn das, was da drin ist, kaputtgeht, könnten die Gäste eine schlechte Bewertung online stellen, und das wäre das Letzte, was John und Maggie brauchen können.

Ich hatte den Brief geschrieben und das Geschenk eingepackt. Dabei hatte ich mir Zeit gelassen, damit es auch ja schön aussieht. Und ich hatte mir genau überlegt, wie ich die Anweisungen für die Besitzer von Dark Fell Barn formuliere. Schließlich habe ich die Lieferung sorgsam so arrangiert, dass sie nicht zu mir zurückverfolgt werden kann.

Und jetzt habe ich eben die Bestätigung auf meinem Wegwerfhandy bekommen, dass Brief und Paket ausgehändigt wurden, zusammen mit meinen Instruktionen.

Puh!

Es ist wirklich ein tolles Gefühl, hauptsächlich Erleichterung, aber auch Befriedigung, weil mir die Planung solchen Spaß gemacht hat. Wenn man wollte, könnte man mich einen Kontrollfreak nennen.

Was als Nächstes geschieht, liegt allerdings nicht mehr bei mir, und das ist ein sehr beunruhigender Gedanke ist. Aus der Ferne Regie bei einem Theaterstück zu führen, ist nicht einfach.

Ich hoffe, die Elliotts tun, worum ich sie gebeten habe, und platzieren alle Requisiten genau richtig für den Moment, in dem sich der Vorhang zum ersten Akt öffnet.

Draußen ziehen dichte Baumreihen mit schnurgeraden Stämmen vorbei, deren Laub so tief hängt, dass es das Licht des späten Nachmittags abfängt. Emily nimmt einen ihrer Ohrhörer raus. »Das sieht ja aus wie im Märchen«, sagt sie.

Sie räuspert sich nach stundenlangem Schweigen, zieht die Ärmel ihres Pullovers über die Handgelenke und schlingt die Arme fest um den Oberkörper. Sie hätte Jayne oder Ruth bitten sollen, die Heizung hochzudrehen, aber dafür ist sie zu schüchtern. Die beiden sind schon zehn Jahre länger sehr gut befreundet, sodass Emily sich wie ein Eindringling vorkommt.

Jayne, die fährt, zieht die Augenbrauen hoch. Endlich! Emily spricht!, denkt sie. Bisher hat Emily auf der Fahrt entweder geschlafen oder irgendwas gehört.

»Auf gute Art wie im Märchen?«, fragt Ruth und dreht sich zu ihr um. Emily ist Ruth ein Rätsel und eine Frau, die sie dieses Wochenende unbedingt besser kennenlernen will.

»Eigentlich nicht«, antwortet Emily. Die Märchen, die ihr als Kind vorgelesen wurden, waren Furcht einflößend.

Ruth weiß nicht, wie sie reagieren soll. Im Grunde sollte der Altersunterschied von zehn Jahren keine Rolle spielen, das ist ihr klar, aber er ist dauernd da, und sie befürchtet, dass sie bevormundend klingen könnte, obwohl sie es gar nicht will. Sie sieht wieder nach vorn und zum Navi.

»Dauert nicht mehr lange, dann sind wir im Freien«, sagt sie. »Buchstäblich. Und in ungefähr fünfzig Minuten sind wir laut Navi da.«

Sie sind seit Stunden unterwegs. Immer Richtung Norden. Allmählich sind sie alle lahmgesessen und abgestumpft. Ruth hatte darauf bestanden, Proviant für alle einzupacken - halbherzig im Morgengrauen zusammengeworfene Sandwiches. Für Emily verstärkt es den Eindruck, sie seien auf einem Schulausflug.

Als der Wagen den Wald verlässt, flutet Licht die Windschutzscheibe, und vor ihnen breitet sich die Landschaft aus. Jayne lächelt zum ersten Mal, seit sie heute Morgen mit Marks Hand auf ihrem Oberschenkel aufgewacht ist. Zuerst hatte sie gedacht, er wollte mit ihr schlafen, aber es war eher eine vorsichtige Berührung, eine Entschuldigung. Das Handy in der anderen Hand, hatte Mark sie aufgeweckt, um ihr mitzuteilen, dass er heute nicht mit ihnen nach Norden fahren könne. Was bedeutete, dass er die erste ihrer drei geplanten Übernachtungen dort verpassen würde.

Jayne war sauer. Die Nachricht verletzte sie ebenso wie der Streit, den sie deswegen hatten. Unbeholfen hatten sie gezankt, beide müde und empört, wie der andere es aufnahm. Jeder empfand sich als die gekränkte Person.

Doch Jayne geht es besser mit jeder Meile, die sie Richtung Norden zurücklegen. Die Banalität der Autobahn ist tröstlich, und die Vorfreude auf das lange Wochenende, das vor ihnen liegt, kehrt wieder zurück.

Nun wird das Wochenende eben aus einem Mädchenabend bestehen, gefolgt von zwei Nächten, in denen sie alle zusammen sind. Es ist nicht ganz so, wie sie es erwartet hat, aber es ist auch gut, und sie kann Mark immer noch wie geplant überraschen. Wie er schon sagte, vielleicht muss sie daran arbeiten, besser mit Veränderungen klarzukommen. Was sie tun wird. Das Leben lässt sich immer verbessern, und sie scheut sich nicht, sich dafür richtig reinzuhängen.

Sie konzentriert sich auf das Positive. Seit Wochen freut sie sich auf dieses Wochenende. Sie braucht eine Auszeit. Und es fühlt sich an, als hätte sie Ruth kaum gesehen, seit deren Baby da ist. Es wird nett, mal wieder richtig zu quatschen. Und das ist manchmal einfacher, wenn die Männer nicht dabei sind und das Gespräch nicht mit ihren Insiderwitzen und Erinnerungen dominieren.

Wenn Sie wissen möchten,
wie es weitergeht, lesen Sie

Gilly Macmillan
Ein langes Wochenende

ISBN 978-3-7645-0809-8 /
ISBN 978-3-641-29598-1 (E-Book)
Blanvalet

Ein abgelegenes Cottage, kein Kontakt zur Außenwelt und zwei Leichen …

416 Seiten. ISBN 978-3-7645-0809-8

Drei Frauen treffen in einem abgelegenen Ferienhaus ein, tief in der Moorlandschaft von Northumbria an der schottischen Grenze. Es ist der erste Abend ihres langen Wochenendes, am nächsten Morgen erwarten sie ihre Ehemänner. Doch auf dem Küchentisch von Dark Fell Barn finden sie einen Brief, in dem jemand behauptet, einen ihrer Ehemänner umgebracht zu haben. Die drei Frauen glauben zuerst an einen perfiden Scherz. Doch sie haben keinen Handyempfang. Es gibt kein Internet – und ein Sturm zieht auf. Die Frauen sind von der Außenwelt abgeschnitten, und als jede von ihnen versucht herauszufinden, was passiert ist – ob überhaupt etwas passiert ist – werden ihre Freundschaften auf eine harte Probe gestellt. Die Situation droht, zu eskalieren …

Lesen Sie mehr unter: **www.blanvalet.de**